De Mandelstam para Stálin

ROBERT LITTELL

De Mandelstam para Stálin

Tradução de
Mauro Gama

EDITORA RECORD
RIO DE JANEIRO • SÃO PAULO
2010

CIP-Brasil. Catalogação-na-fonte
Sindicato Nacional dos Editores de Livros, RJ

L756d Littell, Robert, 1935-
De Mandelstam para Stálin / Robert Littell ; tradução de Mauro Gama Lopes da Costa. — Rio de Janeiro : Record, 2010.

Tradução de: The Stalin epigram
ISBN 978-85-01-08884-0

1. Romance americano. I. Costa, Mauro Gama Lopes da. II. Título.

10-2262 CDD: 813
CDU: 821.111(73)-3

Título original em inglês:
THE STALIN EPIGRAM

Revisão de tradução: Marco Lucchesi

Editoração eletrônica: FA Editoração

Texto revisado segundo o novo Acordo Ortográfico da Língua Portuguesa.

Direitos exclusivos de publicação em língua portuguesa para o Brasil
adquiridos pela
EDITORA RECORD LTDA.
Rua Argentina 171 — Rio de Janeiro, RJ — 20921-380 — Tel.: 2585-2000
que se reserva a propriedade literária desta tradução

Impresso no Brasil

ISBN 978-85-01-08884-0

Para a minha musa Stella,
para quem as estrelas
(tomando emprestado uma imagem do
Astrophel and Stella, 1591, de Philip Sidney)
"ainda dançam".

... et chacun effectuera avec son âme, telle
l'hirondelle avant l'orage, un vol indescriptible.*

Mandelstam

A solidão. Os fariseus na Terra.
Viver é mais que atravessar um prado.

(Do poema proibido de Boris Pasternak, "Hamlet",
que seus amigos leram desafiadoramente
em voz alta durante seu funeral, em 1960.)

* "... e cada um realizará com sua alma, como a andorinha antes do temporal, um voo indescritível." (*N. do T.*)

AS VOZES DESTE LIVRO PERTENCEM A:

Nadejda Iákovlevna Mandelstam, Nadenka para o marido, o poeta Óssip Emílievitch Mandelstam. Ela tem 34 anos quando ouvimos sua voz pela primeira vez, em 1934.

Nikolai Sídorovitch Vlassik, guarda-costas particular de Stálin e, ocasionalmente, fotógrafo da família. Tem 30 e poucos anos quando o encontramos na vila do escritor Maksim Górki.

Fikrit Trofímovitch Shotman, conhecido campeão soviético de levantamento de peso. Tem 32 anos quando nos encontramos pela primeira vez. Nascido no Azerbaijão, Shotman ganhou a medalha de prata no campeonato europeu em Viena, em 1932. Subsequentemente se retirou da competição por causa de uma cirurgia malfeita no joelho. Depois de sua carreira no levantamento de peso ser bruscamente interrompida, trabalhou como brutamontes de um circo.

Anna Andréievna Akhmátova, nascida Anna Górinko, amiga íntima tanto de Mandelstam quanto de Pasternak, e poetisa amplamente admirada, ainda que as autoridades comunistas tenham proibido a publicação de seus versos, a partir de meados da década de 1920. Alta e magra, foi a amante do então pouco conhecido pintor italiano Amedeo Modigliani na Paris de 1911 e posou para retratos de nus que ele fez dela. Akhmátova, uma "poetisa decadente" segundo o pai (que a proibiu de usar o nome da família, Górienko, profissionalmente), "metade freira, metade prostituta" aos olhos dos cães de guarda culturais do bolchevismo, tem 45 anos quando nos encontramos nessas páginas.

Zinaida Záitseva-Antónova, atriz de teatro muito jovem e muito bonita que tem relações íntimas com os Mandelstam.

Óssip Emílievitch Mandelstam, Óssia para a esposa, Nadejda. A publicação em 1913 de seu primeiro livro de poesia, intitulado *Kamyen* (Pedra), firmou-o aos olhos de muitos como *o* grande poeta russo do século XX, um ponto de vista claramente compartilhado por Stálin.

Boris Leonídovitch Pasternak, famoso poeta lírico, com 44 anos em 1934, filho do pintor Leonid Óssipovitch Pasternak. Seu primeiro livro de poemas, publicado em 1914, foi *Bliznets v tutchakh* (O irmão gêmeo nas nuvens), que pode explicar por que Stálin, que tinha certa admiração por Pasternak, apelidou-o de *o habitante das nuvens.* Levou anos para Pasternak aceitar que o próprio Stálin, e não os integrantes da Tcheka que agiam por trás dele, era responsável pelas deportações, os expurgos e as execuções.

CAPÍTULO UM

Nadejda Iákovlevna
Sábado, 13 de janeiro de 1934.

DESDE AQUELA NOITE BRANCA em que as nossas linhas da vida pela primeira vez se cruzaram 15 anos atrás, em um Primeiro de Maio, em Kiev, num miserável cabaré boêmio chamado Loja de Trastes, em que devo ter ouvido Mandelstam fazer leituras públicas umas vinte vezes, o puro prazer que absorvo da poesia de seus poemas não diminuiu. Há momentos em que me vejo compelida às lágrimas pela indizível beleza das palavras, que ocupam uma outra dimensão quando penetram na consciência de alguém pelo ouvido, e não pelos olhos. Como posso explicar esse milagre sem soar como a esposa devotada que desfalece em cega admiração? Essc *homo poeticus* nervoso, obstinado e contente com a vida (sua descrição de si mesmo, casualmente oferecida quando filou aquele primeiro cigarro na Loja de Trastes, no que agora parece uma encarnação anterior), esse amante tenso (meu e de várias outras) se transfigurou, tornou-se outra pessoa, ou outra coisa. (Nem é preciso dizer, mas me satisfaz se o digo: quando ele se metamorfoseia em outra pessoa, assim o faço eu.) Com um braço serrando o ar desajeitadamente, o arco de seu corpo registra a rima, o ritmo e as camadas de múltiplo significado ocultas no texto. Sua cabeça jogada para trás, o pomo de adão inconfundivelmente semítico se movendo contra a pele quase transparente e fina da garganta descorada, e ele se perde na coisa que chamamos poesia; torna-se o poema. Quando ele se materializa no púlpito no início de uma noite, habitualmente há vários murmúrios de júbilo do auditório mal reprimidos ao ver essa figura irrequieta, amedrontada pelo público, de um homem trajado como se fosse para o próprio funeral. Na noite que descrevo, ele vestia seu único terno (de sarja de lã escura e que pinica, adquirido na loja que aceita moeda forte por meio da utilização de títulos comprados com uma pequena herança que recebi), juntamente com uma gravata de seda (relíquia de sua viagem a Paris antes da Revolução), passada em torno de um colarinho removível e engomado. Ele lê como somente o criador do poema pode ler: com uma leve pausa para a respiração, uma inaudível aspiração de ar, nas passagens em que as linhas se quebram, se curvam ou tornam a dobrar sobre si mesmas. Essa pausa é decisiva para se compreender o impacto de um poema de Mandelstam. Comparei impressões com vários dos que Óssia chama de "seus primeiros leitores" (enquanto ele lia e eles ouviam) e os mais entendidos entre eles concordam que ele parece estar inventando a linha seguinte enquanto prossegue. E isso, por sua vez, dá até ao ouvinte familiarizado com o poema a estranha sensação de estar ouvindo essas linhas pela primeira vez; de que elas não tinham existido antes, não tinham sido compostas, reelaboradas, polidas, memorizadas, transcritas em papel translúcido por mim e escondidas em bules e sapatos ou roupas íntimas femininas, na esperança vã de que nossos homens da Tcheka, quando viessem buscá-lo, não pudessem deter sua obra.

A linha, a pausa para a respiração, depois a próxima linha se derramando inteiramente nova de seus lábios sem sangue — isso, meus caros, está no próprio cerne de uma recitação de Mandelstam. Por motivos que não compreendi inteiramente, o efeito é ainda mais notável quando ele está lendo um poema de amor — e ainda mais surpreendente quando o poema de amor em questão não é dirigido a mim, sua melhor amiga, camarada de armas e legítima esposa, mas à plumagem de uma atriz de teatro empoleirada na cadeira dobrável ao meu lado, na fileira da frente do lúgubre escritório da *Gazeta Literária*, com o meu braço gorducho unido a seu braço esbelto e a parte posterior do meu pulso roçando, como se por distração, a curva de seu seio tão bonito.

No púlpito, Mandelstam se afastou para um gole de água antes de recitar o último poema da leitura. A atriz, que usava o nome de palco, Zinaida Záitseva-Antónova, mesmo nos bastidores, se inclinou para mim, comprimindo o seio contra o meu pulso.

— Qual é o próximo poema, Nadejda Iákovlevna? — Ela tomou fôlego, a voz rouca no que identifiquei uma antecipação sexual.

— É o que compôs para você, queridinha. "Olhares acanhados."

Mandelstam abaixou o copo de água.

— Ó senhora de olhares acanhados. — começou ele, os espessos dedos de uma das mãos estendidos acima do couro cabeludo já meio calvo, as pupilas ardendo nos olhos da mulher ao meu lado.

A suserana de pequenos ombros!
Em paz o firme e perigoso macho...

Eu me inclinei para Zinaida.

— Esta noite você deve se comportar decentemente — recomendei-lhe. — Precisa parar de provocá-lo.

— Mas é você que eu provoco — murmurou ela de volta, batendo com animação nos nós dos meus dedos com a extremidade de uma das longas tranças que lhe mergulhavam no peito. — Você me excita tanto quanto ele.

Por que, como um janízaro, capturo
O enrubescente, mínimo, inseguro
Crescente dos teus lábios?

Não se zangue, ó amor turco, eu vou, já fraco,
Contigo me coser dentro dum saco...

— Na Turquia otomana — disse eu a Zinaida, com os meus lábios roçando-lhe a orelha —, as esposas adúlteras eram costuradas dentro de sacos com os amantes e atiradas ao mar.

Sem nunca tirar o olhar de Mandelstam, com os lábios enrubescentes, mínimos e inseguros mal se movendo, ela sussurrou:

— Ah, eu não me importaria de me afogar desse modo.

Eu estou num difícil limiar.
Vamos. Vamos! — Espere ainda um pouco.

— Difícil limiar — repetiu Zinaida.

— Realmente difícil — concordei com um risinho de insinuação.

As 11 almas além de nós que tinham enfrentado uma tempestade de neve de janeiro para assistir à leitura irromperam em aplausos entusiásticos. Dois ou três dos integrantes mais jovens da plateia bateram nas tábuas do assoalho de madeira com as solas de suas galochas. O editor-chefe da *Gazeta Literária*, um bravo sujeito que tinha publicado Mandelstam quando Mandelstam era publicável, ficara amargamente decepcionado com o número dos presentes, que atribuía ao mau tempo, de temperatura abaixo de zero. Apesar do sumiço de meu marido nos últimos anos, havia ainda muitos amantes da poesia que o consideravam uma figura icônica, de modo que o editor nos tranquilizara. Gostávamos de pensar que era verdade, mas já não estávamos tão certos disso quanto estivéramos no final da década de 1920, quando uma leitura de Mandelstam podia encher uma pequena sala de concerto.

Mandelstam, subitamente respirando com dificuldade (sofria de ocasionais palpitações cardíacas), balançou como um bêbado, depois deu uns passos para o lado e, firmando-se com uma das mãos no púlpito, inclinou todo o peito numa reverência.

— Ele esteve bebendo? — perguntou-me Zinaida por cima da barulheira.

— Bebeu meia garrafa de vinho georgiano antes da leitura, para acalmar os nervos — disse-lhe eu. — Mas não está embriagado, se é o que você quer dizer. Nunca vi Mandelstam embriagado com álcool, apenas com palavras.

De pé no fundo da sala, a diretora de uma editora do Estado, conhecida como a Pomba (acreditava-se que ela mantinha os nossos membros da Tcheka informados sobre quem dizia o quê em reuniões como aquela), bradou:

— Perguntas, respostas.

Brandi um dedo de advertência ao meu marido, esperando conseguir que ele encerrasse a noite imediatamente; temia que a Pomba tentasse induzi-lo a dizer algo que pudesse colocá-lo em apuros com os comunistas. Quando o seu instinto de sobrevivência (assim como o meu) já suplantava seu aguçado senso do certo e do errado, ele costumava sair-se com evasivas. Isso já não acontecia. Nos meses que se seguiram à nossa volta da Crimeia, em que víramos multidões de camponeses magros como ancinhos e exauridos até os ossos, vítimas da precipitada coletivização de Stálin, implorando migalhas de pão nas estações de trem pelo caminho, Mandelstam se tornara perigosamente franco. Nas semanas mais recentes, ele tinha passado a citar passagens de um antigo poema seu de 1931 sempre que um de nossos conhecidos passavam pela nossa cozinha — *Gostava de dizer o que é que penso, de bobear, de proferir a verdade.* Eu vivia com pavor de que ele fizesse exatamente isso. Aterrorizava-me que ele repetisse em público coisas que confidenciava com amigos íntimos: a respeito do indivíduo que ele chamava de alpinista do Krêmlin; a respeito do completo fracasso da Revolução Bolchevique em melhorar a condição das pessoas comuns; a respeito da transformação da Rússia em um Estado policial muito pior do que o existente sob o poder dos desventurados tsares; a respeito de como os membros da burocracia partidária comunista, que se mantinha de olho nos artistas, tinham privado os poetas do direito de escrever poemas inconvenientes.

Com um cortês aceno da mão, Mandelstam deu à mulher a permissão de apresentar uma pergunta.

— Diga-nos, Óssip Emílievitch, de onde, na sua experiência, provém a poesia?

— Se eu soubesse ao certo, escreveria mais versos. — Mandelstam saboreou o riso que seu comentário fez surgir. — Para responder à sua pergunta — ele continuou de onde tinha parado —, Pasternak afirma que o artista não inventa imagens, mas as recolhe da rua.

— Está nos dizendo que o poeta é algo como um lixeiro? — perguntou a Pomba.

— O lixo representa os resíduos das sociedades capitalistas — observou Mandelstam, sorrindo afavelmente para a espiã sobre as cabeças de seus ouvintes. — Nossas Repúblicas Socialistas Soviéticas não produzem lixo, o que explica a ausência de lixeiros.

Isso provocou risos. Um funcionário da Cooperativa da Cidade de Moscou recentemente fora preso sob a acusação de sabotar o departamento de limpeza da capital por deixar de contratar um número suficiente de lixeiros.

— Nenhum lixo, nenhum lixeiro — concordou Zinaida, à meia-voz. Ela o pronunciou de tal modo que me fez correr uma aflição de ciúme através da alma. Durante um piscar de olhos, Zinaida realmente *soou* como Mandelstam.

— O que diz de Akhmátova? — perguntou com veemência um jovem poeta da fileira atrás de mim.

— Quanto a Akhmátova — disse Mandelstam —, é inexato dizer que escreve poesia. Na verdade, *ela a registra*; abre um caderno e copia linhas que, durante o que chama de ansiedade pré-lírica, já se formaram em sua cabeça. Eu soube que ela substitui por pontos uma linha que ainda não chegou a ela, preenchendo as palavras faltantes mais tarde. — Fechando os olhos, curvando a cabeça e expondo a garganta, Mandelstam recitou uns versos de Akhmátova que, como a maior parte de sua poesia recente, permaneciam inéditos:

Se soubesses apenas de que entulho
A poesia surge...

Um grito, um cheiro fresco de alcatrão,
Misterioso molde na parede,
E os versos soarão...

— Chega de Pasternak e Akhmátova — gritou Zinaida. — De onde vem a poesia de Mandelstam, Óssip Emílievitch?

Mandelstam brindou-a com um leve sorriso conspiratório, como se eles tivessem tratado disso durante uma das noites ditas literárias que passavam juntos.

— Um poema começa com uma voz quase inaudível retinindo no ouvido, bem antes de as palavras se formarem — retrucou ele. — Isso indica que a procura pelas palavras perdidas foi iniciada. Meus lábios se mexem silenciosamente, assim me fazem sentir, até por fim elas começarem a enunciar palavras ou frases desconjuntadas. Gradativamente essa voz interior se torna mais distinta, se decompondo em unidades de significado, ponto a partir do qual o poema começa a bater como um punho sobre uma janela. Para mim, a escrita da poesia tem duas fases: quando as primeiras palavras se fazem conhecer e quando as últimas das palavras estranhas, acomodadas como lascas no corpo do poema, são expulsas pelas palavras certas.

— Nossa, ele faz isso parecer fácil — disse Zinaida enquanto esperávamos embaixo, no salão de entrada, Mandelstam acabar de assinar os finos volumes de sua poesia inicial ou recortes extraídos de jornais que traziam os seus mais recentes poemas impressos (uma raridade, uma vez que nossos comunistas decidiram que Mandelstam não estava contribuindo para a construção do socialismo). — Eu poderia ouvir a música interior até o Ártico derreter — Zinaida continuou com o que entendi ser uma experiente inspiração teatral — e mesmo assim nunca produzir um poema.

— O que Mandelstam tem — informei à jovem atriz que ambos cobiçávamos — é um dom dos deuses. Ou você o tem ou não o tem. Se você o tem, a música e as palavras lhe são servidas em uma bandeja de prata.

— Nadejda, é verdade que você conhece todos os poemas que ele já escreveu?

— É claro que estou muito familiarizada com todos os volumes de poesia que ele publicou. Mas nossos comunistas literários praticamente suspenderam a publicação dos versos de Mandelstam, exceto seis anos atrás. No fim da década de 1920, ele atravessou o que chama de sua fase *surda-muda*, quando parou inteiramente de escrever poesia. Todo poema que compôs desde então eu tive de decorar. Repito-os para mim mesma dia sim, dia não. Desse modo, se alguma coisa acontecer a ele, os poemas podem sobreviver.

— E se, Deus nos livre, alguma coisa acontecer a você?

A engraçadinha tinha pisado no meu calo. Eu me perguntava se Mandelstam tinha falado do assunto com ela. Sabendo como ele é, provavelmente sim. Confiar segredos íntimos era um meio infalível de ganhar a confiança de uma mulher; de convencê-la de que não é violento na sedução em um ato que, afinal, é essencialmente violento.

— Você pôs o dedo numa ferida entre mim e meu marido — reconheci. (Eu não estava inclinada a compartilhar segredos íntimos para atrair alguém de qualquer dos sexos para a minha cama.) — Mandelstam tem poucas ilusões a respeito de sua própria sobrevivência, ou da de sua obra. Desde que Stálin determinou que nada capaz de se contrapor à linha do partido podia ser publicado, Mandelstam considera que seu destino foi traçado. Veja bem: um poeta não publicado faz tanto barulho quanto uma árvore que cai numa floresta sem ninguém ao redor para ouvi-la. A posição de Stálin, que se reduz simplesmente a *ou vocês estão conosco, ou estão contra nós, meus queridos*, não deixa nenhum espaço intermediário para as inclinações de Mandelstam. Você vê, assim, minha querida Zinaida, que meu marido tinha em mente algo além de seu legado literário quando me encorajou a confiar seus poemas à memória. Como decidimos não ter filhos, ele se convenceu de que eu ser o último repositório de sua obra me daria um incentivo para sobreviver.

— Daria?

Devo ter dado de ombros, pois é como habitualmente me esquivo a responder perguntas idiotas. Quem pode dizer o que, além do hábito de respirar, difícil de abandonar, ou o efêmero prazer do intercurso sexual, ou a completa satisfação de decepcionar os que detêm o poder e querem você morto, impeliria a gente a se apegar à vida?

Zinaida estudou o próprio reflexo na porta de vidro.

— Se meu marido desaparecesse num campo de concentração — eles ultimamente estiveram prendendo agrônomos para explicarem as longas filas nas padarias —, isso resolveria todos os meus problemas. — Ela jogou para trás a graciosa cabeça para dar a entender que estava gracejando, mas eu sabia o bastante acerca de seu casamento — o marido era 12 anos mais velho e tinha pouco interesse pelo teatro ou pelas artes — para compreender que ela falava sério em parte. — Eu teria o direito legal de me divorciar dele e manter o apartamento, tanto como o direito de residir em Moscou.

Mandelstam apareceu antes de eu poder instruí-la. As esposas dos inimigos do povo, nesses dias, geralmente eram mandadas para o exílio com os maridos presos. Captando o olhar dele, ela endireitou a surrada estola de raposa em torno do delicado pescoço, de modo que a cabeça do animal, seus pequenos olhos examinando o mundo com imperturbável indiferença, descansasse sobre o peito. Como pessoa que jamais deixava passar algo que considerasse sexualmente sugestivo, Mandelstam notou isso imediatamente.

— Pela primeira vez nos meus 43 anos de existência, estou louco de ciúme de uma raposa morta — confessou, levando Zinaida a desviar os olhos num embaraço dissimulado. (Ela era, você se recordará, a amante — e, posso acrescentar, a mestra — dos olhares acanhados.) Puxei para o pescoço a gola rota do casaco de inverno da minha falecida tia, fabricado, se você acreditasse em meu marido, com pele de gambá, e escancarei a pesada porta do edifício. Uma rajada de ar gelado e cheia de grumos congelados de neve queimou nosso rosto. Mandelstam abaixou as orelheiras de seu ushanka de couro forrado de pele. — Cigarros — anunciou e, enfiando os braços por entre os nossos, puxou-nos para a gélida rua de Moscou.

Como muitos homens — talvez eu devesse dizer como *a maior parte* dos homens — Mandelstam navegava pela vida com um estoque de manias. Vivia com terror de que sua musa e sua ereção um dia o abandonassem. Vivia em perpétuo medo do medo. Jamais pensava duas vezes em de onde viria o próximo rublo ou o próximo título de moeda forte; simplesmente presumia que, quando precisasse de um ou do outro, eu o produziria um tanto magicamente, o que era o caso na maior parte do tempo. Mas se atormentava terrivelmente com a possibilidade de que lhe acabassem os cigarros no meio da noite, quando o retinir em seu ouvido o despertava de um sono agitado e ele passava as irrequietas horas antes da aurora vagueando pelos minúsculos cômodos do apartamento, que tínhamos muita sorte em possuir, fumando um cigarro atrás do outro enquanto esperava a chegada daquelas palavras e frases desconjuntadas. E, desse modo, tendo filado dois cigarros de pessoas da plateia escada acima, e descobrindo que ele próprio tinha somente cinco Herzegovina Flors deixados num maço amarrotado, conduziu-nos, empunhando o alvo castão da bengala que começara a usar por causa das ocasionais faltas de ar, numa louca procura por cigarros baratos. Dávamos voltas, as cabeças curvadas numa nevasca que nos arrancava lágrimas dos olhos, fazendo o giro dos cafés e das cantinas das imediações, na esperança de pedir, tomar emprestado ou comprar um maço cheio de cigarros. Foi na terceira parada, na verdade uma cantina aberta até altas horas da noite para trabalhadores dos bondes escondida numa passagem atrás do terminal do Krêmlin, que Mandelstam encontrou o que estava procurando (um sujeito esquisito que afirmava ter uma licença de comerciante vendia cigarros búlgaros avulsos de uma caixa de charutos), juntamente com algo que ele não estava procurando: humilhação.

— Óssip Emílievitch! O que o traz numa noite como essa? É o dia do ano-novo segundo o velho calendário juliano. Feliz Ano-novo então para você, amigo.

A voz veio de um proxeneta barbado que se assenhoreava de duas mesas emendadas no fundo da cantina. As cinco jovens mulheres em torno dele, todas trajando acolchoados casacões de inverno e bebericando o que imagino ser vodca em xícaras de chá, se voltaram para nos olhar boquiabertas, como se fôssemos fantasmas que passeassem ali. Eu poderia dizer, pela maneira como Mandelstam saudou o falante, com a bengala pouco levantada, que ele não estava certo de sua identidade. Mandelstam, com frequência, tinha dificuldade em ligar os nomes às fisionomias quando as pessoas estavam fora do contexto.

— Olá, Ugor-Jítkin — gritei, e pude ver meu marido balançando a cabeça aliviado quando reconheceu o interlocutor.

— Ugor-Jítkin, finalmente — exclamou meu marido, esquecendo o vendedor de cigarros búlgaros. — Há semanas venho deixando mensagens com a sua secretária.

— Essa época do ano é sempre uma loucura — resmungou Ugor-Jítkin, como se isso o desculpasse de deixar de responder. — Mil e uma coisas para fazer, mil e uma pessoas para ver...

Mandelstam tinha ficado sabendo com Pasternak, dois ou três meses antes, que o editor Ugor-Jítkin estava oferecendo dinheiro vivo por manuscritos originais para a nova Biblioteca de Fundos Literários. Os únicos manuscritos que meu marido possuía de poemas não publicados (e, conforme nossos comunistas literários, impublicáveis) haviam sido escritos por mim, e ele não se desfaria desses, mesmo se alguém fosse suficientemente descuidado para os querer. Estávamos precisando desesperadamente de dinheiro: meu trabalho de tradução rareou quando Mandelstam se tornara *persona non grata* no mundo literário, e ficávamos com vergonha de pedir a Pasternak ou a Akhmátova um outro empréstimo que não tínhamos nenhuma esperança de pagar. E foi assim que tramamos um esquema para preparar um manuscrito que Mandelstam pudesse fazer passar por original e vendê-lo. Curvado sobre nossa pequena mesa de cozinha coberta de linóleo e com uma crosta de pão sob uma das pernas para parar de balançar, ele copiou todos os poemas da edição original, de capa verde, do *Pedra*, seu primeiro livro publicado, para um livro de exercícios do primeiro grau. O serviço levou a melhor parte de dois dias inteiros. Fazer com que parecesse autêntico se tornou uma obsessão para nós. Mandelstam lembrava ou inventava as primeiras versões de alguns dos poemas e enchia as páginas com palavras e linhas eliminadas. Quando terminou, nos revezamos em folhear o livro de exercícios até as margens das páginas ficarem com dobras, depois do que envelhecemos o manuscrito, assando-o em fogo baixo no forno de um vizinho, até o papel se tornar quebradiço e amarelo. Atirando-se ao projeto, Mandelstam chegou longe a ponto de copiar notas enigmáticas para ele próprio e uma receita de borche polonês (uma cruel alusão a ter nascido em Varsóvia) nas páginas em branco. O produto final era cuidadosamente embrulhado numa página de um jornal de 1913 que furtei da biblioteca da universidade e entregue em mãos, em nome de Mandelstam, à secretária de Ugor-Jítkin, que concordou em levá-lo à atenção do chefe, no momento em que ele voltasse para Moscou.

— Venha brindar o Ano-novo conosco — disse Ugor-Jítkin, acenando para as cadeiras desocupadas no extremo das duas mesas. Esperava claramente evitar o assunto do manuscrito *original* da *Pedra* de Mandelstam. — As garotas e eu... — As mulheres da mesa, que apreciavam a reputação de serem suas protegidas, confiavam em Ugor-Jítkin no sentido de usar sua considerável influência para publicar seus contos, poemas ou peças; o que lhe davam em troca era o assunto de muitas conversas na hora da ceia em Moscou. — As garotas e eu estamos comemorando algo além do novo ano juliano. Ouça, Óssip Emílievitch, esta é uma grande ocasião na história soviética. Nós acabamos de sair de onde vimos nosso primeiro filme falado. Certamente você leu a incrível resenha do *Pravda*. Alguns estão convencidos de que o próprio Stálin a escreveu, pois se sabe que admira o filme. Estou falando de *Tchapaiev*, dos irmãos Vassiliev. Baseia-se no romance de Furmanov a respeito do herói da Guerra Civil, Vassíli Tchapaiev.

A expressão no rosto do Mandelstam, que já não gosta de evasivas, se anuviou. Percebi o que estava por vir, tentei atrair seus olhos e detê-lo. Não deu.

— O problema com os filmes soviéticos, mudos ou falados — opinou, deslizando para uma reproduzida fala arrastada georgiana que se presumia lembrar às pessoas como Stálin falava russo —, é que eles se destacam por uma riqueza de detalhes e uma pobreza de ideias mas, ao mesmo tempo, a propaganda não precisa de ideias.

Mandelstam podia, da mesma forma, ter entornado água gelada do rio Moscou sobre Ugor-Jítkin e sua roda.

— O que ele está dizendo? — disse, arfando, uma das moças.

— Está insinuando que os diretores de cinema soviéticos são propagandistas.

— Isso me soa horrivelmente como uma declaração antissoviética — observou uma terceira moça, com desconforto.

Vistoriando os bolsos, Mandelstam apanhou o recibo que a secretária tinha escrito para "um manuscrito original da edição de 1913 da *Pedra*". Ele transpôs a sala de ponta a ponta, passando pelos motorneiros e condutores de bonde que se estavam fortalecendo para o expediente da noite com cerveja rançosa, e abriu o recibo sobre a mesa em frente a Ugor-Jítkin.

— Eu pretendia dar uma resposta a você sobre isso — disse Ugor-Jítkin.

— Você olhou o meu manuscrito?

— O valor de qualquer espécie de manuscrito depende do peso específico do escritor. Francamente, a opinião geral é de que você é um poeta marginal. Infelizmente, temo que não valha mais de 200 rublos.

— Duzentos rublos! — Com as mãos tremendo de raiva, Mandelstam fez a bengala estrondear sobre a mesa. As xícaras de chá saltaram. Duas das moças se levantaram de um salto, apavoradas. Ugor-Jítkin ficou pálido. — *Pedra* — Mandelstam foi mais fundo, com a extremidade de metal da bengala batendo de leve no topo da mesa — é um clássico da poesia russa do século XX, como concluíram os críticos na época de sua publicação. Você pagou cinco vezes o que está me oferecendo por um bocado de merda de... — Mandelstam mencionou um escritor cujo drama em três atos, glorificando o papel de Stálin na Guerra Civil, estava sendo representado para casas cheias em Moscou.

Minha grande amiga poetisa Anna Akhmátova afirma que há momentos na vida tão significativos que são como se a Terra tivesse estacado num ponto de sua trajetória pela batida de um coração. Este foi um desses momentos na vida de Óssip Mandelstam.

— Quem é você? — perguntou uma das moças. — Quem é ele?

Segurei minha respiração. Mandelstam ergueu o queixo.

— Sou o poeta Mandelstam.

— Não há nenhum poeta com este nome — declarou outra moça.

— Antigamente, há muito tempo, houve um com este nome.

— Eu pensei que Mandelstam tivesse morrido — disse a primeira garota.

A Terra recomeçou a rodar em torno de seu eixo, mas nada seria como antes.

— Os 200 rublos — disse Ugor-Jítkin, decidido a não se deixar intimidar na frente de suas protegidas — são uma proposta para se pegar ou largar.

Meu marido se moveu em direção à porta, depois se voltou para o editor:

— Você é a prova viva de que o caráter de um homem está escrito em seu rosto — disse Mandelstam, tão adequadamente que Ugor-Jítkin não chegou a compreender que estava sendo insultado. — Você por acaso tem cigarros?

Ugor-Jítkin juntou os dois maços parcialmente cheios sobre a mesa e passou-os para Mandelstam.

— Ainda assim, feliz 1934 para você — disse ele.

Vi meu marido acenando afirmativamente com a cabeça, como se estivesse confirmando algo que não gostasse a respeito de si mesmo.

— Eu aceito os 200 rublos — declarou.

— Vá visitar-nos pela manhã — disse Ugor-Jítkin, mal dissimulando um sorriso. — Minha secretária terá um envelope para você.

Dando um pontapé num monte de neve do lado de fora da cantina, Mandelstam arranjou um riso desconjuntado.

— Mandelstam morto! — disse, sem fazer nenhum esforço para esconder a angústia na voz. As palavras que emergiram então de sua boca pareciam ser transportadas por pequenas ondas de hálito gelado. — Morto, mas não enterrado ainda.

Posso dizer-lhe que tremi, não por causa do frio de entorpecer as entranhas, mas de um pressentimento aterrorizante. O que ele estaria querendo dizer com "*morto, mas não enterrado ainda*"?

Zinaida perguntou pela hora. Mandelstam nunca usava relógio de pulso, mas sempre sabia a hora; nunca errava mais que em um minuto ou dois.

— São 23h20; tarde demais para você voltar para o seu apartamento. Você terá de vir para a casa conosco e passar a noite.

Segurei o cotovelo de Zinaida.

— Nós simplesmente não aceitaremos uma recusa, queridinha.

— Você me deve isso como a um poeta — disse Mandelstam, meio freneticamente. — Nada depende tanto do erotismo quanto a poesia.

— Se esse é o caso — disse ela com um beicinho —, terei de dizer...

Podia ver que meu marido ansiava pela resposta dela. A perspectiva de um encontro erótico com essa esplêndida criatura havia afastado de sua mente tudo o que lhe acontecera essa noite.

— Terei de dizer *sim*.

Passamos os três a caminhar rapidamente enquanto avançávamos para a Casa Herzen em direção a nosso apartamento.

— Passei a perna no estúpido do Ugor-Jítkin, não passei? — perguntou Mandelstam, com o humor em ascensão. — Duzentos rublos por um manuscrito falso! Apresse-se, Aida. Apresse-se, Nadenka. Se não posso publicar poesia, posso ao menos produzir manuscritos falsificados até os tinteiros secarem na Rússia.

A rua Nachokin estava coberta de gelo. De braços dados, percorremos patinando os últimos 30 metros para o edifício dos escritores. O corredor dentro da nossa ala exalava o inseticida rançoso utilizado para matar percevejos. Estávamos convulsionados pelo riso quando escancaramos a porta do nosso apartamento térreo e, atirando os sobretudos para o assoalho, nos escarranchamos quase sem fôlego no manchado sofá da sala de estar. Podíamos ouvir o relógio suíço, com o grande peso que lhe pendia do extremo da corrente, tiquetaquear lá na cozinha. O aquecedor debaixo da janela, que eu pintara de um vermelho-escuro, silvava e arrotava como se fosse humano. Em algum lugar acima de nós uma descarga era acionada e a água corria pelos canos nas paredes, mas nada podia arrefecer o nosso humor. O telefone, no canto no final do corredor, começou a tocar e assim se manteve até que um dos inquilinos atendeu e, em seguida, gritou:

— Lifshitz, Piotr Semiónovitch, sua esposa gostaria de falar com a sua amante. — Nos pusemos a dar risadinhas como crianças de escola.

Quando recuperei o fôlego, eu disse algo a respeito de como as relações sexuais nunca eram simples no nosso paraíso socialista.

Mandelstam colocou três grossos copos em nossa improvisada mesa de café (na verdade, uma velha mala coberta de adesivos de Heidelberg, onde ele passou um semestre, em 1910) e serviu o que sobrara na garrafa do Khvanchkara georgiano, depois levantou o copo.

— Proponho que bebamos à saúde daqueles que são responsáveis por essa nossa vida feliz.

— Não, não, vamos brindar a nós três — sugeri.

— A nós três! — exclamou Zinaida.

— Bem, então, a nós três — concordou meu marido, feliz e nós fizemos os copos ressoarem e bebemos o vinho.

— Três é um número de sorte — disse Mandelstam, soltando a gravata enquanto lambia dos lábios o resto do vinho tinto. E ele se lançou num monólogo autoconsciente (um dos que eu ouvira antes) a respeito de como a Revolução Bolchevique tivera consequências sexuais, assim como sociais e políticas. — Na década de 1920 — disse ele à nossa hóspede —, o *ménage à trois* começou a ser amplamente praticado nos círculos intelectuais. Todos se lembram do relacionamento entre Óssip, Lily Brik e Maiakóvski. Shostakovitch tinha um casamento aberto com Nina Várzar. Akhmátova, outrora, viveu com a belíssima Olga Sudéikina e o compositor Artur Lúri.

Implorei pelos detalhes suculentos.

— Ela costumava dizer que elas nunca conseguiam decidir por qual delas ele estava apaixonado. Assim, as duas o amavam, e uma amava a outra.

Mandelstam continou:

— Falo por minha esposa, não falo, Nadenka?, quando digo que consideramos um casamento de três faces uma fortaleza que nenhum estranho pode conquistar.

— Ele está apresentando com exatidão as suas opiniões? — perguntou Zinaida.

— Está — respondi. — Parece-me que neste país morto, onde nada pode renascer, o *ménage à trois* é a cidadela ideal.

— Já encarou alguma das conquistas dele como uma ameaça a você mesma? — insistiu Zinaida.

Troquei olhares com meu marido.

— Quando nossos caminhos se cruzaram, num cabaré de Kiev, parecíamos navios passando na noite até que, como ele disse mais tarde, eu o arranquei da água. Logo depois de nos encontrarmos, Mandelstam e eu fomos separados pela Guerra Civil. Eu tinha a mesma idade que você, nessa época, e senti terrivelmente a falta dele. Ele foi parar em Petersburgo, onde teve uma aventura de três meses com Olga Arbénina. A coisa de que mais me ressenti não foi Arbénina; posso compreender qualquer fêmea da espécie que se sinta atraída por Mandelstam. Não, me ressenti mais por Mandelstam. Quando se meteu com essa mulher, ele e eu tínhamos um relacionamento íntimo. Ele me chamava de irmã e se dirigia a mim usando o *ty* familiar. Mas, quando passou a me escrever depois de se encontrar com Arbénina, mudava para o *vy* formal e eu entendi que teria de começar do zero em nosso relacionamento.

— O que você fez? — perguntou Zinaida, olhando ansiosamente de um para o outro.

— A resposta é tão natural quanto o belo sinal sobre o seu queixo — disse Mandelstam. — Nós começamos de novo. — E acrescentou, mais para os meus ouvidos que para os de Zinaida: — Amar uma terceira pessoa não deixa de ter riscos.

Zinaida desejava saber se já havíamos chegado perto de nos separar.

— Houve um escritor barbudo em meados da década de 1920 — reconheci.

— Ah, conte-me quem era — exigiu ela.

Eu só pude sorrir com a lembrança.

— Seu último nome começava com *T*. Não lhe direi mais. Foi uma época em que eu me insubordinei contra a definição de casal por parte do meu marido. Ele esperava que eu abandonasse a minha vida por ele, renunciasse ao meu próprio ego, virasse uma parte dele.

Essa insubordinação assumiu a forma de uma paixão por T. de uma hora para outra. Mas felizmente recobrei o juízo.

Zinaida se voltou para Mandelstam.

— Você ainda espera que Nadejda abandone a vida dela e se torne parte de você?

— Desde então nos encontramos em um meio-termo — retorquiu ele.

— Você pode contar sua primeira experiência de *ménage à trois*? Você estava nervoso? Estava... inibido?

— Para mim — disse Mandelstam —, o batismo de fogo foi com duas irmãs que trabalhavam no cinema.

Isso, para mim, foi simplesmente demais, mesmo se estávamos, ambos, em pleno voo da sedução, por assim dizer.

— Ele está mentindo descaradamente — explodi. — Antes de nos encontrarmos, ele não sabia nada dessas coisas. Tirava a roupa no escuro, pelo amor de Deus. Fui eu quem o iniciou.

— Mas *você* não respondeu à pergunta, Nadejda Iákovlevna. *Você* estava inibida na primeira vez?

— Na primeira vez, a pessoa está sempre tímida, queridinha. Você tem a sorte de contar conosco para iluminar o caminho.

Zinaida apertou uma dobra da minha saia longa e me puxou para mais perto.

— Confesso que estou envergonhada — disse ela suavemente, as bochechas queimando, os olhos incandescentes.

— Posso consertar isso — disse Mandelstam impacientemente (as preliminares estavam tomando mais tempo do que ele previa). — Tire a roupa e nós três iremos para o quarto a fim de bater um papo que não requer um conhecimento do materialismo dialético.

Passei a soltar os botões do alto da blusa dela e, colocando as pontas dos meus dedos no bojo de um dos seios, beijei-a levemente nos lábios. Mandelstam tirou o paletó e o colarinho e, oferecendo-lhe a mão, levou-a para o pequeno quarto.

— Havia poetas ingleses — disse a ela — que acreditavam que, para cada ejaculação, um homem perde um dia de sua vida.

— Isso indica que a mulher ganha um dia? — perguntou Zinaida, com inocência fingida.

— Não — disse Mandelstam, maliciosamente —, a não ser que ela engula.

Os pequenos ombros de Zinaida se sacudiram com o riso silencioso.

— Eu não ficaria à vontade prolongando minha vida à custa do encurtamento da sua.

— Não esquente a sua encantadora cabeça com isso — falei enquanto os seguia pelo vão da porta. O que deixei de dizer foi o seguinte: eram os poemas deixarem de usar subterfúgios, não os orgasmos com essa cativante ninfa do mar, que apresentavam o risco de abreviar a linha da vida de Mandelstam. Para não falar na minha. Quando irrompemos, antes, pela porta do apartamento, imediatamente descobri o que meu marido, todo enfeitiçado pelo perfume de pétala de rosa de Zinaida, tinha deixado escapar: o aroma rançoso de um tabaco forte que só os homens fumavam. E reparei que, como imaginava, o cinzeiro de vidro no peitoril da janela estava cheio de guimbas de cigarro. Não tive coragem de estragar o luculiano banquete de Mandelstam contando-lhe que tivéramos visitas. Pelo menos no intervalo de umas poucas horas, ele deixaria para trás a agonia de já não estar sendo publicado, a indignidade de ler seus poemas para 11 pessoas, a humilhação de "*Antigamente, há muito tempo, houve um poeta com este nome*".

Deus meu, enquanto ele ainda tiver uma musa e uma ereção, disponha as coisas de modo que o sol simplesmente deixe de aparecer amanhã de manhã. Amém.

CAPÍTULO DOIS

Nikolai Vlássik
Segunda-feira, 19 de fevereiro de 1934.

O PRÓPRIO, E CÉLEBRE, Maksim Górki, trajando um cintado sobretudo bege com gola de astracã e empertigado como um porteiro russo branco no cabaré Pigalle, estava patrulhando o pórtico quando parei no Packard oficial.

— Você deve ser Vlássik — gritou ele numa voz aguda, assomando ao lado do automóvel para abrir bem a porta no lado do carona antes que o meu motorista pudesse circular e fazê-lo ele próprio.

— À sua disposição — atirei de volta, mostrando um leve sorriso para entender que não era verdade. Nikolai Sídorovitch Vlássik estava à disposição de um único homem no Universo, o *caid* que no Krêmlin chamávamos de o *khoziain,* expressão georgiana que significa "o cabeça da casa", embora a casa em questão se estendesse do Báltico ao mar Negro e da calota glacial do Ártico ao oceano Pacífico. Górki, com o cabelo alisado para trás e o fino bigode em arco enfeitando o lábio superior, seguiu à frente no pomposo vestíbulo de seu palacete art nouveau. Uma enorme pintura de uma pálida senhora desnuda fazendo piquenique com dois cavaleiros em traje completo, na margem de um rio, ocupava uma parede inteira. Podia-se ver uma versão menor da mesma pintura refletida no espelho emoldurado em aço na parede oposta.

— Representar o anfitrião do camarada Stálin é uma nova experiência para mim — declarou Górki, atirando o sobretudo nos braços estendidos de um criado. — Por onde começamos?

Não posso dizer que tive em alta conta o palacete, a senhora desnuda ou Górki, que eu tinha visto meio de longe em recepções no Krêmlin, quando o "maior escritor da Rússia" (como o chamava o *Pravda* ao relatar um encontro entre Górki e um jovem autor americano chamado B. Schulberg) era apresentado em ocasiões culturais. Jamais li coisa alguma escrita por Górki, nem mesmo *O canal conhecido como Stálin*, nem tive essa intenção. (Não que eu tivesse muito tempo para os livros; meus deveres oficiais, como o guarda-costas pessoal do *khoziain*, factótum e fotógrafo ocasional da família, mal me deixava as noites livres para servir minhas concubinas.) Conforme o dossiê fornecido pelo segundo presidente substituto da Tcheka Gvenrikh Iágoda, Górki, também conhecido como Aleksei Maksmovitch Pechkov, era um daqueles "vegetarianos" (deliciosa expressão do meu chefe, depreciativa e destinada a distinguir os revolucionários pusilânimes dos "comedores de carne vermelha"), que haviam abandonado Lênin no início da década de 1920, quando as coisas ficaram feias. Por algum tempo, ele estivera vivendo no exterior, com uma famosa beleza de seu tempo, Moura Budberg, que antes havia sido amante do cônsul-geral britânico em Moscou, na época da Revolução. Iágoda me disse que desconfiava de que Budberg fosse espiã, mas não podia imaginar para quem trabalhava. Por motivos fora do meu alcance, o *khoziain* atraíra Górki de volta à terra natal, em seu pródigo exílio na Itália no final da década de 1920, oferecendo-lhe esse palacete nas colinas de Lênin, que outrora pertenceu ao milionário Riabuchínski, assim como um par de datchas, uma perto da de Stálin e não longe de Moscou, a outra na Crimeia, cada uma delas suficientemente esplêndida para deixar os visitantes embasbacados, assim fui informado. No caso de isso não ser um atrativo suficiente, o chefe, com um movimento da pena, mudaria o nome de Níjni Nóvgorod, a cidade onde o escritor nasceu, no Volga, para Górki. (Dizem que Iágoda, que também veio de Níjni Nóvgorod, ficou furioso porque a cidade não recebera o seu nome.) Não é de admirar que Górki tenha voltado à Rússia! Cristo é testemunha de que eu cogitaria seriamente residir na América se o *khoziain* de Washington, esse estúpido capitalista F. Roosevelt, concordasse em mudar o nome de Chicago para Vlassikgrad.

Iússis, o lituano que estivera trabalhando para o *khoziain* tanto tempo quanto eu, ou até mais tempo, apareceu atrás de mim com meu motorista, um membro de tribo osseta das montanhas da Geórgia; por falar a respeito dos comedores de carne vermelha, o osseta fora um guarda de prisão tsarista na juventude. Eu acenei para eles vasculharem a casa e, tocando com os dedos as pequenas pistolas alemãs nos bolsos de suas jaquetas de couro, eles partiram em diferentes direções, para explorá-la do sótão ao porão.

— Começaremos pela lista de convidados — disse eu a Górki quando descemos as escadas, com as nossas pisadas fazendo ecoar as paredes ladrilhadas, para a grande e espelhada sala de recepção coberta de vasos chineses onde meu chefe se encontraria com os escritores.

Górki, perturbado, empurrava com o polegar os dentes postiços de volta para o lugar certo.

— Mas a lista de convidados já foi examinada pelo secretariado do camarada Stálin.

— Sou o chefe da equipe de segurança do *khoziain* — informei ao grande e eventual amigo de Lênin que tinha pulado do barco à vista do sangue derramado. — Sou eu que tenho a responsabilidade máxima pela segurança dele. A lista, se lhe apraz. A lista, mesmo se não lhe apraza.

Sou um homem corpulento, que mantém a forma fazendo flexões toda manhã e se movimenta com a agilidade de quem tem a metade de seu peso. Dizem que posso atravessar uma sala sem provocar os rangidos das tábuas do assoalho sob meus pés. Intimidar vegetarianos é o que faço para abrir o apetite.

Górki tirou um documento datilografado do bolso superior do paletó de um terno europeu com lapelas ridiculamente largas. Acomodando-me sobre uma das cadeiras de aço e celuloide, examinei meticulosamente a página, que tinha 38 nomes selecionados por Górki, divididos em duas colunas. Destampei minha caneta-tinteiro e risquei linhas sobre os nomes de três autores de roteiro cinematográfico, três romancistas e dois editores que eu sabia estarem na lista de merda de Iágoda. Quando passei a página de volta para Górki, ele pareceu desconcertado.

— Essas pessoas já foram convidadas. Elas aparecerão na minha porta em 45 minutos.

— Você não é apenas o anfitrião aqui: você é o cabeça da Associação dos Escritores. Você mesmo deliberará sobre a aprovação da entrada, camarada Górki. Confira os nomes quando os convidados chegarem. Aqueles cujos nomes estão riscados de ponta a ponta devem ser mandados embora.

— Que diabo eu vou dizer a eles?

— Você é um inventor de ficções. Diga-lhes o que quer que lhe venha à cabeça. Assegure-se apenas de que eles não entrem. Agora deixe-me ver o esquema dos assentos.

Estudei a página que ele me passou, que correspondia à longa mesa que se estendia pelo comprimento da sala de recepção. O *khoziain*, segundo o plano de Górki, devia sentar-se à cabeceira da mesa.

— O camarada Stálin jamais preside as recepções — informei ao escritor. — Você mesmo se sentará à cabeceira da mesa. Ele se sentará imediatamente à sua direita, com as costas para a parede. Instrua seus criados sobre o fato de que o alimento que ele come e o vinho que ele toma serão fornecidos por mim. Se ele quiser chá, eu o servirei com uma garrafa térmica.

Riscando certos nomes e inscrevendo novos, reagrupei a ordem dos assentos, de modo que meu chefe estivesse rodeado de escritores e editores que eu sabia serem membros do Partido, e devolvi a página a Górki, com uma das fichas de arquivo da Tcheka, com os nomes de três dos seus criados datilografados nela.

— Livre-se deles pela tarde — comuniquei ao grande escritor. — Não os queremos chegando perto do *khoziain*.

Górki olhou de lado e com descrença para a ficha de arquivo e, por um instante, achei que podia ter mais força de caráter do que lhe creditavam seus detratores.

— Essas pessoas — deixou escapar — estão comigo desde que voltei para a Rússia.

Olhei de relance impacientemente para o meu relógio de pulso.

— Eles têm nomes israelitas, camarada Górki — disse eu, supondo que fosse explicação suficiente.

— Nomes israelitas! Alguns dos camaradas mais próximos de Stálin são de ascendência judia: Zinóviev, Kámenev, Kaganóvitch, até o seu Guenrikh Iágoda, tchekista. Dizem que o próprio Lênin tem sangue judeu...

Eu o interrompi.

— O arquitraidor Bronstein-Trótski é um israelita. Estamos preocupados com a possibilidade de que tente assassinar o *khoziain* com a ajuda da conspiração sionista internacional.

Górki revirou os olhos de desalento.

— Convidar o *khoziain* para se encontrar com escritores sob o meu teto se mostrou mais complicado do que imaginei quando Stálin propôs a ideia.

Os primeiros dos escritores e editores, chegando em automóveis particulares, de táxi ou a pé, começaram a aparecer, enquanto os carrilhões na torre do Kremlin, do outro lado do rio, anunciaram o meio-dia em ponto. Eu podia ver a figura arqueada de Iússis, em pé imediatamente além da porta da frente, inspecionando os convidados com seus olhos sisudos, enquanto tiravam os capotes de inverno e os empilhavam nas mesas dispostas com essa finalidade no vestíbulo. Górki discutia com dois homens na porta, levantando as mãos desamparadamente ao mandá-los embora. Meu motorista osseta tinha tomado posição em frente às portas de vaivém que levavam da sala de recepção para a cozinha. Fiquei de olho nas coisas por algum tempo e, depois, me dirigi para a entrada dos criados pela lavanderia ligada à cozinha, que dava para uma passagem sem calçamento atrás do palacete. Às 13h30, um Rolls-Royce 1911 com para-choque em forma de lágrima dobrou para a aleia e avançou para estacionar na parte de trás do palacete. Nas duas extremidades da passagem pude avistar soldados armados de fuzis de baionetas, obstruindo o acesso a partir da rua. Dois homens de Iágoda, em trajes civis, saltaram do carro. Um deles veio até mim e me saudou, enquanto o outro ajudava a abrir a porta de trás do Rolls-Royce. O *khoziain* deixou o automóvel, claramente sem nenhuma pressa de chegar aonde ia. Ele detestava as funções públicas e desprezava todos os escritores, com as possíveis exceções de Mikhail Chólokov, do poeta Pasternak e de outro poeta de nome israelita que me escapa agora, na medida em que os considerava carreiristas que, em primeiro lugar, servem a eles próprios e em segundo, muito distante, à Revolução. Meu chefe, com um boné de trabalhador na cabeça e um modesto casacão do Exército lançado sobre os ombros, me identificou na porta e levantou uma das mãos para acusar minha presença. Um cigarro bamboleava-lhe no lábio inferior. Ele aproveitou uma última tragada antes de jogá-lo numa caçamba de lixo aberta. (O camarada Stálin, que era cauteloso acerca da imagem que apresentava ao mundo, considerava importante nunca ser visto em público ou fotografado fumando um cigarro.) Caminhando com seu típico passo de pombo (com as pontas dos pés para dentro) imitado tão artificialmente pelos atores que o representavam no palco, ele chegou pelo vão da porta.

— Tudo em ordem, Vlássik? — murmurou.

— Tenho a impressão de que ele pensa que lhe está fazendo um favor.

Um riso gutural subiu da parte de trás da garganta do *khoziain*.

— Babaca. — Ele sacudiu o casacão dos ombros. Um dos homens de Iágoda apoderou-se dele antes que batesse no assoalho e dobrou-o sobre as costas de um banco. Sob o casaco, o camarada Stálin vestia uma dessas ásperas túnicas de camponês que ele gostava de usar quando aparecia em público e folgadas calças de lã metidas à maneira *muzhik*, em botas de couro macio com saltos espessos, projetados para fazê-lo parecer mais alto. (Quando ele inspecionava desfiles militares, do alto do túmulo de Lênin, ficava sobre um caixote de leite de madeira, de modo que sua cabeça ficasse tão alta ou ainda mais alta que as dos marechais e membros do Politburo em torno dele. Sei disso porque fornecia o caixote de leite.) Segui meu chefe até a lavanderia e a cozinha, alcançando-o e passando adiante para deixar abertas as portas de vaivém que levavam à sala de recepção. A notícia de sua chegada se espalhou como fogo-fátuo através da sala. As conversas se extinguiram. Os escritores e editores que já estavam sentados à mesa se levantaram em um salto. Os outros, rodopiando agarrados a pequenos copos de *pertsovka*, uma vodca ardente e envelhecida com pimenta, se mantinham atentos, olhando para todo mundo como estudantes de colégio na presença do diretor da escola. Meu chefe fez sinal com a mão boa numa vaga saudação que abrangia todos. Um afável Górki surgiu da multidão e lhe fez uma grande exibição de boas-vindas ao palacete que o *khoziain* lhe tinha dado. O camarada Stálin puxou um cachimbo Dunhill do bolso da túnica e alimentou cuidadosamente o fornilho com uma bolsinha (que eu enchera de tabaco picado de uma das suas marcas favoritas de cigarro, Kazbek Papirosi). Górki apresentou um isqueiro de prata e cobriu a chama com a mão em concha sobre o fornilho do cachimbo, enquanto o camarada Stálin o sorvia para pegar. Por um instante os dois ficaram obscurecidos por uma nuvem de fumaça. Eu me esgueirei entre grupos de convidados para ficar mais perto do *khoziain.* Quando me aproximei, um raio de sol que passou pela claraboia surpreendeu seu rosto como um projetor e me impressionou, uma vez mais, como o chefe parecia envelhecido. Estava com 50 e poucos anos e essa parecia sua idade, mas ele agia como se fosse mais velho. O bigode, que a filha de 8 anos, Svetlana, se queixava de ser espinhento, pendia como uma planta cheia de ervas daninhas que precisa de água. Ele tinha o que nós chamávamos, rindo, de aparência do Krêmlin, que vinha do trabalho de 15 horas por dia — sua pele, marcada pelas cicatrizes da varíola na infância, tinha adquirido um amarelado doentio. Seus dentes estragados, claramente visíveis quando mordia a haste do cachimbo, pareciam refletir o declínio geral do corpo.

Para aqueles entre nós que gozavam da intimidade do camarada Stálin, não era nenhum segredo que ele estava travando uma ação de retaguarda contra um persuasivo desespero. Ah, ele podia encenar uma exibição em público, mas a maior parte das manhãs o encontravam, depois de mais uma noite sem sono, numa escura rabugice a reclamar de sua amigdalite crônica, do reumatismo latejante no braço deformado ou da dor num dente que o dentista Shapiro (outro israelita com quem tenho de me preocupar!) tinha deixado de aliviar durante uma visita à clínica do Krêmlin na tarde anterior. As mulheres de seu círculo — a esposa de Molotov, a judia Polina; a nova noiva de Bukhárin, a bela Ana Larina, de 20 anos — achavam que ele nunca se refizera da morte repentina, um ano e meio antes, de sua jovem mulher Nadejda. É claro que ninguém falava disso na frente dele, com receio de que seu lendário temperamento osseto-georgiano, que podia estourar como uma tempestade de verão, cancelasse a conversa, sem falar no passe do Krêmlin que dava acesso à corte. (Todos concordavam que a ausência de uma companhia feminina séria contribuiu para a depressão do *khoziain*; eu mesmo tinha-lhe oferecido, casualmente, apresentá-lo a uma ou várias das minhas concubinas, mas ele recusara-se a isso tão bruscamente que me desencorajou de falar sobre o assunto uma segunda vez.) Os homens próximos ao camarada Stálin — seu secretário de longa data, seu chefe de equipe, variados membros do Politburo e até Iágoda — tinham um outro entendimento da situação. Para eles, a obsessão que o chefe tinha de compelir o campesinato às organizações coletivistas voltara para assombrá-lo. Circulavam no

Krêmlin histórias de aldeias ucranianas abandonadas, de vagões de gado cheios de camponeses mortos de fome, de turbas em tumulto que queimavam grãos e matavam o gado. A proibida palavra *fome* se espalhara. Estaria o camarada Stálin, o homem de ferro que se conservara firme durante os acontecimentos da Revolução, e da brutal Guerra Civil seguinte, perdendo o sangue-frio? Temeria ele que o caos que havia neutralizado reacendesse fora de controle; que as cestas de pão dos ucranianos estivessem para sempre perdidas na União das Repúblicas Socialistas Soviéticas; que seus colegas do Politburo, confrontados com o colapso do poder bolchevique, tramariam pelas suas costas despojá-lo da chefia — ou de sua vida?

O tabaco do cigarro, no cachimbo, parecia acalmar os nervos do chefe. Afundado na poltrona à direita de Górki, ele até conseguia bater papo formalmente com os escritores e editores mais próximos a ele.

— Eis uma boa pergunta. Nossos livros de história falam por alto desse período da vida de Stálin, porque seria impróprio para um bolchevique atrair a atenção para isto — disse a um escritor, falando um russo rico, de denso sotaque georgiano, e usando a forma de discurso da terceira pessoa que ele preferia em apresentações públicas como esta. — Sua mãe, Ikatierina, graças a Deus ainda viva, é uma santa comprovada. Naqueles dias, a família vivia numa choupana caindo aos pedaços atrás de uma igreja em Gori, uma árida cidade esparramada num remanso montanhoso da Geórgia perto do rio Kurá, que era tão barrento que os peixes se asfixiavam nele. Ela ajudou a sustentar a família cuidando da casa de um sacerdote local e se encarregando de lavar a roupa das donas de casa burguesas que viviam no lado da cidade de ruas pavimentadas com coleta de lixo. A última vez que Stálin visitou a mãe, vocês não vão acreditar, ela lhe perguntou o que ele fazia para viver. Stálin explicou que trabalhava no Krêmlin e ajudava a governar o país. Ela balançou a cabeça com desagrado e disse que ele faria melhor se terminasse o seminário e se tornasse sacerdote. Podem imaginar Stálin, um ateísta fervoroso, como sacerdote?

O *khoziain* bateu de leve as pontas e os calcanhares das botas no assoalho numa pequena dança, sinal de que estava começando a gostar da conversa. Uma coisa que meu chefe apreciava era falar sobre si mesmo. Era difícil fazê-lo começar, mas, uma vez que o fizesse, era mais difícil interrompê-lo.

— Quanto ao falecido e muito chorado pai de Stálin, Vissarion — continuou ele —, ele era um sapateiro por profissão, um chefe de família diligente e um proletário modelo, embora haja pouca possibilidade de ele ter conhecido o significado da expressão. Lutava de forma abnegada para tornar melhor a vida da mulher e dos filhos. Vissarion, para tristeza de Stálin, morreu antes de ele poder realmente conhecê-lo, mas seu pai permanece um ótimo exemplo do que um homem deve ser. Você perguntou acerca dos nomes de Stálin, não foi? Sua mãe chamava-o de Soso quando era garoto, que é o equivalente georgiano de "filhote". Mais tarde, quando Stálin passou à clandestinidade e começou suas atividades revolucionárias, deu a si mesmo o nome de Koba, em homenagem a um foragido ficcional caucasiano.

— E de onde se originou o nome Stálin? — perguntou-lhe um gordo editor.

À nossa volta, os garçons estavam servindo aos convidados vinho branco georgiano gelado. Iússis surgiu com uma garrafa que escolhera ao acaso nas caixas da cozinha, desarrolhou-a diante dos olhos do chefe e lhe encheu a metade da taça. O *khoziain* molhou os lábios no vinho.

— Acho que Koba começou a usar o nome clandestino de Stálin em 1913. Sim, sim, foi em 1913. Ele adotou o nome por causa de uma bolchevique de peitos grandes e bochechas coradas com o qual ele partilhava a cama nessa época. Seu nome era Ludmilla Stal, e ele transformou o *Stal* em *Stálin.*

— Stálin, o homem de ferro — disse Górki, com aprovação.

— Uma história maravilhosa — disse um editor diagonalmente, do outro lado da mesa do camarada Stálin. — Posso publicá-la no meu jornal?

Meu chefe se eriçou.

— É inadmissível. Nós, bolcheviques, nos orgulhamos de ser modestos, de desencorajar um culto baseado em nossas personalidades.

Enquanto os garçons estavam distribuindo bandejas de prata prodigamente cheias de pequenas fatias de salmão, fiz Iússis ir buscar no porta-malas do meu Packard o cesto de palha contendo a comida que fora preparada num laboratório da Tcheka, em seguida lacrada e marcada com o *Comprovadamente isenta de componentes venenosos.* O *khoziain*, que era quase um especialista em venenos — uma vez me informou que o ácido cheirava a amêndoas tostadas, a cicuta a ninho de rato, a espirradeira, a chocolate e o arsênico a uma ceia em decomposição —, se recusava categoricamente a comer em recepções públicas, a menos que ele rompesse o lacre e abrisse o cesto ele próprio. Chegando ao redor dele, coloquei a caixa na mesa. O camarada Stálin cortou o lacre com uma das unhas manchadas de nicotina e cheirou o *perozki* frio recheado de carne de porco moída, antes de enfiar um pedaço na boca.

Na cabeceira da mesa, Górki se levantou e bateu de leve com uma faca numa garrafa de água mineral.

— Todos falam a respeito de Lênin e do leninismo, mas Lênin já se foi há muito tempo. Ora, viva Stálin e o Stálinismo! — gritou ele, erguendo uma taça de vinho acima da cabeça. — Vida longa, energia, sabedoria e vigor para triunfar sobre os muitos inimigos do primeiro Estado socialista da terra.

Em um instante, os convidados ficaram de pé.

— Ao camarada Stálin! — gritaram em coro, e tomaram o vinho branco.

Stálin sacudiu o dedo mínimo para Górki.

— Como você pode dizer isso? Lênin era um punho, Stálin um pequeno dedo. — Os convidados no extremo da mesa de Stálin que ouviram a observação prorromperam em aplausos.

Dei uma volta pela cozinha para me certificar de que os criados com sobrenomes israelitas tinham sido mandados para casa. Quando voltei para o meu posto perto do *khoziain*, vi que estava contando uma piada; o chefe era capaz de encantar o couro de uma cobra, caso se concentrasse nisso.

— Se vocês já conhecem esta, me interrompam — informou aos convidados em voz alta. — É a seguinte. Um turco pergunta a um sérvio por que eles estão sempre guerreando. "Para saquear", o sérvio responde. "Somos um povo pobre e esperamos conseguir alguma pilhagem. E você, o que me diz?", o sérvio pergunta. "Nós combatemos pela honra e pela glória", replica o turco. A que o sérvio logo diz (e o *khoziain* começou a gargalhar de sua própria história): "Todos combatem pelo que não têm."

— Todos combatem pelo que não têm — repetiu Górki, e estourou numa gargalhada feminina. Os convidados em torno de Stálin bateram com as mãos na mesa em aprovação. Depois de um instante, alguém perguntou se o *khoziain* achava que o comunismo soviético se expandiria por outros países industrializados.

O camarada Stálin, agora, estava em casa.

— Quando nós, bolcheviques, tomamos o poder — disse ele —, vários dos camaradas mais ingênuos achavam que nossa insurreição lançaria fagulhas de revolução por toda a Europa capitalista. Alguém chegou até a sugerir, um tanto jocosamente, que devíamos construir uma alta torre em nossa fronteira e colocar uma sentinela para observar atentamente a revolução mundial. Stálin, que acreditava na construção do socialismo em um país de cada vez, a Rússia em primeiro lugar, lhes disse que esse projeto tinha a vantagem de proporcionar emprego permanente para pelo menos um trabalhador. Bem, você entende. Que países estão amadurecidos para a revolução? Certamente não os Estados Unidos, onde todos estão demasiadamente ocupados acumulando riqueza ou se agarrando ao que já acumularam. Os franceses estão muito preocupados em comer, beber e fornicar para fazer uma revolução. Quanto à Grã-Bretanha, os ingleses não podem rebelar-se contra o rei, porque a revolução implicaria ignorar os letreiros que proíbem pisar sobre a grama.

— Assim, sobram os alemães — indicou Górki.

— Qualquer criança sabe que os alemães não conseguiriam tumultuar uma estação ferroviária sem primeiro comprar as passagens para o cais — disse o chefe com um sorriso afetado.

As pessoas em torno do camarada Stálin, seduzidas pelo tom amigável do *khoziain*, começaram a ficar à vontade. Mikhail Chólokov, sentado ao lado oposto do meu chefe e à esquerda de Górki, desejava saber se havia alguma verdade no boato de que o Comitê Central estava pensando em mudar o nome de Moscou para *Stálinodar*.

— Posso revelar, embora isso não deva sair desta sala, que o assunto foi levantado, mas Stálin o rejeitou categoricamente.

Chólokov, um dos favoritos do camarada Stálin, perguntou ao chefe qual, em sua opinião, era a arte mais elevada, se a prosa, a dramaturgia ou a poesia. Stálin pensou um pouco.

— A poesia é claramente a cabeça e os ombros acima das outras artes. Stálin discorreu exatamente sobre essa questão outro dia com o escritor americano Dos Passos, que nos visita em conexão com o Congresso dos Escritores. Dos Passos concordou com a minha formulação e citou o romancista britânico Maugham, algo no sentido de que o poeta faz o melhor dos prosadores parecer um tolo. É também esta a opinião de Stálin.

Górki, dando à voz um tom mais alto que o habitual, disse:

— Não posso dizer que concordo.

O chefe aspirou ruidosamente o cachimbo apagado.

— Ninguém lhe pede para concordar — disse ele em um tom tão suavemente divertido, que Górki não pôde deixar de compreender que se arriscara em águas perigosas. O *khoziain* não gostava de ser contrariado em público; ele me confidenciara que isso quase chegava a ser um insulto criminoso.

Quando os garçons se movimentaram para distribuir tigelas de fruta e de biscoitos, o *khoziain* bateu com seu Dunhill sobre a mesa.

— Camaradas escritores — bradou. Qualquer que fosse a conversa que havia na sala, esta cessou instantaneamente. — Vocês certamente estão se perguntando por que foram convidados a compartilhar a hospitalidade de Górki nessa tarde especial de fevereiro. Achamos que havia algo a ser conquistado ao se oferecer a vocês, que estão entre os mais proeminentes escritores e editores soviéticos, uma prévia da nova política cultural que o Politburo está prestes a promulgar, em conexão com o Primeiro Congresso dos Escritores Soviéticos de toda a União. Estamos no processo de reorientar a linha do Partido do modernismo para o que chamamos de realismo socialista. O que é o realismo socialista? Daqui para a frente, é a estética obrigatória para as artes visuais, o teatro e o cinema, para todas as formas de escrita criativa. O realismo socialista reconhece que não há essa coisa de arte ou cultura em termos abstratos. Toda arte, toda cultura, ou serve a Revolução e o Partido, ou não o faz. O realismo socialista proclama que a arte em todas as suas formas deve ser realista na forma e socialista no conteúdo; reconhece que os escritores são engenheiros da alma humana e, como tais, têm uma obrigação moral de inspirar o proletariado soviético a acalentar os sonhos socialistas.

No outro extremo da longa mesa, um jovem escritor de contos levantou um dedo.

— Não há necessidade de pedir permissão para falar — instruiu-lhe o camarada Stálin. — Aqui somos todos iguais.

O jovem coçou nervosamente a barba em seu largo rosto de camponês.

— Eu gostaria de perguntar ao camarada Stálin como um escritor, trabalhando com a estética obrigatória do realismo socialista, vai tratar do problema da coletivização. Se na forma devemos ser realistas, temos de retratar o caos, o sofrimento...

O único som na sala veio do lado de fora do palacete — dos carros buzinando impacientemente perto de um local em construção, ao pé da colina. O *khoziain* inclinou-se para a frente, a fim de ter uma visão melhor do interlocutor.

— Como é o seu nome, camarada?

— Saakadze, Sergo.

— Saakadze, Sergo — repetiu o chefe amavelmente. — Stálin agradece a sua intervenção. Então: na medida em que a coletivização dos camponeses foi um sucesso catastrófico, certa proporção de caos e de sofrimento era inevitável. Quando uma grande pátria socialista se mobiliza para eliminar o desperdício e a pobreza numa grande escala, bobagens acontecem. Você e os trabalhadores culturais que têm a responsabilidade de justificar a coletivização para as massas devem pesar o caos e o sofrimento diante daquilo que está sendo realizado, e isso deve entrar no retrato *realista* dos acontecimentos em pauta. A coletivização é o que torna possível a industrialização. Retardar o tempo da coletivização incapacitará a industrialização e isso, por sua vez, significará que nossas Repúblicas Soviéticas ficarão para trás do Ocidente. E aqueles que ficam para trás terminam na lata de lixo da história. Temos apenas de nos recordar da velha Rússia: em função de seu atraso militar, cultural, político, industrial e agrícola, ela estava sendo constantemente derrotada. Pelos cãs mongóis. Pela aristocracia polono-lituana. Pelos capitalistas anglo-franceses. Camaradas, olhemos a realidade de frente. Estamos meio século atrás dos principais países industrializados. Temos de reverter essa diferença em dez anos; ou fazemos isso, ou perecemos. Esse Adolf Hitler tem um apetite voraz. Gravem minhas palavras: quando ele terminar de se fartar no Ocidente, se voltará para o leste. Devemos estar prontos para lhe dar as boas-vindas com aço frio. Stálin e seus colegas do Politburo acreditam que são capazes de vencer o atraso antes de rebentar a inevitável guerra com a Alemanha nazista. Vocês nunca devem perder de vista o fato de que estamos armados com o irrefutável marxismo científico, que nos permite prever o futuro e desviar o curso da História. Os capitalistas vivem de religiões que prometem o céu *depois* da terra, ao passo que nós oferecemos a perspectiva do céu *na* terra. Nossos trabalhadores das fábricas e das fazendas serão recompensados pelo seu trabalho neste mundo, não em alguma vida posterior. — Meu chefe apontou o indicador na direção de Saakadze. — Você pergunta como deve tratar da coletivização. Busque sua resposta com Mikhail Aleksándrovitch aqui presente. — Com um esforço, o camarada Stálin levantou rigidamente o braço estropiado para indicar Chólokov no outro lado da mesa. — Leia seu romance sobre a coletivização, *Virgin Soil Upturned.* Stálin leu-o duas vezes. O camarada Chólokov consegue dramatizar o aforismo de Marx sobre a idiotice da vida rural nos termos em que estava organizada sob os tzares.

Górki agitou-se em veemente concordância:

— Se o inimigo não se rende — disse ele, olhando ao redor para os escritores e editores —, ele tem de ser exterminado.

O camarada Stálin disse, de maneira recriminadora:

— Camarada Górki, ninguém, com exceção de você, disse qualquer coisa sobre extermínio.

Sergo Saakadze levantou uma das mãos para falar de novo e depois, como uma criança apanhada violando uma regra, rapidamente a recolheu.

Camarada Stálin, qualquer pessoa que se mantenha atenta aos acontecimentos sabe que a fome está se espalhando em grandes regiões da Ucrânia, mas, segundo o *Pravda,* a União Soviética continua a exportar cereais. Por que não aceleramos a expedição de alimentos para as áreas atingidas mais severamente, em vez de exportar para o Ocidente?

O *khoziain* estudou os semblantes ao redor da mesa.

— Nosso camarada é um bom contador de histórias — declarou. — Ele inventou a ficção da fome para nos assustar. — Seu olhar pesado caiu sobre Saakadze: — O que você escreve? Fábulas para débeis mentais? Onde obtém sua informação?

— Obtenho minha informação com minha mãe e meu pai, que vivem em (mencionou um distrito da Ucrânia e uma aldeia). Eu mesmo nasci e fui criado nessa aldeia. Graças às políticas bolcheviques de igualitarismo, terminei a escola secundária e fui admitido na universidade de Kiev, onde agora leciono. Sou membro do Partido desde antes da morte de Lênin. De acordo com a lei da coletivização, os *kúlaks* que tenham filhos que ensinam em escolas do Estado são isentos da coletivização forçada. No entanto, meus pais foram submetidos à mais dura repressão pelos tchekistas. De modo que lhe pergunto, camarada Stálin, por que meus pais, que são pequenos proprietários de uma nesga de terra, que os divulgadores do Partido chamam de *kúlaks*, não estão isentos da expropriação e da coletivização forçada como a lei especificou?

Eu podia afirmar, pela linguagem corporal do meu chefe, que ele estava irritado; seus ombros estavam inclinados para a direita, seus pés se assentavam firmemente no assoalho, ele mastigava o tubo do cachimbo como se não pudesse esperar para fumar um cigarro.

— O fato é que a coletivização chegou melhor e mais rapidamente do que tínhamos antecipado — disse ele finalmente. — Nesse ponto, nosso pessoal em campo, aturdido com o sucesso, cometeu excessos ocasionais; identificou equivocadamente um pequeno número de camponeses médios como *kúlaks*, usou a intimidação para enfiá-los à força em organizações coletivistas, confiscou seus cereais e seu gado. No entanto, Stálin pode-lhe dizer que a política global de coletivização é a política certa, na época certa. Escreva num papel seu nome, os nomes de sua mãe e seu pai, assim como o nome de sua aldeia. Stálin fará seu pessoal investigar o assunto. Caso se conclua que uma injustiça foi cometida contra seus pais, corrigiremos isso.

Minutos mais tarde, acompanhei um irritado *khoziain* até o carro, que o esperava. Um dos tchekistas de Iágoda manteve a porta de trás aberta. O camarada Stálin me entregou o pedaço de papel com o nome de Saakadze.

— Que a mãe dele se foda! — disse em voz baixa, com um encharcado Kazbek Papirosi grudado no lábio inferior. — Como o sacana foi convidado?

— Górki.

O *khoziain* não estava satisfeito.

— Impugnar a coletivização ou levantar o espectro da fome em público é o equivalente moral a pilhar. Ponha os Órgãos para investigá-lo.

CAPÍTULO TRÊS

Fikrit Shotman
Terça-feira, 3 de abril de 1934.

Como ocorre com a maioria das esposas, Agripina era tão boa quanto a maior parte delas e melhor que muitas, mas, uma vez que ela se empenhasse numa coisa, você podia perder dinheiro apostando que ouviria a conclusão daquilo a qualquer momento.

— Posso ler você como um livro aberto, Fikrit. Quando você olha a janela fixamente dessa maneira, enevoando seu reflexo com seu hálito, você não me ouve, nem sequer se encontra no mesmo espaço que eu. Está de volta às montanhas do Azerbaijão. Está lutando com os matacões daquele leito de rio atrás da cabana de seus pais e levantando-os para um carro de boi, está obstinado em arrastar o boi que arrasta o carro a fim de levar os dois para o aterro sobre o baixio.

Ela não se enganava. Eu estava nostálgico, não tanto do doce ar do Azerbaijão ou da canção que cantam os rios da montanha quando correm sobre os matacões; estava nostálgico dos momentos mais simples em que se podia viver do suor de sua testa sem se atormentar com o fato de que um cara qualquer da cidade jogaria sob uma luz desfavorável cada coisa que você faz ou cada coisa que você diz.

— Desejar voltar para o Azerbaijão não vai levá-lo de volta para lá — disse Agripina e, embora tivesse um pouco mais que a metade da minha estatura e nem sequer a metade do meu peso, ela deu um aperto firme no meu pulso com suas duas pequenas mãos, me puxou para o banco ao pé da nossa cama e me empurrou para baixo de modo que eu me sentasse nele e ela ficasse de joelhos aos meus pés. — Ouça-me, Fikrit. Preste atenção. O cérebro não é o seu forte, de modo que você precisa se concentrar em cada palavra que sai da minha boca. Vamos de novo desde o começo. Antes de dormir, você precisa planejar o que dirá quando eles vierem encher o saco com perguntas.

— O que lhe dá tanta certeza de que eles vão aparecer?

— Você foi denunciado na assembleia da cooperativa do circo, e por ninguém menos que a mulher barbada que dorme com o representante tchekista no departamento administrativo. Ele é obrigado a preparar um relatório, que é como os tchekistas ganham a vida. As pessoas para as quais faz relatório são forçadas a farejar em volta. Foi o que aconteceu quando eles levaram Dancho, o mágico, por lançar dardos num alvo que ele pintava numa página de revista. Como ele ia saber que a foto de Stálin estava na parte de trás? Portanto começa pelo campeonato europeu em Viena.

— Eu lhe contei essa passagem. Peguei 50 dólares americanos do treinador assistente da equipe americana para deixar o americano Hoffman vencer a competição do levantamento de peso. A única razão por que apanhei o dinheiro foi porque ele já detinha o recorde mundial de levantamento de peso, de 295 quilos. O máximo a que cheguei foi 285 quilos, de modo que ele iria ganhar de qualquer maneira. Onde está o mal?

— Você usou os 50 dólares para comprar uma mala com o porteiro do hotel, que a encontrou no depósito do subsolo onde foi abandonada por um caixeiro-viajante que foi embora sem pagar a conta.

— Não entendo por que precisamos mencionar os 50 dólares — disse a Agripina. — Podemos dizer que a mala foi um prêmio adicional por eu ter ganhado a medalha de prata do levantamento de peso.

— Isso não explica como um adesivo da torre Eiffel acabou sobre a mala.

— Eu podia dizer a verdade: que o seu meio-irmão Arkhip trouxe-a de Paris, França, no último verão, quando a banda do Exército Vermelho, na qual ele é o segundo trompete, voltou de sua viagem pela Europa.

— É a última coisa que você deve dizer! Pense o que aconteceria com Arkhip se ficassem sabendo que ele esteve distribuindo adesivos da torre Eiffel a torto e a direito. Não, não. Você diz que a torre Eiffel foi colada na mala quando eles a deram para você em Viena, e você diz que jamais reparou nela, até o assunto ser levantado na última noite, na assembleia da cooperativa do circo.

— Isso se aproxima da verdade. A mala tem adesivos de toda a Europa. Além do que, mesmo se eu a tivesse visto, como é que ia saber que a torre Eiffel ficava em Paris?

— Você é tão inocente, Fikrit. Às vezes, acho que você nunca passou da infância e que ficou parado na fase do bebê. Qualquer idiota sabe que a torre Eiffel fica em Paris, França.

— Fui totalmente a favor de raspar o adesivo, quando você o encontrou na mala, no último verão.

— Isso teria sido pior. Teria deixado o contorno na mala. A Tcheka saberia identificar que você raspa um adesivo. Você pode ter certeza de que eles têm arquivados todos os adesivos do mundo. A etiqueta triangular com a torre Eiffel deve ser uma das mais conhecidas. Teria parecido suspeito. Por que, eles se perguntariam, ele rasparia a torre Eiffel, se é um adesivo tão inocente?

— Eu nunca sequer estive em Paris — disse eu. — Viena, na Áustria, é a cidade mais distante do Ocidente, que já fui em minha vida. Posso provar isso. Qualquer um pode ver que não há nenhum carimbo de Paris no meu passaporte.

— Fikrit, Fikrit, veja isso do ponto de vista deles: o adesivo é prova de que você *quer ir a Paris, França*, de que você acha que há coisas lá que não pode encontrar aqui. Como você pode ser tão obtuso? Temos torres em toda a Rússia. Elas podem não ser tão grandes quanto a de Paris, mas toda mulher sabe que tamanho não é documento. Deus meu, se fosse apenas o adesivo de uma torre soviética na sua mala no lugar dessa coisa desgraciosamente francesa...

— Nunca pensei que qualquer pessoa distinguiria a torre Eiffel de todos os outros adesivos colados na mala.

— Ah, você achou que alguém a distinguiria, tudo bem, Fikrit. Conheço você melhor do que você mesmo. Você queria que as pessoas do circo a vissem, precisava de um sinal para espalhar que o Partido confiava tanto em você que lhe teria permitido viajar a Paris, França. Foi a sua vaidade que nos pôs nessa enrascada.

— Você está dando a isso um peso desproporcional, Agripina. Afinal, é somente um adesivo. E não é como se eu o raspasse para escondê-lo. Isso podia contar a meu favor, isso e o fato de ser um membro do Partido.

— Eles estiveram expurgando membros do Partido aos milhares. Há também a questão da tatuagem.

Tinha esquecido a tatuagem. Eu a fiz quando eles rebatizaram Tsáritsin de Stálingrado em homenagem à grande vitória do camarada Stálin sobre a Guarda Branca, durante a Guerra Civil.

— O rosto de Ióssif Stálin no meu bíceps certamente contará mais do que um adesivo em uma mala. Foi feito por um tatuador muito conhecido em Alma Ata. Por sorte, a semelhança é muito grande.

Como de hábito, Agripina estava um passo à minha frente.

— Tire a sua cabeça de dentro da areia, Fikrit. A tatuagem está se apagando. Isso poderia ser interpretado como uma afirmação política. E o machucado provocado pela corda quando você levantou a grande tenda em Tiflis poderia ser visto como desfiguração intencional, o que é o mesmo que subversão.

Tive de admitir que ela estava me deixando inquieto. Tateei minha bolsa de pano à procura de uma pitada de *makorka*, enrolei-a num desses inúteis títulos de empréstimo do Estado do tempo dos tzares e o colei com saliva. Agripina apanhou um fósforo e o acendeu com um piparote da unha do polegar. Deixei a fumaça desprender-se das narinas para evitar que os dentes ficassem mais amarelos.

— Algumas das suas tatuagens também se estão apagando. — Foi tudo o que pude pensar em dizer.

— Lênin está se apagando, isso é realmente verdade, mas está escondido sob o sutiã, entre meus seios, e eles não pensarão em olhar ali. Trótski, graças a Deus, apagou quase completamente; quando os clientes me perguntam quem é, digo sempre que é Engels e, como ninguém se lembra de sua fisionomia, ninguém percebe. A de Stálin no meu estômago está fresca como uma margarida do campo. E não tenho um adesivo da torre Eiffel na minha valise.

Agripina começou a soluçar silenciosamente, com a cabeça na minha coxa, as lágrimas embebendo os meus calções de lona. Para acalmá-la, cocei o mapa da África que principiava em sua nuca e lhe corria pela espinha, porém ela apenas choramingou:

— O que será de mim se eles o prenderem, Fikrit?

— Você achará outro marido no circo para compartilhar sua cama — disse eu. — No Azerbaijão, quando um homem desaparece, por uma razão ou por outra, sua mulher espera um intervalo decente e então procura outro para lhe tomar o lugar. Tal coisa é perfeitamente normal. Não há nenhuma vergonha em falar disso, nenhuma vergonha em fazê-lo.

Ela sacudiu a cabeça violentamente.

— Você foi o primeiro homem que conheci que gostou do meu corpo coberto de tatuagens, e certamente será o último.

— Lembro-me da primeira vez que você me mostrou todas as suas tatuagens, inclusive as que o público nunca consegue ver.

Isso trouxe um tímido sorriso aos lábios de Agripina.

— Eu também me lembro. Oh, eu estava com os nervos em frangalhos. Tirei toda a minha roupa no banheiro e coloquei uma das suas camisas, que me chegava até os joelhos, segui andando descalça para o quarto com a cama extragrande e fiquei em pé sobre ela, olhando de cima para o seu lindo corpo. Aí respirei fundo, tirei a camisa, abri largamente os braços e gritei: *Tchã ram!* E pude perceber imediatamente, pela expressão dos seus olhos, que você adorou o que viu.

— Ah, eu adorei. Realmente adorei. Adorei a serpente se enrolando pela sua coxa acima com a cabeça se desvanecendo dentro de seus pelos curtos. Adorei Lênin olhando fixamente entre seus pequenos seios. Adorei a África começando com a Tunísia no cangote de seu pescoço e terminando no cabo da Boa Esperança exatamente sobre a fenda de seu traseiro. Adorei Stálin na sua barriga. Adorei a *Mona Lisa* pintada sobre uma de suas nádegas, até adorei Trótski sobre a outra. Na época, ninguém sabia que ele era uma maçã podre que trairia a Revolução. Adorei o slogan soviético a respeito da eletricidade, que desce correndo pelo seu braço. Adorei os dois pavões, cada um pousado num dos ombros, as penas da cauda roçando seus pequeninos mamilos.

— Meu Fikrit querido, amei você ainda mais por adorá-los.

De repente me veio à cabeça (como não pensamos nisto antes?) que nós não precisávamos perder o sono por causa de um adesivo numa mala.

— Ouça, Agripina, se eles realmente aparecerem, nós lhes mostraremos a foto no jornal do camarada Stálin apertando a minha mão depois de eu ganhar a medalha de prata em Viena, Áustria. Quantas pessoas apertaram pessoalmente a mão do camarada Stálin? E no Krêmlin?! Ele disse algo acerca de como eu mostrei ao mundo que os levantadores de peso socialistas eram tão bons ou melhores do que os levantadores de peso capitalistas, muito embora estes o fizessem por dinheiro e nós o façamos pela pátria socialista. Disse que meu segundo lugar em Viena, Áustria, era a prova, se era necessário prová-lo, da superioridade do marxismo científico. — Eu estava começando a me empolgar, começando a esperar que esses tchekistas nos visitassem com suas perguntas bobas de modo que eu pudesse apresentar meus artigos de jornal e minhas fotos. — Mostrarei a eles o artigo a respeito de como o camarada Stálin interveio pessoalmente quando a cartilagem do meu joelho esquerdo rachou, depois de eu levantar 212 quilos em Vilnius, e como graças a ele eu fui operado na clínica do Krêmlin, ou como esse gordo ucraniano que é grande autoridade no projeto do metrô de Moscou, como é que ele se chama?

— Nikita não sei o quê, ou algo assim — lembrou Agripina.

— Nikita Kruschov — disse eu, excitadamente —, é isso. Estava no quarto ao lado do meu com problema de vesícula ou de pedras nos rins, não recordo qual. Imagine, um comunista importante como ele perto de um levantador de peso. Quando ele já estava andando, costumava vir ao meu quarto toda tarde para ver como eu estava. Uma vez ele até me desafiou para a queda de braço. Evidentemente, eu podia tê-lo vencido, mas deixei que ganhasse. Os enfermeiros riram muito, nos observando.

— Eles fizeram uma operação malfeita — lembrou-me Agripina, irritada.

— Não é culpa do camarada Stálin que os médicos do Krêmlin não tenham conhecimento da cartilagem de joelho. E esse Nikita Kruschov foi quem propôs a ideia de eu trabalhar como o brutamontes de um circo quando os médicos me deram a notícia de que os meus dias de levantamento de peso tinham ficado para trás. Você não vê, Agripina, que esses tchekistas locais se encolherão quando compreenderem que estão lidando com quem apertou a mão do camarada Stálin e fez queda de braço com Nikita Kruschov. Eles resmungarão desculpas, pedirão perdão e cairão fora da sala, fechando a porta atrás deles com tanto cuidado, que você ouvirá o trinco estalar.

As coisas que eu disse devem tê-la acalmado, pois ela se deixou cair num sono profundo. Sua cabeça estava sobre a minha coxa e, como estivera acordada a maior parte da noite anterior preocupada, não tive coragem de acordá-la quando meu joelho entrevado começou a latejar. Permaneci ali lutando com a dor durante não sei quanto tempo. Devia passar de meia-noite quando me chamou a atenção o som de um carro freando para parar na rua do prédio do nosso apartamento, que era longe demais do anel viário para fazer um carro chamar a atenção, na calada da noite. A princípio, achei que devia ter imaginado aquilo que temia. Depois, percebi que havia homens conversando na rua, ouvi o porteiro destrancando a porta da frente e o elevador sair do térreo. Podia visualizar, em minha mente, os moradores de cada andar, quase todos trabalhadores do circo como nós, fitando a escuridão, escutando para saber onde ele pararia. Podiam-se quase ouvir os suspiros de alívio quando o elevador passava de seu andar. Agripina e eu vivíamos no penúltimo andar e eu passei a desejar, em seguida a rezar, que parasse, por favor, Deus, antes de alcançar o nosso andar. Mas ele não o fez e eu comecei a esperar, em seguida, a rezar, para que ele passasse o nosso andar e continuasse subindo até o último. Mas não o fez. Então ouvi a pesada porta do elevador se abrir oscilante e os passos dos homens atravessando o saguão, e passei a esperar, em seguida a rezar, para que eles fossem, pelo amor de Deus, bater na porta de outro. Mas os passos continuaram vindo, até os homens pararem diante da nossa porta. E aí um deles apertou a campainha.

A sineta no alto da parede ressoou dentro do apartamento. Agripina acordou sem saber o que a despertava. Ela se sentou, afastando o sono dos olhos com as costas dos pequenos punhos.

— Fikrit, estive pensando a respeito daqueles títulos de empréstimo tsaristas que você usa como papel de cigarro — disse ela. — Devemos nos livrar deles antes de os tchekistas os encontrarem.

A campainha tocou de novo e não parou de tocar. Os olhos de Agripina se arregalaram em pânico. Eu me inclinei sobre ela e lhe sussurrei ao ouvido:

— É verdade o que você disse, a respeito de eu adorar o seu corpo coberto de tatuagens. Viver com você é como viver com a arte, a história, a natureza e a geografia, todas ao mesmo tempo.

CAPÍTULO QUATRO

Anna Andréievna
Quinta-feira, 12 de abril de 1934.

Eu disse a Nadejda que tentaria, e o farei. Ela defende a opinião de que ter isso no papel é de alguma utilidade. Desse modo, em consideração a Nadejda, e em consideração também à nossa posteridade, que um dia pode precisar de um exame mais rigoroso desse aterrorizante período da história russa, verei o quanto dele posso recordar.

No dia em questão, Óssip, o último cavalheiro, tinha se levantado antes do amanhecer e estava esperando por mim na plataforma quando o trem noturno chegou de Petersburgo. (Diabos me carreguem se chamarei o que Dostoiévski identificava como *a cidade inventada* por seu apelido bolchevique, Leningrado.) Ele trazia nas mãos um pequeno buquê de corriolas brancas e o enfiou sob o meu nariz para cheirá-lo. Como sempre, estávamos animados por ver um ao outro, mas por um mútuo acordo refreamos nossas emoções com receio de que escapassem ao controle. Óssip uma vez me explicou que a maior parte dos homens e algumas mulheres nunca choravam porque tinham medo de não saber parar. Levando-se tudo em conta, eu achava que Óssip parecia razoavelmente em boa forma e lhe disse isso, mas ele recusou a cortesia, se é que era isso, dizendo que os episódios de falta de ar e de vertigem vinham ocorrendo com mais frequência ultimamente. Perguntei-lhe se fora ver um médico e ele me respondeu com um sorriso desconcertado, de lábios comprimidos (por causa dos dentes podres, ele adquirira o hábito de sorrir com a boca fechada). Eu podia ver que ele estava sob grande tensão. Nadejda tinha-me falado das guimbas de cigarros que ela achava regularmente num cinzeiro quando eles voltavam para o apartamento. Ela não mencionara os visitantes indesejados que a casa recebera, esperando que os vestígios daquela presença escapassem à atenção dele. Durante uma recente conversa por telefone, ele parecera mais deprimido do que de hábito. Quando lhe perguntei o que estava errado, admitira ter descoberto as guimbas de cigarro de estranhos num cinzeiro. Uma vez que Nadejda não tocara no assunto, ele presumia que ela achava que as guimbas fossem suas. Assim era a vida em nosso pântano soviético, naqueles dias. Não era de admirar que os olhos de Óssip estivessem cavados pelo sono perdido, a fronte nublada de aborrecimento. Estava mordendo com a bochecha mais murcha do que eu lembrava. Resolvi não trazer à tona o assunto das guimbas de cigarro, a não ser que ele o fizesse. Ele podia falar sobre o que o estava deixando ansioso, se o quisesse. E não falar, em caso contrário.

Seguimos para Moscou de bonde, com o cuidado de não falar demais, cercados como estávamos de pessoas que não conhecíamos. Borisik, que era como eu chamava Pasternak, estava esperando por nós na pequena praça em frente à Casa Herzen. Ele tinha ido ver sua quase ex-esposa Ievguênia, que vivia com o jovem filho do casal na ala mais elegante da casa dos escritores, para resolver os pormenores do divórcio. Nós o encontramos com aqueles olhos cadavéricos num rosto atormentado que se contorcia em um largo sorriso quando menos se esperava, sentado num banco, o paletó e o colete desabotoados, a gravata afrouxada em torno do pescoço, a face macilenta voltada para o sol, as pálpebras tão firmemente fechadas que ele tinha lágrimas espremidas por sob as pestanas e nas maçãs do rosto. Quando cheguei entre ele e a luz, instantaneamente percebeu minha sombra. Seus olhos se abriram, em alerta. Vendo quem era, saltou do banco e me deu um apertado abraço de urso.

Pasternak e Mandelstam estavam entre os meus amigos mais íntimos. Passar um precioso tempo juntos proporcionava a cada um de nós um alento de ar fresco nesse nosso país rançoso e sufocante. Todo encontro ganhava uma intensidade maior por conta da possibilidade real de ser o último; de um de nós, ou todo o trio, não poder sobreviver para se encontrar outra vez. O fato de serem poetas maravilhosamente talentosos apenas solidificava o laço entre nós, na medida em que nos dava uma linguagem comum, um modo de nos comunicar por meio de mensagens codificadas e recolhidas do campo de visão entre e sob o domínio da palavra. Eu admirava os dois enormemente. Sua insegurança a respeito de si próprios era suficiente para impedi-los de serem tediosos. (É essa incerteza que atrai as mulheres, não é?) Eles não encaravam seu dom poético como fato consumado, sabendo, como todos nós sabemos, que você poder compor um poema num dia não significa que comporá outro no curso da sua existência. O que mais? Eles compartilhavam uma inabalável responsabilidade de serem contadores da verdade nessa estéril terra das mentiras.

Eles extraíram o que havia de melhor um no outro e em mim, façanha nada desprezível quando você considera os tempos e o lugar em que vivíamos. Quando nós três podíamos nos reunir, desaparecíamos num santuário de camaradagem e conivência que não era, eu seria a primeira a admitir, desprovido de sobretons de sensualidade. (Dormi com um deles anos antes e teria dormido com o outro se alguma vez me tivesse pedido isso. Não direi qual foi este ou aquele; deixem que seja meu pequeno segredo.)

Começamos a vagar, e eu andei entre os dois, olhando toda feliz de um para o outro, nenhum dos três preocupados em chegar, mas satisfeitos apenas com a caminhada. A distância, podíamos avistar enormes gruas balançando gigantescas bolas de demolição (Óssip, que desenterrava metáforas nos lugares mais improváveis, achou que era um sinal dos tempos elas terem a forma de lágrimas) contra a catedral do Cristo Redentor, que os bolcheviques haviam condenado à demolição. Gêiseres de greda e partículas de cimento eram ejetados para o céu a cada raivoso baque das lágrimas. Acho que eu estava vestindo minha capa impermeável de borracha com capuz por medo que chovesse, juntamente com minhas lustrosas e negras botas até os tornozelos. Sim, sim, estava mesmo, pois me lembro claramente de que Óssip me gozou por estar trajada como um mergulhador de águas profundas. (São espantosos os detalhes que nos vêm à mente uma vez que passamos a retomar esse caminho.) Borisik ainda estava sob a fascinação da nova ópera de Chostacóvitch, *Lady Macbeth do Distrito de Mzensk*, que vira no Stanislávski-Nemírovitch na noite anterior. Experimentou um prazer visceral em ler em voz alta a vazia resenha que arrancara de uma página do *Pravda*. Ainda posso ouvir sua voz melodiosa em meu ouvido:

— "Uma feia maré de sons confusos, um pandemônio de estalidos, guinchos e estrépitos." Ah, e isso — disse ele, batendo com o dorso da mão sobre o recorte do papel de jornal —: "*não soviete*". Agora, que diabo significa *não soviete*? Posso vagamente ver o que eles insinuam com esse palavreado do realismo socialista, mas como pode a *música*, pelo amor de Deus, ser realista na forma e socialista no conteúdo? — Sacudindo a cabeça em desagrado, acrescentou: — Vivemos sob uma ditadura de mediocridades, não uma ditadura do proletariado.

Óssip, por sua vez, descreveu uma visita que lhe fizera Erenburg, o romancista emigrado russo que vivia na Europa desde o início da década de 1920.

— Num tom que deixava pouco espaço para a discussão, Iliá Grigórievitch fez-me saber o quanto admirava a política progressista da União Soviética. É desnecessário dizer que eu não podia deixar isso passar sem comentar.

— Desnecessário dizer — concordou Borisik, exibindo um de seus deliciosos sorrisos arreganhados.

— Eu o ataquei por elogiar de Paris o que escritores, artistas e poetas, aqui, tinham de enfrentar frontalmente. Disse-lhe como é difícil escrever versos honestos nessa atmosfera, como ando à roda dos escritórios das editoras procurando inutilmente alguém que tenha colhões para publicar um poema de Mandelstam.

— Os problemas daqueles entre nós que vivem nas cidades empalidecem quando comparados com o que acontece no campo — aparteou Borisik.

— Exatamente — disse Óssip. Ele deixou a bengala estalar contra a grade de metal que rodeava um prédio do Partido nas imediações. O barulho deixou Borisik e a mim apreensivos. Não estávamos interessados em atrair a atenção para nós mesmos. — Descrevi para ele a viagem de trem que eu e Nadenka fizemos para voltar da Crimeia — continuou Óssip —, os corpos emaciados empilhados como lenha em vagões abertos enfileirados diante de cemitérios improvisados, as costelas claramente visíveis nos cavalos que puxavam arados nos campos. Desencavei uma linha de um poema que escrevi alguns anos atrás e que sintetiza bem minha atitude em relação ao poder soviético: *O século dos cães de caça me salta na garganta.* Eu cheguei a ver os olhos de Erenburg procurando febrilmente a saída do nosso apartamento — disse Óssip, melancolicamente. — Ele não acreditava numa palavra do que eu disse.

Descobrimos um banco vazio perto de uma parada de bonde e nos sentamos nele. Uma mulher que empurrava uma criança num carrinho de bebê estava em pé ali perto, ao sol, à espera do próximo bonde. Como estava de costas para nós, não reparamos nela.

— Sinto como se o mundo se fechasse para mim — disse Óssip, franzindo a sobrancelha. Em seguida, acrescentou: — Admito que não devo me queixar. Tenho a sorte de viver num país onde a poesia é respeitada. As pessoas são mortas por lê-la, por escrevê-la.

Óssip, irrefletidamente, estava abrindo velhas feridas com essa referência ao meu primeiro marido, o poeta Nikolai Gumiliov, morto a tiros pelos bolcheviques como contrarrevolucionário, num dia pavoroso de 1921. Houve também o brilhante Yesenin, que evocava a vida camponesa como ninguém mais de sua geração e se afogou no álcool antes de se suicidar, em 1925. E houve o insuportavelmente lúcido Maiakóvski, que se matou em 1930, depois de se desencantar com a Revolução que defendera apaixonadamente. Óssip deve ter me visto fechar os olhos.

— Perdoe-me, Ana — disse, tocando meu cotovelo. — Não foi minha intenção...

— Leite derramado — disse eu — sempre me faz querer chorar. Mas resistirei, por medo de descobrir que não posso parar.

Ele apoiou-me com um de seus sorrisos de lábios cerrados, satisfeito por ver que eu me lembrava de sua observação sobre chorar.

— Com que você se está ocupando esses dias, Borisik? — perguntei, querendo mudar a conversa para um terreno mais neutro.

— Minha vida se tornou uma apresentação teatral — lamentou Pasternak. — Estou começando a compreender por que os alcoólatras bebem esperando que nunca ficarão sóbrios. Estou cansado, não das dificuldades da vida, mas da minha existência como um todo. Estou esgotado pela imutabilidade das coisas. Vivo de fé e dor, fé e medo, fé e trabalho.

— Que trabalho? — perguntou Óssip.

— Por favor, nos conte qual trabalho — disse eu.

— Estive lendo o *Hamlet* de Shakespeare de novo. Sonho algum dia traduzi-lo.

Óssip disse:

— Você devia estar escrevendo sua própria poesia, Boris, não traduzindo a poesia de outros. O efeito de um poema de Pasternak sobre outro poeta é libertador; ele torna livre a voz da pessoa, o espírito dela e a imaginação. De qualquer modo, a poesia é o que se perde na tradução.

— Uma das muitas coisas que me agradam em você, Óssip, aliás, uma das muitas coisas que eu *adoro* em você, é que não importa com quem tenha escrito um poema, se você ou um outro. Se é poesia verdadeira, você se orgulha dela. Ao contrário de mim, você não sente inveja.

Óssip balançou a cabeça.

— Eu invejo você por estar sendo publicado. Invejo você por suas resenhas.

— Minhas resenhas! Está esfregando sal nas minhas feridas. Só na semana passada uma revista me acusou de estar no lado errado das barricadas da luta de classes, de glorificar o passado à custa do presente.

Para alegria de Óssip, eu imediatamente convoquei um tribunal de gozação:

— Boris Leonídovitch Pasternak, que pleiteia o senhor?

Borisik anunciou:

— Pleitearei a loucura, nos dois sentidos da palavra.

Óssip disse:

— Que diferença faz o que ele pleiteie; é claramente culpado. Não resta nada a fazer senão propor uma sentença apropriadamente despropositada.

— Como não temos nenhuma obrigação de ajustar a punição ao crime — disse eu, desfrutando o jogo —, proponho a única sentença racional. — E, para imenso prazer de Óssip, citei uma passagem de uma joia de poema que ele um dia me dedicou: — *Encontrarei na mata um antigo machado de decapitação.*

— Um machado de decapitação! — exclamou Óssip. — Agora estamos entrando no espírito bolchevique.

E onde a afronta estiver, deixa o grande machado desabar

proclamou Boris, em inglês, citando, como nos disse, uma linha do *Hamlet* de Shakespeare.

Nós estouramos em risada. O coração me dói agora, quando relembro a cena, pois se destinava a ser a última vez em que nós três riríamos juntos. Por assim dizer, o riso desapareceu das nossas vidas naquela quinta-feira alagada de sol, no mês de abril do *anno Domini* 1934.

Um bonde veio sacudindo-se ao longo da rua, salpicando faíscas do cabo elétrico elevado e, com um guincho de metal sobre metal, patinhou para uma parada à nossa frente. Acenei para o motorneiro a fim de indicar que nós não iríamos subir. Nem, evidentemente, a mulher que empurrava a criança no carrinho. O motorneiro berrou mal-humorado através da porta aberta:

— Os que não estão esperando bondes, camaradas, não deviam sentar-se nas paradas de bonde. — Fechadas as portas, ele se afastou, seguindo pela rua abaixo.

Borisik gemeu:

— Qual é o problema entre a nova ordem e nós, que não podemos sequer aprender as normas de etiqueta dos bondes?

— É a história da minha vida — disse eu. — Você realmente acha que há um regulamento que restrinja esses bancos aos passageiros de bonde?

— Por que não? — disse Óssip, irritadamente. — Há regulamentos para tudo o mais, inclusive para a escrita da poesia.

Borisik disse:

— Segundo o artigo do *Pravda*, o próprio Stálin planejou os novos regulamentos durante um encontro com escritores no palacete de Górki.

— O realismo socialista — disse eu — me dá vontade de vomitar.

— Não lhe terá escapado que nenhum de nós foi convidado a esse encontro entre Stálin e os chamados *engenheiros da alma humana* — disse Borisik. — O que você acha disso?

Então Óssip expressou algo que nos deixou perplexos.

— Stálin nos fez uma enorme cortesia. Com seu instinto de camponês sobre o que é genuíno e o que é imitação, ele não nos pôs no mesmo escaninho que seus engenheiros-escritores.

Eu não estava certa se Óssip estava sendo irônico.

— Você realmente acha que ele é capaz de distinguir entre arte genuína e arte falsa?

— O alpinista do Krêmlin, como resolvi chamá-lo, certamente entende a diferença entre o poeta, o dramaturgo ou o compositor que está disposto a distribuir a monodia obrigatória para a perpétua glória de Stálin e aqueles que, por escrúpulos estéticos ou morais, não estão dispostos a isso. Se eu tivesse de fazer uma suposição amistosa, apostaria que Ióssif Vissariónovitch Djugachvíli, para usar seu nome georgiano, é dotado de bastante senso comum camponês para compreender que o artista que entrega uma monodia sob comando apresenta algo destituído de valor artístico; que as monodias que ele não pode conseguir são as únicas que devia produzir se sua lenda tivesse de sobreviver a seu corpo.

Começamos a andar de novo. Vi que a mulher que empurrava a criança num carrinho estava uns poucos passos atrás de nós.

— Temos companhia — disse eu, à meia-voz.

Borisik lançou um olhar para trás, deu um risinho para a mulher e ela lhe sorriu.

— Você está ficando paranoica — disse ele. — Ela está tomando sol, como nós.

— Voltemos ao *Hamlet* — sugeri. — Borisik, explique, por favor, o que você vê na peça que o faz voltar a ela, ano após ano.

Óssip tampouco compreendia o fascínio de Borisik por ela.

— Tolstoi acertou na mosca — disse, impacientemente. — *Hamlet* é pouco mais do que um conto vulgar de vingança pagã. A trama é relativamente direta: um príncipe dinamarquês procura cada vez mais provas de que o tio assassinou o pai e, por não conseguir agir, não consegue se vingar, mesmo quando tem a prova. É uma história a respeito de alguém incapaz de lidar com sua própria covardia que, desse modo, se refugia dela na loucura.

— Não, não, não a interpreto dessa maneira — estourou Borisik. — *Hamlet* não é louco. Ele *finge* a loucura para justificar sua dificuldade de agir contra a sua natureza.

E então algo aconteceu que, ao se considerar como as coisas se desenrolaram, agora me parece ser transmitido mais claramente se eu disser que achei que a Terra parara subitamente, ao bater de um coração.

Precisarei de um instante para juntar minhas lembranças.

O que recordei até agora é mais ou menos a essência. Mas, quando a Terra parou subitamente, assim o fez o tempo. As coisas aconteceram com a velocidade de uma montanha que sofre erosão, de modo que posso reconstruir o momento com absoluta precisão. Óssip estacou tão abruptamente que a mulher que empurrava o carrinho de bebê teve de desviar para evitá-lo. Borisik e eu olhamos interrogativamente para ele, depois um para o outro, em seguida para Óssip de novo. Ele parecia estar se livrando de um grande fardo. Sua respiração se tornou tão calma quanto as correntes de ar que esperaríamos encontrar no olho de um furacão.

— Então é isso — disse, mais para si mesmo do que para nós. E esquecendo os dentes podres, deu um sorriso verdadeiro.

Tanto Borisik como eu estávamos aturdidos.

— O quê? — eu perguntei.

— Mas isso coloca tudo em perspectiva! — declarou Óssip. — *Hamlet* finge a *loucura* para justificar sua dificuldade de agir. Eu finjo a *sanidade* para justificar a *minha* dificuldade de agir, já que não se pode esperar que nenhuma pessoa sã faça o que devo fazer.

Óssip não tinha como não ver o olhar de confusão nos meus olhos.

— O que você deve fazer? — perguntei.

Borisik, que tinha um sexto sentido para os assuntos do espírito, disse muito calmamente:

— Ele esteve adiando o confronto com seu alpinista do Krêmlin. O que ele sente que deve fazer impele-o a agir contra sua natureza, na medida em que os poetas não sujam as mãos com política.

E então, como se uma represa se rompesse, uma torrente de palavras transbordou dos lábios de Óssip.

— No começo, Deus nos perdoe, muitos de nós compartilharam a visão otimista da Revolução que Maiakóvski teve; os bolcheviques pareciam ter uma dimensão moral, uma ânsia de melhorar o destino das massas. Mas não contávamos com o alpinista do Krêmlin passando por cima dos corpos de seus colegas e alcançando o topo da pirâmide à frente deles. Stálin faz Calígula, César Bórgia e Ivan, o Terrível parecerem humanitários.

Vi Borisik balançando a cabeça em ansiosa discordância.

— Não há nenhuma prova de que Stálin saiba do que se passa — disse ele. — Pode ser que Iágoda esteja por trás da coletivização forçada, da fome e das prisões em massa. A Tcheka sempre vem agindo como um Estado dentro de um Estado.

— Não é a primeira vez que temos essa discussão — insistiu Óssip, claramente exasperado. — O que é necessário para convencê-lo de que estou certo, Boris, uma foto de Stálin na primeira página do *Pravda* com um revólver fumegante em punho? *Há algo de podre nessas Repúblicas Socialistas Soviéticas!* Ele o *sabe*, pelo amor de Deus. Está por trás de toda prisão, de toda execução, de toda deportação para a Sibéria. Nada acontece sem sua aprovação, neste *jardim de ervas daninhas.* Sua frase, Boris, tomada dos lábios do Hamlet, que finge a loucura. *Absolutamente nada!*

Se fecho os olhos e prendo minha respiração, chego a ver Borisik pronunciando a passagem em inglês:

— *Este jardim de ervas daninhas, que cresce até dar sementes; coisas de natureza sórdida e grosseira dominam-na completamente.*

Em sua ânsia de se explicar, Óssip, agora, estava quase tropeçando nas palavras.

— O Terror Vermelho não teve início ontem: começou quando essa pobre criatura, Fanny Kaplan, tentou matar Lênin, em 1923 — naquela noite, a ordem, ratificada por Stálin, tinha por fim executar prisioneiros contrarrevolucionários aos milhares. Ele esteve nisso desde então, matando a esperança, empurrando-nos cada vez mais profundamente para uma nova era glacial. Tem de ser detido antes que se descontrole e afogue 150 milhões de pessoas em lágrimas. — Estremecendo de agitação, Óssip se valeu de algumas linhas que reconheci como sendo de seus poemas mais antigos: — *Despedaçada foi a sua espinha, meu esplêndido pária, minha época...* Minha querida Anna, meu querido Boris, eu confio em vocês porque vocês, entre todas as pessoas, irão me compreender. *Sei como destruí-lo!* É preciso apenas uma centelha. Temos ouvido os físicos especularem sobre o poder explosivo contido num átomo. Estou profundamente empenhado na proposição de que um poder explosivo reside, também, no núcleo de um poema. Posso liberar esse poder, posso desencadear a explosão, se eu mesmo puder abandonar a sanidade, se me tornar suficientemente louco, nos dois sentidos da palavra, para permitir que surja o berro da atrocidade cravado atrás da minha garganta. — Óssip me olhou com intensidade. — Berrar tem muito em comum com chorar, Anna, e uma vez que você inicie, se arrisca a não conseguir parar.

Não podia acreditar nos meus ouvidos.

— Você se propõe a destruir Stálin com um poema! — disse eu, incredulamente.

— Um poema que escancare a verdade que repercutirá pela terra como ondulações de uma pedra atirada na água estagnada. Algo tão direto como *O rei está nu.* Os camponeses saudarão sua queda com preces de agradecimento. O Partido decretará um feriado nacional. O Komsomol irá celebrá-lo, enquanto os jovens marcharão para preencher suas cotas. Em convenções no Bolshoi, de cada galeria e cada camarote, os trabalhadores bradarão. Os moços que, de medo, envelheceram antes do tempo dançarão nas ruas de alegria. Será o fim de Stálin.

— Ele matará você — disse Borisik, categoricamente.

— As execuções me enchem de medo — admitiu Óssip. — Especialmente a minha própria.

Borisik apanhou outra frase do *Hamlet*, algo em torno das linhas de *A segurança está no medo*. Óssip sacudiu a cabeça com irritação.

— Em um jardim de ervas daninhas, não há nenhuma segurança — disse ele. — Não importa; o objetivo é salvar a Rússia, não a mim.

Eu estava começando a me assustar. Voltando-me para Borisik, agarrei uma lapela de sua jaqueta.

— Não fique parado aí como um idiota, pelo amor de Deus. Chame-o à razão.

Tenho gravada em minha mente a imagem desses dois homens queridos encarando um ao outro por uma eternidade, embora fosse, por certo, apenas um momento fugidio. Então, Borisik, o consumado homem galante que não era particularmente carnal com os amigos do sexo masculino, fez algo que nunca o tinha visto fazer antes: movendo-se com encantadora falta de jeito, envolveu seus compridos braços em torno de Óssip e o puxou para o que só pode ser descrito como um abraço de amante.

— Acredite-me, eu, se pudesse, dissuadiria você disso — disse Borisik, num tom habitualmente reservado para discursos fúnebres.

Óssip parecia estar num estado de exaltação. Tinha o rosto vermelho, os dedos lhe tremiam.

— Vocês dois, juntamente com Nadenka, serão meus primeiros leitores — prometeu.

Borisik passou os braços pelos de Óssip e dos meus, e nós três saímos andando novamente. Fiquei consciente de um motivo para a resolução de Óssip, quase como se o seu procedimento tivesse aberto caminho para o êxito. Por algum tempo, ninguém disse uma palavra. Lembro-me de que foi Borisik quem quebrou o silêncio.

— Se fosse possível, eu faria o relógio retroceder.

— Para quando você voltaria? — perguntei.

— Para quando Óssip fingia sanidade para justificar sua dificuldade de agir.

— Eu faria o relógio retroceder ainda mais — declarou Óssip, apaixonadamente. — Eu voltaria à literatura russa antes de os bolcheviques lhe torcerem o braço e o arrancarem de seu pedestal.

Tive a desalentadora sensação de que ele ia derramar mais leite. Implorei a Óssip (Deus meu, quando penso nisso agora, meu sangue gela), implorei-lhe que pesasse cuidadosamente as consequências de seus atos.

— A última coisa de que a Rússia precisa — disse-lhe — é a morte de outro poeta.

CAPÍTULO CINCO

Fikrit Shotman
Terça-feira, 1º de maio de 1934.

ATRAVÉS DAS TÁBUAS PREGADAS na abertura de uma janela no alto da parede da minha cela, podia ouvir buzinas, assobios, tambores e trombones nas ruas em torno da Lubianka. Era capaz de visualizar a massa de trabalhadores, alguns agitando bandeiras de sua fábrica ou organização coletivista, outros carregando bebês nos ombros, correndo em grandes rios para a praça Vermelha, para passar em filas pelo túmulo de Lênin, na celebração do 17º Primeiro de Maio desde que a gloriosa Revolução Bolchevique pôs a Rússia no caminho do comunismo. Observadores ao longo das ruas ficariam de olho naqueles que beberam vodca demais e mal podiam caminhar, retirando-os para se desintoxicar em caminhões abertos cheios de palha, estacionados em ruas laterais. Os trabalhadores do nosso grupo coletivista do circo (como o comparecimento é obrigatório, Agripina estaria entre eles, se não estivesse na prisão como eu) marchariam na multidão, a insígnia da foice e do martelo servindo como uma vara de apoio para uma das equilibristas que caminham num cabo esticado e mantido retesado lá no alto pelos homens da tenda. Ah, como eu gostaria de poder me juntar ao desfile; eu acenaria loucamente para o camarada Stálin no túmulo de Lênin, na esperança de que ele me reconhecesse, me apontasse para seus camaradas do Politburo, apertasse as mãos em sinal de aprovação e acenasse para todo mundo ver que não esquecera o levantador de peso que trouxe a medalha de prata para Moscou nos jogos do campeonato europeu em 1932, em Viena, Áustria.

— Diminua o volume — disse meu companheiro de cela entre os lábios colados e endurecidos com sangue ressecado, como se o barulho da rua estivesse vindo de um alto-falante. Quando cheguei, mais ou menos há quatro semanas, ele estivera na cela agachado como um animal selvagem num canto, a calça e a camisa esfrangalhadas sem ter mais como remendar, os pés descalços (e sem algumas das unhas) parados numa poça de sua própria urina. Era horrivelmente espancado e jogado de novo na cela em condições ainda piores depois de cada interrogatório. Um dos seus ombros foi deslocado, todos os dentes da frente (exceto um) foram eliminados, o pulso esquerdo pendia-lhe sem vida, a julgar pelos esgares que tinha quando tossia expelindo sangue devia ter várias costelas quebradas e onde estivera o nariz havia um inchaço de tecido sanguinolento, que excretava pus. Por um instante, não duvidei de que este prisioneiro fosse um criminoso de grande periculosidade que merecia severa punição. Ressenti-me de ter de dividir uma cela com um bandido desses e protestei ao meu interrogador na primeira vez em que fui levado para inquirição. Ele fez deslizar um lápis e uma folha de papel pela mesa e me recomendou que relatasse minha queixa por escrito. Eu não quis mostrar que não sabia ler e escrever, de modo que empurrei o papel de volta e murmurei algo sobre não querer tomar seu tempo com assunto tão fútil.

Como me senti sendo preso? Eu não estava assustado, se é isso que está insinuando. Por que deveria ter ficado assustado? Não infringi nenhuma lei, não era um salteador, um assassino nem um espião do serviço secreto da Grã-Bretanha. Era um membro do Partido em boa posição. Devia cotas dos dois primeiros meses do ano (nessa fase, o circo estava viajando pela Ásia Central), mas saldaria o débito tão logo conseguisse voltar para Moscou, inclusive a multa de dez por cento por atraso de pagamento. Não é só a palavra que lhe dou. Tenho um recibo para prová-lo, caso não acredite em mim. Admito que fiquei mortificado ao ser preso na frente dos meus vizinhos (ouvindo atrás das portas, assistindo das janelas). Todos no circo ficariam sabendo que o brutamontes fora levado pela milícia, e como as pessoas acreditam, geralmente, que não há fumaça sem fogo, todas concordariam que devo ser culpado de *alguma coisa*. Podia imaginar o embaraço em suas fisionomias quando voltasse para o circo brandindo uma carta datilografada e carimbada pelo agente, que atestava para o mundo que a prisão de Shotman, Fikrit, fora um lamentável erro burocrático. De vergonha, eles evitariam meus olhos quando apertassem minha mão. Alguns tchekistas certamente seriam repreendidos. Não havia certeza, mas poderia mesmo haver um telegrama do próprio camarada Stálin, desculpando-se por qualquer inconveniente que os Órgãos pudessem causar a mim ou aos meus.

Tento não pensar na própria prisão porque foi Agripina quem sofreu mais. Ela chorava tão intensamente que ficou com soluços. Entre prantos, entre soluços, ela permaneceu tentando convencer os seis homens da milícia (fiquei sabendo que a Tcheka, em geral, manda quatro, mas, afinal de contas, eu sou um campeão de levantamento de peso) de que estavam cometendo um terrível equívoco enquanto me levavam pelo saguão para o elevador.

— Nós vamos apenas fazer umas perguntas a ele, senhora — resmungou para ela o que tinha um tique facial, exasperado. — Ele estará de volta na cama com você e suas tatuagens antes de o colchão esfriar.

Com frequência acreditamos naquilo que se espera ser a verdade, e por isso eu o levei a sério.

— Mantenha o meu almoço quente para mim — disse a Agripina em voz alta, animadamente, enquanto a porta do elevador se fechava, balouçante; mas era uma porta pesada e bateu com ruído, como se me estivesse trancando numa prisão, e o otimismo que havia em mim desapareceu, como um daqueles coelhos brancos na cartola do Sr. Dancho. Podia ouvir Agripina berrando pelo meu nome para o poço do elevador enquanto este começava sua longa descida para o que se revelou ser um pesadelo. Fora do edifício, fui jogado em um carro de entregar pão que não tinha nenhum aroma de pão, apenas o inconfundível mau cheiro do suor humano.

Eles me retiraram o largo cinturão que eu trouxe de Sófia, Bulgária, e os cadarços de meus sapatos num pequeno cômodo do pátio dentro das portas do fundo da Lubianka, juntamente com tudo que eu tinha nos bolsos, inclusive meu relógio de pulso tcheco, que deveria mostrar o dia do mês, mas nunca consegui isso direito. Recebi uma lista detalhada de meus pertences para assinar e pus cuidadosamente a minha marca na linha que me foi assinalada. Podia acompanhar a passagem do tempo, nos primeiros oito ou nove dias, riscando uma marca para cada dia numa das grossas pedras da parede da minha cela com um copeque que eles esqueceram quando esquadrinharam meus bolsos na noite da minha chegada.

Mas, certa manhã, voltei para a minha cela depois de me ocuparem a noite toda (soube que amanhecera quando os carcereiros me empurraram pela abertura da porta uma bolacha dura e uma fina xícara de louça cheia de um chá morno com gosto de iodo) e descobri que alguém acrescentara rabiscos na parede, para me confundir.

Levei algum tempo para dirigir uma palavra a meu companheiro de cela. Nunca estivera antes na presença de um inimigo do povo e não queria me contaminar conversando com ele. Quando ele não estava sendo interrogado, passava suas horas de vigília lambendo as feridas — quero dizer realmente lambendo-as, da maneira como um gato lambe as patas e, depois, as esfrega sobre partes do seu corpo. Compreendi que isso denunciava suas raízes camponesas, pois no Azerbaijão sabe-se que a saliva é um sanativo para cortes, equimoses, verrugas e coisas do tipo. Depois de eu não saber há quantos dias estava na cela, comecei a me sentir penalizado por eles não lhe darem logo um tiro e livrarem-no de seu sofrimento. E assim juntei minha coragem para falar com ele.

— E então, de que você é culpado, camarada? — perguntei.

Seu único olho que não estava inchado me encarou fixamente através da umidade da cela, que era iluminada por uma ofuscante lâmpada elétrica que pendia do teto, fora do nosso alcance.

— O que o faz pensar que sou culpado de alguma coisa?

— Não estaria aqui, se não o fosse. Não estaria nessas condições, se fosse inocente.

Ele tentou rir, mas tudo o que conseguiu fazer foi babar.

— Cometi o equívoco de levantar o assunto da coletivização na frente de Stálin num encontro público.

— Você se encontrou pessoalmente com o camarada Stálin! — E, sem esperar por uma resposta, contei-lhe como o próprio Stálin tinha apertado minha mão por conquistar a medalha de prata em Viena, Áustria, dois anos antes.

— Você é aquele levantador de peso do Azerbaijão que se tornou um brutamontes do circo — disse ele. — Eu me lembro de ler a seu respeito no *Pravda*. Meu nome é Sergo. — Ele pode ter-me dito seu nome ou sobrenome, mas, dadas as lamentáveis condições de sua boca, era difícil entender o que dizia, e em nenhum momento o apreendi. — E quanto a você? De que é culpado?

— Não sou absolutamente culpado de nada e de coisa alguma, um fato que vai se tornar conhecido quando as engrenagens da justiça socialista tiverem uma oportunidade de girar.

— Se você não é culpado, o que está fazendo aqui?

— Fui denunciado por ter um adesivo da torre Eiffel na minha mala. No caso de você não estar familiarizado com a torre em questão, ela se localiza em Paris, França.

— Aposto um pedaço de pão em que seu interrogador é o famoso Kristóforovitch.

— Como soube?

— É o meu interrogador também. Sou um escritor de contos. Kristóforovitch é o especialista residente em casos culturais. Como um apresentador de circo, você se inclui na categoria de cultura.

— Ele parece um bolchevique honesto. As primeiras palavras de sua boca foram a respeito de eu ser bem tratado.

— Honesto, uma porra! — debochou Sergo. — Antes de ele terminar com você, ele o terá convencido de que é culpado de alguma coisa.

Eu estava no cárcere há seis dias, conforme as marcas que eu riscava na parede, quando três carcereiros apareceram na porta da minha cela (somente um se voltou para recolher Sergo, mas eu sou, não nos esqueçamos, um campeão de levantamento de peso). Isso se deu no final do dia, depois de eu dar de comer a Sergo sua sopa da ceia, um ralo mingau de casca de batata e repolho numa tigela de louça, e me acomodar no meu cobertor dobrado, para tentar dormir.

— Shotman, Frikit — chamou um dos guardas, como se ele não pudesse distinguir a diferença entre o subversor Sergo e um respeitável cidadão soviético.

Segurando minha calça para evitar que me caísse ao redor dos tornozelos, caminhei desajeitado atrás dos carcereiros ao longo do corredor, passando por fileiras de portas de cela com os números pintados no topo, para um elevador de carga aberto com paredes acolchoadas, e subimos três andares conforme os contei, até chegarmos a um andar que parecia mais o que você esperaria encontrar num luxuoso edifício de escritórios do que uma prisão. Havia um longo corredor esplendidamente iluminado com um tapete surrado por toda a sua extensão e bonitas portas de madeira com números de latão. Os carcereiros, caminhando com sapatos de sola de borracha especial, faziam retinir suas chaves enquanto nos encaminhávamos para o fim do corredor e, quando ouviram outro carcereiro vindo em direção a nós e tilintando as chaves, puxaram de repente a parte de trás da minha blusa por sobre a minha cabeça e me viraram até ter o nariz pressionado contra a parede. Tão logo o guarda que tilintou suas chaves passou com o seu prisioneiro, retomamos nosso itinerário. Quando alcançamos a porta número 23, os guardas bateram nela duas vezes, abriram-na e empurraram-me para dentro.

Encontrei-me numa enorme sala de canto com janelas dos dois lados providas de grossas cortinas pregueadas e que eram fechadas para impedir que Moscou aparecesse. Reluzentes projetores, do tipo usado nos espetáculos secundários do circo, eram fixados a barras no teto e apontavam para o meu rosto, fazendo meus olhos lacrimejarem. Sentado numa cadeira giratória de madeira atrás de uma mesa longa e estreita estava um homem nada pesado nem grande que vestia um avental de couro de açougueiro repleto de escuras nódoas, em cima de alguma espécie de uniforme. Seu cabelo, da cor do cimento, era curto, no estilo militar. Para proteger os olhos dos projetores, usava uma viseira colorida como a empregada pelo tesoureiro do nosso circo quando calculava o rendimento da noite. Se eu semicerrava os olhos, podia avistar na parede atrás dele uma enorme fotografia do camarada Stálin. Estava em pé no topo do túmulo de Lênin na praça Vermelha, dominando os camaradas de cada um de seus lados, a mão direita erguida para o alto em saudação à pessoa que olhava para a fotografia, ou seja, a mim.

Devo ter esperado uns bons 15 minutos, deslocando meu peso de um sapato sem cadarço para o outro, até que o homem do avental de açougueiro levantou os olhos.

— Sou Kristóforovitch — disse, tão suavemente que eu tive de me esforçar para entender suas palavras. — Alguma queixa a respeito de como está sendo tratado?

— Estou sendo bem tratado, exceto pelo chá com gosto de iodo.

— Nosso serviço médico determinou que algumas gotas de tintura de iodo fossem diluídas no chá para prevenir diarreia, problemas digestivos ou mesmo psoríase. Fui informado de que o próprio camarada Stálin toma uma dose diária de tintura de iodo. Se não tem nenhuma outra queixa...

— Estou aborrecido por ter de dividir uma cela com um subversor. — Foi quando ele empurrou a caneta e o papel por sobre a mesa de modo que eu pudesse preencher uma queixa, o que não fiz pelos motivos já explicados.

Kristóforovitch acenou com um dedo e os três guardas me levaram pela sala e me algemaram os pulsos e tornozelos a ferros encravados na parede. Podia ver sangue ressecado, e até escara, numa das algemas do pulso e presumi que Sergo ou um criminoso como ele tivesse sido preso com as mesmas algemas. Não me aborreceu ser agrilhoado à parede; afinal de contas, sou um homem grande e Kristóforovitch ainda não estava convencido da minha inocência. Como podia estar, se acabamos de nos encontrar? Portando um par daqueles redondos óculos e aros de aço usados pelas pessoas importantes, ele se aplicava em ler até o fim uma pilha de dossiês sobre sua mesa. Não me olhou, nem me dirigiu qualquer palavra durante o que devem ter sido horas. Eu passei o tempo observando-o do canto do olho. Ele olhava da maneira como olham as pessoas que sofrem de insônia; as pálpebras estavam quase fechadas, e o que Agripina chamava de linhas da enxaqueca estavam costuradas em sua testa alta, os dentes superiores mordendo o lábio inferior. Ele me lembrou de nossos trapezistas, andando atrás da barraca com os olhos inquietos antes de irromper através da portinhola para cumprimentar a plateia, os sorrisos nervosos escondendo o medo de não se apresentar bem. Perguntava-me se alguém na situação de Kristóforovitch precisava preocupar-se em não se apresentar bem. Perguntava-me como seus superiores avaliavam se ele se tinha apresentado bem ou não. Perguntava-me se tinha família (uma mulher, filhos, irmãos, irmãs, tios, tias). Perguntava-me se essa gente sabia como ele ganhava a vida. Perguntava-me se os interrogadores profissionais podiam deixar o trabalho para trás em seu escritório e conversar com os amigos, com os vizinhos, como eu conversava com os amigos e vizinhos, ou se eles precisavam estar sempre vigilantes, pesando cada palavra, cada gesto, procurando provas de subversão. Talvez fosse isso o que o mantinha acordado à noite. Perguntava-me se ele tirava férias nos hotéis reservados para os Órgãos no mar Negro, se aquecendo ao sol em praias cobertas de seixos à beira dos penhascos, nadando na rebentação, comendo nas cantinas comunais onde os garçons tentavam imaginar a importância dos hóspedes que não trajavam uniformes sem saber a quem servir os melhores cortes de carne.

Os dedos do camarada interrogador tamborilavam sobre o mata-borrão de sua mesa. De quando em quando, ele destampava uma caneta-tinteiro e fazia uma nota num dos dossiês. Eu podia ouvir a ponta de sua caneta rabiscando o papel. O som me tranquilizava: certamente alguém que sabia ler e escrever como Kristóforovitch era capaz de examinar a prova cuidadosamente e entender que Shotman, Fikrit, não era caso de prisão. Em certo momento, nas primeiras horas da manhã, uma senhora atarracada, que vestia um avental branco de cozinheiro e um lenço branco sobre os cabelos, empurrou um carrinho pela sala e colocou dois pratos cheios de comida na mesa, juntamente com guardanapos de pano brancos, garfos, facas, copos e um jarro de cerveja. Tentei imaginar para quem podia ser o segundo prato. Kristóforovitch prendeu a extremidade de um guardanapo sob o colarinho e atacou a comida como alguém que ganhara apetite.

O odor da comida (senti um cheiro de bife com cebola frita) me deixou tonto.

Quando acabou de comer, Kristóforovitch arrotou nas costas da mão, o que presumi indicar que veio da *intelligentsia* e não da classe trabalhadora. Puxando uma pasta de fichário de uma gaveta, ele bebeu mais cerveja enquanto lia os papéis. Por fim, olhou bem para mim e disse:

— Shotman, Fikrit Trofímovitch?

— O próprio, Excelência.

— Diz aqui que você é membro do Partido desde 1928.

— Na verdade, prestei juramento de adesão em dezembro de 1927, Excelência, mas a lista para esse ano estava encerrada e, desse modo, tive de esperar por uma abertura, que veio em fevereiro de 1928.

— Você se considera um bom comunista?

Fiz sinal afirmativo com a cabeça, enfaticamente.

— O que, na sua opinião, é o comunismo?

Sua pergunta me desmontou. Eu não sei muito sobre Marx e Lênin e a ditadura do proletariado, para não falar em materialismo dielétrico,* mas achei de dizer:

— Não estou absolutamente certo do que é o comunismo, camarada interrogador, mas tenho certeza de que o reconhecerei quando o vir.

— Feche os olhos. Continue. Isso. Agora descreva, por favor, o que você verá quando vir o comunismo.

— Vejo um país em que todo mundo tem certeza de que amanhã será melhor do que hoje. Não me interprete mal, não estou dizendo que hoje é ruim, somente que, assim como hoje é ótimo, amanhã será ainda melhor. Vejo um país onde todos os trabalhadores de fábrica e todos os camponeses das fazendas coletivas vivem a mesma boa vida que levamos em nosso circo. Somos pagos pelo número de apresentações, mesmo se há uma nevasca e ninguém aparece para comprar ingressos. Se você foi empregado no circo por três anos e se junta com alguém, como é o meu caso, é elegível para os 24 metros quadrados num desses novos edifícios de apartamento que sobem em torno do anel viário. O circo tem sua própria loja de conserto de calçados, lavanderia e um metalúrgico que faz quase todas as partes sobressalentes de que necessitamos para os nossos caminhões. Temos uma enfermeira experiente que diz po-

* *Dielétrico*, em vez de *dialético*, intencionalmente, por causa do primarismo do personagem. (*N. do T.*)

der até fazer partos, embora ainda não tenha sido posta à prova. Comemos três vezes por dia alimentos substanciais em casa ou na estrada, tomamos cerveja nos fins de semana e vodca nos dias do nosso nome*. — Tive uma súbita inspiração. — O comunismo é quando todas as atividades correm tão bem que não precisamos da Tcheka para garantir isso. O comunismo é quando você, camarada interrogador, estará sem serviço.

Por um segundo, receei ter ido longe demais, mas Kristóforovitch balançou afirmativamente com a cabeça, como se aprovasse minha resposta.

— Tenho outra pergunta para você, Shotman. Você diria que cumpre ordens do Partido?

— Ao pé da letra, Excelência. Pode perguntar a meu inspetor de quarteirão. Pode perguntar ao representante da Tcheka na coletividade do circo. Quando o Partido diz "salte", eu salto.

— Sendo esse o caso, o Partido ordena que você me diga do que é culpado. Isso me economizará muito tempo e, a você, muita dor. No Ocidente, eles dizem que o tempo é dinheiro, o que é um modo curioso de encará-lo. Para mim, o tempo é algo que concedo, um tanto a cada prisioneiro, de modo que posso preencher a minha cota. Você parece surpreso. Sim, eu tenho uma cota a preencher, como um trabalhador de fábrica. Devo produzir certo número de confissões a cada mês. Sua confissão voluntária vai me dar mais tempo para extrair confissões dos subversores que querem sabotar o comunismo, mas não se revelarão completamente sem um pouco de persuasão minha. — Kristóforovitch apontou para o segundo prato cheio de comida. — Assim que você assinar uma confissão, este bife será seu.

---

* Conforme uma tradição cristã muito difundida, dia da festa religiosa do santo que deu nome à pessoa. (*N. do T.*)

Bife e cerveja, juntamente com uma noite inteira de sono ininterrupto, serão a sua recompensa por colaborar.

Sou o primeiro a admitir o fato de que a minha cabeça muda lentamente. Mas muda. E isto é o que eu estava pensando: se o Partido, sabendo que eu era inocente, achava que era útil eu me confessar culpado, evidentemente eu o faria num piscar de olhos. Mas, se o Partido achava que eu era realmente culpado e desejava que eu o confirmasse confessando-me culpado, eu não via como poderia fazer isso. Seria fazer o Partido, que eu idolatrava, o cúmplice de uma falsidade. Não estava certo de que podia explicar isso satisfatoriamente a Kristóforovitch, de modo que, em seu lugar, eu disse:

— Eu lhe diria com satisfação do que sou culpado se pudesse imaginar o que fiz de errado.

— Deixe-me ajudá-lo, Shotman. — Foi a essa altura que Kristóforovitch me perguntou a mesma coisa que Sergo me perguntou lá na cela. — Se você não é culpado, explique o que está fazendo aqui.

— Estou aqui por engano.

— Deixe-me esclarecer. Você, um membro do Partido desde 1928, considera o Partido capaz de cometer enganos?

— O Partido é apenas humano, camarada interrogador. Ao prender inimigos do povo aos milhares, até as dezenas de milhares, os Órgãos são levados a cometer um equívoco honesto de quando em quando.

Utilizando apenas uma das mãos, Kristóforovitch assoou o nariz no guardanapo de linho, o que me fez pensar que, afinal das contas, ele não vinha da *intelligentsia*. Inspecionou os resultados e, aparentemente satisfeito por não encontrar nenhum sinal de enfermidade, voltou a atenção para mim.

— Todo prisioneiro começa o interrogatório afirmando que os Órgãos cometeram um terrível engano — explicou ele, pacientemente. — Tive um cliente no chá, hoje pela manhã. Era um compositor tipográfico do jornal de província que está publicando a história da triunfante recepção dada por Stálin aos aviadores soviéticos, sob o título *Morte aos traidores trotskistas* e uma história do processo de subversores *kúlak* sob o título *Vivam os heróis dos céus*. Ele negou a acusação de sabotagem e atribuiu o embaralhamento dos títulos a um equívoco honesto. O tribunal sumário interpretou essa obstinada recusa a admitir culpa como prova de culpa e não pude livrá-lo da mais alta medida de punição. Ele deve ser morto a tiro — o camarada interrogador pegou um grande relógio despertador sobre a mesa e começou a dar corda em sua parte de trás — daqui a pouco. Normalmente, sou eu que faço o trabalho sujo. Orgulho-me de consumar o que iniciei; se um prisioneiro para cujo interrogatório fui designado é sentenciado à execução, não deixo um estranho fazê-lo, acompanho-o às galerias do porão e eu mesmo o mato com um tiro. É o que eu posso chamar de uma ética do trabalho. Como já efetuei duas execuções hoje, uma foi de um mágico do seu circo que converteu uma foto de Stálin em alvo de dardos, meu assistente se ofereceu para me substituir. Então você ainda acha que está aqui por causa de um equívoco honesto?

Durante anos, Agripina esteve tentando enfiar na minha cabeça obtusa que, se eu não pudesse pensar em algo medianamente inteligente para dizer, não dissesse nada. E foi o que fiz então. Kristóforovitch encolheu os ombros e sacudiu a cabeça como se estivesse aborrecido com alguma coisa. Levantou o telefone de sua base e disse muito calmamente:

— Traga-a para cá.

Um dos guardas que me acompanhou desde a cela empurrou até ali um carrinho de mudança com a minha mala nele. O guarda emborcou o carrinho e deixou a mala escorregar para o assoalho, entre Kristóforovitch, sentado à mesa, e mim. Pude distinguir o adesivo da torre Eiffel com um círculo vermelho pintado ao redor dela.

Fazendo sinal para o guarda sair da sala, o camarada interrogador andou em torno da mesa e se encarapitou nela, as pernas curtas se esticando de modo que os tornozelos podiam alcançar o chão.

— Vamos falar sobre esse adesivo da torre Eiffel — sugeriu divertidamente.

— Não tenho nada a esconder — disse eu. — A primeira coisa a saber é que não fui eu que o colei na minha mala. Nem mesmo notei que estava ali até que a mulher barbada levantou o assunto no encontro da cooperativa do circo. A segunda coisa a saber — eu estava torturando o meu cérebro para tentar lembrar o que Agripina planejara para eu dizer — é que eu, pessoalmente, acho que as torres soviéticas são cem vezes melhores que essa estúpida torre em Paris que parece um brinquedo gigante. Quero dizer, a gente só precisa olhar para essa torre Eiffel para ver como é feia.

— Você foi a Paris?

— Nunca. Você pode examinar meu passaporte para o exterior: não há nenhum carimbo de Paris, França.

— Os espiões têm meios de cruzar fronteiras sem ganhar carimbos em seus passaportes.

— Por que eu quereria ir a Paris? Não há nada lá senão trabalhadores desempregados, prisões e filas para o pão em frente às padarias, e polícia capitalista que mantém os operários pobres e sem teto fora de cena, para que não atrapalhem sua exploração pelos imundos e ricos capitalistas.

— Também nunca rui a Paris, mas fui informado de que lá existem largas avenidas e ótimos museus cheios de tesouros artísticos.

— Não há nada em Paris que não possamos encontrar nas cidades soviéticas e nos museus soviéticos, camarada interrogador. Tome por exemplo o quadro da *Mona Lisa.*

— Onde você viu o quadro da *Mona Lisa*?

— Num livro aí em algum lugar.

Kristóforovitch deu um sorriso cômico.

— Acontece que o quadro da *Mona Lisa* está em Paris.

Engoli em seco.

— Devo estar confundindo-o com outro quadro aqui na Rússia — disse eu timidamente.

— Vamos adiante. Quando a mulher barbada chamou sua atenção para o adesivo da torre Eiffel, por que não o raspou?

Pela primeira vez no interrogatório senti terra firme sob meus pés.

— O fato de eu não ter raspado certamente deve somar a meu favor, camarada interrogador. Mostra que não tenho nada a esconder.

Kristóforovitch mordeu o lábio inferior até lhe tirar uma gota de sangue, depois a lambeu com a língua.

— Não é necessário um interrogador experiente para ver que a verdade é o contrário, Shotman. Se fosse realmente um adesivo inexpressivo que tivesse acabado na sua mala sem nenhuma falta de sua parte, você o teria raspado imediatamente. O fato de não tê-lo feito é incriminador: só pode significar que o adesivo da torre Eiffel em questão é um emblema secreto de associação a um grupo trotskista contra o regime bolchevique e a ordem socialista. Devo tomar nota disso para os Órgãos a esse respeito, e devemos começar a procurar adesivos da torre Eiffel nas valises e malas de outros suspeitos de traição.

Relembrando, é quase impossível, para mim, dizer com qualquer segurança onde esse primeiro interrogatório terminou, e o segundo, o terceiro e o quarto começaram. Ou sequer quantos interrogatórios houve. Na minha imaginação, todos os interrogatórios se fundiram num longo pesadelo, salpicado com viagens para cima e para baixo no elevador de carga, com o chá com gosto de iodo, com Sergo gritando em agonia quando o jogavam de volta na cela para desabar no próprio mijo e vômito. Houve momentos em que me lembro claramente de ter caminhado ao longo de corredores com as minhas próprias forças e outros em que eu tinha de ser arrastado de um lado para o outro da sala de cortinas pregueadas. Acho que eles começaram a me arrancar a confissão a pancadas lá pelo terceiro ou quarto interrogatório. Aconteceu dessa maneira. Lembro-me do camarada interrogador abrindo bem minha mala e tirando um punhado de títulos de empréstimo tsaristas sem valor. Lembro-me de ele olhar para mim e me bater alegremente no rosto com os títulos.

— Então me conte, Shotman, você espera que os capitalistas voltem ao poder na Rússia soviética?

— Eu guarneceria pessoalmente as barricadas se eles o tentassem — disse eu.

— Sendo esse o caso, como explicar a presença desses títulos de empréstimo tzarista em sua mala?

— Eu lhe peço que acredite em mim, camarada interrogador, quando lhe digo que os títulos de empréstimo pertenciam ao meio-irmão da minha mãe, que era proprietário de uma pequena fábrica em Baku, na época da Revolução. Ele empregava dez ou 12 israelitas que costuravam carneiras nos chapéus. O meio-irmão da minha mãe comprou os títulos como uma pilhéria depois da queda do tsar, quando os estavam vendendo por uma diminuta fração de seu valor nominal. Ele ia forrar com isso as paredes do sanitário anexo atrás de sua vila, mas foi acusado de ser um explorador capitalista e terminou na frente de um pelotão de fuzilamento da Guarda Vermelha, antes de poder se livrar disso. Minha mãe encontrou os títulos em uma caixa de sapato quando esvaziava o quarto de seu meio-irmão. Quando ela soube que não tinham valor, passou a usá-los para acender o fogo da cozinha. Quisera Deus que não me metesse, mas os apanhei para enrolar cigarros.

— Você acha que eu sou estúpido a esse ponto, Shotman? Espera que eu acredite que você guardou esses títulos para usá-los como papel de cigarro?

— É a mais pura verdade, Excelência. Eles têm a forma e o tamanho certo, e queimam lentamente. Se tivesse um pouco do meu *makorka*, poderia mostrar-lhe.

Kristóforovich voltou para sua mesa e retirou uma folha de papel do que eu achava que fosse a minha pasta.

— Sua solicitação original de se tornar membro do Partido não faz nenhuma menção ao fato de seu tio ter sido fuzilado pela Guarda Vermelha. De modo que devemos acrescentar falsificação de registros oficiais à sua lista de crimes.

— Ele não era meu tio, camarada interrogador. Era meu meio-tio. A ficha da solicitação perguntava sobre parentes consanguíneos. Além disso, ele vivia em Baku, e nós vivíamos nas montanhas. Eu quase nunca o via. Se passasse hoje por mim na rua, não o reconheceria.

— Como poderia passar hoje por você na rua se morreu?

— Só quis dizer... eu não durmo muito, camarada interrogador, de modo que às vezes confundo as coisas.

— Você confunde inocência e culpa — disse ele com tanta convicção que me levou a me perguntar se ele sabia algo que eu não sabia.

Foi pouco depois que o maior dos guardas, um uzbeque de nariz quebrado e mal assentado, com longas suíças de lutador itinerante, se apresentou no gabinete do camarada interrogador. Avaliamos um ao outro por alguns segundos. Não duvidei, apesar do meu joelho ruim, que eu poderia enfrentá-lo, caso se tratasse de um teste de força. O uzbeque, evidentemente um profissional, verificou se meus pulsos e tornozelos estavam apropriadamente atados aos ferros da parede. Kristóforovich se adiantou com uma meia masculina e o uzbeque, usando uma colher de sopa de madeira, começou a enchê-la com a areia de uma caixa vermelha, de bombeiros. Quando a meia ficou quase repleta de areia, ele amarrou a parte cheia com um pedaço de cordão e testou-a contra a palma da mão. Satisfeito, olhou para o camarada interrogador, que estava de volta à mesa, com o guardanapo dobrado sob o queixo, ceando. Um segundo prato cheio de salsichas e repolho esperava por mim, se eu assinasse uma confissão. Limpando os dentes com uma unha, o que me convenceu finalmente que tinha raízes na classe trabalhadora, Kristóforovich assentiu com a cabeça. O lutador, se isso era o que fora antes de ir trabalhar para os Órgãos, avançou para mim e me apertou brandamente a cabeça, de forma que minha bochecha direita ficou diretamente contra a parede. Há um código não escrito entre os homens realmente grandes como o uzbeque e eu: você não deve fazer uso de sua força para ferir alguém se puder evitá-lo. Você tem de usá-la com respeito, se não tiver como evitar. Foi por isso que o uzbeque disse seu nome.

— Islam Issa.

— Fikrit Shotman — disse o meu.

Sua pressão sobre o meu queixo aumentou.

— Avise quando estiver pronto.

— Faça o que deve fazer para ganhar o pão — disse-lhe eu.

Ele travou minha cabeça contra a parede com uma enorme pata e começou a golpear fortemente a meia cheia de areia contra o interior da minha orelha esquerda.

Não sou tão bronco quanto pretendem alguns cujos nomes não citarei. Interpretei como um bom sinal, até positivo — usarem a meia cheia de areia, em vez de um tijolo, e concentrarem-se no interior da minha orelha significava que eles não queriam deixar marcas no meu corpo. E isso queria dizer que, sem minha confissão, eles não estavam certos de que podiam provar que cometi um crime e teriam de me deixar ir para casa e para Agripina. Olhem, eles não tiveram a preocupação de não deixar marcas no corpo de Sergo, entendem meu argumento? O que pode apenas significar que eles tinham certeza de que ele era culpado de transgressão, mas não excluíam que eu pudesse ser inocente como o menino Jesus, embora, vejam bem, eu não dissesse isso em alto e bom som, pois, como eles nos martelam nos encontros do Partido, a Igreja Ortodoxa Russa é o ópio do povo, ou algo assim.

As surras continuaram durante os interrogatórios seguintes e fui ficando surdo do meu ouvido esquerdo. Começou com um zumbido terrível. Tentei livrar a minha mente da dor visualizando, uma após outra, todas as tatuagens de Agripina: a cobra que se lhe enroscava em espiral na coxa, o mapa da África, os rostos de Lênin e Stálin e aquele que ela chamava de Engels, embora eu participasse do segredo, sabendo que era o traidor Trótski, o quadro da *Mona Lisa*, muito embora estivesse em Paris, França, e não na Rússia, os dois pavões, um empoleirado em cada um de seus pequenos ombros. O analgésico funcionou por alguns momentos, depois a pulsação começou a borrar as tatuagens, até eu não poder vê-las claramente. Quanto mais eles me batiam, mais para longe o zumbido ia, até parecer vir de uma outra sala e, depois, de um outro andar da prisão. Depois disso, houve somente dor no ouvido, dor e silêncio. E, através da névoa do sofrimento infernal, me ocorreu que eles não podiam me bater na outra orelha se quisessem que ouvisse suas perguntas. Também percebi que ficar surdo de um dos ouvidos tinha certas vantagens em que o camarada interrogador provavelmente nunca pensou: significava que eu podia dormir com o ouvido bom comprimido contra o cobertor no chão da cela e não ouvir Sergo gemendo o dia inteiro.

De quando em quando, o uzbeque ia até as cortinas pregueadas e firmemente fechadas fumar um cigarro, enquanto o camarada interrogador vinha de novo para mim com suas perguntas. Desejava saber que afirmação política eu fazia com a tatuagem do camarada Stálin sobre meu bíceps com uma cicatriz de um lado a outro do rosto dele. Quando lhe expliquei a respeito do machucado da corda quando estávamos levantando a tenda em Tiflis, ele caiu na gargalhada.

— Você tem uma explicação para tudo, o que, na minha experiência, é um sinal definitivo de culpa.

— Estou contando a você o modo como realmente aconteceu.

— O que me diz dos 50 dólares americanos que você apanhou para deixar o levantador de peso dos Estados Unidos ganhar a medalha de ouro nos jogos europeus de 1932? Você não pensava que eu soubesse disso, pensava? Abra os olhos, Shotman, sabemos tudo o que há para saber a seu respeito. — Kristóforovich não me deu sequer uma chance de negar a acusação. — Os tchekistas que estavam observando você em Viena registraram um relatório. Você estava com sorte, nessa época; a foto de Stálin apertando a sua mão na recepção do Krêmlin apareceu nos jornais antes de nós nos mexermos para prendê-lo. Mas é um fato registrado que você já estava a serviço dos americanos em 1932. Quando eles fizeram o primeiro contato com você? Que espécie de códigos secretos utilizaram para se comunicar com você quando voltou para Moscou? — Mais ou menos a essa altura ele abriu dramaticamente minha mala e retirou o exemplar da revista americana *Strength and Health* (Força e saúde), que Bob Hoffman me dera em Viena, Áustria. Com a voz cheia de desdém, Kristóforovich leu no que soou como americano a dedicatória que

Bob Hoffman escreveu nele. Não precisou traduzir as palavras. Eu as sei de cor: *A Fikrit Shotman, que recebeu a prata quando chegou a 10 quilos atrás de mim no levantamento de peso, Viena, 27 de dezembro de 1932.* Estava assinada: *De seu amigo Bob Hoffman, que recebeu o ouro.* — Qualquer asno pode ver que há uma mensagem secreta enfiada aqui, em algum lugar. Livre-se de mais desgraça e nos conte o que ela significa, Shotman. Nossos especialistas em criptografia vão decodificá-la de qualquer maneira.

O uzbeque apagou o cigarro na caixa de areia e voltou para o meu lado da sala, socando o tempo todo a meia cheia de areia na palma da mão. O camarada interrogador virou a minha cabeça de modo que pudesse falar ao meu ouvido bom.

— Não preciso lembrar a você que Trótski estava em Nova York na época da primeira Revolução que derrubou o tsar, em 1917. Estava, sem dúvida, a soldo dos órgãos americanos quando voltou à Rússia para se juntar aos bolcheviques, tentando mais tarde assumir a direção do Partido depois da morte de Lênin. Você é claramente um cúmplice de Trótski, a soldo, como ele, dos americanos. Se tem esperança de clemência, confesse o que já sabemos, Shotman: você é uma peça-chave do centro antibolchevique trotskista com sede em Paris. — E acrescentou tão triunfantemente que quase pude perceber o *"tchã rã"* em sua voz: — É este o significado do adesivo da torre Eiffel em sua mala!

Deve ter sido por aí que comecei a considerar a possibilidade de que houvesse um grão de verdade na versão dos acontecimentos por parte do camarada interrogador. Eu ainda não tinha certeza do que era, mas sabia haver uma grande probabilidade de eu ser culpado de algo. Quero dizer, até um idiota aldeão sabe que onde há fumaça há fogo.

CAPÍTULO SEIS

Nadejda Iákovlevna
Segunda-feira, 7 de maio de 1934.

ESPARRAMADO SOBRE NOSSO COLCHÃO, Mandelstam escutou o canto das sereias da ninfa do mar e, para meu imenso alívio, conseguiu resistir a ser atraído para a destruição nos rochedos que rodeiam nossa cidadela.

Desde a noite daquela leitura de poesia, em janeiro, Zinaida praticamente se separara do marido agrônomo. Ela ainda não viera morar conosco, de mala e cuia; tinha o cuidado de aparentar que ainda continuava vivendo com o marido a fim de não pôr em risco seus direitos ao apartamento de ambos e, consequentemente, sua autorização para residir em Moscou. Criara o hábito de passar duas, às vezes três noites por semana conosco na Casa Herzen, com a maior frequência na nossa cama e as outras vezes num colchonete na pequenina cozinha, se o meu marido estivesse exausto ou preocupado com o que eu delicadamente chamava de *sua missão de alpinista.*

A tímida amante, de olhares acanhados, com suas bochechas afogueadas e seus orgasmos incendiários (parcialmente contidos em consideração à finura das paredes do nosso quarto), tornara-se adepta do *ménage à trois.* Dedicava tanta atenção a mim quanto o fazia a meu marido, em parte para compensar que ele prestasse mais atenção a ela do que a mim, em parte (eu me gabo) porque me achava, como eu também a ela, fisicamente atraente e sexualmente estimulante. Mandelstam é conhecido por dizer que amar uma terceira pessoa envolve riscos, embora estes, nesse caso em particular, não fossem apaixonar-se loucamente, ou mesmo sensatamente, por Zinaida. Posso dizer que ela era o tipo de animal sexual que nos faz perder o interesse, com o tempo. Sua insistência em se mostrar inteligente, sua meticulosidade, sua arrebatadora admiração pelo poeta já estavam cansando. O que restava era seu corpo. E *que* corpo! Era uma dessas mulheres que não se opõem a serem cobiçadas em função de seus corpos e apenas de seus corpos. E até eu reconhecia sua destreza em certas técnicas da atividade sexual normalmente associadas às prostitutas. Em outras palavras, nenhum orifício importante era esquecido. Nenhum. Mandelstam, enfeitiçado pelo frescor do *corpus* deleitável à sua disposição e um tanto amedrontado pelo que eu podia chamar de banquete exótico servido no aparador, tendia a se esquecer de que eu estava presente como participante e não como espectadora. Presumo eu que o fenômeno do macho que se concentra na terceira pessoa do singular, para exclusão do *-dade* em sua vida, é o perigo maior de todos os triângulos amorosos. Lembro-me muito de trocar ideias sobre o assunto com Akhmátova num daqueles dias.

Onde eu estava? Na manhã do dia que me proponho descrever, Zinaida acordou em meus braços, acariciando sonolentamente meu peito com uma das mãos e se esticando até Mandelstam com a outra. Ao achar o lugar dele na cama vazio, ela se sentou abruptamente.

— Você conseguiu dormir? — perguntei.

— Depois de um tempo eu consegui. Depois de nossa bela noite em claro. Deus meu, esse seu marido é insaciável. — Ela olhou em torno do pequeno quarto. — Aonde ele foi?

— Ele se levantou há horas — disse eu. — Você pode ouvi-lo andando no quarto ao lado.

— Está escrevendo um poema?

— Assim parece.

— Para mim?

Tive de segurar o riso.

— Não para você, queridinha. Embora ele talvez deixe você interpretá-lo em plena existência, como ele diz, quando estiver completo.

Por falar em insaciável, ela de novo se derreteu em meus braços e passou a me acariciar a pele com as pontas dos dedos.

— É verdade o que você disse a respeito de o corpo da mulher ser muito mais atraente do que o dos homens — disse ela. Sua mão conseguiu chegar à minha pelve. — Não é nada acidental que todos os grandes escultores e pintores preferissem o nu feminino ao masculino. Nossa pele é mais sedosa, nossas curvas mais suaves, nosso recesso sensual mais difícil de localizar mas, uma vez localizado, facilmente estimulado. Não concorda, Nadejda?

Não posso omitir que estava incapaz de articular uma resposta.

— Adoro especialmente nossos seios — prosseguiu ela. — Às vezes acaricio os meus próprios para me lembrar de como as mulheres são belas.

— Você ama seu agrônomo da maneira como nos ama?

— Você *está* me gozando, Nadejda? Eu me casei com o primeiro homem com que dormi, e dormi com o primeiro homem com que deparei que tinha uma autorização para residir em Moscou. Ele foi o meu bilhete de passagem dos Urais para a civilização. Você consegue me ver passando os melhores anos da minha vida em um teatro de repertório em Perm?

— Certamente o seu agrônomo tem aspectos compensadores.

— Ah, claro, decididamente os tem. Ele vem equipado com um apartamento comunal de 22 metros quadrados em frente ao Arbat. Tem um emprego com salário regular e, para os feriados, o uso de um espaço em uma datcha comunal no curso inferior do Volga, apesar de esses fedelhos de nariz escorrendo se apinharem ali como gafanhotos. O melhor de tudo: ele fica fora viajando durante semanas num esforço de estudar quais as sementes que se ajustam melhor a cada clima, que é sua área de especialidade.

— Quando o gato está fora, festeja o rato — mexi com ela.

Ela confirmou minha suposição com um de seus olhares acanhados.

— Sempre que ele volta para casa é cedo demais. O casamento com o meu agrônomo, centenas de anos mais velho que eu...

— Doze — corrigi-a.

— Doze anos solares, mas uns cem anos psicológicos — insistiu ela. — O casamento com ele transformou nosso apartamento de Moscou em uma gaiola, com horas do dia estipuladas para comer e defecar, e dias do mês estipulados para copular. Frequentemente achei que estaria melhor por conta própria, mas não quis deixar o apartamento e, com ele, minha preciosa autorização para residir em Moscou, duas coisas que são o preço que devo pagar por um divórcio. Se perder isso, acho que podia, na verdade, matar por uma autorização de residência. Diga-me honestamente, você acha que sou malvada?

— Todos nós assumimos compromissos para manter as cabeças acima da água nesse pântano de trabalhadores. A propósito, vi seu agrônomo quando meu marido e eu aparecemos nos bastidores, na noite em que você fez uma das irmãs em *Três irmãs*. Em comparação com os outros homens, ele não é dos mais feios.

— Você pode explicar, minha querida Nadejda, por que as mulheres como nós são atraídas principalmente pelos homens? Não sabemos quase nada sobre o que se passa em suas mentes tolas. Há ocasiões em que olho para seus corpos e tenho ânsias de vômito. Objetivamente falando, o pênis, pendendo molemente como a tromba de um elefante entre suas pernas cabeludas, é a parte mais feia de um corpo masculino. E no entanto... e no entanto, quando eu avisto a protuberância na calça de um homem, meu pulso se acelera. Anseio tocá-lo, beijá-lo, aquecer meus lábios com chá de camomila e acolhê-lo... Ah, Nadejda, dar-lhe as *boas-vindas* em minha boca. — Ela estremeceu em meus braços. — Só de pensar em tais assuntos eu já poderia ter um orgasmo.

— Ainda bem que são os homens, e não as mulheres, que perdem um dia de suas vidas com cada orgasmo — disse eu, pilheriando.

— Ainda bem — concordou ela, circunspecta. — No geral, nós simplesmente temos muito mais vantagens que o macho da espécie, você não concorda?

— Falando de chá, eu bem que gostaria de uma xícara — disse eu a ela.

— Que grande ideia — disse ela.

Joguei o velho robe de Mandelstam sobre os ombros e, caminhando descalça, fui em direção à cozinha para ferver água em nosso pequeno fogareiro a querosene. Mandelstam, usando o robe de seda de segunda mão que eu lhe comprara com o dinheiro que ganhei com uma tradução, estava tão absorto nas complicações da composição que nem se deu conta da minha passagem. Quando voltei para a sala de estar, levando uma bandeja com xícaras e um bule de chá, encontrei Zinaida envolvida por uma colcha da cama, um gracioso tornozelo nu se projetando dela, aninhada sobre o sofá. Estava observando, desconcertada, como Mandelstam percorria o cômodo, quatro grandes passadas numa direção, depois quatro longas passadas de volta, o tempo todo, tirando freneticamente baforadas de um cigarro. Eu me coloquei perto dela e enchi duas xícaras lascadas com chá, e esquentamos as nossas mãos em torno delas, esperando a água fervente esfriar. De quando em quando uma mariposa voava junto à cabeça de Mandelstam (as paredes da Casa Herzen eram isoladas com feltro, o que proporcionava aos insetos uma superfície térmica para procriação). A concentração de Mandelstam era tão absoluta que ele podia enxotar a mariposa com as costas da mão sem se dar conta de sua presença. Veio-me à cabeça que ele sequer notaria se uma daquelas novas sirenes de ataque aéreo que estavam sendo instaladas em torno de Moscou, agora que Hitler chegara ao poder na Alemanha, começasse a uivar. Seus lábios trabalhavam, palavras e depois frases se formavam. Eu quase podia ouvir o poema batendo como um punho sobre a janela.

E então Mandelstam parou no meio do caminho e olhou para nós, como se apenas nesse momento descobrisse que estávamos na sala. Deu com a mariposa perto de seu nariz e, emergindo de um transe, saiu atrás dela como se esse inseto em particular fosse o réu responsável pelo buraco que descobrira recentemente em seu suéter tricotado. Subindo atabalhoadamente nos móveis, estalando ferozmente as mãos, o grande caçador de mariposa batalhou aos trancos e barrancos por toda a sala até que, vitorioso, expôs a mão direita para nos mostrar a pequena mancha de sangue.

— Acho que consegui — gritou.

— A mariposa? — disse Zinaida.

— O poema — disse Mandelstam. — "O epigrama de Stálin".

Zinaida, pensando que Mandelstam sucumbira aos muitos amigos que lhe imploraram para compor uma ode em homenagem a Stálin, parecia aliviada.

— Sei que deve ter sido difícil para você — disse-lhe ela —, mas eu sempre achei que você era capaz de fazê-lo.

Passei o meu braço sob o seu cotovelo.

— Você não compreende, queridinha. Óssia certamente compôs um poema muito sincero, um desses que não contém evasivas. Você e eu seremos seus primeiros leitores.

Ela parecia desorientada.

— Mas há um único tipo de poema que se pode escrever quando o assunto é Stálin.

O olhar atento de Mandelstam foi descansar no cinzeiro de vidro sobre o peitoril da janela, que transbordava de guimbas de cigarro, a maior parte dele. (Eu me perguntava se ele reconhecera as guimbas de um cigarro forte que nunca fumou quando voltou para o apartamento na tarde anterior.) Fechando os olhos, expondo a garganta pálida, ele levantou a mão com a mancha de sangue sobre sua cabeça e começou a recitar.

Surdos na terra que pisamos nós vivemos.
A dez passos de nós, quem ouve o que dizemos?

O alpinista do Krêmlin eu ouço há meses:
É um assassino massacrando os camponeses.

Os dedos gordos como larvas mela
E, em chumbo, cai-lhe o verbo de sua goela.

Torto nos vê o bigode de barata
E a bota que no brilho se remata.

Em torno a choldra de pescoço ralo
E de semi-homens baba, em seu badalo.

Nitre, ronrona, gane
Se ele lhes palre, ou as mãos abane.

Um a um forjando leis, arremessadas
Ferraduras na testa, olho, beiradas.

E matar sempre é benfeito
Para esse osseta de peito.

Mandelstam, transfigurado, olhava intensamente para mim, com inequívoco brilho de triunfo nos olhos, e isso finalmente despertou em mim o que ele quisera dizer com *Morto, mas não enterrado ainda*. Recordando esse momento decisivo das nossas vidas, eu me pergunto: como eu realmente me sentia? Presumo que estivesse emocionada, orgulhosa e desolada, tudo ao mesmo tempo, emocionada por sua ousadia, orgulhosa de ser cúmplice num ato de puro desafio, desolada porque esse seu instinto de sobrevivência, seu *tanto quanto* meu, estava efetivamente moribundo. Quanto a Zinaida, atirou de novo o tornozelo sob a colcha e se encolheu contra o meu braço.

— ... *É um assassino massacrando os camponeses* — gemeu ela. — Mas você simplesmente não pode fazer isso comigo, Óssip. O que acontecerá quando eles souberem que eu estava presente quando você leu isso alto? Oh, meu Deus! Podia haver um microfone na parede. Eles poderiam estar gravando cada palavra que nós dizemos, neste mesmo instante! Nadejda, se ele não quer agir sensatamente, você deve fazê-lo pelos dois e dissuadi-lo dessa loucura.

Quanto mais ela protestava, mais eu o apoiava. Afinal de contas, era eu a esposa, e ela era apenas a amante da vez.

— Tente você mesma, Zinaida. Óssia conferiu a maior das honras ao torná-la um de seus primeiros leitores. Apenas os poucos escolhidos saberão da existência desse epigrama. Aconteça o que acontecer, você pode estar certa de que nem ele, nem eu jamais revelaremos que você o ouviu.

Mandelstam ajoelhou-se diante de nós duas.

— Zinaida, você não deve falar sobre isso com ninguém. Se eles descobrirem, poderia custar a minha vida.

Ela aprovou com a cabeça, miseravelmente.

— Nadenka memorizará o epigrama, como memoriza todos os meus poemas. Mas resolvi que você deve fazê-lo também. Se algo nos acontecer, o poema decididamente deve sobreviver.

Zinaida puxou a colcha mais cerradamente em torno de seu corpo nu, como se ela pudesse, de algum modo, protegê-la de uma solicitação inconveniente.

— Repitam os versos depois de mim, as duas — disse Mandelstam firmemente: — *Surdos na terra que pisamos nós vivemos. A dez passos de nós, quem ouve o que dizemos?...*

— Surdos na terra que pisamos nós vivemos. A dez passos de nós, quem ouve o que dizemos?...

— *O alpinista do Krêmlin eu ouço há meses: É um assassino, massacrando os camponeses.*

— O alpinista do Krêmlin eu ouço há meses: É um assassino, massacrando os camponeses...

Por ter decorado os versos de Mandelstam durante anos, eu tinha uma intuição para a rima e o ritmo, e para as camadas de múltiplo significado introduzidas num texto, por onde surgia a breve pausa para a respiração. Não me foi preciso muito tempo para guardar as 16 linhas na memória. Zinaida teve mais dificuldade. Ficou logo evidente que ela não tinha nenhum ouvido para a música interior de um poema de Mandelstam. Ela conseguia quatro versos certos e depois embaralhava a pontuação, ou mesmo a ordem das palavras, quando voltava a eles. Lágrimas de frustração lhe encheram os olhos.

— Detesto ser posta em xeque. Não posso decorar isso do modo como você o faz. Preciso vê-lo escrito, no papel, de modo que possa visualizar as palavras. É como aprendo minhas falas para o teatro. Mesmo quando criança tinha de registrar as coisas por escrito a fim de lembrá-las.

Meu marido e eu trocamos olhares.

— O que você acha? — disse ele.

Eu dei de ombros.

— Contanto que possamos ter certeza de que o papel será destruído tão logo ela o tenha memorizado.

Zinaida olhou aliviada.

— Eu juro que o queimarei — disse ela. — Na próxima vez que eu passar aqui, eu o recitarei sem uma falha.

Mandelstam foi buscar caneta e papel. Agachando-se na valise, utilizando-a como uma escrivaninha, passou a limpo o epigrama. Zinaida foi para o quarto de dormir apanhar a roupa e dali emergiu vestida poucos minutos depois. Mandelstam releu o que escrevera para estar certo de que estava exatamente como queria, depois entregou o papel a Zinaida. Ela o dobrou ao meio e depois novamente ao meio e em seguida o enfiou dentro do sutiã.

— Sou grato por estar disposta a fazer isso — disse Mandelstam.

— Sou grata por fazer parte da sua cidadela — replicou Zinaida nervosamente. — Fico emocionada por contar com a sua confiança.

— Talvez você devesse tomar o seu rumo antes de o papo se tornar demasiadamente melado — insinuei. Lembro-me de ter acrescentado: — Não se esqueça de queimar o poema.

Recordo a confiança de Zinaida:

— Você pode contar comigo.

Depois de ela sair, eu me vesti e me ocupei de arrumar o quarto. Pela porta aberta, pude ver Mandelstam sentado no sofá, olhando fixamente para o teto e ocasionalmente batendo as mãos juntas para matar uma mariposa que vagueara dentro de seu letal raio de ação.

— Acha que eu fiz a coisa certa?

— Está falando do epigrama ou de Zinaida?

— Das duas coisas.

Juntei-me a ele na sala de estar e me deixei cair no braço do sofá. Ele descansou uma das mãos no meu tornozelo e sorrimos, ambos, da mesma lembrança — a primeira vez em que tivemos intimidade, a noite em que nos encontramos na Loja de Trastes, em Kiev, e ele começou pelo meu tornozelo sua vagarosa exploração do meu corpo. Era uma brincadeira de longa data, entre nós, a de que ele era o primeiro e maior fetichista de tornozelo da Rússia.

— No que se refere ao epigrama — disse eu —, você se torturou durante meses. Precisava fazer isso sair de dentro da sua alma. Só tem de tomar cuidado com quem deixa participar do segredo. Quanto a confiá-lo a Zinaida, ela é uma criatura inofensiva, que se abrirá inapropriadamente se seu corpo for aceito. Por ora, está encantada em ser amante do poeta Mandelstam.

Mandelstam se iluminou:

— Há um poeta com esse nome.

Ele me apertou o tornozelo com força e olhou atentamente para mim, esperando a confirmação.

— Há — acrescentei convictamente. — Ainda não morreu.

Era quase meio-dia quando me mexi para esvaziar o cinzeiro de vidro cheio de guimbas de cigarro na lixeira do lado de fora da porta da Casa Herzen. E com quem eu haveria de deparar ali se não com Boris Pasternak, jogando fora lixo de cozinha, após ter passado a manhã numa outra ala do edifício com a futura ex-esposa e o filho. Dizendo-lhe que Mandelstam precisava se animar, praticamente o arrastei para o nosso apartamento. Meu marido estava prendendo a camisa dentro da calça quando avistou Pasternak na porta, atrás de mim. Ele deu um berro de prazer.

— Você vai ficar para o almoço — determinei. — Temos pão, um pouco de manteiga e dois ovos. Eu arranjarei um terceiro com alguém do nosso andar.

Achei o ovo extra na segunda porta em que bati. Quando voltei ao nosso apartamento, dei com Mandelstam em pé no meio da sala recitando as últimas linhas do epigrama de Stálin para Pasternak, que estava sentado no chão, as costas contra a parede, o rosto enterrado em suas enormes mãos. Quando Mandelstam chegou ao final, Pasternak ficou ali sem mover um músculo.

— E então? — disse Mandelstam, impacientemente.

— E então? — repeti da porta.

Boris olhou para cima, primeiro para mim, depois para o meu marido.

— Quem sabe a respeito disso? — perguntou.

— Nós três — disse Mandelstam. — E uma amiga.

— Vocês podem confiar na amiga?

Eu respondi da porta:

— Sim.

Levantando-se de um salto, Boris foi até a janela e puxou as venezianas internas para fechá-las. Depois se virou para nós.

— Você está cometendo suicídio — disse ele, os olhos se tornando tão fundos que mal se podia neles perceber as pupilas. — Quando você disse que ia deixar o grito emergir da sua garganta, não imaginei que faria disso uma coisa tão insana.

— O que a Rússia precisa — observou Mandelstam — é de mais insanidade e de menos bom senso.

Boris estava de tal modo preso à sua própria angústia que eu não achei que o ouviu.

— Como você pôde escrever um poema desses? Você, um judeu! — deixou escapar ele.

— Você se esquece de que me converti ao cristianismo para entrar na universidade — replicou Mandelstam, irritadamente.

— Stálin e as pessoas em torno dele têm muito em comum com os tribunais eclesiásticos da Inquisição espanhola — disse Pasternak. — Para os *calificadores*, um judeu que se converteu permanece judeu no coração, na alma.

Era difícil encaixar uma palavra, mas eu consegui.

— Recitarei o poema de novo para você, Boris, e você me dirá exatamente o que um judeu não deveria dizer nele.

— Não, não, eu não preciso ouvi-lo uma segunda vez para saber que Óssip não pensou nisso para valer. Ou ele é estúpido ou inocente. Não quero nenhuma parte dele.

Mandelstam afundou no sofá.

— A poesia se nutre da inocência, não da estupidez — disse ele, nitidamente arrasado pela reação de Pasternak. — Você mesmo assumiu a posição de que arte é aceitar riscos.

— Eu disse isso? Onde?

Mandelstam conseguiu dar um sorriso amargo ao lançar na cara de Pasternak suas próprias palavras:

— *Não se pode falar de arte como se fosse um cano de esgoto ou um emprego na construção e, desse modo, resumir a questão como técnica.*

Falar a respeito da técnica de escrever poesia é falar a respeito da técnica de realizar o desastre. A pessoa tem de se lembrar de que é necessário assumir riscos; nada existe na terra sem a aceitação de riscos.

Boris murmurou alguma coisa sobre ter dito aquilo em outro contexto. Ele se voltou para mim furiosamente:

— Como você pode lhe permitir fazer isso?

Antes que eu pudesse falar, Mandelstam disse, muito calmamente:

— Em nossa relação nós nunca tivemos que pedir permissão um ao outro.

Boris começava a me exasperar.

— Você está zangado — explodi — porque não tem peito para fazer o que Óssip está fazendo. Você não é o poeta que ele é.

Mandelstam tentou interromper-me.

— Nadenka, você está indo longe demais.

— Não estou. Ele tem de compreender que Mandelstam deve ser verdadeiro para Mandelstam, não para Pasternak.

Boris me olhou desconcertado:

— Meu querido Óssip, não o reconheço mais. Você se tornou outra pessoa.

— Quando ele se tornar outra pessoa — informei a Boris, experimentando, admito, certa satisfação com seu óbvio embaraço —, não ficarei muito atrás.

Boris levantou a mão para a testa e massageou a enxaqueca que se emboscava sob sua sobrancelha.

— Se você estiver falando sério sobre derrubar Stálin — disse ele a Óssip —, participe da luta política a longo prazo.

— Minha personalidade é incapaz de lidar com a luta política — replicou o meu marido. — Sou impaciente demais para a estratégia. Tenho apenas o temperamento para a tática. Sou levado pelo gesto.

E acredito no poder da poesia para mover as montanhas, juntamente com o montanhista do Krêmlin.

— Pelo menos trabalhe de novo no poema — disse Boris com grande emoção — de modo que fique velado, ambíguo, escrito, digamos, sobre uma figura histórica.

— Eu cansei de ser evasivo, Boris. É preciso escrever um poema que revele o mal de Stálin de maneira que qualquer mentecapto possa compreendê-lo. — Achando que isso daria um fim à discussão, Mandelstam repetiu um de seus mantras favoritos: — *Se não agora, será quando? Se não for eu, quem há de ser?*

Balançando a cabeça com desespero, Boris se virou para sair. Na porta, ele hesitou.

— O mínimo que você pode fazer, se não em seu próprio benefício, então no dos amigos que ouvirão o epigrama, é reescrever a segunda estrofe. O trecho sobre assassino e sobre massacrar camponeses é perigosamente direto. Eu lhe peço, Óssip, que faça isso.

Meu marido olhou para mim, pensando que eu desafiaria Pasternak. Respirei fundo e segurei minha língua. Se um narrador da verdade ainda estaria narrando a verdade se a esvaziasse era algo que só Óssia podia resolver.

Pude ver Mandelstam remoendo conforme considerava a questão. Sacudindo a cabeça em frustração, ele disse:

— A versão original tinha dois outros versos de que me desembaracei porque não eram francos o bastante. Se isso deixar você mais sossegado, eliminarei "*um assassino, massacrando os camponeses*" e restaurarei a primeira versão. — Aí fechou os olhos e recitou os versos que colocaria no lugar dos dois outros:

Mas onde da conversa há só a metade
O alpinista do Krêmlin não se evade.

Boris disse:

— Se você quiser realmente que eu me sinta mais sossegado, jogue fora o epigrama inteiro.

Só de pensar no que meu amado marido fez naquela hora meu coração bate mais forte. Com os dedos tremendo, levantou o queixo e repetiu as palavras que tinha lançado na cara de Ugor-Jítkin e suas amigas na cantina dos trabalhadores dos bondes.

— Sou o poeta Mandelstam.

Infelizmente não pude resistir à ratificação da ferroada.

— Quanto a mim, sou a mulher do poeta Mandelstam, e tenho orgulho disso.

Boris deu de ombros com raiva e se voltou para a porta.

— E aqueles ovos? — disse eu.

— Numa hora dessas, como você pode pensar em comida?! — resmungou ele, contrariado. — Com ou sem aqueles versos do *massacre de camponeses*, esse assunto vai acabar mal. Eles o trataram muito mal nesses últimos anos, Óssip. Se você insistir nesse epigrama, pelo menos você saberá *por que* eles o estão tratando assim. Respeito você como poeta. Gosto de você como de um irmão. Quero que você viva bastante, Óssip Emilievitch.

Lembro-me de ter ficado abalada pelo quanto Mandelstam me pareceu desolado. Estivera contando com o apoio irrestrito de Pasternak. Na minha cabeça, ainda posso ouvir sua voz, bradando depois da partida do poeta:

— Que você também viva bastante, Boris Leonídovitch.

CAPÍTULO SETE

Zinaida Záitseva-Antónova
Segunda-feira, 7 de maio de 1934.

COMO O FILHO DE UMA PUTA pôde fazer isso comigo?! Da maneira como vejo isso, uma coisa é se cansar da vida e querer se suicidar. Pare de ficar falando a respeito e faça-o, ora, mas o cara simplesmente não tem o direito de arrastar os outros com ele. Esse poema de Mandelstam sobre Stálin é pura maluquice. Ele está com um parafuso a menos, zureta, decididamente doido. Mas é *sua* loucura, não minha. Não estou nem certa se é um bom poema, pelo amor de Deus. Mas isso não vai fazê-lo parar de lê-lo para todos esses escritores em declínio que giram em torno da Casa Herzen. Deus meu, o que é que ele pode estar pensando ao ler um poema desses para pessoas inocentes? Ele não tem nenhum direito moral de fazer outros cúmplices para o que é, afinal de contas, *seu* crime. Vivemos numa época em que alguém que tem conhecimento de uma traição e não denuncia o subversor *se torna* um subversor, sujeitando-se à mesma punição que o perpetrador. Não é preciso um gênio para ver o que vai acontecer: dos cinco, ou dez, ou vinte que ouvirão o poema, um ou vários deles (ou *todos*, com exceção da pobre Nadejda, cega pelo amor) vão raciocinar como eu. Mandelstam tem muita coragem ao nos colocar numa posição em que poderíamos ser tratados como traidores por *escutar* o seu poeminha de merda. O que significa que um, vários, ou todos os que ouvirem o poema se protegerão de uma única forma possível: correrão para a milícia mais próxima e denunciarão o autor do poema antes de algum outro o fazer e de a Tcheka vir farejar aqui e ali, pedindo a cada um que explique como ouviu o poema traidor e não denunciou o inimigo do povo que o escreveu. E o que faria eu? Agitar os cílios e perguntar: *De que poema você está falando, camarada miliciano?* A essa altura, eles conhecerão o conteúdo do poema até a última vírgula e o nome, o endereço e o passaporte de todos aqueles que o ouviram. E os que deixarem de alertar os Órgãos estarão numa sinuca de bico, como se costuma dizer; a caminho da Sibéria ou, Deus me livre, coisa pior. E para quê? Quero dizer, não é como se esse poeminha de Mandelstam fosse mudar alguma coisa.

Exceto as vidas daqueles com falta de sorte suficiente para ouvi-lo.

O querido Óssip realmente não me deu muita escolha, de modo que não sinto como se traísse sua confiança ou coisa parecida. Além do que, qualquer idiota pode ver que o pobre homem está tentando se suicidar. Ao alertar os Órgãos, eu só estaria fazendo, no fundo, o que ele desejaria que eu fizesse.

Eu deveria me sentir desconfortável por alongar minha vida à custa do encurtamento da de Mandelstam?

Svólotch — canalha! Você esteve falando com Nadejda! Se há alguém capaz de me censurar por encurtar a vida de Mandelstam, é a sua cadela. Eles são uma *folie à deux.** Um atiça o outro. Pelo amor de Deus, que outras mentiras ela lhe contou sobre mim?

---

* Termo em francês que significa "loucura a dois" e é o nome dado a uma psicopatologia em que o doente consegue convencer o outro da própria psicose. (*N. do T.*)

CAPÍTULO OITO

Anna Andréievna
Domingo, 13 de maio de 1934.

Eu pressenti que havia algo terrivelmente errado no instante em que pus o telefone no ouvido. Borisik, com a voz ruidosa por causa da tempestade magnética que interferia na linha que ligava Petersburgo ao resto da Rússia, anunciou:

— Você deve abandonar o que está fazendo e vir a Moscou.

Ele disse isso de um modo que deixava pouco espaço para argumentar. De algum modo, meu querido amigo Pasternak conseguiu soar ao mesmo tempo alarmado e mortalmente calmo; foi a sua calma mortal que me enviou o calafrio que desceu pela coluna vertebral. Tentei lhe dizer que não era um bom momento para eu deixar Petersburgo. Meu filho de 22 anos, Lev, com quem eu tinha uma relação difícil, estava na cidade e, dessa vez, estávamos conversando sobre o que dera errado entre nós em vez de nos altercarmos acerca de como eu podia ter descrito a maternidade como uma *luminosa tortura*; meu terceiro marido, o historiador de arte Nikolai Púnin, conseguira duas semanas de férias numa das pousadas de sua universidade, no lago Ladoga, e estava louco para se afastar da cidade; e um editor que eu conhecia havia concordado em publicar meu ensaio crítico sobre Púchkin, sob a condição de que o cortasse pela metade, tarefa nada fácil, uma vez que eu já cortara a versão original pela metade. Borisik ignorou minhas desculpas e eu estava começando a me irritar, quando me disse:

— Você não compreende, Anna. Nosso amigo comum, cujo nome não devo mencionar, pois os Órgãos estão monitorando essa conversa, decidiu se matar.

— Matar-se? — ouvi-me repetindo estupidamente.

— Você se lembra da conversa que tivemos os três, quando observávamos as lágrimas que se arremessavam contra a catedral do Cristo Redentor? Bem, ele foi em frente com o seu projeto. Tentei convencê-lo de que era loucura mas, apoiado por aquela sua mulher teimosa como uma mula, ele afirmou que o que a Rússia precisava era de menos sensatez e mais insanidade. Creio que você seja a única que possa ter uma influência sobre ele a esse respeito. Você deve vir a Moscou imediatamente e impedi-lo antes... — O ruído na linha obscureceu a voz de Borisik por um momento. Depois ouvi as palavras: — Leite derramado.

Foi por isso que acabei decepcionando filho, marido e editor. Meu marido tentou me convencer a telefonar para os Mandelstam de modo que Óssip pudesse me buscar na estação de trem, mas, temendo que ele me convencesse a não ir, achei melhor não fazê-lo. Como estava tarde demais para o trem noturno e cedo demais para o da manhã, passei horas me debatendo sem sono na cama (após uma briga terrível com Nikolai, pois ele defendia que Óssip era um adulto consciente e, que, se de fato estava determinado a se suicidar, eu tinha uma obrigação moral de respeitar sua decisão). Sob as melhores circunstâncias, sou uma viajante agitada. Ao contrário de Borisik, que adora saltar no último vagão quando ele começa a sair da plataforma, prefiro chegar à estação com tempo de sobra. Conhecendo minha disposição, meu marido convenceu um vizinho que contava com o uso de um veículo da administração da cidade a nos levar até a estação ferroviária Moskóvski bem antes do amanhecer. No salão de espera, repleto de viajantes aconchegados aos bancos, Nikolai avistou um telefone público e novamente sugeriu que eu ligasse para os Mandelstam. Foi porque eu estava exausta e não pensava com clareza que não questionei? Disquei para a telefonista interurbana e lhe dei o número do telefone comunal no corredor do primeiro andar da Casa Herzen. Após uma longa espera, pude ouvir o fone tocando na outra extremidade. Quando ninguém respondeu, a telefonista ameaçou desligar, mas expliquei que era um telefone comunal e pedi a ela para continuar ligando. Quando alguém finalmente apanhou o receptor, pedi para falar com Mandelstam.

— *Você tem ideia de que horas são?* — perguntou um homem, petulantemente.

Antes que eu pudesse falar, me informou que não havia nenhum Mandelstam vivendo na Casa Herzen. Comecei a insistir que ele estava cometendo um terrível equívoco, que havia certamente um Mandelstam na Casa Herzen, mas a linha ficou muda em meu ouvido.

— O que ele quis dizer? Não há nenhum Mandelstam *vivendo* na Casa Herzen? — perguntei a meu marido, com um nó de pânico se levantando no fundo da minha garganta.

— Você cometeu um erro grave ao tentar ler nas entrelinhas — disse Nikolai, mas eu podia perceber pelo seu olhar que ele também estava revolvendo as palavras como se fossem pedras, procurando os vermes da calamidade debaixo delas.

Levara comigo meu artigo sobre Púchkin no trem, achando que poderia me distrair refazendo-o, mas acabei cochilando no meu duro assento de segunda classe, meu cachecol dobrado como um travesseiro improvisado, de modo que a minha orelha, pressionada contra a vidraça da janela, não se machucaria com os solavancos do trem. E tive sonhos tão pavorosos que precisei me forçar a acordar para fugir da angústia que me imprimiam na alma.

Nenhum Mandelstam *vivendo* na Casa Herzen! Será que as pessoas que deixaram guimbas de cigarro no cinzeiro de Nadejda haviam se apoderado do telefone? Estariam elas, à maneira dos tchekistas, anunciando a morte do poeta Mandelstam?

O sol estava se escondendo sob o topo dos telhados das isbás de madeira quando o trem se arrastou pelos subúrbios de Moscou, passou pelas primeiras fábricas e cooperativas com emblemas da foice e do martelo sobre os portões arqueados e atravessou os bairros com ruas não pavimentadas e alinhadas com alojamentos recém-construídos com um defeito de nascença: a feiura. Estava escuro na hora em que entramos na grande estação ferroviária Leningrádskaia, em Komsomolskaia Plóchad. Baixei a janela e me inclinei para fora, a fim de ver se podia reconhecer um rosto familiar. Borisik teria calculado em que trem eu estava e falado alguma coisa com Óssip, assim disse eu a mim mesma, e assim esperava. Mas havia passageiros demais perambulando pela plataforma, que estava precariamente iluminada, para completar. Agarrada à minha bolsa de viagem, me encaminhei, através da multidão, para a extremidade da plataforma. Sou alta o bastante para ver por cima das cabeças das pessoas, mas de qualquer maneira subi num bloco de cimento para ter uma vista melhor. Recomendei a meu coração não desanimar, se Óssip não aparecesse. Podia ter tido um encontro com um editor que estivesse querendo publicar um de seus poemas que se valiam de versos subjetivos. Podia estar fora, correndo as cantinas das imediações atrás de cigarros baratos.

Quando desisti de localizá-lo, meu desobediente coração desanimou do mesmo jeito. Borisik podia não ter conseguido falar com ele pela mesma razão que eu não pudera: *porque não havia nenhum Mandelstam vivendo na Casa Herzen!*

Como fui capaz de encontrar o percurso para a linha de bonde correta, com a alma apertada por um pressentimento de tragédia e a visão anuviada por lágrimas não vertidas, nunca vou saber. Talvez tenha sido o puro instinto que me levou até o bonde, que me ajudou a comprar um bilhete da condutora na parte de trás, que me disse onde saltar e que caminho percorrer. Cerca de quarenta minutos depois, com o coração martelando nas costelas, me achei diante da porta do apartamento de Mandelstam, na Casa Herzen. Lembro-me de erguer a mão para bater e depois, recuar, aterrorizada por ninguém responder.

E se não houvesse nenhum Mandelstam vivendo na Casa Herzen?

Então parei totalmente de respirar e bati, me esforçando para captar o som de passos. Julguei ter ouvido uma voz de mulher anunciar "Estou *indo*", de algum cômodo lá de dentro. Um segundo depois Nadejda estava no outro lado da porta não aberta, perguntando:

— Quem é?

De algum modo, consegui ativar minhas cordas vocais.

— Sou eu — disse com a voz rouca. — Anna.

A porta foi rapidamente aberta e um sorriso atordoado se materializou no rosto angélico de Nadejda. Como deduzi que ela não estaria sorrindo se não houvesse nenhum Mandelstam vivendo na Casa Herzen, caí em seus braços.

— Óssip, olhe quem apareceu em nossa porta — gritou Nadejda enquanto me levava para a pequena cozinha dos dois. E ali estava meu querido, querido Óssip, em mangas de camisa e suspensórios, bebericando chá à mesa.

Ao vê-lo, desabei numa cadeira e chorei de alívio.

Quando me acalmara suficientemente para falar, expliquei a convocação de Borisik para minha ida a Moscou. Óssip me censurou por não telefonar de modo que ele pudesse ir me encontrar na estação, instante em que descrevi a voz no telefone comunal que afirmou não haver nenhum Mandelstam vivendo na Casa Herzen. Óssip e Nadejda trocaram olhares. Óssip sorriu sinistramente. Nadejda passou seu braço pelo do marido e o beijou no ombro.

— Acho que devia ter-lhe contado — disse ela. — De alguns meses para cá, tem havido estranhos visitando o nosso apartamento enquanto estamos fora. De quando em quando encontro suas guimbas de cigarro em nosso cinzeiro.

Lembro-me de ter exclamado:

— Mas ele sabe a respeito deles, Nadejda. Esteve guardando essa informação consigo mesmo para não chatear *você*.

Nadejda olhou fixamente para Óssip.

— Você sabe a respeito das guimbas de cigarro?

Ele se mostrou incrédulo:

— Não me diga que também sabia!

E os dois, parecendo crianças travessas que compartilham um segredo, riram até o riso se converter em lágrimas.

— Isso não é motivo para riso — disse eu.

Ambos se acalmaram.

— É claro que você tem razão, Anna — disse Nadejda. — Se rimos, é de nervoso.

— Sabe-se que o riso nervoso — gracejou Óssip — é excelente para os intestinos.

— Vamos falar sobre o poema — sugeri.

— Você quer ouvi-lo? —perguntou Óssip.

Nadejda me tocou o braço.

— Ouça-o — disse ela. — É estupendo.

Concordei com um aceno da cabeça. Levantando-se de um salto, Óssip prendeu as fraldas da camisa dentro da calça e abotoou o botão de cima da camisa sem colarinho. Enchendo o pulmão de ar e jogando a cabeça para trás, começou a recitar:

Surdos na terra que pisamos nós vivemos.
A dez passos de nós, quem ouve o que dizemos?

Mas onde da conversa há só a metade
O alpinista do Krêmlin não se evade.

Não posso afirmar que assimilei o epigrama do modo como habitualmente absorvo um poema de Mandelstam, ou seja, como um todo que, à primeira audição, me magnetiza com sua atmosfera e sua música. Este se instalou na minha consciência em estilhaços de palavras, fragmentos que não tinham nenhuma conexão um com o outro, ou com o todo. Admiti isso quando Óssip me pediu para comentar.

— O poeta inglês Eliot, em seu *A terra desolada,* afirmou ter escorado sua ruína com fragmentos — disse eu —, mas os seus fragmentos causarão a sua ruína.

— Como pode reduzir meu epigrama a fragmentos? — replicou Óssip, com nítido desagrado ante a minha reação.

Nadejda, como sempre, assumiu sua defesa:

— De que fragmentos exatamente você fala?

Eu fiquei, verdade seja dita, arrasada por não poder reagir de maneira mais positiva. Mas Óssip e eu tínhamos uma história — juntamente com meu ex-marido Gumiliov, nós fôramos colegas de poesia anos antes de Nadejda entrar em sua vida. E a marca registrada de nossa camaradagem poética era a absoluta, e até brutal, honestidade. Desse modo, eu lhe disse quais fragmentos se cravaram em minha mente:

— *Alpinista do Krêmlin... dedos gordos como larvas... bigode de barata... semi-homens baba...* ah, e a passagem sobre o *matar* sendo *benfeito para esse osseta.* Deus meu, Óssip, sabe-se de pessoas que sumiram nas prisões por insinuarem que Stálin tinha nas veias uma gota de sangue de bandido osseta, em vez de ser puro georgiano.

Abrindo o botão de cima da camisa, Óssip se acalmou, voltando-se para mim.

— Você não acha que seja um bom poema — disse ele diretamente.

Peguei sua mão.

— Pondo de lado sua audácia, não acho que seja um bom poema, não. Para o meu ouvido, não parece nem ser um poema. Você não estava escutando a música das palavras quando o compôs. Tinha alguma outra coisa na cabeça. É polêmico, feito para ser compreendido como um argumento político. Não é algo que incluirá em sua antologia, se e quando ela for publicada.

Óssip sacudiu a cabeça.

— Os decembristas rebeldes tinham poemas políticos de Púchkin nos bolsos quando se levantaram contra o tsar, em Petersburgo.

Lembro-me de Nadejda atalhando inopinadamente:

— Se é um bom ou mau poema não vem ao caso.

Óssip disse:

— É um poema que diz a verdade, que não se vale de evasivas. É um poema purificador, que pode apagar o passado e dar vida nova, de modo que a Rússia possa recomeçar outra vez.

Senti-me compelida a chamar a atenção para o óbvio.

— Se ele se tornar conhecido, você morrerá.

— É o que Boris disse — observou Nadejda.

— Borisik adora você, Óssip, como eu o adoro. Uma coisa é você arriscar a sua vida por um poema autêntico e outra coisa é colocar a sua vida, assim como sua futura produção poética, em perigo por uma polêmica.

Nadejda disse:

— Nós não vemos as coisas dessa maneira.

Sorri diante do *nós*. Nadejda havia tido sempre um pouco de despeito da minha relação com Óssip. Revendo a conversa, acho que ela usou isso para decretar que ela era, afinal das contas, a esposa, e eu era simplesmente uma amiga de longa data. A noite ia passando enquanto, sem nenhum progresso, seguíamos sentados à pequena mesa de quatro lados. Não conseguia pensar em nada para dizer que pudesse causar a mais leve impressão em qualquer um dos dois. Borisik ficaria profundamente perturbado quando soubesse que eu não tivera nenhum sucesso em persuadir Óssip a recuar para a sensatez.

Devia ser quase 11 horas da noite quando ouvimos alguém arranhando a porta do apartamento.

— Deve ser Serguei Petróvitch — disse Nadejda, ficando de pé, grata por uma desculpa para dar fim à discussão. — Ele vem mais ou menos a esta hora para usar nosso banheiro e tomar algo emprestado.

— Tomar o quê emprestado?

Nadejda disse:

— Qualquer coisa que por acaso tenhamos como comida. Ele gasta tudo o que ganha em álcool, mas fica com fome antes de ir para a cama. Não é exigente, aceitará qualquer coisa: um ovo, uma xícara de *kasha,** uma fatia de pão com ou sem geleia, alguma conserva.

Óssip acrescentou com um riso azedo:

— Qualquer conserva.

Enquanto Nadejda foi abrir a porta, Óssip me falou acerca de seu amigo e vizinho Serguei Petróvitch, que morava na metade sem banheiro do antigo apartamento de sua esposa, no segundo andar; como os dois não se estavam falando, ele tinha de bater em diferentes portas durante o dia para fazer suas necessidades.

— É um poeta lírico bastante decente, com sangue georgiano pelo lado materno. Foi despedido do cargo de editor literário de um jornal da região um tempo atrás por publicar um poema de Mandelstam, de modo que me sinto em dívida para com ele. Desde que foi demitido, não conseguiu encontrar trabalho. Paga as contas traduzindo um infinitamente longo poema épico georgiano. Por ser georgiano, todo mundo supõe que o projeto é do agrado de Stálin e, desse modo, Serguei recebe um estipêndio mensal independente do número de páginas que consegue apresentar.

Nadejda voltou para a cozinha, tendo o poeta lírico, com seu bafo de álcool, se arrastando tropegamente atrás dela. Ele arrancou minha mão da mesa e a beijou à maneira francesa, mal lhe roçando a pele com seus lábios.

— *Ochen rad* — disse. — Encontrar-me com a célebre Akhmátova em pessoa é uma espécie de realização, mais aprazível que sexo, que,

---

* Caldo feito com a sêmola do trigo-sarraceno. (*N. do T.*)

aliás, não experimento há anos. — Ele puxou uma caixa de madeira para maçãs e, colocando-a numa extremidade da mesa, se juntou a nós em torno dela.

Serguei Petróvitch era tão alto quanto eu, mas magro como uma tábua, o que o fazia parecer mais alto. Sua longa barba branca e suja estava emaranhada e com sinais da comida que conseguira filar. Vestia um colete sobre a manchada camisa branca, a calça disforme e chinelos de feltro cortados atrás por serem pequenos demais para seus grandes pés. Os óculos sem hastes eram atados à sua cabeça por um cadarço de sapato. Nadejda pegou a página de jornal dobrado como uma trouxa e a encheu de *kasha* no outro lado da mesa. Serguei Petróvitch conseguiu curvar-se desde a cintura enquanto ainda sentado.

— Muito obrigado, meus queridos — disse ele —, mas depois desta noite tenho fome de alimento para a reflexão. — Inclinou-se para a frente e fitou Óssip estranhamente. — Todo mundo na Casa Herzen está falando a respeito dele, você sabe.

Desconfiei de alguma coisa.

— Falando a respeito do quê? — perguntei.

Balançando em seu banco improvisado, Serguei Petróvitch botou o olho em Óssip.

— Do poema sobre Stálin, evidentemente.

— Quem é todo mundo? — perguntei. Eu me virei para Óssip, exasperada. — Você fez circular o poema por escrito?

Nadejda respondeu por ele:

— Ele nunca foi escrito. Não somos loucos.

— Para quantos você leu o poema, Óssip? — perguntei.

Nadejda disse:

— Na Casa Herzen, dois ou três, sem contar comigo.

Óssip sacudiu um ombro, desafiadoramente.

— Minha querida Anna, é um caso daqueles que geram reverberações.

— Quantos? — insisti.

— Cinco ou seis. Certamente não mais que seis.

Serguei Petróvitch disse:

— Sete. Se o poeta me concede a honra, serei o número 8.

E assim meu pobre, inocente e ingênuo Óssip ergueu-se impetuosamente e recitou o poema para o beberrão de merda. Todo ele. Cada palavra. Não omitiu nada, nem o *alpinista do Krêmlin*, nem *os dedos gordos como larvas*, nem *o bigode de barata*, nem a *choldra de semi-homens* [que] *baba*, nem o filho da puta do osseta para quem *matar sempre é benfeito*. Meu Deus, à luz do que aconteceu depois, só lembrar o momento já me revira o estômago.

Serguei Petróvitch silenciou, quando Óssip terminou. Depois, enchendo ruidosamente o pulmão de ar através de suas largas narinas, proclamou, *ex cathedra*:

— É realmente um grande poema, meus caros. Não há nenhuma dúvida a respeito. Estou desvanecido de orgulho por ter sido um de seus primeiros leitores, Óssip Emílievitch. Em meu leito de morte, vou me vangloriar disso.

Nadejda me olhou com ar triunfante. Óssip estava tão comovido que ficara sem ter o que falar. Batendo de leve no ombro do visitante, agradecia meneando a cabeça.

Serguei Petróvitch desejava saber quando pensara pela primeira vez no poema, se fora revisado, quem o tinha ouvido além dos oito da Casa Herzen, como tinha reagido cada um dos primeiros leitores. Por mérito de Óssip, suas respostas foram evasivas. Por fim, ele se meteu numa discussão com o visitante a respeito dos poetas que haviam desafiado os tsares antes da Revolução Bolchevique. Pegou o bule de chá onde Nadejda escondia os poemas que copiava, folheouos todos até achar o que tinha versos do poeta Blok escritos na parte de trás de um rascunho de poema de Mandelstam e leu-os: *Nada mudará. Não há nenhuma saída.* Empolgado pelos elogios de Serguei Petróvitch, Óssip chegou até a se comparar a Liérmontov, que acusara abertamente o tsar de cumplicidade na morte de Púchkin e criticou *os infelizes peçonhentos que se empurram em torno de seu trono em cobiçosa turba.*

A cabeça de Serguei Petróvitch balançava em assentimento submisso.

— *Os infelizes peçonhentos* são os pais espirituais da sua *choldra de pescoço ralo e de semi-homens* que *babam.* — Eu não pensava dessa maneira — disse Óssip —, mas admito que há algo de verdade no que diz.

Quando consegui uma brecha para falar, perguntei a Óssip se ele por acaso se lembrava das últimas palavras de Púchkin.

Ele estava num estado de espírito impaciente.

— Tenho certeza de que você me vai lembrá-las.

Lembrei-as mesmo:

— Prostrado no leito de morte, morrendo do ferimento de bala que sofreu no duelo com aquele traiçoeiro francês D'Anthès, ele disse: *Tente ser esquecido. Vá viver no interior.* É exatamente o que você e Nadejda deviam fazer, em vez de atrair a atenção para vocês com poemas políticos.

Comecei a me perguntar por quanto tempo a conversa se prolongaria. Por mal ter dormido na noite anterior, estava cansada demais e louca para me estirar no sofá do outro cômodo. Por mais que Nadejda estivesse gostando da visita de Serguei Petróvitch, eu podia ver também que ela reprimia os bocejos. Sobre nossa cabeça, o relógio suíço com o peso pendendo do extremo de uma corrente batia devagar e alto como sempre. Propus que passássemos para a sala de estar, achando que o visitante pegaria a deixa e iria embora. Reparei que Serguei Petróvitch tirou um grande relógio do bolsinho do colete, enquanto me seguia pelo corredor.

— É tarde — disse ele, enquanto Nadejda e eu desabávamos no sofá e os dois homens apanhavam as cadeiras. Mas ele não deu nenhum sinal de partir.

Remexendo num bolso, Óssip pegou um amarrotado maço de cigarros búlgaros baratos. Quando viu que só continha dois dentro dele, se levantou de um pulo com aflição.

— Detesto interromper uma noite tão agradável — disse ele —, mas preciso achar cigarros.

Como num passe de mágica, Serguei Petróvitch exibiu um maço ainda fechado de Herzegovina Flors na mão e o jogou para Óssip.

— É seu — disse com imponência, como se estivesse oferecendo caviar e vodca.

— Eu não sabia que você fumava — disse Óssip, examinando o maço enquanto caía de novo em sua cadeira.

— Não fumo — disse Serguei Petróvitch. — Alguém me deu por traduzir uma carta. Ofereço os cigarros para lhe agradecer pelo uso do banheiro.

— Já está tarde — disse Nadejda. — Acho que devíamos pensar em encerrar por hoje.

— Estou atrapalhando o sono de vocês? — perguntou o visitante. Não era da minha alçada lhe dizer que estava, mas me lembro de roncar bem alto pela sua desfaçatez. Serguei Petróvitch verificou as horas nervosamente em seu relógio de bolso. — Tomarei o meu rumo tão logo fique sabendo como Mandelstam e Akhmátova se conheceram — proclamou, olhando diretamente para mim. — Quero poder dizer que ouvi a história de fonte limpa.

Isso era mais do que eu podia aguentar. Atingira os limites da minha paciência com esse embriagado poeta lírico que comparava a minha boca à de um cavalo.*

— Conhecemo-nos depois de você ter nascido mas antes de ter começado a beber — comentei.

Serguei Petróvitch balançou com a pancada.

— Não estou ofendido — disse ele a Óssip, que, demasiadamente cavalheiro para expulsar um hóspede, passou a descrever nosso primeiro encontro, em 1911. Nadejda, que ouvira a história umas cem vezes, foi até o quarto e voltou com uma colcha que eu sempre usava quando dormia ali. E ainda assim Serguei Petróvitch não fez nenhum gesto para sair.

E em seguida nós descobrimos por quê.

Não importa o quanto isso machuque, tenho de entendê-lo corretamente. A dor está nos detalhes. Alguém bateu de leve na porta do apartamento. Nadejda olhou ansiosamente para o pequeno relógio de pulso.

— Quem seria a esta hora? — perguntou ela numa voz monótona.

Óssip fechou de novo o último botão da camisa, quase como se pensasse que deporia contra ele mesmo não estar apresentável.

— Meu senhor — murmurou, citando um de seus poemas que primeiro ouvi na década de 1930 —, ajudai-me a sobreviver a esta noite.

Quem quer que estivesse junto à porta bateu mais fortemente. Óssip disse a Nadejda, calmamente:

* Perdemos, em português, a locução algo swiftiana que Akhmátova tomou como ofensiva, pois a frase em inglês. "*I heard the story from the horse's mouth*" (literalmente, "ouvi a história da boca do cavalo"), com provável e boa correspondência à imagem russa, foi traduzida como "ouvi a história de fonte limpa", à falta de equivalente mais apropriado, alusivo a algum animal "falante". (*N. do T.*)

— Você vai abrir ou abro eu?

Ela se levantou. O sangue tinha se escoado de seus lábios. Ela olhou para mim a fim de ver se eu podia formular uma resposta para a pergunta que ela temia fazer. Eu estava aterrorizada demais para tentá-lo. Serguei Petróvitch apareceu com um pequeno frasco de remédio com um líquido claro e tomou-lhe um rápido gole. Enxugou na manga da camisa os lábios que tinham roçado o dorso da minha mão. Cheirando a álcool, mas de um momento para o outro inteiramente sóbrio, disse:

— Juro pela vida da minha ex-mulher que não sabia que eles viriam esta noite.

— Quem viria esta noite? — perguntei, tão debilmente que ninguém me ouviu.

Nadejda se agigantou sobre o hóspede e sibilou:

— Solte uma palavra sobre o epigrama, Serguei, e eu vou circuncidá-lo com uma faca de cozinha. — Ela aplainou as pregas da saia com a palma das mãos trêmulas e foi abrir a porta.

Quando voltou, seis homens se aglomeravam atrás dela na sala. Cinco deles trajavam as capas de chuva cintadas associadas à polícia secreta. O sexto, usando um paletó preto com duas fileiras de botões, tinha o aspecto de um corvo. Eu tinha ouvido dizer que o grasnido gutural do corvo pode assemelhar-se à fala humana, mas nunca experimentara isso até então. (Vai além da minha capacidade saber como é que me lembro desses detalhes. Imagino que seja porque a cena está gravada em minha memória.) O homem de terno escuro, obviamente o oficial de justiça encarregado, aproximou-se de Serguei Petróvitch e, olhando-o, lhe disse:

— Tenho uma ordem de prisão contra você.

Considerando que a prisão de Mandelstam deve ter sido planejada nos mínimos detalhes, eu não podia deixar de sorrir desconfortavelmente ante essa manifestação de identidade trocada. Podia-se quase ter pena de um merda de colaborador beberrão, enviado para assegurar que o indivíduo procurado pela Tcheka estaria ali quando eles aparecessem para recolhê-lo na hora fatídica; e que, durante a prisão, desempenharia o papel da testemunha civil obrigatória exigida pela lei soviética. Isso explicava as intermináveis perguntas de Serguei, para não falar no maço cheio de Herzegovina Flors no bolso.

Óssip se levantou e se dirigiu ao oficial que identifiquei como o Corvo.

— O senhor está cometendo um equívoco, camarada executor da lei. Ele é a testemunha. Eu sou o poeta.

— Óssip Mandelstam?

— Sim, sou eu o poeta Mandelstam.

— Sou o coronel Abakúmov. Tenho uma ordem de prisão contra o senhor. Foi incriminado pelo Artigo 58, que abrange propaganda antissoviética e atividades contrarrevolucionárias.

— Não duvido, nem por um instante, que o senhor esteja em posse de um mandado. Ainda assim, tenho permissão para vê-lo?

O Corvo puxou um papel do bolso interno do paletó. Óssip passou os olhos no documento.

— O próprio Guenrikh Iágoda assinou-o — informou ele. — Creio que devo tomar como um sinal de apreço ser preso com um mandado assinado pelo cabeça da Tcheka. — Ele olhou para Serguei Petróvitch, que estava sentado com o queixo sobre o peito, os olhos firmemente fechados. — Dê-me sua opinião, Serguei. Seria um golpe fantasioso considerar essa assinatura uma prova de que, afinal, não sou um poeta menor?

O hóspede não fez nenhum sinal como resposta. O Corvo se dirigiu a Óssip.

— O senhor está armado?

Para meu espanto, Óssip acenou positivamente com a cabeça.

— Na verdade, estou sim.

O Corvo pareceu surpreso.

— Com o que o senhor está armado? E onde esconde a arma?

— Estou armado com o poder explosivo trancado no núcleo dos poemas. Escondo os poemas em questão no meu cérebro.

O Corvo não achou graça.

— O senhor está tratando esse assunto mais levianamente do que devia. Um de meus homens vai acompanhá-lo ao quarto. O senhor tem permissão de se vestir. Tem igualmente permissão de juntar alguns objetos pessoais dentro de uma mala, inclusive uma muda de roupas íntimas.

Óssip seguiu um agente até o quarto. Nadejda disse:

— Quero ver o mandado de prisão.

— Isso é incogitável. O mandado de prisão é segredo de Estado. O procedimento é mostrá-lo ao indivíduo que está sendo preso, não a cada pessoa que acaso esteja presente na hora da prisão.

— Para onde o senhor vai levá-lo?

— Isso também é segredo de Estado.

— Quem vai interrogá-lo? Como será interrogado?

— Os métodos do interrogatório são um segredo de Estado rigorosamente guardado. Ajudaria os nossos inimigos se soubessem como seriam interrogados.

— Há certamente normas que devem ser seguidas em qualquer interrogatório.

— Efetivamente há normas — aquiesceu o Corvo —, mas são segredo de Estado.

— Mandelstam é um poeta, um intelectual — atalhou Nadejda. — Não infringiu a lei.

— Se for esse o caso, não tem nada a temer e em pouco tempo será mandado para casa.

Os agentes com suas capas de chuva se espalharam pelo apartamento e passaram a esquadrinhar armários e gavetas, assim como o armariozinho do corredor, jogando o conteúdo no canto da sala.

— Por que Iágoda tem interesse por um poeta que nem mesmo é publicado? — perguntei.

O Corvo deu de ombros.

— Os pormenores que resultaram na prisão de Mandelstam são um segredo de Estado.

Não fazendo nenhum esforço para dissimular a ironia da minha voz, eu perguntei:

— Há alguma coisa que não seja um segredo de Estado?

O Corvo me agraciou com um sorriso tênue.

— A resposta, obviamente, é sim. Mas o que não é um segredo de Estado é segredo de Estado.

Óssip emergiu do quarto. Pusera seu único terno e um colarinho destacável, carregava uma pequena sacola com, presumia eu, artigos de toalete e roupa íntima sobressalente. Retardou-se em frente à prateleira de livros para apanhar o pequeno exemplar das obras reunidas de Púchkin organizadas por Tomachévski. O agente arrancou-o das mãos e sacudiu-o pela lombada para se certificar de que nada estava escondido ali dentro, depois o devolveu. Óssip enfiou-o no bolso do paletó.

Nadejda tentou abraçar o marido, mas um dos agentes se pôs entre eles. Com os lábios trêmulos, Óssip disse um verso de seu ciclo *Tristia*:

— *Estudei a ciência dos adeuses...*

Nadejda, mortalmente pálida, completou a estrofe:

— *O pranto das mulheres seguia o cântico das Musas...*

Só Deus sabe como me lembrei de versos do mesmo poema.

— *De cada encontro enfim se reconhece que é apenas doce o momento fugaz.*

Cega pela torrente de lágrimas em meus olhos, nem sequer vi Óssip sair. Quando a porta da frente se fechou atrás dele, Nadejda e eu caímos uma nos braços da outra.

O colaborador ainda estava sentado ali. Um dos agentes lhe deu um tapinha no ombro.

— Tomarei seu depoimento na cozinha — disse ele, e acenou a Serguei Petróvitch para ir com ele.

O oficial de justiça e os dois outros agentes continuaram a revistar o apartamento. Percorrendo as prateleiras de livro em livro, o Corvo ficou completamente perplexo com a ausência dos clássicos marxistas.

— Mas onde vocês guardam Marx, Lênin e Stálin? — perguntou.

— Esta é certamente a primeira vez em que o senhor prendeu alguém que não possui *O marxismo e o problema nacional e colonial*, de Stálin — disse eu.

— Não possuir um exemplar da *obra* pode depor contra alguém durante o interrogatório — retrucou o Corvo. Eu não poderia dizer se ele dizia isso como caçoada ou não. Provavelmente não.

A busca prosseguiu até o amanhecer. No meio de tudo isso, Nadejda e eu ficamos sentadas entorpecidamente no sofá, observando-os. Eles estavam à procura de documentos escritos — cartas, poemas, mesmo (como se revelou) listas de compras — e, por esse motivo, cada livro da biblioteca era sacudido pela lombada. Em algum momento ouvimos o colaborador Serguei Petróvitch deixar o apartamento. Nadejda chamou-o:

— Não esqueça a *kasha*. — Mas, se ele a ouviu, não lhe deu nenhuma resposta.

Logo depois, o agente veio da cozinha trazendo o bule de chá sobressalente de Nadejda. Sorrindo triunfantemente, levantou a tampa, virou-o de cabeça para baixo e os poemas que Nadejda escondera dentro, escritos em pedaços de papel fino, esvoaçaram para o chão. Todo fragmento de papel com algo escrito foi recolhido em um malote em que estava escrito *Propriedade do Estado*. A certa altura das buscas, o mais jovem dos agentes, um rapaz louro de bochechas rosadas, veio oferecer-nos açúcar-cande de uma pequena lata de seu bolso. Nós duas recusamos.

— Não estão envenenados — disse ele, dando de ombros.

No momento em que se pôde ouvir o primeiro dos moradores da Casa Herzen correndo pelo corredor a fim de pegar o bonde da manhã para trabalhar, Nadejda estava cochilando intermitentemente, a cabeça no meu ombro, o corpo estremecendo em soluços abafados. Perto do final da procura, um agente emergiu do quarto do casal trazendo uma pilha de sapatos de mulher que haviam sido entulhados de jornal para conservar a forma. Nadejda acordou e segurou o meu cotovelo. Eu sabia que ela copiara muitos dos poemas inéditos de Mandelstam nas margens de artigos do *Pravda* e, amarrotando o papel, ocultara-os em seus sapatos. Vendo que os sapatos estavam cheios de jornal, o agente os lançou à pilha de roupa perto da janela. Nadejda e eu não ousávamos olhar uma para a outra, com medo de que a expressão em nosso rosto nos denunciasse.

Quando chegou a hora de os tchekistas irem embora, o Corvo apanhou o malote do chão, juntamente com uma dezena ou mais volumes de poesia francesa e italiana que decidira confiscar.

— Se quiserem ajudar Mandelstam, não falem a ninguém sobre a prisão — advertiu.

— O fato de sua prisão é um segredo de Estado? — perguntei.

O Corvo lançou-me um olhar feroz.

— Vá com calma, Akhmátova. Você pode ser detida como cúmplice.

E com isso eles foram embora.

Fui até a cozinha fazer chá. Nadejda, mal conseguindo respirar, estava sentada imóvel no sofá quando voltei com duas xícaras e meti uma delas em sua mão gelada.

— O patife pegou a *kasha* quando saiu — disse eu, mas não acho que ela me tenha ouvido.

— Se eles se recusam a dizer para onde levaram Óssip — perguntou Nadejda —, de que maneira vou encontrá-lo?

Sentei-me perto dela.

— Existe um velho truque — disse-lhe eu. — Você vai preparar um pequeno embrulho com sabonete, meias, coisas do tipo, e encaminhar isso a Mandelstam, Óssip. Acompanharei você. Vamos juntas de prisão em prisão e entraremos na fila do guichê onde eles aceitam pacotes para os prisioneiros. Eles verificarão a lista de reclusos; se ele não estiver ali, vão nos mandar embora. A prisão que aceitar o pacote é onde ele está.

— Como você sabe dessas coisas, Anna?

Relembrando, posso perceber agora que eu estava descontando nela a minha raiva pela prisão de Óssip. Ela estava sofrendo intensamente com a iminente execução de um marido, situação infelizmente banal nesse nosso paraíso dos trabalhadores. Eu, por outro lado, estava prestes a perder um insubstituível poeta-irmão.

— Atribua-o ao fato de eu ter levado uma existência menos protegida do que você — disse eu, com um tom mais azedo do que devia ser em tais circunstâncias.

— Mas a minha vida tem sido tudo, menos protegida!

— Sua vida pode ter sido sexualmente incomum, mas protegida da realidade política. Você não compreende: agora eles estão prendendo as pessoas por nada! Nós somos misturados como um baralho de cartas. Somente alguém que não tenha nenhuma compreensão da realidade política poderia ter encorajado Óssip nessa loucura.

— Isso simplesmente não vem ao caso. Nós imaginamos a prisão e aceitamos os riscos.

Mal pude confiar em meus ouvidos.

— Vocês imaginaram a prisão!

Nadejda começou a respirar com dificuldade e tive de massagear seu plexo solar até ela voltar ao normal.

— O que farei depois de descobrir onde ele está? — perguntou, com a voz fraca.

— Precisamos conseguir gente que intervenha a favor dele — disse eu. — Vou alertar Borisik. Ele certamente entrará em contato com Nikolai Bukhárin. Você tem de conversar com Bukhárin e explicar o que aconteceu. Ele já ajudou você e Óssip. Ajudará de novo, se puder fazê-lo. O que quer que faça, não mencione o epigrama de Stálin. Tudo o que você sabe é que Óssip foi preso.

— Bukhárin perdeu o apoio que tinha desde o final da década de 1920.

— Já não está no Politburo, mas Stálin lhe jogou um osso, a editoria do *Izvéstiia*. Dizem que dá valor à opinião de Bukhárin.

Não me lembro de quanto tempo ficamos ali sentadas, em aturdido silêncio, bebericando o chá muito depois de ter esfriado, perdidas em cogitações ou na sua ausência. A manhã de Moscou inundou a sala com uma luz cinzenta mortal. Lembro bem que a poetisa Tsvetáieva me veio à cabeça; conheci a bela Marina quando ela e Óssip se envolveram brevemente antes de os bolcheviques entrarem em cena. Na época da prisão de Mandelstam, ela estava vivendo no exílio em Paris e sua poesia circulava em sua terra natal em manuscritos. Um dos seus poemas que tinham chegado a mim no início do ano falava da Revolução Bolchevique e dos *dias mortais de outubro.* Sentada na sala vazia que antes estivera cheia de vida, amor, riso e poesia, ouvi subitamente os versos de Tsvetáieva soando-me no ouvido:

— *Onde estão os cisnes?*
— *Os cisnes partiram.*
— *Onde estão os corvos?*
— *Os corvos ficaram.*

CAPÍTULO NOVE

Óssip Emílievitch
Quinta-feira, 17 de maio de 1934.

POSSO VER, COM a vantagem do retrospecto, que ser preso é uma experiência maravilhosamente libertadora: liberta você do terror de ser preso. Ser libertado do terror da prisão tem seu lado negativo, pois o obriga a se concentrar em terrores menores: de onde virá sua próxima refeição ou seu próximo cigarro, o que aconteceria se a sua musa ou a sua ereção se mostrassem ausentes sem autorização, como as pessoas queridas sobreviverão se o Estado, em sua infinita sabedoria, resolver que são mais úteis como parentes próximos, qual seria o efeito sobre a reputação literária do poeta caso se descobrisse assombrado de terror. Estava concentrando-me nos terrores menores quando o oficial de justiça confiou meu corpo, que transpirava, à prisão secreta em Lubianka e conseguiu alguém para assinar um recibo por mim, nunca pus meus olhos nesse recibo, mas presumia que fosse algo (à L. Carroll) parecido com *Recebido, um louco chapeleiro se crispando de envenenamento por mercúrio ou do medo de ser despachado para a terra desconhecida de cujo território nenhum viajante volta.*

Só para constar, deixem-me dizer que eu fora encarcerado antes, na Crimeia, durante a Guerra Civil, detido pelos Guardas Brancos de Wrangel, que reuniam os cidadãos sem permissão para viajar ou sem dinheiro suficiente para subornar sua saída da prisão, sendo solto mais tarde quando os Vermelhos tomaram a cidade e enforcaram *seus* prisioneiros nas árvores da colina acima dela. Curiosamente, eu já tinha até pisado uma vez o interior da Lubianka das amêndoas torradas.* Eu chegara lá da seguinte maneira: meu irmão Evguêni fora encarcerado na Lubianka em 1922. Desesperado para libertá-lo, consegui, por meio de um amigo comum, falar com Nikolai Ivánovitch Bukhárin, estrela ascendente no movimento bolchevique que Lênin sagrara como *o queridinho do Partido.* Não obstante suas credenciais bolcheviques, Bukhárin era um homem bem-nascido, propenso a ajudar os artistas quando podia. Ao encontrá-lo em seu apartamento na Segunda Casa dos Soviéticos, anteriormente chamada de hotel Metropol, expus-lhe a absoluta inocência de meu irmão e pedi que intercedesse. Pondo de lado a vassoura que estivera usando para esmagar enormes baratas-d'água, Bukhárin imediatamente deuum telefonema para o famigerado chefe da Tcheka, o polaco Féliks Dzerjinski, e marcou uma audiência para mim. Tenho uma viva lembrança do *comissário de ferro*, como era chamado Dzerjinski

---

* Vide capítulo em que Stálin, por conhecer a fundo, conforme o narrador, as características dos venenos mais mortíferos, compara o cheiro do ácido cianídrico ao da amêndoa torrada, provável motivo do epíteto atribuído ao cárcere em questão. (*N. do T.*)

(nas suas costas, não é preciso dizer): ele tinha uma cara que parecia ter estado presa num torno e um cavanhaque elegante que ficava coçando, quando me entrevistou em seu escritório cavernoso num dos andares mais altos da Lubianka. (Ao descrever o encontro para Bukhárin, eu lhe fiz rir ao insinuar que a barba de Dzerjinski pode ter sido infestada de piolhos.) Ávido por fazer um favor a Bukhárin, o comissário de ferro oferecera libertar meu irmão se eu me responsabilizasse por ele. *Responsabilizar-me por ele!* Santo Deus, alguém que desembarcasse de Marte podia ter confundido a Rússia com um país civilizado. Dentro de algumas horas, Evguêni foi retirado de sua cela e libertado, e eu fui de novo examinar as bancas de livros da ponte Kuznétski, a uns poucos passos da Lubianka, fitando a alta elevação de granito que servira originalmente como matriz de uma companhia de seguros e tentando imaginar o que se passava por trás das dobras das amplas cortinas de estilo italiano que encobriam as janelas da prisão.

Era um pequeno consolo pensar que eu, agora, descobriria por mim mesmo.

Momentos depois de entrar na Lubianka, encontrei-me numa sala semelhante à de um necrotério, com azulejos brancos no piso e nas paredes.

— Sobrenome, nome, patronímico? — gritou para mim o diretor da prisão, homem ossudo, de cabeça raspada e hálito fétido.

— Mandelstam, Óssip Emílievitch — gritei de volta, como se estivesse respondendo a um sargento instrutor.

— Por que você está gritando?

— Estou gritando porque você está gritando.

— Não estou gritando — gritou o sargento instrutor. — Estou falando com a minha voz normal.

Verificou o meu nome no mandado de prisão e, depois, molhando o bico de uma pena em sua língua saturada, copiou-o cuidadosamente, e em letras cursivas, no que parecia um livro-razão de banco.

— Mandelstam é seu nome verdadeiro?

Balancei a cabeça afirmativamente. Sem levantar os olhos, ele gritou:

— Não compreendi a resposta à minha pergunta. Mandelstam é seu nome verdadeiro ou um apelido?

— Nome verdadeiro.

— Responda em sentenças gramaticais, não em fragmentos.

— É com fragmentos que eu escoro minha ruína — gritei.

— Diga de novo.

— Mandelstam é o meu nome verdadeiro.

— Ocupação?

— Sou um poeta.

— Poeta não é uma ocupação proletária reconhecida pelos estatutos soviéticos.

Tive uma inspiração.

— Sou um engenheiro das almas dos homens.

Ele não pareceu reconhecer a frase que fora atribuída a Stálin nos jornais.

— Que serviços você presta ao Estado? Quem lhe paga pelos serviços prestados?

— Componho poesia, mas já faz anos que não sou remunerado por esse serviço prestado.

— Remunerado?

— Recompensado. Pago.

Ele rabiscou as palavras *intelectual* e *parasita* no registro.

— Data de nascimento?

— *Nasci na noite do dia 2 para 3 de janeiro do duvidoso ano de mil oitocentos e noventa e qualquer coisa, e os séculos me cercaram com fogo* — retruquei, citando um poema que pretendia escrever se sobrevivesse.

O diretor levantou os olhos e desembaraçadamente desferiu-me uma dolorosa bofetada na cara.

— Você não leva sua prisão a sério — advertiu.

— Levo sim, levo. — Lembro-me de insistir, com lágrimas. — Não espero que o senhor o compreenda, mas na verdade fiquei aliviado com a prisão. Dá-me uma coisa a menos com que me preocupar.

— Data de nascimento? — gritou o diretor, precisamente no mesmo tom desinteressado.

— Três de janeiro de 1891 — murmurei.

— Diga mais alto — gritou ele.

— Três de janeiro de 1891.

— Local de residência?

— Casa Herzen, na rua Nashchokin.

O diretor levantou os olhos de novo:

— Número?

— Não me lembro do número. — Estremeci, antecipando outra bofetada dolorosa.

— Nome e relação do parente mais próximo a ser notificado na eventualidade de uma morte?

— Nadejda Iákovlevna Mandelstam, esposa.

— Retire seus suspensórios e cadarços dos sapatos. Esvazie os bolsos. — Ele arrancou meu volume de Púchkin e, segurando-o pela lombada, sacudiu-o e depois o largou de volta na mesa. — Dispa-se totalmente.

Quando fiquei de pé e nu diante dele, acrescentou a palavra *israelita* ao livro-razão e fez soar uma pequena campainha. Entrou e se apresentou à esquerda uma mulher de meia-idade, que usava óculos de lentes grossas e um avental branco de médico. Enquanto o diretor examinava cada ponto da minha roupa, procurando sem dúvida artigos da lista afixada no lado de dentro da porta (lâminas de barbear, tesourinhas de unhas, lápis, cartas ou outro material escrito, fotografias, remédios de qualquer espécie), a assistente hospitalar, se era isso o que ela era, calçou luvas cirúrgicas e investigou metodicamente todo o cabelo da minha cabeça. Depois ela empurrou para o lado o meu membro e enfiou os dedos através dos meus pelos pubianos, após o que, utilizando habilmente um abaixador de língua, visitou os principais orifícios do meu corpo, na ordem errada.

Se eles tivessem oferecido uma escolha, teria preferido a humilhação de *Antigamente, há muito tempo, houve esse poeta.*

— Por que você está tremendo? — gritou o diretor.

— Estou com um frio terrível — gritei como resposta.

— Estava suando quando chegou.

— Tenho um termostato embutido que leva em conta o nível do meu medo. Às vezes suo, às vezes tremo.

Com um estalido dos dedos, o diretor fez sinal para eu me vestir. Os objetos dos meus bolsos foram colocados numa caixa de papelão e recebi ordem para assinar a página do livro-razão com a lista do que fora confiscado: uma carteira de identidade nacional, com o nome de Mandelstam, Óssip Emílievitch; um visto de residência em Moscou preenchido com o mesmo nome; um lenço de algodão puído nas bordas; uma caixa pela metade de fósforos da marca Komsomolskaia; um maço de Herzegovina Flors; uma caixa de fio dental Odessa; uma chave grande (da porta da frente da Casa Herzen); uma chave de trinco (do andar térreo do nosso apartamento); um frasco de comprimidos de enxofre receitados para palpitações do coração; outro de gotas de valeriana para acalmar os nervos e induzir o sono;

40 rublos em cédulas, 20 copeques em moedas. Fui suprido de um cobertor do Exército, uma pequena toalha e uma barra de sabão, juntamente com uma tigela de louça para sopa, tão deslocada numa prisão que só podia ter sido parte do elegante serviço de mesa utilizado pela companhia de seguros para banquetes na virada do século. Segurando as calças e meu volume de Púchkin numa das mãos, arrastando os pés com os sapatos sem cadarço, segui um carcereiro através de corredores labirínticos até o bloco das celas, no coração da Lubianka. A cada 20 metros mais ou menos, portas de aço se abriam retinindo diante de nós, o barulho da entrada alertando a cada um que pudesse escutar que outra alma estava entrando naquele *purgatório* soviético.

Desorientado nos tortuosos corredores, penetrei o terreno de fazer rumorejar o coração em que D. Alighieri praticamente esperava, a cada curva, deparar com Virgílio lavando as nódoas do inferno do meu amado Dante, para ouvir seu glorioso balbuciar quase infantil:

> *E consolando, usava l'idioma*
> *Che prima i padri e le madri trastulla;*
> *... Favoleggiava con la sua famiglia*
> *De' Troiani, di Fiesole, e di Roma.*

Fui finalmente jogado em uma cela iluminada por uma forte e ofuscante luz elétrica suspensa no teto. Havia uma janela alta na parede, mas era coberta de tábuas. Protegi os olhos com o livro de Púchkin e percebi os dois outros prisioneiros já na cela. Um estava acocorado em um canto, no que parecia, pelo cheiro, ser uma poça de urina e excremento, gemendo enquanto se balançava para a frente e para trás sobre os pés descalços. O outro prisioneiro, um verdadeiro gigante, estava sentado num cobertor, com as costas encostadas na parede.

— Acho que ele está morrendo — disse o gigante, indicando com o queixo a figura que gemia. Ele virou a cabeça de modo que seu ouvido direito ficasse voltado para mim e disse: — De que você é culpado, camarada?

Coloquei meus pertences no piso de pedra e, sentando-me no cobertor dobrado de frente para ele, cobri o nariz e a boca com o antebraço.

— Sou culpado por ser um poeta — disse. — Sou culpado por não ter papas na língua.

— A poesia não me parece trabalho honesto — disse o gigante —, no sentido de que você não produz algo que as pessoas possam comer ou usar. Eu sou Shotman, Fikrit Trofímovitch. Ele é Sergo. Seu nome de família e seu patronímico Deus os conhece, mas não eu.

— Mandelstam, Óssip Emílievitch.

— Prazer. Na verdade, estou contente de ter alguém com quem conversar. Trabalho como brutamontes de circo.

— Você tampouco produz algo que as pessoas possam comer ou usar.

— Eu divirto a classe trabalhadora. Você diverte a *intelligentsia*. Você não pode comparar os dois. Tenho uma esposa, ela é a mulher tatuada do mesmo circo que eu. Suas tatuagens são arte, história, natureza e geografia, tudo ao mesmo tempo, a primeira vez que as vi fiquei apaixonado por ela. E você? É casado?

Quando eu disse que sim, ele quis saber se minha esposa tinha tatuagens. Quando lhe disse que não, balançou a cabeça.

— Não importa. Ela deve ter outras qualidades. Como vocês se conheceram?

Ao lhe contar, tirei a cabeça da situação presente.

— A primeira vez em que pus os olhos em Nadejda, este é o nome dela, foi em um cabaré em Kiev chamado Loja de Trastes. Estive observando-a durante quase uma hora: ela estava fazendo caçoadas com seus acompanhantes, rindo de suas brincadeiras, ouvindo atentamente suas histórias, o tempo todo ardendo de sensualidade. Fui dominado pelo desejo de me esquentar em sua chama. Tudo o que podia pensar em fazer era pedir-lhe um cigarro. Ela levantou os olhos e me deu um, e estamos juntos desde então. Conte-me, Fikrit, há quanto tempo você está na Lubianka?

— Perdi a noção.

— Eles por acaso apagam a luz?

— Nunca.

— Como você consegue dormir com ela brilhando nos olhos o tempo todo?

— Não consigo — disse ele. — É por isso que eles a deixam acesa. Se você adormecer, o camarada guarda que fica de olho na gente através da vigia martelará na porta até você acordar. Meu interrogador, um tchekista experiente que tem no coração os melhores interesses de seus prisioneiros, diz que ficar exausto ajuda a limpar a mente das ilusões burguesas da inocência. Se você está aqui, é porque é culpado de alguma coisa. Quanto mais cedo você relatar o seu crime, mais cedo o seu caso será resolvido.

Olhei de novo para a figura acocorada no canto.

— Se ele realmente está morrendo, por que você não manda chamar o socorro médico?

O gigante achou minha sugestão engraçada.

— Socorro médico! Essa é boa! Se são eles que o estão fazendo morrer.

— Por que eles o estão fazendo morrer?

— Porque ele não quer admitir sua culpa.

— E de que é culpado?

— Artigo 58, propaganda antissoviética e atividade contrarrevolucionária. É culpado de subversão, ele próprio me disse isso, quando ainda podia falar. Ele levantou o tema da coletivização na frente de Stálin e em um encontro público. — Fikrit deve ter reparado que eu estava tremendo. — Não se preocupe, Óssip Emílievitch. Eles não baterão em você se admitir a verdade imediatamente.

— Se ele admitir que é culpado de subversão, vão parar de bater nele?

Fikrit ficou indignado.

— Esta é a União Soviética. A justiça socialista e o preceito da lei sempre triunfam. Uma vez que Sergo admitir a culpa, eles suspenderão as pancadas e o matarão a tiro.

— Sem um julgamento?

— Pode haver um julgamento secreto, embora a lei não exija que ele esteja presente ou tenha acesso às provas da acusação, pelo que me disse o camarada interrogador. Como você pode ver, Sergo não está em condições de ter um julgamento público.

— Você admitiu sua culpa?

— A princípio, não. Não que eu estivesse tentando ludibriá-los para pensarem que eu era inocente, nada disso. Não o admitia porque não sabia que eu era culpado.

— Eles o espancaram?

— Sim. As pancadas, juntamente com o fato de não poder dormir, me ajudaram a ver a luz. Confessei ser membro de uma conspiração antibolchevique de base trotskista baseada em Paris. Quando chegar o dia de derrubar os bolcheviques, os membros dessa conspiração se reconhecerão uns aos outros porque todos têm característicos adesivos da torre Eiffel em nossas malas ou valises. A torre Eiffel, caso você não saiba, fica em Paris, na França. Para tornar pior a minha situação, mantive títulos de empréstimo tsaristas para o dia em que, graças a Trótski, o capitalismo for restaurado e eu possa convertê-los em dinheiro.

— Se você admitiu sua culpa, por que ainda está na prisão?

— Porque tive a sorte de ser selecionado para julgamento público. Eles me prometeram que minha esposa estará lá para me ver. Posso dizer, pelo terno que está usando, que é um membro da *intelligentsia*. (Um poeta é a mesma coisa que um intelectual, certo?) De modo que você provavelmente não me reconhece. Eu sou, perdoe-me por ser eu a dizê-lo, famoso na Rússia por conquistar a medalha de prata no campeonato europeu em Viena, em 1932. Uma foto minha trocando um aperto de mão com o camarada Stálin, no Krêmlin, foi impressa na primeira página do *Pravda*. O camarada interrogador prometeu que a minha foto estará de novo na primeira página do *Pravda* quando eu oferecer detalhes da conspiração trotskista em meu julgamento. Atualmente, estou memorizando esses detalhes.

Pobre Sergo; se estava efetivamente morrendo, estava fazendo-o lentamente. Seus gemidos nunca diminuíam. Até agora, quando penso de novo naquela cela, ouço Sergo lamuriando-se e tenho memória do mau cheiro exalado pelo seu corpo torturado. Quanto a Fikrit, dava para ver que era uma alma de bom coração, mas depois de me contar sua infância no Azerbaijão, sua conquista em Viena, sua operação no joelho remendado e sua vida como brutamontes de circo, ficamos sem assunto. Quando ele não era convocado para o interrogatório, passava horas intermináveis sentado com as costas na parede de pedra, sua grande cabeça enterrada nas grandes mãos, repetindo em voz alta a confissão que externaria em seu julgamento. Captei fragmentos (que o levariam à ruína!) de como fora aliciado em Viena e recebera um pagamento inicial em dólares americanos, como se comunicara com seu treinador utilizando um código secreto escondido na dedicatória dentro da capa de uma revista americana, e como, empolgado por seu ódio à nova ordem, tinha desfigurado o rosto de Stálin tatuado no braço. Havia mais, muito mais, mas faz tempo que isso me fugiu da cabeça.

Fiz um esforço para acompanhar a passagem do tempo, mas isso se mostrou um desafio que exigia lucidez e, por isso, estava além da minha capacidade. Um dia se misturava continuamente com o outro. Acredito, embora não possa jurar, que fui retirado para interrogatório depois de passar, talvez, quatro dias e quatro noites na cela, nunca dormindo mais que uns poucos minutos de cada vez, antes que o camarada guarda, como Fikrit o chamava, me despertasse, juntamente com todos os demais no bloco das celas, batendo com uma marreta na porta de metal. A única coisa que tenho certeza é de que eles vieram me buscar após a refeição da noite, que consistia em uma sopa aguada derramada nas nossas tigelas de louça. Um guarda musculoso apareceu na porta da cela e apontou para mim o que parecia uma aguilhada de gado. Fikrit deve ter percebido para onde eu era encaminhado, pois me ofereceu algumas palavras de conselho no último minuto.

— Ouvi dizer que os poetas são de algum modo ligados à cultura. O que significa que seu interrogador será o camarada Kristóforovitch. Ele se especializou em criminosos da cultura como você. Descubra do que você é culpado e então o confesse, Óssip Emilievitch, e as coisas correrão mais fáceis para você.

Compreendo agora como é difícil reconstituir os 14 dias que passei na Lubianka, uma vez que eu me achava extremamente apavorado, mesmo quando conseguia cochilar. O que significa que o meu cérebro estava funcionando entorpecidamente. É como se uma sombra de dúvida tivesse se alojado no meu crânio, tendo como consequência o fato de eu não poder estar certo da ordem em que as coisas aconteciam, ou se efetivamente aconteciam. Provavelmente o meu estado mental é mais bem expressado ao ser comparado à perda do senso de profundidade, algo que de fato experimentei nos meses que se seguiram à minha prisão; você percebe as coisas com uma lucidez nebulosa, mas não tem certeza se estão a um palmo do seu nariz ou vários metros adiante; você chega à conclusão de não estar certo se elas estão mesmo ali ou se são fragmentos da sua imaginação.

Até hoje sou assombrado por lembranças espectrais que têm o caráter granuloso dos pesadelos: de um elevador de carga aberto subindo com suplicante letargia até um andar alto; de corredores fortemente iluminados com passadeiras gastas que, como a louça, pareciam datar de um tempo da virada do século, quando o edifício servia de sede a uma companhia de seguros; de um número 23 de metal polido sobre uma polida porta de madeira; de uma enorme sala com projetores brilhantes que faziam os olhos arder no momento em que eu passava pela soleira; do barulho de uma máquina de escrever que vinha do lado detrás de uma porta levemente aberta; do distante toque de carrilhão das horas da torre Spásski do Krêmlin; da figura borrada de um homem trajando uma espécie de uniforme e um avental de açougueiro todo de couro, acenando ao guarda para sair.

Ouço o homem, que está sentado em frente a uma enorme fotografia de Stálin, se apresentar:

— Kristóforovitch.

Vi-me protegendo os olhos com a palma da mão, depois retirando-a rapidamente, por temer que ele a tomasse por uma saudação.

— Mandelstam.

— Sente-se.

Olhando de esguelha para proteger os olhos da luz, deixei-me cair sobre um banco de madeira cujas pernas da frente eram mais curtas do que as de trás, de modo que eu tinha de me concentrar para não me deixar escorregar para fora.

O interrogador me estudou por trás de uma montanha de pastas de papéis.

— Alguma queixa a respeito da sua detenção?

Como não respondi, ele me perguntou:

— Como se sente?

— Exausto. — Pretendia parar aí mas, confundindo um interrogatório com um confessionário, ouvi-me acrescentar: — Exausto e amedrontado.

Deixem-me interromper minha narrativa para dizer que, quando eu era entrevistado, anos antes de ser *poeticus non grata*, as palavras, as frases que me eram atribuídas quando um dado artigo aparecia impresso eram aproximadas; o jornalista tem uma tendência natural a filtrar o que você diz através do prisma da sintaxe e do estilo dele, de modo que o que você ouve é a voz dele, não a sua própria. Isso me deixa consciente de que as cenas que estou reconstruindo de memória para vocês devem sofrer do mesmo defeito. As palavras que atribuo aos outros certamente são aproximadas — com a notável exceção do que o interrogador Kristóforovitch declarou quando admiti estar amedrontado. Mesmo se eu viver até os 50 anos, nunca vou esquecer sua resposta. Quando o invoco agora, ainda posso ouvir sua entonação: branda e ameaçadora como o trovão distante que pressagia uma tempestade particularmente brutal. Eis, palavra por palavra, o que me disse:

— É útil para um poeta experimentar o medo; pode inspirar versos. Esteja certo de que experimentará o medo em ampla proporção.

Estive tentando analisar isso, na esperança de encontrar outras significações que não a óbvia quando ele perguntou, muito tranquilamente:

— Você imagina por que está aqui?

Compreendi, em meio a um forte cansaço, que precisava caminhar cautelosamente. Aferrando-me à possibilidade de que ele não soubesse do epigrama de Stálin, principiei através do campo minado:

— É por causa de alguma coisa que escrevi?

— Suposição inspirada — acrescentou Kristóforovitch, com um riso rouco.

— Só pode ter sido meu trabalho em prosa *Conversa sobre Dante.*

Meu interrogador tirou a viseira verde e procurou aplainar um tufo rebelde dos cabelos.

— O que você escreveu sobre Dante não era subversivo — disse.

— Você conhece o meu ensaio sobre Dante!

— Conheço a sua tese de que, para Dante, o inferno é descrito como se fosse uma prisão. — Umedecendo a ponta do polegar, Kristóforovitch folheou um espesso dossiê, achou a página que estava procurando e começou a ler linhas que eu escrevera. — *Todos os nossos esforços são dirigidos para a luta contra a densidade e a escuridão do lugar. Formas iluminadas o cortam de um lado a outro como dentes.* Como você virá a compreender, conheço cada palavra que você já escreveu. Depois de sua esposa, depois da prostituta Akhmátova, sou provavelmente o principal estudioso de Mandelstam na União Soviética.

— Se não é meu ensaio sobre Dante, deve ter sido um poema que me lançou neste inferno.

Ele esperou. Entendi que esse silêncio devia ser uma das ferramentas de seu ofício.

Tentei distraí-lo com versos de um poema antigo:

— *No veludo negro da noite soviética...*

Ele extraiu outra página do dossiê.

— Safra de 1920, de acordo com minhas anotações. Tente de novo.

— *Quem matarás desta vez? Que mentira inventarás agora?*

Meu interrogador estava gostando, claramente, de disputar comigo.

— Isso é de seu poema intitulado "1º de janeiro de 1924". Ficamos sabendo dele desde 2 de janeiro de 1924.

A essa altura, eu estava respirando com dificuldade.

— *O século dos grandes cães de caça solta-me à garganta... tenho a boca torcida por mentiras.*

Através da luz clara, pude perceber Kristóforovitch sacudir a cabeça tristemente.

— Você está chegando mais perto, no tempo. Esse é de 1931.

— *Ah, como eu queria dizer o que penso, me abrir, soltar enfim toda verdade.*

— Estacou em 1931, embora o espírito desse poema, em especial, esteja mais perto do que o lançou na nossa porta.

O coração estava golpeando-me o peito, enquanto eu atormentava meu cérebro procurando versos que o desconcertassem.

— *Como que usando chinelos silenciosos, os camponeses esfaimados vigiam a cancela do jardim, sem jamais tocar a corrente.*

— Está esquentando, Mandelstam. Maio de 1933, se não me engano. Você o chamou "Velha Crimeia" quando o recitou aos primeiros leitores.

E então Kristóforovitch, movendo-se em câmera lenta, retirou uma única folha de papel do dossiê e, virando-a para captar a luz, começou a ler:

Surdos na terra que pisamos nos, vivemos.
A dez passos de nós, quem ouve o que dizemos?

O alpinista do Krêmlin eu ouço há meses:
É um assassino massacrando os camponeses.

A débil esperança de que eu podia, de algum modo, sair daquilo vivo desabou como um pássaro baleado. A areia movediça me engolia pelos pés. Pude ver-lhe os olhos fixados em mim, sobre a folha de papel.

— Esses versos trazem lembranças, Mandelstam?

Enquanto não conseguia pensar no que responder, ele jogou na minha cara os fragmentos mais substanciais do meu epigrama: *dedos gordos como larvas... bigode de barata... a choldra de pescoço ralo.* Ele serviu-me de cor os últimos dois versos:

E matar sempre é benfeito
Para esse osseta de peito.

Kristóforovitch andou até a frente da mesa.

— Dizem que você é perito na interpretação de poemas. Na sua abalizada opinião, quem é esse alpinista do Krêmlin? E quem é o osseta de peito?

Agarrando a minha calça na cintura com dedos que tinham ficado entorpecidos, com os sapatos sem cadarço fincados categoricamente na areia movediça e pressionando-a para me impedir de escorregar para fora do banco até a inevitável sufocação, levantei os olhos para o interrogador, que se avultava sobre mim. Tive dificuldade de mantê-lo focalizado. Ouvi-o dizer:

— Acalme-se, Mandelstam. Você devia saber em que estava se metendo quando compôs esse poema sedicioso e o ostentou para os seus primeiros leitores.

Acho que disse alguma coisa como: "Passei além da calma, camarada interrogador, sem ter como voltar. Experimento o medo em grande proporção."

— Excelente. Isso trará a vantagem de acelerar o processo frequentemente tedioso do interrogatório. O segredo é pensar em nós como colaboradores. Minha atividade é exaustiva. Se você for interrogado a noite inteira, tenha em mente que eu tenho de lhe fazer perguntas a noite inteira. A noite inteira, a cada noite, até você não apenas se prostrar na culpa, mas me dar os nomes daqueles a quem leu o poema.

— Como é possível, a um criminoso cultural como eu, colaborar com um comissário cultural?

— Podemos encontrar um meio-termo.

— Não há nenhum meio-termo em um jardim cheio de ervas daninhas. O próprio Stálin decretou que há apenas duas possibilidades: ou você está conosco, ou está contra nós. — Pensando em Nadenka, acrescentei: — Sou um grande adepto dos meios-termos. Se Stálin tivesse deixado uma estilha de meio-termo, eu teria aceitado a oportunidade de sobreviver nos poucos anos deixados para mim.

— O que Stálin disse foi uma figura de linguagem, um slogan concebido a fim de reagrupar as multidões para a luta de classe. Aqui, no santuário da Lubianka, há um meio-termo a que você e eu podemos chegar, Mandelstam. Nós, bolcheviques, não somos brutos voltados para a destruição pelo prazer de destruir. Somos construtores. Estamos tentando o que ninguém tentou antes: construir o socialismo e, uma vez construído, utilizá-lo como pedra angular para o comunismo. A guerra, a pobreza, a desigualdade e a exploração desaparecerão da face da terra, ou pelo menos dessa parte da terra que governamos. Você conhece a obra do dramaturgo Nikolai Pogódin? No início da década de 1930 ele escreveu uma brilhante peça que sintetiza o que somos e o que estamos fazendo. Foi chamada de *Meu amigo*. O próprio Stálin falou bem dela. A peça dramatiza a luta para se construir uma grande fábrica num atrasado país de camponeses. Os personagens de Pogódin são trabalhadores comuns que superam enormes obstáculos, trabalhando heroicamente para construir o socialismo. Somos todos, do camarada Stálin ao humilde tchekista que interroga os subversores na Lubianka, trabalhadores comuns que se empenham heroicamente, tentando criar um Estado que funcione para o bem de todos os seus cidadãos e não meramente para o punhado de ricos exploradores capitalistas que possuem os meios de produção. Certamente você pode compreender que para sermos bem-sucedidos nesse abençoado projeto, o primeiro passo é protegê-lo de subversores como você.

Kristóforovitch bateu em uma pequena campainha com a parte de trás da mão. O guarda que me havia trazido reapareceu na porta.

— Pense a respeito do que eu disse, Mandelstam. Amanhã à noite nós retomaremos o ponto onde paramos. Espero que identifiquemos a estilha do meio-termo em que possamos colaborar comodamente.

Eis o segundo interrogatório ou, pelo menos, em minha memória imperfeita, o que achei ser o segundo interrogatório. Lembro-me de ser levado de novo pelos longos corredores até a porta de número 23. Por algum motivo, Kristóforovitch ainda não estava em seu posto atrás da mesa. Olhei fixamente para a fotografia de Stálin na parede, quase convencido de que, desta vez, ele me interrogaria pessoalmente, durante todo o tempo ciente de um medo animal que crescia dentro de mim como um tumor: medo de envenenamento, de asfixia, de estrangulamento, de decapitação. Devo ter adormecido no banco, pois o guarda chutou minhas pernas, fazendo-me esparramar sobre o assoalho de parquê. Com um esforço, subi de novo no banco. Quando levantei os olhos, dei com Kristóforovitch me observando por detrás da mesa.

— Você procurou o meio-termo a que o comissário cultural e o criminoso cultural podem chegar? — indagou ele.

Em um delírio de terror, me agarrei a uma tábua.

— O que você tem é uma versão inicial do epigrama de Stálin. A segunda estrofe foi revista. Não há nenhuma menção a *assassino massacrando os camponeses* na versão definitiva.

Kristóforovitch empurrou uma folha em branco de um lado a outro da mesa, juntamente com uma caneta-tinteiro. Fez-me sinal para chegar com o meu banco mais perto.

— Passe a limpo a versão final do poema com sua própria mão — determinou.

Meu cérebro estava inundado com narrativas. Afinal, as pessoas que deixaram as guimbas de cigarro em nosso cinzeiro instalaram aparelhos de escuta em nosso apartamento? Tinham eles gravado minha leitura da primeira versão para Nadenka e Zinaida? Tinham eles me ouvido oferecer copiá-lo para Zinaida, de modo que ela pudesse decorá-lo? Tinham-na prendido e apanhado a prova incriminadora antes de a pobre moça poder destruí-la? Estavam Nadenka e Zinaida agora mesmo se encolhendo em uma cela em algum lugar das entranhas da Lubianka? No tumulto dos pensamentos e emoções, uma coisa me parecia de clareza cristalina: o fato de Kristóforovitch possuir o epigrama original significava que eu já não podia me salvar. Mas eu ainda podia ter como salvar Nadenka e Zinaida, juntamente com os outros que tinham ouvido o epigrama. Inclinando-me sobre a mesa, passei a limpo os versos, inclusive a segunda estrofe revista:

Mas onde da conversa há só a metade
O alpinista do Krêmlin não se evade.

Kristóforovitch se apoderou da nova versão dos meus dedos e leu-a cuidadosamente. Quando terminou, tinha nos lábios o que se podia descrever como um sorriso presunçoso.

— Mas isso muda tudo, Mandelstam. Sem o *assassino massacrando os camponeses*, toda a coisa é muito mais tépida. Embora você ainda tenha de se ocupar do *bigode de barata*, sem falar no *matar sempre é benfeito para esse osseta.* Considerada essa alteração, pode haver um raio de esperança para você, se...

Ele era um interrogador sofisticado. Não se podia deixar de quase admirar a habilidade com que deixou o *se* pendente no ar, entre nós.

— Se? — repeti.

Ele deu de ombros.

— Você precisa citar nomes. Se lhe serve de consolo, esteja certo de que já os conhecemos. Sabemos não só para quem leu o poema, como também conhecemos suas diversas reações. No entanto, vai contar contra você se essa prova surgir a partir de nós, e não da sua confissão. Se desejar fazer reparações, limpar sua conduta criminosa com colaboração, apresente os nomes.

— Um indivíduo abençoado com um talento poético tem uma obrigação sagrada de não trair esse talento.

Kristóforovitch apenas sorriu.

— Uma pessoa abençoada com um talento poético tem a obrigação sagrada de permanecer entre os vivos e exercer esse talento.

O interrogatório continuou noite adentro. Kristóforovitch persuadiu, lisonjeou, engabelou e ameaçou; a certa altura, me informou que Nadenka e Zinaida tinham sido presas como coconspiradoras de um conluio para derrubar Stálin e estavam sendo interrogadas em outra parte da Lubianka. Ele me acusou de colocar egoisticamente suas vidas em risco, assim como de comprometer todos aqueles a quem havia lido o epigrama. Exasperado com a minha recusa a citar nomes, mandou chamar um enorme uzbeque com nariz deformado, que me atou os pulsos a ferros encravados na parede. Desmaiei de medo imediatamente. Quando acordei, o médico estava auscultando metodicamente os batimentos do meu coração com um estetoscópio e sacudindo a cabeça.

— Se você não quiser que ele morra, sugiro que suspenda o interrogatório e deixe-o dormir umas poucas horas, camarada interrogador.

Podia avistar o alvorecer de um rosa cartilaginoso sangrando através da janela em que as cortinas italianas não se sobrepunham quando o guarda veio fazer-me sair de volta para a cela. Passando pela última das portas de ferro, alcancei o bloco da minha cela. O guarda me deixou pelo tempo que levou para conseguir fogo para seu cigarro com o carcereiro. De pé com as costas contra a parede onde, por incrível que pareça, alguém tinha colado com fita adesiva as páginas de uma revista com retratos dos generais que derrotaram Napoleão, pensei ouvir uma mulher choramingando; o som passava por baixo da porta de uma cela duas celas antes da minha. E então, Deus meu, ouvi distintamente a voz de Nadenka: parecia estar tentando confortar outra mulher. Era uma impressão fugaz baseada mais na entonação do que em palavras reais. Mas reconheceria sua voz em qualquer lugar. De volta à minha cela, me ajoelhei ao lado de Fikrit e sussurrei em seu ouvido bom:

— Você ouviu umas mulheres choramingando?

— Ouvi — disse ele. — Se aperto meu ouvido bom contra a pedra da parede, ouço minha Agripina se debulhando em lágrimas. Ouvi-a dizendo repetidamente: *Fikrit, Fikrit, em que você nos foi meter?* Sergo, quando ainda podia falar, me advertiu a respeito de como eles tocam gravações das vozes das mulheres para enfraquecer nossa vontade de resistir. Mas eu não resisto mais e ainda a ouço choramingando. Não é uma gravação. Não há nenhuma dúvida a respeito. Como eu, ela é prisioneira da Lubianka.

Rastejei de volta para meu lado da cela e, encolhendo o corpo em posição fetal, caí em um sono tão superficial que a omissão do guarda em esmurrar a porta me acordou a cada pequeno intervalo de minutos. Sonhei que estava andando como sonâmbulo pelas paredes, mas ficava com tanto pavor de ser capturado por uma armadilha na parede que me obrigava a despertar, ou pensava que o fazia. Não tinha certeza de estar adormecido e sonhando que estava acordado, ou verdadeiramente acordado quando urinei no balde de água suja. O som da micção, a fedentina que vinha do canto da cela de Sergo pareciam bastante reais, o que indicava, afinal, que eu estava acordado. Vendo que tanto Sergo como Fikrit estavam adormecidos, verifiquei se efetivamente a aba de couro se achava sobre a vigia da porta, depois fui até a outra parede, tencionando colocar-lhe o ouvido. Num impulso, abri caminho através da parede para a cela contígua. Dois prisioneiros, um deles um velho de fino cabelo grisalho que caía sobre suas clavículas, o outro um jovem prematuramente calvo com um cobertor pendurado nos ombros, estavam jogando xadrez no chão de cimento com pequenas peças moldadas com sobras de sabão.

— Xeque — declarou o velho triunfantemente, empurrando para adiante uma torre com uma unha.

— Ah — disse o adversário. — Não previ isso.

Limpei a garganta para lhes atrair a atenção. Ambos levantaram os olhos.

— Perdoem-me por interromper o seu jogo — disse eu.

— Se está procurando as mulheres — disse o jovem —, elas estão uma cela adiante. — E, com um polegar sem unha, apontou em direção à parede do lado oposto. Comecei a lhe agradecer, mas ele voltara ao jogo e se concentrava em como salvar seu rei.

Observei-os por um momento, sem saber como entrara naquela cela, e sem saber como sairia dali. Então, como se fosse a coisa mais natural do mundo, atravessei a parede que ele havia indicado e me encontrei numa cela menor e iluminada por uma lâmpada tão fraca que eu podia ver o filamento amarelo dentro dela. Quando os meus olhos se acostumaram à densidade da escuridão, duas formas iluminadas penetraram-na como dentes. Nadenka e Zinaida estavam cochilando, uma nos braços da outra. Nadenka estava com o vestido que usara na noite da minha prisão, Zinaida com o costume de musselina branco-amarelada que trajava quando vimos sua atuação em *Três irmãs*. Eu me deixei cair sobre os joelhos perto de Nadenka. Percebendo uma presença, ela se agitou. Abriu os olhos e agitou-se com a minha presença. Coloquei um dedo sobre seus lábios para impedi-la de gritar.

— Como você chegou até aqui? — perguntou ela.

Eu me ouvi dizer:

— Você não acreditaria em mim se eu lhe contasse, de modo que é melhor não lhe contar para que não me tome por um chapeleiro louco. Quando você foi presa?

— Durante a busca em nosso apartamento, eles encontraram os poemas escondidos no bule. O porco do Serguei Petróvitch deve ter entregado o esconderijo. Quando eles descobriram que estavam com a minha caligrafia, prenderam-me imediatamente.

— E Anna Andréievna?

— Anna ainda estava na sala de estar quando eles me levaram embora. Não sei de seu destino.

— Quando Zinaida foi presa?

— Eles vasculharam o apartamento dela enquanto estava fora, no teatro, e encontraram o epigrama; a queridinha está se sentindo péssima por não tê-lo destruído. Eles apareceram no teatro e a prenderam entre dois atos. Como não havia nenhum substituto presente, a apresentação teve de ser cancelada. — Nadenka pegou a minha mão, apertou-lhe o dorso contra sua face e pude sentir as lágrimas correndo-lhe dos olhos. — Oh, Óssia, o que vamos fazer?

Com toda a comoção, Zinaida começou a se mexer. Também ela acabou acordando. Quando viu que era eu, prorrompeu em lágrimas.

— Eu nunca, nunca vou me perdoar por não destruir o epigrama — conseguiu ela dizer entre os soluços que lhe sacudiam o corpo.

Uma vez passada a emoção inicial de me ver em sua cela, Nadenka, de conformidade com seu temperamento, se tornou prática.

— Você está sendo interrogado? — perguntou. Sem esperar por uma resposta, disse: — Deve ser aquele conhecido como Kristóforovitch; dizem que é o comissário encarregado de crimes culturais. Eles torturaram você? Está ferido?

Contei a Nadenka como ele tinha lido a versão original do epigrama; como eu passara a limpo a versão revista sem a estrofe ofensiva que Pasternak me pedira que tirasse; como tudo havia se resumido ao pedido para que eu identifique as pessoas que tinham ouvido o epigrama, algo que até agora eu me recusara a fazer.

— Mas certamente eles sabem quem ouviu o epigrama — disse Nadenka.

— Eles podem ter instalado microfones em suas paredes — sussurrou Zinaida. — Podem ter gravado tudo o que dissemos. — Uma possibilidade terrível lhe veio à cabeça: — Podem ter gravado tudo o que nós *fizemos*.

Nadenka se voltou para ela.

— Se tivessem instalado microfones nas paredes, teriam nos prendido três meses atrás. Teriam tomado de uma só investida a Casa Herzen e prendido Mandelstam na manhã em que leu o epigrama para nós, para cortar o mal pela raiz. Não há nenhum microfone, o que significa que nós precisamos apenas inventar uma história que eles possam engolir. — Ela procurou alcançar minha cabeça e, puxando-a para perto da sua, disse ferozmente: — Ouça-me, Óssia. Você deve dar-lhes nomes. Temos de ser vistos como intelectuais ingênuos que deram um fora e estão prontos a fazer uma reparação. É a nossa única chance.

— Como posso comprometer Akhmátova? Como posso comprometer Pasternak e os outros?

— Você diz que recitou o epigrama sem preveni-los quanto ao assunto. Diz que eles todos reagiram, como Pasternak, com horror. Exagera: todo mundo que ouviu o epigrama ficou estarrecido com a ideia de denegrir o grande Stálin. Todos tentaram convencê-lo a destruí-lo. Esse tipo de coisa. — Nadenka colou sua testa à minha. — Você pode fazer isso, Óssia. Deve fazê-lo, para o seu bem, para o nosso bem. Precisa lhes dar tudo o que eles quiserem.

— Nadejda está certa — argumentou Zinaida. — Por favor, por favor, coopere com as autoridades de modo que possamos continuar com a nossa vida.

E assim eu citei os nomes. Estava com os nervos em frangalhos (não é todo dia que você atravessa paredes) e comecei a falar tão rapidamente que Kristóforovitch teve dificuldade em acompanhar minha confissão. Mandou chamar um estenógrafo e me fez principiar tudo de novo. Ele queria nomes, dei-lhe nomes.

— Nadejda Yakolevna, melhor amiga, camarada em armas, esposa, como Maiakóvski uma ardente partidária de se quebrarem os ovos para fazer omeletes, foi a primeira entre 11. Como reagiu? Ela chegou mais perto do que nunca de me expulsar do apartamento. Injúria pura, ela gritou, insulto à inteligência de qualquer um que possa ouvi-lo, pois o mundo inteiro conhece Stálin como o primeiro entre os iguais, alguém que governa mediante a cooperação. Zinaida Záitseva-Antónova, atriz de teatro, amante da poesia, amiga, foi a segunda. Esta ficou nauseada ao verificar que eu podia descer tão baixo a ponto de divulgar um libelo a respeito de alguém tão brilhante e ao mesmo tempo tão modesto como Stálin. Pasternak ameaçou romper nossa longa e estreita amizade se eu não eliminasse esse epigrama escandaloso. Akhmátova, achei que ela vomitaria no chão da nossa sala de estar quando o ouviu. Ela insistiu que absolutamente não era um poema, mas uma demonstração polêmica e política que errava o alvo, uma vez que Stálin não tinha nenhuma conexão com a Ossétia e era universalmente respeitado, mesmo por seus adversários políticos, por sua sinceridade e seu idealismo. E o mesmo para Serguei Petróvitch, cujo nome de família me escapa. O mesmo para seis outros que tiveram o infortúnio de vaguear no território neutro que Nadejda e eu criamos, apenas para se verem como plateia cativa de um poeta demente. Todos, começando por Nadejda, argumentaram que eu não devia desperdiçar meus dons, admitindo que eu tenha algum, apresentando o convite vil dos subversores e contrarrevolucionários; que em vez disso eu deveria compor uma ode à glória de Stálin, a sua coragem durante a Revolução e a Guerra Civil, a suas realizações como construtor do socialismo num país, a sua inspirada liderança que vem trazendo a industrialização e a coletivização à Rússia retardatária. Vejo agora que eles estavam certos e eu, errado.

Quando fiquei com falta de ar, Kristóforovitch pediu ao estenógrafo que lesse de novo minha confissão. Ele copiou partes dela numa folha de papel, depois sublinhou uma frase antes de lê-la em voz alta: — ... *apresentando o convite vil dos subversores e contrarrevolucionários.* Essas foram suas palavras.

Eu não estava certo sobre aonde ele queria chegar com isso e concordei com a cabeça hesitantemente.

— O que nos leva ao cerne do crime, Mandelstam. Quem lhe propôs a composição do epigrama, em primeiro lugar? Quem lhe pediu que o lesse a tantas pessoas quanto possível, na esperança de que seu veneno repercutiria? — Apanhou uma outra página do dossiê e leu nela: — *Repercutirá pela terra como ondulações de uma pedra atirada na água estagnada.*

Devo ter ficado boquiaberto. Kristóforovitch riu com prazer diante da minha surpresa.

— Suponho que você reconheça suas próprias palavras. Como você pode ter compreendido agora, a moça que empurrava a criança num carrinho atrás de você naquele dia em Moscou estava equipada com um microfone direcional e gravando tudo o que você dizia. — O camarada interrogador leu o cabeçalho da página. — Transcrição da conversa entre Mandelstam, Pasternak, Akhmátova, quinta-feira, 12 de abril de 1934. Uma rua de Moscou. *O Partido decretará um feriado nacional. O Komsomol irá celebrá-lo* (referindo-se este pronome ao seu injurioso epigrama), *enquanto os jovens marcharão para preencher suas cotas. Em convenções no Bolshoi, de cada galeria e cada camarote, os trabalhadores bradarão. Será o fim de Stálin.* Evidentemente, apenas uma pessoa, na superestrutura bolchevique, estaria numa posição de sugerir a você como o Partido, como o Komsomol, como os delegados de uma convenção no teatro Bolshoi reagiriam à morte de Stálin. Foi Kámenev ou Zinóviev, ambos expulsos do Partido como trotskistas em 1927? Foi esse imundo Rikov, que estivera conspirando contra Stálin desde a morte de Lênin? Talvez fosse o *queridinho do Partido*, o grande Bukhárin, expulso do Politburo por ficar do lado dos inimigos de Stálin que criticavam a coletivização revolucionária, em oposição à evolucionária. Há, afinal, uma longa história da atuação de Bukhárin como seu anjo da guarda, primeiro para libertar o seu irmão da prisão, depois conseguindo apartamentos e cartões de alimentação, além de uma pensão mensal por serviços prestados à literatura russa, até elaborando contratos para volumes futuros que eram pagos, mas jamais publicados. A relação dos favores de Bukhárin para você é tão longa quanto o seu braço. Mexeu os pauzinhos para permitir a sua viagem à Crimeia, usou a influência dele para a publicação de várias das suas obras em prosa, chegou até mesmo a oferecer a você e sua esposa vistos de saída da Rússia em meados da década de 1920, que, para seu crédito, você recusou. Uma pena. Talvez você não estivesse onde está hoje se tivesse ido para o exílio. Foi Bukhárin quem propôs a você retribuir todos esses favores fazendo circular um poema que caluniasse Stálin? Ou foi o próprio arquitraidor Trótski? Na verdade, quanto mais penso nisso, mais me convenço de que *ondulações na água estagnada* soa exatamente como uma formulação que agradaria a mente tortuosa do judeu Trótski. Sabemos que ele instigou subversores industriais a lançarem vidro moído em sacos de farinha. Mandou mecânicos acrescentarem água em combustível de aviação. Convidou *kúlaks* a abater o gado em vez de entregar os animais às fazendas coletivas. Ele não está acima da destruição psicológica: encorajando um poeta crédulo a espalhar veneno sobre Stálin, como *ondulações na água estagnada.*

— Ninguém me encorajou a isso — insisti. — A ideia de dizer a verdade partiu de mim.

— Certamente não espera que acreditemos nisso. Você é um intelectual. Não tem o perfil de um contrarrevolucionário. — Kristóforovitch deu uma olhada em outro informe de seu dossiê. — Você se lembra do que aquela moça disse na cantina para trabalhadores de bonde, no final de janeiro? *Há muito tempo, houve esse poeta.* Talvez tenha sido no rastro desse insulto que alguém murmurou em seu ouvido: *Como poeta, você caiu abaixo do horizonte literário. Se você divulgar um poema calunioso a respeito de Stálin, a sua estrela subirá — você será reconhecido como um dos grandes poetas da Rússia.* Quem murmurou em seu ouvido? Quem organizou a conspiração? A única coisa que pode salvá-lo é uma confissão.

— Não escrevi o poema para atrair a atenção. Não faço parte de uma conspiração. Sou um poeta, não um conspirador. Não saberia como atuar numa conspiração.

— Você foi manipulado, Mandelstam, certamente pode ver isso agora. Tem de identificar a pessoa ou as pessoas que deram origem ao esquema contrarrevolucionário. Sua confissão não vale o papel em que foi escrita, enquanto não identificar os instigadores. — Ele rodeou em torno de mim e começou a falar em minha nuca. — Veja o problema que lhe causaram. A você, sua esposa e sua amante. A Pasternak, Akhmátova, todos os outros. Os traidores que o forçaram a isso estão cagando para o seu destino. Por que protege a escória da terra? Você não lhes deve nada. Salve-se. Salve Nadejda e os outros de um destino pior que a morte: a lenta estrangulação pela suspensão em pequenos cabos, o afogamento simulado em bacias de lavanderia, a asfixia em celas lacradas, a permanência em nudez e durante dias a fio em temperaturas abaixo de zero, a quebra de ossos do corpo um a cada dia, que foi o destino de seu colega de cela, Sergo. Dê-me o nome do cabeça da insurreição.

Reunindo o que deve ter sido o último frangalho de ultraje no meu corpo trêmulo, eu disse:

— Você se afirmam construtores, mas no final são apenas torturadores.

O camarada interrogador ficou consideravelmente ofendido.

— Meu pobre Mandelstam, nós não somos torturadores. A tradição tchekista sustenta que o que é considerado tortura é um procedimento que deve abalar a consciência.

Achei ter encontrado a falha em sua lógica.

— Como pode um procedimento abalar a consciência se vocês não têm nenhuma consciência?

— Você comete um grave erro de cálculo, Mandelstam. Nós, bolcheviques, vivemos pela consciência. Comprometemo-nos com o princípio de que os fins justificam os meios. Como o fim em causa é a construção do socialismo, nossa consciência nos esclarece de que todos os meios, quaisquer meios se justificam.

Compreendi a intenção de Kristóforovitch: desejava que eu admitisse, como Fikrit lá na minha cela, que eu era membro de um centro trotskista antibolchevique. Ele desejava exibir o poeta Mandelstam num julgamento público. Obviamente, minha confissão teria mais impacto do que a de um iletrado medalhista de prata no campeonato europeu de Viena em 1932. Mas uma coisa é você citar nomes de quem realmente ouviu meu triste epigrama e outra muito diferente é inventar uma conspiração que depois poderia ser usada nos julgamentos públicos que se dizia estarem sendo preparados: de Zinóviev e Kámenev; de Bukhárin, apesar da consideração que tinha por ele a maior parte dos bolcheviques; do próprio Trótski, se Stálin o atraísse de volta, como Górki, do exílio. E desse modo eu me prendi a minha história, que afinal era a verdade, não que isso fosse levado em conta no *purgatório*. Kristóforovitch era acima de tudo persistente. Lembrava a obstinação de um amante que se recusa a receber um não como resposta; que se decepciona com um sim porque este interrompe bruscamente o prazer que se deveria ter ao anular a sua vontade. Tinha a resistência de um corredor de maratona. Permanecia comigo horas a fio, me prometendo que o Estado seria brando comigo e com os meus, se eu depusesse contra os instigadores designados, ameaçando-me de execução se deixasse de lhe oferecer o que desejava: o que (suponho agora) ele precisava a fim de fazer sua carreira deslanchar.

Tenho certeza de que Nadenka é da opinião de que narrar esse episódio é terapêutico, no sentido de que espalha luz sobre todas as coisas que aconteceram depois. Pessoalmente, não estou convencido de que tenha qualquer finalidade proveitosa. O que se ganha em reviver a execução? Até hoje, espanta-me que não me tenham matado a tiro imediatamente na noite em que me levaram para a Lubianka. Eu praticamente esperava ser morto a cada vez que eles me tiravam da cela; ouvira boatos de prisioneiros executados nos porões abobadados que serviam outrora como lugares de armazenagem para a companhia de seguros, e só conseguia respirar de novo quando o elevador de carga começava a subir em vez de descer. Até a noite... a noite atemorizante... a noite aterradora em que ele começou a descer.

Agora eu me ocuparei da minha execução.

Na noite seguinte, à hora em que eles habitualmente vinham me buscar para o interrogatório, três bestas-feras em que eu nunca pusera os olhos apareceram na porta da minha cela. Dois deles trouxeram uma cadeira comum de madeira e prenderam Sergo nela com correias de lona. O terceiro derrubou com o tacão da bota a minha tigela de louça, deixando-a em cacos.

— Você não vai precisar mais disso — foi como explicou o gesto. Pegou-me pelo braço e, colocando-me de pé com brutalidade, torceu-me os braços atrás das costas e amarrou-os firmemente nos pulsos. Fikrit, abençoada seja a sua alma, se ergueu num salto, como se pretendesse intervir. O guarda preguiçosamente pôs a mão na coronha da pistola em seu coldre espesso e encarou o gigante, até este se encostar lentamente na parede. Acho que consegui dizer: "Obrigado, Fikrit", embora seja inteiramente possível que meus lábios se mexessem mas nenhuma palavra saísse. Com o bico do sapato, empurrei meu volume de Púchkin pelo chão para o meu companheiro de cela.

— Eu não sei ler — disse Fikrit.

— Aprenda — disse eu. — Comece com Púchkin. Se um dia você puder compreender as palavras dele, não precisará ler mais nada em sua vida.

Os dois guardas levaram Sergo da cela, sobre a cadeira. Aguilhoado para adiante pelo terceiro guarda, acompanhei-o. Na porta, voltei-me para ver, através das lágrimas, o gigante levantador de peso se curvando desde a cintura em seu adeus para mim, os nós dos dedos raspando o chão no estilo dos camponeses das montanhas do Azerbaijão.

Nosso pequeno grupo abriu caminho pelo corredor, passando por diversas portas de aço até o elevador de carga aberto. Quando os cinco já estávamos ali dentro, o guarda puxou o manete *para trás* — não, não, continue registrando, mas preciso tomar fôlego — e o elevador, meu estômago, meu coração e minha cabeça começaram a descer mais fundo para o inferno.

Kristóforovitch estava esperando no porão abobadado quando o elevador chegou ao subsolo. Usava o avental de couro sobre o uniforme e trazia um revólver da Marinha de grosso calibre. Os guardas tiraram Sergo do elevador e o deixaram no meio de um canteiro de terra coberto de serragem. Eles me obrigaram a me ajoelhar junto da cadeira. Pude ver o camarada interrogador mordendo o lábio inferior enquanto removia as cinco enormes balas do revólver, depois manuseou uma delas de volta para dentro e fez girar o tambor, como se pretendesse jogar roleta-russa. Os três guardas recuaram. Kristóforovitch disse:

— Quem quer ir primeiro? A idade antes da beleza? O talento antes da mediocridade? O intelectual urbano antes do caipira? O que será?

Ouvi Sergo cuspindo palavras dentre os lábios intumescidos de pus.

— Foda-se... Stálin — é o que eu acho que disse.

Kristóforovitch chamou os guardas.

— Parece que alguém anda impaciente para se encontrar com o criador, camaradas. Não deixem dizer por aí que não atendemos às últimas vontades do condenado. — Avançando para trás da cadeira, ele segurou o revólver e empurrou a ponta do cano para a nuca de Sergo e puxou o gatilho. O cão bateu em um compartimento vazio. Sergo emitiu um gemido agoniado, quase como se lamentasse ainda estar vivo. — Sua vez, Mandelstam — anunciou Kristóforovitch. — Você foi condenado e sentenciado ao provimento da pena máxima.

— Mas não houve nenhum julgamento — gritei.

— O julgamento foi realizado sem você.

Ele pressionou o revólver atrás do meu pescoço e puxou o gatilho — sobre outro compartimento vazio. Meus joelhos cederam e minha fronte se atirou para a frente, sobre a serragem. Kristóforovitch agarrou meu colarinho e me pôs na vertical, depois se voltou de novo para Sergo e, mirando-lhe o pescoço, outra vez puxou o gatilho. Um estrondo ensurdecedor repercutiu pelos porões abobadados enquanto a cadeira e o corpo a ela amarrado caíram para o lado. O som retornava de tantas direções que eu pensei que outros prisioneiros estavam sendo mortos em outras partes do subsolo. Coágulos de sangue e de cérebro respingaram-me na camisa.

— Você acredita em alguma coisa, Mandelstam? — perguntou o interrogador, enquanto manipulava outra bala para o revólver e dava um giro no tambor. Devo ter dito sim, pois ele me perguntou: — Em quê?

— Na poesia.

— A poesia não o salvará agora — disse ele, e pressionou o revólver contra a minha nuca.

Eu podia sentir a urina quente empapando a minha calça quando ele — ó, Senhor —, quando ele puxou a coisa, o gatilho. Ouvi o que deve ter sido o baque seco do cão ao atingir o percussor e vomitei na serragem sob meus joelhos. Levou uma eternidade para eu compreender que, se podia vomitar, devia estar vivo. Kristóforovitch e os guardas começaram a rir, a princípio baixo, depois mais alto até estarem soltando gargalhadas, e estas, como o tiro que pusera fim ao sofrimento de Sergo, ecoavam através dos porões abobadados.

— Você teve mais sorte do que Sergo — conseguiu dizer Kristóforovitch. — Levem-no de volta para a cela. Tentaremos de novo outra noite.

O que se passava pela minha cabeça no momento da execução? O lugar-comum sustenta que a sua vida passa diante de seus olhos. Não comigo, não tive isso. Fiz um esforço para invocar uma imagem da minha mulher, mas não conseguia me lembrar de sua aparência. Por mais que tentasse, era incapaz de evocar uma imagem erótica. Lutei para lembrar um verso, qualquer verso, de um dos meus poemas e, à falta disso, palavras. Nada me vinha à cabeça. Esforcei-me para recordar um único verso da *Divina comédia*, mas nada consegui. Não conseguia lembrar sequer quem tinha removido de Dante as manchas do inferno. Meu cérebro estava desprovido de pensamento. O pensamento fora posto de lado pelo medo, como se as células nos lobos do meu cérebro se tivessem dispersado em seu pânico de sair da trajetória do corpo estranho, a ponto de se espatifar dentro de seu enxame.

Sou incapaz de lhe dizer o que aconteceu depois da minha simulada execução. (Só agora posso realmente ver que ele não pretendia me matar, somente me destruir.) Há lacunas na história que por mais que me concentre não posso preencher. Deve ter sido pouco tempo depois de meu regresso à cela (se foi uma hora ou um dia, não tenho como dizer), que tentei cortar meu pulso com um caco de louça. Fikrit interrompeu-me quando eu estava rompendo a veia. Ele rasgou uma tira de pano de uma aba da minha camisa e enfaixou o ferimento que, embora não fosse profundo, era muito doloroso. Curiosamente, a dor se tornou uma fonte de euforia. Posso-me lembrar de minha mãe que uma vez me contou, quando fui queimado por urtigas, enquanto saía de um lago perto de Varsóvia, que nada deixa você mais consciente de estar vivo do que a dor. Agachar-me num canto de uma cela na Lubianka, com os miolos de Sergo manchando-me a camisa, não era o que minha mãe tinha em mente quando me falava das vantagens da dor; ainda assim, a terrível verdade é que eu estava exultante por estar vivo.

Devo ter ficado nesse estado eufórico por dias a fio pois, se fui levado de novo para interrogatório ou execução, não tenho nenhuma lembrança disso. É estranho o que de fato vem à tona em uma mente sob tensão. Lembro-me de ficar olhando por muito, muito tempo os meus sapatos, aturdido pela ausência dos cadarços. Lembro-me de estudar os cacos de louça no chão da cela, tentando conceber o que fora o objeto antes de ser quebrado. Lembro-me de me perguntar, quando Fikrit timidamente me entregou um pequeno livro, o que um iletrado levantador de peso estava fazendo com um exemplar de Púchkin. Quando voltei à razão, ou ao que restara dela, encontrava-me escarranchadamente no banco com as pernas da frente serradas do gabinete de Kristóforovitch. Não tinha nenhuma ideia de quanto tempo se passara desde a minha execução. O interrogador estivera comigo, mas, queixando-se de cólicas estomacais, saíra para o banheiro e me deixara sozinho com Stálin, tão extraordinariamente natural na fotografia da parede atrás da mesa que eu quase esperava ouvir-lhe a voz. Fiquei ali sentado não sei por quanto tempo, perdido na enorme sala com as cortinas pregueadas sobre as janelas, o despertador e os restos de uma ceia na mesa, olhando fixamente para Stálin. Por muito tempo concordei com a ideia de que, para o bem ou para o mal, o caráter de um homem está escrito no seu rosto. Como a maior parte dos intelectuais russos, fiquei hipnotizado por Stálin, perguntando-me como ele era por trás da máscara. Imaginei conversas com ele, ao longo das quais suas confidências lançariam luz sobre o que o havia transformado em um paranoico praticante (meu diagnóstico, com base em nenhuma comprovação médica, apenas no instinto) que presumia que todo mundo era culpado de alguma coisa. Pasternak e eu costumávamos girar incessantemente em torno do assunto (fiquei conhecido por inventar detalhes da vida de Soso Djugachvíli que faziam Boris rolar de rir). Fora Stálin marcado por uma infância violenta em Gori, por suas façanhas de assalto a banco a fim de levantar dinheiro para os bolcheviques, por seus diversos exílios na tundra gelada sob o círculo Ártico, por alguma experiência particularmente brutal durante a Guerra Civil ou ainda pela morte (os rumores eram de suicídio) de sua jovem esposa 18 meses antes? Perscrutando atentamente a face de Stálin, não achei nenhuma resposta pronta. Não se pode ler muito nos retratos ou nas fotografias formais de Stálin, pois eram sempre retocados para apagar as cicatrizes da varíola, adicionar tom rosado a suas bochechas e generosidade à sombra de um sorriso afetado que se lhe apresenta nos lábios. Olhei em torno para me certificar de que a sala estava vazia, depois me encaminhei para detrás da mesa, a fim de olhar o rosto de Stálin mais de perto. Confesso, sem me envergonhar, que me vi atraído por ele com aquela espécie de atração hipnótica que até então experimentara apenas com relação às representantes do sexo frágil. Seus olhos reprovadores me atormentavam da parede. E aí, por mais bizarro que isso deva soar para você, me vi sendo sugado para a fotografia. Meus ouvidos estavam ressoando com palavras informes. Versos de um poema que eu nunca havia escrito começaram a bater como um punho numa janela:

Cheguei a ele — a sua medula —
E entrei no Krêmlin sem salvo-conduto:
Com dor, e o crânio a arder de culpa,
Rasgo o espaço de lona do capuz.

Mal ousei abrir os olhos. Quando o fiz, me vi à deriva numa escuridão que abafava todo som e apenas gradualmente se dissipava, como espessa névoa da manhã, em cujo momento descobri que estava percorrendo um longo corredor. Retratos dos generais que derrotaram Napoleão pendiam nos dois lados, cada qual com uma pequena lâmpada fixada no alto da armação dourada. Toquei uma parede com as pontas dos dedos. Parecia fria e úmida. Podia perceber o pelo do grosso tapete sob meus pés. Entendi que havia duas possibilidades: ou não estava imaginando isso, ou estava imaginando que não o estava imaginando. No distante fim do corredor, dois homens de ternos europeus de corte justo estavam sentados a cada lado de uma mesa baixa, jogando xadrez com minúsculas peças feitas de barro. O mais velho dos dois, de cabelo grisalho que lhe caía sobre as clavículas, achou-me vagamente familiar.

— Mandelstam? — gritou, acenando para mim.

Devo ter olhado com ar confuso, pois o outro homem, mais jovem do que o primeiro e prematuramente calvo, repetiu a pergunta:

— Você é Mandelstam?

Balancei a cabeça afirmativamente.

— Não tenho um salvo-conduto para o Krêmlin — disse eu, desejando evitar, imediatamente, um contratempo na aceitação do meu engano.

— O que leva você a pensar que está no Krêmlin? — perguntou-me o homem mais jovem.

— Os retratos dos generais atrás de mim — disse eu — são conhecidos por estarem pendurados no Krêmlin.

Divertido com meu trabalho de detetive amador, ele puxou um livro de apontamentos de um arquivo e correu o dedo por uma relação de nomes. Pôs um tique perto de um deles.

— Você não precisa de um salvo-conduto — disse. — Stálin está esperando você. Após as portas duplas ali. Não se incline, não faça rapapé ou qualquer coisa do gênero. Ele detesta protocolo. Afinal, não é um tzar, é meramente secretário-geral do Partido.

Um homem grande que reconheci, pelas fotos de jornal, como Vlássik, guarda-costas de Stálin, abriu as portas duplas puxando-as e, sem tirar os olhos de mim, pôs-se de lado.

— Simplesmente se aproxime dele como você poderia fazê-lo com qualquer pessoa comum e diga seu nome — instruiu-me. — Se ele lhe oferecer a mão, aperte-a.

Ouvi as portas se fecharem atrás de mim quando passei. Ióssif Stálin estava sentado na afastada extremidade da longa sala retangular, atrás de uma enorme escrivaninha com alta pilha de livros. Uma parede inteira era sulcada de aquecedores russos. As grossas cortinas na janela por trás dele estavam parcialmente abertas e eu podia avistar as cúpulas em forma de cebola da catedral de São Basílio, iluminada por holofotes antiaéreos, o que significava que eu estava realmente, como supunha, dentro do Krêmlin. A luz que havia na sala vinha de uma pequena lâmpada de escrivaninha e de uma lâmpada de leitura arqueada, que pendia sobre uma cadeira estofada. O homem conhecido nos círculos do Krêmlin como o *khoziain*, trajando uma túnica militar aberta no pescoço e fumando um cigarro, se levantou e avançou em torno da mesa.

— Stálin — murmurou.

— Mandelstam — repliquei.

— Sei quem você é — disse ele. — Sua reputação o antecede.

Eu me ouvi dizer:

— A sua se arrasta atrás de você como uma esteira. — E imediatamente lamentei minha insolência. (Eu disse efetivamente essas palavras ou foi como eu teria gostado de me comportar?) Meu comentário, admitindo que o fiz, irritou o chefe da casa.

— Aí é que está o problema — disse ele. — As esteiras se desvanecem por completo com o tempo.

Ele olhou para os meus sapatos.

— O que aconteceu com os seus cadarços?

— Eu me pergunto a mesma coisa — disse.

Ele ergueu as sobrancelhas, obviamente perplexo e, após um instante de hesitação, desajeitadamente me estendeu a mão. Quase tão desajeitadamente, eu a aceitei. Tirou um maço de Kazbek Papirosi de um bolso da túnica e me ofereceu um dos cigarros com longas piteiras de papelão. Um isqueiro de bronze apareceu em seus dedos atarracados. Eu me apoiei em seu pulso e me curvei em sua direção para levar a extremidade do meu cigarro até a chama. Stálin não podia ter deixado de notar que minha mão estava tremendo, mas foi discreto o bastante para não comentá-lo. A tragada de um cigarro, a primeira desde a minha prisão, teve de andar muito para acalmar meus desgastados nervos.

— Vamos conversar — propôs ele, acenando em direção à poltrona estofada, puxando a cadeira de vime de espaldar alto de modo que ficássemos um de frente para o outro, com os nossos joelhos quase se tocando.

— A respeito do quê devemos falar? — perguntei.

— Você pode começar me explicando como é que cada compositor, pintor, escritor e poeta da Rússia está disposto a dedicar uma obra a Stálin, exceto você.

— Com todo o respeito, se você conta com a dedicação de todo compositor, pintor, escritor e poeta, não vejo por que precise da minha.

Stálin, em pessoa, não se parecia em nada com suas fotografias. Era muito menor do que a figura em seus retratos, quase mesmo como um anão. Seu braço esquerdo, visivelmente atrofiado, pendia rigidamente de um ombro curvado. Tinha uma barriga proeminente. O rosto, repleto de cicatrizes da varíola e de sardas, era vermelho demais, mas, a uma inspeção mais detida, tive a impressão de que ele usava aquilo a que as mulheres se referem como ruge. Seus dentes estavam em condições piores do que os meus, os olhos eram amarelos e o bigode sobre o lábio superior era engrossado e escurecido com graxa de sapato. Tinha o couro cabeludo seco e despelado em alguns pontos. Pelos pretos se projetavam de suas narinas.

Como o poeta Mandelstam em sua mais recente encarnação, Stálin não gostava de evasivas.

— Deixemos claro, Mandelstam, que não tenho medo de morrer. Olhei a morte de frente dezenas de vezes como jovem revolucionário, como comissário encarregado de defender Tsáritsin durante a Guerra Civil. Não, o que eu temo, o que eu *detesto*, é o desvanecimento da minha esteira após a passagem do meu barco. Enviei valises cheias de rublos para aquele charlatão ucraniano do rejuvenescimento, Bogomolets, financiar suas experiências: ele acreditava que beber água das geleiras explica o fato de os georgianos viverem até a mais avançada velhice. Mas eu não ponho muita fé nas poções mágicas do professor. Com ou sem água das geleiras, um dia as cortinas vão se fechar sobre a minha vida. E depois o quê? Todas essas coisas nomeadas em homenagem a Stálin, tanques, tratores, navios de guerra, fábricas, todos mais cedo ou mais tarde desaparecerão, para serem substituídos por novos tanques, novos tratores, novos navios de guerra e novas fábricas batizados em homenagem a um novo secretário-geral. A limusine em que eu ando é uma ZIS. As iniciais, como você deve saber, significam *Zavod Imeni Stálina*, a fábrica batizada em homenagem a Stálin. Quando a última ZIS terminar num museu de automóveis antigos, as pessoas terão esquecido o que as iniciais significavam. As ruas com o nome de Stálin e mesmo as cidades, como Stalingrado, voltarão finalmente a seus nomes originais. Desse modo, faço a pergunta ao poeta Mandelstam: de onde posso eu esperar encontrar uma centelha de vida depois da morte? A resposta é: se a tal coisa da imortalidade existe, está presente na poesia de um gênio.

Stálin cravou um dedo manchado de nicotina no meu joelho.

— Você é incrivelmente teimoso, Mandelstam. Seu companheiro Pasternak apresentou um poema, não obstante inteiramente vulgar. *Assim vai para a frente sem vacilação, enquanto você viver*... Shostakovitch compôs uma sinfonia inteira que descreveu como uma resposta criativa à aguda crítica de Stálin, embora ela me dê uma violenta dor de cabeça quando me obrigo a ouvir uma apresentação inteira. Agora que penso nisso, talvez seja o que aquela besta pretendia; eu devia prender Shostakovitch por estragar o meu sono! Milhares de poetas e escritores menores celebram Stálin numa centena de línguas diferentes. Ninguém na Rússia publica um livro, um panfleto, uma tese sobre filosofia, filologia, astronomia ou linguística sem reconhecer sua dívida para com Stálin. Você conhece a *Canção de Stálin*, de Khatchaturián? — Ele se pôs a cantarolar os primeiros compassos, com a voz melodiosa de menino do coro que foi outrora. — Bem, já tem uma ideia. — O *khoziain* puxou outro cigarro do maço e o acendeu nos restos do primeiro em sua boca, depois encheu os pulmões com a fumaça. — Não cometa o engano de pensar que essa conversa é fácil para mim, Mandelstam. Não estou acostumado a *pedir* alguma coisa. O mais comum é que as poucas coisas de que preciso me sejam *oferecidas*. Parece que Stálin pode ter qualquer coisa que seu coração deseje em toda a Rússia, à exceção de seu poema. Eu lhe pergunto, de homem para homem, cara a cara: tal situação é normal?

Eu estava, percebo agora enquanto recordo meu encontro com Stálin, tão estupefato pelo rumo que a conversa tinha tomado que não podia encontrar palavras para a resposta. Vendo o meu silêncio como teimosia, Stálin se exasperou:

— Não é habitual deparar com alguém que não teme o secretário-geral que dirige o Partido e, através deste, o Estado. Em outras circunstâncias, eu poderia admirar um homem desses. Vamos nos assegurar de que você sabe o que se acha em jogo aqui, Mandelstam. — Afastando a cadeira para trás, ele se levantou, deu a volta por trás de mim e começou a falar na minha nuca. — Você tem uma ideia de quanto o Estado pesa?

— O peso do Estado?

— Sim, com todas as suas fábricas, represas, trens, aviões, caminhões, navios e tanques.

— Ninguém pode calcular o peso do Estado. Acha-se no terreno dos cálculos astronômicos.

— E você acha que um homem pode resistir à pressão desse peso astronômico? É provável que eu consiga seu poema, Mandelstam. Se por algum motivo eu não consegui-lo, você será esmagado sob o peso do Estado.

Sua franqueza me deixou com falta de ar.

— Eu não sou uma ameaça ao poder soviético — foi tudo o que pude pensar em dizer.

Ele rodeou a poltrona estofada e permaneceu diante de mim, aspirando o cigarro, estudando-me com os zangados olhos amarelos.

— Você é mais do que certamente uma ameaça ao poder soviético. Alguém que se recusa a se curvar à vontade de Stálin é alguém que pode se curvar à vontade dos inimigos dele. Não há nenhum meio-termo entre cultuar o chão em que Stálin caminha e profaná-lo.

Stálin arrastou sua cadeira de vime de volta para detrás da mesa e deixou-se cair nela, perdido num longo momento de reflexão.

— Então, qual é a sua resposta, Mandelstam? Não tenho a noite toda. Você vai fazer a sua parte para assegurar a imortalidade do secretário-geral?

— Eu o faria, se pudesse.

Seus olhos se estreitaram, com desconfiança.

— O que significa isso?

— Mesmo que eu fosse compor tal ode, seria inútil para você. Eu estaria fingindo, sendo superficial. Eu de fato não o conheço suficientemente bem para compor algo tão verdadeiro que corte fundo, e é isso que um poema deve fazer se deve sobreviver à morte do poeta. Para mim, você é um ícone maior que a vida, uma lenda, um mito, não um ser humano de carne e osso. Não há nenhum modo de eu forjar isso.

— Stálin é feito de carne e osso, como você. — Ele se endireitou na cadeira. — Que idade você tem?

— Quarenta e três anos.

— Você parece mais velho. Sou, por acaso, 13 anos mais velho do que você, mas, apesar da diferença de idade, temos muita coisa em comum. Ambos os nossos pais trabalhavam com couro. O seu vendia couro em Varsóvia e o meu era sapateiro na Geórgia. Não é impossível que o meu pai tenha feito sapatos com couro fornecido pelo seu pai. Sempre se soube que coisas estranhas acontecem. Além disso, partilhamos um interesse comum pela poesia. Eu cheguei mesmo a escrever versos românticos. Vários poemas meus foram publicados num jornal georgiano sob o pseudônimo Soselo antes de me tornar um revolucionário em tempo integral. E isso não é tudo. Certamente não é por um acaso que ambos nos casamos com mulheres cujo nome, Nadejda, significa *esperança* em russo: podemos esperar coisas diferentes, mas compartilhamos uma inclinação para a esperança. E, curiosamente, você e eu temos o mesmo prenome. Durante um dos meus períodos de exílio, os habitantes de Solvitchegodsk, em Arkhánguelskaia Óblast, gostavam de me chamar Óssip, que é uma forma russa popular de Ióssif no norte. Eu até assinei *Excêntrico Óssip* em cartas de amor que escrevi a uma estudante de lá chamada Pelagueia. Ser um revolucionário, assaltando bancos para financiar a sagrada causa proletária, não deixava de ter vantagens: a gente podia comer qualquer garota.

— Ser poeta não deixava, também, de ter vantagens — disse eu, mas podia ver que ele estava perdido em sua própria vida e não me tinha ouvido.

— Deus meu, que bons tempos foram aqueles. Estimulantes. Perigosos. Absolutamente divertidos. Em Góri, em Tiflis, eu era um herói local. O povo no Cáucaso me respeitava pelo que eu era, não — ele acenou com as costas da mão para os limites do Krêmlin — pelo lugar onde eu morava. — Stálin se lembrou de que eu estava ali. — Você disse alguma coisa?

— Não.

Aprovou com a cabeça distraidamente.

— Nossa, há anos eu não pensava em Pelagueia. Eu até me lembro do nome dela. Pelagueia Onúfrieva. Tenho de tomar nota e mandar meu pessoal descobrir o que foi feito dela.

Pensei que podia ter uma oportunidade melhor de me congraçar com Stálin, se pudesse mantê-lo falando sobre si mesmo.

— O exílio siberiano deve ter sido uma experiência amarga — disse eu.

Stálin soprou ar pelos lábios.

— Amargo não dá nem para o começo de sua descrição. Fui banido sete vezes, e sete vezes sobrevivi para voltar à Rússia europeia. Eu lhe contarei o que me mantinha vivo no exílio: além de me amigar com jovens prisioneiras, de modo que os dois pudessem se manter quentes à noite, havia os livros. Ler é o que me mantinha vivo. Toda vez que um prisioneiro morria lutávamos para ver quem ficava com seus livros. Quase sempre eu ganhava. Meu sétimo exílio terminou quando percorri o país até Petrogrado, depois de o tsar ser derrubado, para conduzir os bolcheviques até que Lênin negociasse uma permissão para passar com segurança pela Alemanha e voltasse do exterior. A melhor forma de descrever o inverno siberiano é como o inferno congelado. Tente imaginar o seu mijo se congelando antes de bater no chão. Tente se ver sugando pedaços de vodca congelada para se embebedar. Os verões, que eram tão curtos como um piscar de olhos, não eram muito melhores, com suas nuvens de mosquitos. Ah! Tão logo o *permafrost* começava a descongelar, eu me juntava com os outros prisioneiros rastejando sob a casa do chuveiro das mulheres; quando descobríamos a água gotejando através dos encaixes das tábuas do assoalho, serpenteávamos pelo chão até ficarmos diretamente debaixo e tentávamos olhar através da água gotejante, para ver a mulher nua tomando banho de chuveiro em cima. E se você pudesse conservar os olhos abertos por bastante tempo, você podia perceber o rasgo.

— O rasgo.

— O talho na forquilha. A fenda. A boceta, seu idiota. Você

deve ter familiaridade com bocetas, Mandelstam. Contaram-me que você trepa bastante. A Tcheka tem informações de que sua mulher é lésbica ocasional, que você e ela estão tendo um caso com uma atriz de teatro, que você às vezes as assiste, às vezes ela assiste você e a outra, e às vezes vocês o fazem *à trois*, à maneira francesa. Eu próprio nunca comi mais que uma mulher de cada vez, mas não foi por falta de tentativa. Fiz diversas tentativas de persuadir minha Nadejda a experimentar o sexo livre no espírito bolchevique, mas, apesar de todas as suas credenciais revolucionárias... você sabia que ela costumava datilografar os discursos de Lênin antes da Revolução?... ela era puritana demais para se libertar da definição burguesa do casamento. Atualmente, eu como a minha governanta, Valetchka. A única coisa que ela sabe é a posição papai e mamãe, o que contém certa ironia, já que o que eu prego é o evangelho segundo Marx.*

Observei quando Stálin pôs água num copo com um jarro, depois contou gotas de um vidrinho.

— Tintura de iodo — disse ele. — Não confio nos médicos. Trato das minhas diversas indisposições com dez gotas duas vezes por dia. Operam milagres. — E fazendo uma careta por antecipação ao gosto horroroso, engoliu o conteúdo do copo. — Havendo sorte, todos essas histórias poderão quebrar o gelo entre nós. Talvez, finalmente, você passe a me ver como alguém de carne e osso, o que irá inspirá-lo a escrever um poema sério para Stálin, em vez de um traiçoeiro e um tanto polêmico. — Pude apenas menear a cabeça, concordando. Quem poderia excluir a possibilidade de que, conhecendo esses detalhes íntimos de sua vida, eu seria capaz de construir uma ode a Stálin e evitar ser esmagado pelo Estado?

* A "posição do missionário" é a tradução ao pé da letra do termo em inglês "*missionary position*", posição conhecida como papai e mamãe no Brasil. (*N. do T.*)

Ele esticou o braço para dispor obliquamente a lâmpada da escrivaninha de modo que iluminasse uma fotografia emoldurada na parede entre nós.

— Este sou eu no cortejo fúnebre de Lênin. Como você pode ver, como toda Rússia sabe, eu fui um dos que seguraram o féretro pelas alças e que o carregaram sobre os ombros em direção à praça Vermelha. Havia muito gelo e eu estava com pavor de escorregar e de que o ataúde caísse no chão, se abrisse, e o cadáver de Lênin rolasse para a rua. Era devotado a Lênin, não é preciso dizer, embora o velho, como nós o chamávamos, pudesse às vezes ser um sacana. Para começar, ele não era muito corajoso: enquanto nós estávamos nas ruas de Petrogrado fazendo a Revolução, ele se escondia na escola das moças que nós usávamos como quartel-general. Quando ele realmente criou coragem para deixar Smolni, embrulhou o rosto com ataduras, de modo que ninguém o reconhecesse. Eu o deixarei conhecer um segredo de Estado, Mandelstam. Para falar francamente, Lênin não era muito leninista. Ah, ele podia teorizar a respeito da Revolução Proletária até não poder mais, mas, quando se tratava da aplicação diária da teoria, ele tremia. *Dois passos para a frente, um para trás* era sua ideia do progresso. Lênin não teve peito para atacar de frente o problema camponês: foi preciso um Stálin para fazer isso. A história me absolverá. A coletivização, apesar do incômodo ocasional para um punhado de camponeses, será a glória coroadora do meu legado.

Nesse momento, Stálin desmoronara nas costas de vime de sua cadeira, fumando o cigarro em baforadas curtas e agitadas, visivelmente concentrado em recontar a história de sua vida.

— Ouça, eu era o único no grupo imediatamente à volta de Lênin que tinha raízes camponesas, o único que fora um revolucionário ativo chefiando brigadas bolcheviques em combates de rua, ao contrário de um intelectual de merda. O que fez de mim o diferente, o destaque na superestrutura. Quando chegou a hora de definir a hierarquia, ninguém me levou a sério. Bem, todos eles me subestimaram, não é mesmo? Esse foi o verdadeiro segredo da minha ascensão ao topo. Eles menosprezavam meu sotaque georgiano, riam nas minhas costas dos erros gramaticais que eu cometia quando falava russo, me tomavam por um caipira que não poderia sobreviver na cidade grande. No fim, foi uma brincadeira de criança levar a melhor sobre aqueles judeus: Trótski, Kámenev e Zinóviev, até Karl Heinrich Marx, o vândalo que teve o infortúnio de ter origem numa longa linha de rabinos. Ele provavelmente se revira em seu túmulo em Londres ao pensar que alguém que não compreende toda a sua baboseira é o chefe do movimento comunista mundial. Passei a perna até naquela besta do Bukhárin, que compreendia a baboseira de Marx, ou fazia de conta. Como eu realizei isso? Para começar, peguei o serviço que nenhum deles queria, o de secretário-geral do Partido. Fiz o que nenhum deles queria fazer por sujar as mãos: os afazeres cotidianos da tediosa rotina. E assim eles prosseguiram teorizando, planejando e se gabando, enquanto eu erigia um aparelho que me fosse leal e que percorria o país. E o que eu consegui à guisa de um agradecimento? Depois do primeiro derrame de Lênin, ele se viu cercado de abutres que fariam tudo o que pudessem para jogá-lo contra mim. Contarei outro segredo a você. Dias antes de o velho bater as botas, eles o convenceram a escrever um testamento denunciando Stálin, olhe só, por seu *comportamento rude* para com Krúpskaia, a parasita da mulher de Lênin, que estava furiosa comigo por eu falar, na frente dela, a respeito dos casos dele com datilógrafas. É desnecessário dizer que eliminei o chamado último testamento. Guardo o original, copiado com a mão trêmula de Lênin, na minha escrivaninha. Você não acredita em mim? Eis aqui! — Ele apanhou uma folha de papel da gaveta e, agitando a mão boa da maneira como faço quando recito, começou a ler em voz alta o que estava ali: — *Stálin é grosseiro demais... Proponho aos camaradas que pensem num modo de remover Stálin da posição de secretário-geral... nomeando alguém mais tolerante, mais polido, menos temperamental,* e assim por diante, por aí afora. Bem, você tem aí a essência. Eu, temperamental! Essa é boa. Depois de Lênin esticar as canelas, Krúpskaia ameaçou fazer circular uma cópia, até eu a advertir, na sua cara, que designaria uma nova viúva para Lênin se ela abrisse a boca sobre o testamento. Você pode apostar que a cadela se calou. — Stálin deixou escapar um riso do fundo do estômago. — Só porque ela cagava no mesmo banheiro de Lênin não tinha o direito de me desprezar.

Um dos diversos telefones da escrivaninha tocou. Stálin apanhou o receptor do gancho e segurou-o no ouvido.

— De acordo — disse. — Evidentemente, eles estavam conspirando para matar Stálin. É o que eu estaria fazendo no lugar deles. Quanto ao julgamento, emprestará credibilidade aos procedimentos caso seja permitido que jornalistas e diplomatas estrangeiros testemunhem as confissões. Sobre o assunto da ópera *Onegin*, a que assisti na última noite, acho afrontoso que Tatiana apareça no palco com uma camisola transparente. Stálin não está dando instruções, apenas expressando uma opinião. O que é que aconteceu com a modéstia bolchevique? Mande um memorando ao diretor dizendo que Stálin foi ouvido por acaso comentando que Ivan, o Terrível, um grande e sábio tsar, espancou a nora grávida por trajar uma roupa despudorada. Deixe nossos trabalhadores culturais extraírem as conclusões apropriadas. — Colocando o fone no lugar, pôs os olhos sobre mim. — Perdi o rumo da nossa conversa.

— Você estava falando das pessoas que tentaram jogar Lênin contra você — lembrei-lhe.

— Sim, sim, é o preço que se paga pelo sucesso. — Stálin imergiu, acendendo ainda outro cigarro na brasa do que se tinha queimado perto dos lábios. — Tentaram jogar Lênin contra mim e quase foram bem-sucedidos. Dez anos mais tarde os mesmos sacanas estavam nisso de novo, tentando jogar a minha própria mulher contra mim. — Pude perceber que a simples menção a sua esposa tinha-lhe despertado fortes emoções. Seu semblante se enrugou de dor, seus olhos se contraíram irritados: — Nosso casamento nunca foi um mar de rosas, como eles dizem. Para começar, eu era 22 anos mais velho e, a seus olhos, uma figura mais de pai do que de amante. Ela me deixou uma vez, fugindo para Petrogrado com os filhos, mas fui atrás dela e a persuadi com mil agrados a voltar para casa. E então, no início da década de 1930, com a coletivização a caminho e ninguém inteiramente seguro de como as coisas iriam ficar, Bukhárin lhe encheu a cabeça com histórias da carochinha de crianças morrendo de fome com estômagos vazios e mendigando nas estações de trem, de uma escassez de víveres organizada pelos soviéticos se espalhando pela Ucrânia, de deportações em massa, de execuções sumárias. Olhando para trás, posso ver que Bukhárin envenenou nosso casamento. Nadejda e eu discutimos amargamente. Eu rechaçava suas acusações, citando a orientação de Lênin, não que ele próprio atuasse nesse sentido, sobre a necessidade de os camponeses passarem um pouco de fome. O segredo, disse ele, é você não perder a sua fibra. Os camponeses que resistiram à coletivização, que destruíram seu gado, seus cavalos e grãos, calcularam que nós perderíamos a fibra e iríamos alimentá-los. Zinóviev e Kámenev, como Bukhárin e Nadejda, estavam perdendo a sua, mas eu não perdia a minha. Era o mesmo Stálin que arriscava a pele assaltando bancos no Cáucaso, que em Tsáritsin meteu os comandantes bolcheviques derrotistas numa barca e a afundou no Volga, afogando todos os traidores e salvando a cidade dos Brancos. As coisas entre mim e Nadejda chegaram a um ponto crítico no banquete do Krêmlin que comemorava o 15º aniversário da Revolução. — Stálin sacudiu a cabeça com desolação. — Isso foi oito meses atrás, mas a cena está tão fresca na minha mente que podia ter acontecido ontem.

— O que aconteceu?

— Percebi que Nadejda estava numa de suas crises de maior mau humor no momento em que coloquei uma polca no gramofone americano. Anastás Mikoian, meu companheiro armênio no Politburo, atravessou a sala afetadamente e ofereceu os braços a Nadejda para dançar, mas ela virou-lhe as costas com insolência. Anastás, que com o pequeno bigode à Hitler se julgava um dândi, deu de ombros ante o insulto e acabou dançando com a esposa de Vorochílov, Iekatierina. Nadejda foi rude com meu velho amigo georgiano Beria, o tchekista responsável pela limpeza dos subversores em todo o Cáucaso, quando tentou conversar com ela (uma vez ela alegou que ele era conhecido por ter um fraco pelo estupro das jovens atletas, mas eu não tive nenhuma razão para acreditar que isso fosse mais do que um grão para o moinho da tagarelice no Krêmlin). Eu explorava a sala, tendo uma pequena conversa com Bukharchik, que é como chamava Bukhárin (gosto de dar a cada um da minha roda um apelido), caçoando da diferença de idade entre ele e aquela gostosa da Anna Larina, que ele claramente estivera cortejando. Lembro-me de lhe dizer *Você dessa vez me superou*, alusão a estar comendo alguém ainda mais jovem do que o era a minha Nadejda quando fiquei com ela. Por mais estonteante que fosse Anna Larina, não chegava aos pés da minha esposa, que estava particularmente bela na noite do banquete. Trajava o vestido preto bordado com pétalas de rosa, que o irmão Pavel trouxera de Berlim. Dessa vez, arrumara o cabelo, prendendo nele uma flor. Quando nos cansamos de dançar e de cantar canções georgianas, deixamo-nos levar para a longa mesa abarrotada de terrinas de sopa e travessas de peixe salgado e cordeiro, juntamente com garrafas de vodca com gelo. Eu me sentei ao meio da mesa, perto da atriz de cinema Galina Iégorova, esposa de um comandante do Exército Vermelho que fora convenientemente despachado para dirigir uma região militar da Ásia Central. Na noite do banquete, Galina usava um de seus vestidos de estilo decotado que você encontra nas revistas francesas. Você já a viu na tela? Ela não é lá grande coisa como atriz, mas tenho condições de testemunhar que é muito boa de cama. Nadejda se sentou no outro lado, presenteando-me com olhares ciumentos toda vez em que eu deixava meus olhos passear nas tetas de Galina. Por algum motivo, Molotov e Iágoda começaram a se vangloriar dos vertiginosos sucessos do nosso programa de coletivização. Lázar Kaganóvitch, meu comissário nas estradas de ferro, acabara de voltar do norte do Cáucaso, onde organizara vagões de gado para embarcar para a Sibéria os camponeses que se recusavam a se reunir nas áreas coletivas. Kocherovitch, como apelidei Lázar, de modo que ninguém esquecesse suas raízes israelitas, puxou do bolso uma nota de papel e começou a desenrolar os números: *Ucrânia: 145 mil; Norte do Cáucaso: 71 mil; Baixo Volga: 50 mil; Bielorrússia: 42 mil; Oeste da Sibéria: 50 mil; Leste da Sibéria: 30 mil.* Tentei calá-lo, mas ele estava bêbado demais para perceber os sombrios olhares que eu mandava em sua direção. Nadejda perguntou, do lado oposto da mesa: *O que são esses números, Lázar?* Os olhos dele estavam vidrados de álcool e ele não podia ver a tempestade que chegava. *Ora, deportações, o que mais?*, respondeu ele. Tentei distrair Nadejda com um brinde. *À destruição dos inimigos do socialismo*, gritei, erguendo o copo. Todos ao redor da mesa levantaram os copos e repetiram o brinde. Todos, com exceção da minha Tatochka. Ficou lá sentada num silêncio que fervia, olhando-me fixamente do outro lado da mesa com o que apenas posso descrever como ódio nos seus olhos. Se, como dizem os camponeses, o olhar pudesse matar, eu teria sido fulminado imediatamente. *Por que não bebe?*, perguntei. *Você é a favor ou contra os inimigos do socialismo?* Quando ela desviou o olhar sem responder, meu temperamento georgiano levou a melhor e eu joguei nela um punhado de cascas de laranja. *Ei, você, beba!*, berrei. E Nadejda, me humilhando na frente de todos, berrou de volta: *Não me trate com ei!* E em seguida transformou o insulto em injúria, deixando o banquete zangada. O que eu podia fazer? Ela me ofendera na frente do Politburo inteiro. Você podia ter ouvido um alfinete cair quando me acomodei de novo na cadeira. Tentei justificar o incidente, como uma rusga doméstica. *Sou casado com uma boba*, disse, arremessando o toco do cigarro sobre a cadeira vazia no lado oposto. *Todas as mulheres são rasgadas*, gesticulei em direção aos genitais da atriz perto de mim, *e por alguma razão desconhecida até para Marx, nós nos tornamos prisioneiros desse rasgo, servimos à pena de prisão perpétua.* Iágoda teve o bom senso de rir, os outros seguiram-lhe o exemplo e logo todos urravam em gargalhada. Todos, menos eu. Não estou entediando você, estou, Mandelstam? Você quer ouvir o resto ou preferiria voltar para a sua cela?

— Não estou nada entediado.

— Quando os convivas se dispersaram, joguei meu casacão do Exército sobre os ombros e levei Galina num dos Packards para a minha datcha fora de Moscou, em Zubalovo. Passamos juntos algumas horas desagradáveis: ela estava preocupada com a possibilidade de que Nadejda, num ataque de ciúme, pudesse prendê-la. Tive de lhe garantir que eu era o único que podia autorizar a prisão de alguém na superestrutura. Ainda assim, o estrago estava feito. É difícil foder uma mulher que não está molhada de desejo, de modo que nós acabamos jogando bilhar. Nas primeiras horas da manhã, Vlássik levou-me para casa através das ruas desertas de Moscou, enquanto eu cochilava no banco de trás. Acordei quando passamos pelos portões Tróitski para entrar no conjunto do Krêmlin. Lembro-me de que caía uma neve branda. As pegadas dos hóspedes que haviam deixado o banquete há algumas horas já estavam apagadas. Alguém deixara acesa, para mim, uma luz do saguão, mas ninguém estava em atividade em nosso apartamento no palácio Potiechni. É verdade que a minha raiva se acumulara. O toque de tambor diário das más notícias da Ucrânia deixava todos irritáveis. Iágoda passara adiante a notícia de que Zinóviev, Kámenev e mesmo Bukhárin estavam espalhando que Stálin se fodera: estavam me acusando de ter desencadeado a campanha pela coletivização pensando que os camponeses nos receberiam com os braços abertos, de não ter um plano para enfrentar o caos no caso de eles se mostra hostis. A grosseria pública de Nadejda, naquela noite, fora a gota de água. Entrei impetuosamente no quarto dela e a encontrei, ainda trajando o vestido negro, adormecida na estreita cama em que se retirava quando apresentava os problemas femininos que a haviam afligido desde o aborto, no meio da década de 1920. Inclinando-me sobre o leito, sacudi-a para acordá-la. *Você veio me pedir desculpas por sair com aquela prostituta?*, perguntou ela. *É você quem deve pedir desculpas por sair daquele jeito do jantar, por me envergonhar na frente dos meus colegas,* ataquei violentamente. *Se você fizer isso de novo,* ubyu*. No mesmo instante em que as palavras me saíram dos lábios arrependi-me delas. Nadejda era frágil como louça, facilmente incitada à histeria e a ataques de depressão. Foi então que ela mostrou uma pequena arma Lebel francesa que Pavel lhe tinha

* Transliteracão de palavra russa. Em port., *vou matar você.* (*N. do T.*)

dado juntamente com o vestido preto. Estava estranhamente calma quando tirou todas as balas, menos uma, do tambor do revólver, e girou-o como se pretendesse jogar roleta-russa. *Não me faça ir longe demais*, adverti. Ela cometeu o erro de me provocar. *Você foi duro com Galina esta noite? Com a cabeleireira ou com aquela garota da datilografia na última semana? Posso perceber, pela sua expressão, que não foi. Evidentemente elas contarão a todos e você será o alvo do riso de Moscou. Para alguém que se orgulha da severidade bolchevique, você é frequentemente frouxo. Olhe aqui,* disse ela, estendendo o revólver, com a coronha na frente, *prove ao mundo que você é tão duro quanto o seu alter ego, Ivan, o Terrível, que, num impulso de raiva, matou o próprio filho.* E eu o provei. No calor do momento, apontei o revólver para o coração dela, Mandelstam. Segurei-o junto a seu coração e apertei o gatilho.

— E aí? — perguntei, mal ousando respirar. — O percussor caiu numa bala?

— *E* cabe a mim saber e a você, imaginar — disse Stálin. — Os criados descobriram o corpo dela, enrijecido pelo *rigor mortis*, de manhã cedo. Havia equimoses em seu rosto, embora eu não tenha nenhuma lembrança de ter batido nela. O revólver e as cinco balas que ela tirou do tambor estavam no travesseiro, perto de sua cabeça. Vlássik subiu com um médico que estava disposto a assinar um atestado de óbito que apontava a *causa mortis* como peritonite, e que foi a versão oficial publicada no *Pravda*. Mas todos no Krêmlin ficaram convencidos de que ela cometera suicídio. — Os olhos de Stálin repentinamente brilharam com o que eu interpretei como inconsolabilidade. — Ela destruiu minha vida — disse ele, em voz tão baixa que tive de fazer força para compreender suas palavras. Ouvira-o eu corretamente? *Ela destruiu minha vida!*

Houve uma batida na porta. O guarda-costas Vlássik enfiou a cabeça dentro da sala.

— Tenho a lista de Iágoda da noite anterior — disse ele. Stálin mexeu a cabeça, chamando-o para dentro. Vlássik colocou várias folhas de papel sobre a escrivaninha. — Tanto Iágoda quanto Molotov assinaram aí — disse, destampando uma caneta-tinteiro e oferecendo-a ao *khoziain*. Stálin olhou a caneta-tinteiro desconfiadamente.

— Isso foi feito na Rússia soviética? — perguntou.

— Na Alemanha — disse Vlássik, mortificado.

Os olhos de Stálin se estreitaram de desagrado. Ignorando a caneta-tinteiro, selecionou um lápis vermelho de um pote cheio de lápis. Depois correu um dedo indicador pela lista, ocasionalmente cortando um nome, sussurrando algo a respeito de como *o terror, para ser eficiente, tem de ser fortuito,* rabiscando *Za — Aprovado*, juntamente com sua inicial no alto do canto direito de cada página, quando a terminava.

— Quem é Akaki Mgueladze? — perguntou a certa altura.

— É o abchaziano que você apelidou de *O Lobo*.

— O comissário que enviei para endireitar as coisas na Geórgia?

— É este.

Stálin traçou uma linha sobre o nome e prosseguiu. Perguntou a respeito de duas outras pessoas que não podia identificar. Quando Vlássik lhe lembrou dessas pessoas, Stálin deixou ambos os nomes na lista.

— O que temos aqui? — exclamou o *khoziain*. — Mandelstam, Óssip Emílievitch. — Ele me examinou com os olhos. — Você deve estar interessado em saber que Iágoda o incluiu para execução. Ele pode estar certo. Li o seu epigraminha de merda. Para dizer tudo, você deveria ser morto a bala por escrever um poema ruim. — Com meu coração disparado, ele fingia discutir o problema com seu guarda-costas. — O que vou fazer com esse Mandelstam? Por outro lado não quero passar à história como aquele que pôs fim à vida de um poeta russo. Por outro, ele representa um mau precedente, se me virem *tremer*: as pessoas podem me confundir com Lênin. Então, será o quê? *Executar* ou *isolar e preservar*? Fumando o cigarro enquanto pesava as alternativas, o *khoziain*, para meu alívio perene, rabiscou uma linha sobre o meu nome e, rubricando a última página, devolveu-as a Vlássik. — Diga a Iágoda que ainda não tomei uma decisão acerca de Mandelstam. Ele pode acrescentar-lhe o nome à lista de amanhã à noite. Até lá, resolverei.

— É tudo o que deseja? — perguntou o guarda-costas.

— Há uma coisa mais — disse Stálin. — Descubra o que foi feito de uma moça que conheci há tempos, chamada Pelagueia Onúfrieva.

CAPÍTULO DEZ

Zinaida Záitseva-Antónova
Quinta-feira, 17 de maio de 1934.

A ÚLTIMA COISA que eu esperava era uma recompensa, mas os Órgãos são conhecidos por tratar os colaboradores generosamente, o que se compreende como sendo um de seus meios de encorajar a colaboração. De modo que eu não posso dizer que tenha ficado surpresa quando o tchekista me abordou em meu camarim, depois do ensaio em uma noite, e anunciou: *Estamos ansiosos para mostrar nossa gratidão pela sua lealdade a Stálin e à Revolução. Não é todo dia que alguém apresenta uma prova de traição escrita de próprio punho pelo traidor.* Várias propostas saíram da boca do tchekista: um passaporte do exterior e autorização para viajar a Paris ou Roma? Melhores papéis em teatros maiores? Férias de um mês com todas as despesas pagas num daqueles suntuosos hotéis do mar Negro, frequentados pela nomenclatura? Agraciei o visitante com o que Mandelstam chamava de olhares acanhados. *Estava apenas cumprindo o meu dever de cidadã soviética,* contestei timidamente. *Não peço nada em troca.* O tchekista, um cavalheiro mais velho cujos lábios mal se moviam quando ele falava, sorriu, como se compartilhássemos um segredo.

Vários dentes de ouro em seu maxilar inferior faiscaram com a saliva. *Há certamente algum serviço que o Estado pode lhe oferecer para tornar a sua vida mais fácil,* ele insistiu. O tom de sua voz conseguiu me transmitir que a persistência da minha recusa podia ser mal interpretada. Poderia indicar que me arrependera de ter colaborado. Senti que, honestamente, não tinha nenhuma escolha senão aceitar. Razão pela qual eu desviei os olhos como que envergonhada e consenti, no tom seco que os atores usam no palco quando querem transmitir uma relutância: *talvez haja uma pequena coisa.* E levantei a questão delicada do risco de perder meu apartamento de 22 metros quadrados no edifício comunal do Arbat e minha autorização para residir em Moscou, se me divorciasse do meu marido. Ele tirou do bolso um pequeno bloco de notas e fez uma anotação para si mesmo. *Toque o divórcio para a frente,* instruiu-me. *Deixe a questão do apartamento e da autorização da residência em nossas mãos.* Levantou-se para sair. Levei-o até a porta e estendi minha mão. *Como posso lhe agradecer?* perguntei. Curiosamente, ele não a apertou. *Não há nenhuma necessidade de nos agradecer. É uma questão de honra, para os Órgãos, zelar o melhor possível pelas pessoas que trabalham para nós.* Suas palavras me apanharam de surpresa. Uma réplica saltou da minha boca antes de eu saber o que estava dizendo. *Eu não estava ciente de que trabalhava para vocês.* Ele sorriu com indulgência, ou como alguém o faria para uma criança que dissesse algo grosseiro, e disse: *Nós não acreditamos em uma colaboração casual, de uma só noite.*

CAPÍTULO ONZE

Nadejda Iákovlevna
Terça-feira, 21 de maio de 1934.

Foi a minha querida amiga Anna Andréievna quem manteve o juízo, enquanto o meu se desfazia. Quando, anos mais tarde, falamos da prisão do meu marido, Akhmátova afirmou que eu havia soluçado até os canais lacrimais se tornarem secos, momento em que comecei a soltar fagulhas contra tudo e contra todos: Mandelstam, por dizer a verdade nesse pântano de mentiras; o alpinista do Krêmlin por equiparar a arenga de um poeta a um ato contrarrevolucionário; as mariposas que se reproduziam no isolamento de feltro das nossas paredes; o vizinho Serguei Petróvitch que denunciara o bule de chá à Tcheka; eu mesma por não ter tido a coragem de induzir o meu marido a um pacto de suicídio conjunto, quando compreendi que ele estava determinado a difundir o epigrama. Sim, sim, agora vejo que nós devíamos ter nos matado no instante em que ouvimos aquela batida na porta, de madrugada. Foi apenas depois de eu me dominar que Anna e eu começamos a pensar construtivamente. Um dia depois da prisão de Mandelstam, empacotamos meias, roupas de baixo, sabonete, cigarros e 200 gramas de presunto defumado dentro de uma pequena caixa de papelão e percorremos as prisões de Moscou para ver qual podia aceitar o pacote para o prisioneiro Mandelstam. Por sugestão de Anna, principiamos com a Butirka, aonde escritores e artistas eram habitualmente levados para interrogatório. À nossa frente, na fila, estavam duas garotas pequenas, talvez de 5 e 7 anos, usando vestidos engomados e dizendo a todos que estivessem ao alcance de sua voz: *Mamãe foi presa.* Finalmente um soldado apareceu numa porta lateral e levou as crianças. Atrás de nós uma mulher dizia a outra: *Temos de mandar nossos filhos para os avós antes que aconteça isso com eles.* Depois de duas horas e meia de fila, Akhmátova e eu enfim alcançamos a janela, somente para nos mandar embora um guarda com cara de bebê que correu a lista de alto a baixo e anunciou não haver ali ninguém com o nome de Mandelstam. A Lubianka veio em seguida. Esperamos por quase duas horas sob uma chuva fina, as duas encolhidas sob um guarda-chuva quebrado, até chegarmos à janela. E, quem diria, o guarda que estava de serviço conferiu o nome sobre o pacote úmido com a lista datilografada e, sem uma palavra, o aceitou.

— Pelo menos sabemos onde ele está — disse eu, saboreando esse pequenino triunfo.

— Também sabemos que está vivo, ou estava quando alguém datilografou essa lista — disse Anna. — Eu não quis aterrorizar você quando nos afastamos da Butirka, mas, se um prisioneiro estiver morto, é uma outra razão para eles não aceitarem o pacote.

Rememorando agora, me lembro de que ambas estávamos inteiramente surpresas com o fato de *nós* não termos sido presas como coconspiradoras, uma vez que apenas esse motivo seria capaz de lhes dar maior influência persuasiva sobre Mandelstam. Tentei desesperadamente entrar em contato com Zinaida para me assegurar de que havia destruído a única cópia do epigrama de Stálin na caligrafia do meu marido, mas seja quem for que atendesse o telefone em seu apartamento comunal do Arbat dizia que ela raramente se encontrava ali naqueles dias. Depois de não lembro quantas chamadas, consegui falar com seu marido agrônomo. Evidentemente, eu não podia chegar de uma hora para outra e lhe perguntar se ela havia destruído o poema, mas extraí a informação de que ela estava ensaiando uma nova peça e certamente não havia sido apanhada pela polícia. *Você me pegou num mau momento,* disse ele. *Nós estamos nos divorciando e estou no processo de mudança daqui. Quanto a Zinaida, ela sempre evitou qualquer tipo de coisa que cheire a política, de modo que a ideia de que possa ser detida pela Tcheka é absurda. Na realidade, eles estão para lhe conceder a autorização de residência em Moscou. Se eu fosse você, a última coisa que faria é perder o sono por causa dela.*

Admitirei que fiquei aliviada ao ouvir que Zinaida não tinha sido presa; eu não seria capaz de olhar para a minha própria cara se a nossa amizade a colocasse em dificuldade perante as autoridades.

Enquanto eu estava tentando (sem sucesso, como ficou claro) contatar Zinaida, Anna entrou em contato com Boris Pasternak e lhe informou da prisão do meu marido. Ele ficou arrasado pelo remorso de não ter conseguido convencer Mandelstam a destruir o epigrama ofensivo. *Nunca encontro as palavras certas quando preciso delas,* censurou-se. Prometeu entrar em contato imediatamente com Nikolai Bukhárin, para ver se este podia fazer alguma coisa.

Insistiu comigo para fazer o mesmo. *Quanto mais pessoas falarem com ele, mais provável será que ele concorde em expor o próprio pescoço por Óssip.*

— Eu realmente preciso ter uma palavra com Nikolai Ivánovitch — disse eu à secretária de Bukhárin, uma mulher magra chamada Korotkova que meu marido descrevera (em sua "Quarta Prosa") como um *esquilo que mastiga uma noz com cada visita.*

— Você parece pálida como a morte — disse ela. — Aconteceu alguma coisa?

Pude apenas tomar fôlego e concordar com a cabeça.

— Mandelstam foi aprisionado na Lubianka — respondi.

Korotkova tinha um bom coração. Ela pegou minha mão e a apertou.

— Nikolai Ivánovitch tem uma agenda cheia esta manhã, mas vou dar um jeito de encaixar você.

E ela o fez, entre dois editores que emergiram do escritório dele rabiscando notas numa caderneta e uma mulher que esperava voltar num bonde com os lingotes de linotipo da primeira página do *Izvéstiia* trancados numa moldura de madeira. Quando me avistou, Nikolai Ivánovitch me conduziu até o sofá.

— Pasternak já veio me ver — disse com uma voz abafada (temeria que microfones tivessem sido colocados em *suas* paredes?). — O que fez agora esse seu marido? Mandelstam não escreveu algo ultrajante, escreveu?

Bukhárin era um homem franzino, com um cavanhaque avermelhado que, nos tempos mais felizes, lhe emprestava um ar arrojado. Nesses dias, ele tinha a aparência preocupada de uma pessoa com doença terminal. Fora expulso do Politburo no final da década de 1920, mas sua ausência no círculo íntimo aparentemente não envenenara sua relação com Stálin, que o sagrara editor do *Izvéstiia* e deixava-o conservar seu apartamento no Krêmlin, apesar do atrito ocasional entre eles. No entanto andavam circulando rumores em Moscou de que os dias de Bukhárin estavam contados; que, se Zinóviev e Kámenev foram levados a julgamento, o que muitos consideravam provável e não apenas uma possibilidade, para salvar suas peles eles comprometeriam Nikolai Ivánovitch, e isso seria o seu fim. Eu me senti péssima por levar meus problemas a alguém que já os tinha tantos. Mas o que eu deveria fazer? Ele ainda contava com a atenção de Stálin. Se apenas concordasse em apresentar uma palavra a favor de Mandelstam.

— Nada mais ultrajante que os poemas que você conhece — disse eu a Bukhárin, esticando a verdade de medo que ele não ousasse mover um dedo por Mandelstam, se soubesse o que estava no epigrama. — Vim até você, Nikolai Ivánovitch, como minha última e melhor esperança. — E prossegui, descrevendo a vida que Mandelstam fora reduzido a levar: pedindo dinheiro emprestado para pagar as contas, lendo os poemas em voz alta em troca de cigarros; indo atrás de editores que, quando ele conseguia passar pelas secretárias, inventavam uma desculpa qualquer para não publicar sua obra. Falei das palpitações do coração, que tinham tornado frágil a saúde de Mandelstam. Descrevi até mesmo como ele fabricara uma cópia do *Pedra* para vender a um editor que estava comprando manuscritos originais para a nova Biblioteca dos Fundos Literários. — Você ajudou o irmão de Osyia no início da década de 1920 — aleguei. — Agora, precisa decididamente ajudar Osyia.

Bukhárin escutou tão atentamente que o cigarro em sua boca queimou todo e chamuscava-lhe os lábios; teve de cuspi-lo fora e esmagar a guimba sob o calcanhar, no assoalho.

— Os tempos mudaram — disse ele. — Nesses dias, eu não estou confiante em sequer poder ajudar a mim mesmo.

Eu tinha-me preparado para partir de mãos vazias, mas as lágrimas jorraram nos meus olhos. Ele pegou um lenço e, desajeitadamente, me ofereceu.

— Controle-se, Nadejda Iákovlevna, eu lhe imploro — disse ele e, andando devagar de um lado para o outro de seu enorme escritório, bombardeou-me com perguntas: — Você tentou vê-lo?

Expliquei que, graças a Akhmátova, descobrira que estava sendo mantido na Lubianka, mas as visitas a parentes na prisão estavam fora de cogitação: eles não as permitiam há anos. Podia dizer, com base na expressão do rosto de Bukhárin, que isso era novidade para ele.

— Amparados em que artigo eles o mantêm preso?

— O habitual para prisioneiros políticos, Artigo 58 — respondi.

Bukhárin empalideceu.

— Propaganda antissoviética, atividades contrarrevolucionárias: isso é um mau sinal. Se pelo menos ele tivesse uma acusação menor... — Deixou a cogitação se dissipar, depois se voltou para mim com outra pergunta: — Qual era a posição do tchekista mais velho que prendeu Óssip?

— Que diferença isso faz?

— Quanto mais alta a patente do oficial que prende, mais sério é o caso, e pior o destino do prisioneiro.

— Ele afirmou que era um coronel.

Bukhárin sacudiu a cabeça em desespero.

— O fato de terem mandado um coronel não é bom. A maior parte dos prisioneiros de Artigo 58 é presa por capitães, majores na maioria.

O telefone em sua escrivaninha tocou. Andando em passadas largas, ele o trouxe ao ouvido. Virando-se de costas para mim e baixando a voz, falou insistentemente no transmissor. Achei que o ouvi pronunciar o nome de Mandelstam.

— Não atrase o jantar. Chegarei tarde — disse ele, e pendurou o fone no gancho.

— Era a minha esposa — declarou. — Anna Larina está abalada pelas notícias da prisão de Mandelstam, mas me pediu que não me envolvesse. Alguém tão conhecido como Óssip Emílievitch só pode ter sido preso com o conhecimento de Stálin. É provável que a prisão tenha sido instruída por ele. Minha esposa acha que há controvérsia demais entre nós sem se acrescentar Mandelstam à lista das coisas que Stálin sustenta contra mim.

Eu me levantei e lhe devolvi o lenço.

— Ela está certa, evidentemente. Foi insensível da minha parte colocá-lo nessa situação.

Bukhárin passou um braço sobre o meu ombro e me acompanhou até a porta.

— Vivemos em... — Ele fez um esforço mental para achar a palavra mais adequada. — Vivemos em tempos *difíceis*. Koba — prosseguiu, referindo-se a Stálin pelo seu nome de guerra bolchevique — não é o homem que era quando Lênin estava vivo. Ele se vê cercado de inimigos potenciais, sofre de uma desconfiança patológica, não confia em ninguém, conspira para jogar um contra o outro, para dividir e liquidar. Ele ficou do lado de Kámenev e Zinóviev contra Trótski, em seguida do meu lado contra Kámenev e Zinóviev. Quando eu já não lhe era útil, arrancou-me do Politburo e do Comitê Central. Eu lhe digo que será um milagre se qualquer dos velhos bolcheviques sobreviver.

— Obrigado por me receber, Nikolai Ivánovitch.

— Você estava certa em vir — disse ele, rapidamente. — A gente deve fazer o que pode para matar o bicho de fome.* Levantarei o assunto da prisão de Mandelstam com Koba.

Eu tive de fazer tudo para não cair em prantos de novo.

— Faltam-me palavras — murmurei.

Ele esboçou um sorriso triste.

— Vamos esperar aqui elas não *me* faltem.

---

* A expressão é a única que corresponderia, aliás literalmente, a *to starve the beast*, de largo emprego em política tributária, designando, no caso, o esforço maior possível de impedir que um Estado, ou um processo revolucionário, devore os próprios filhos. (*N. do T.*)

CAPÍTULO DOZE

Nikolai Vlássik
Quarta-feira, 22 de maio de 1934.

NÃO HAVIA NENHUM AMOR entre mim e o chamado *queridinho do Partido*, Nikolai Bukhárin. Em minha lista de merda maior de todas, ele estava no topo juntamente com aquele porteiro do Pigalle, Maksim Górki. A melindrosa reação de Bukhárin em torno da utilidade do terror vermelho, seu atraso no ritmo da coletivização, sua atitude condescendente para com o *khoziain*, sua arrogância intelectual, tudo nele me exasperava. Até Lênin, em seu famoso testamento, se sentiu obrigado a concordar em que Bukhárin era fraco em dialética. Não tenho a menor ideia da razão por que meu chefe tolera esse presunçoso filho da puta.Talvez fosse, como Iágoda uma vez deu a entender, uma atração entre opostos. Stálin era tudo o que Bukhárin não era, o que significa dizer alguém que tinha colhões para seguir seus instintos aonde estes levassem, ao contrário do frouxo marxista dos cafés, que não queria macular, na construção do socialismo, suas unhas tratadas com manicure. Por fim, presumo que a improvável amizade, se amizade era, poderia ser creditada à prolongada admiração do *khoziain* pela erudição, um gosto adquirido que remonta a sua breve temporada como seminarista, quando era jovem. Até hoje Ióssif Vissariónovitch mantém uma pilha de livros em sua escrivaninha e outra na mesinha de cabeceira, e estou aqui para lhe dizer que eles não estão ali para decoração. Muitas vezes o chefe, atormentado pela insônia, acomodava-se numa cadeira de leitura, o nariz grudado num livro sobre as guerras napoleônicas ou a Grécia antiga, os xás da Pérsia ou *O último dos moicanos*. Foi assim que o encontrei quando me aproximei com os jornais de manhã cedo. Menciono tudo isso para explicar por que, quando Bukhárin apareceu na antessala exterior do escritório de recolhimento do camarada Stálin, sem telefonar antes para requerer uma audiência, note bem, eu estava predisposto a lhe dificultar as coisas.

— Mãos ao alto — ordenei-lhe.

— Levantar minhas mãos?

— Que palavra você não entendeu? Mãos? Ao? Alto?

— Por que eu quereria levantar as mãos?

— Ninguém chega para ver o camarada Stálin sem que eu lhe apalpe a roupa à procura de armas.

— Você não está falando sério, Vlássik. Desde quando eu sou suspeito de querer assassinar Stálin?

— Eu nasci sério e fico mais ainda à medida que envelheço. Ou levanta as mãos ou vai embora.

Mortificado, Bukhárin levantou lentamente os braços sobre a cabeça. Eu exatamente com a mesma lentidão o revistei, principiando pelas axilas, conseguindo descer as calças até os tornozelos, depois de volta pela parte interna das pernas até a forquilha. Não o poupei nem um pouco. Quando terminei, ele cruzou pesadamente a porta do escritório do *khoziain*. Segui-o para dentro e assumi uma posição vigilante, com as minhas costas contra a porta, os braços cruzados sobre o peito.

— Koba, meu mais vigoroso protesto contra essa indignidade — estourou Bukhárin.

O camarada Stálin, sentado atrás da escrivaninha, empurrou para um lado a pilha de papéis do Estado embrulhada com jornal.

— De que indignidade você está falando?

— O seu guarda-costas insistiu em me revistar como um criminoso comum antes de me deixar dentro do seu escritório — disse, catabalhoadamente.

Eu estava servindo junto o *khoziain* por tempo demais para perceber que ele fez de tudo para não precisar sorrir.

— Contenha-se, Bukhartchik — disse ele, com as pontas do bigode dançando sobre as bochechas, os olhos brilhando com jovialidade. — Não é nada pessoal. Iágoda decidiu que ninguém pode ser autorizado a me ver sem primeiro ser revistado em busca de armas de fogo. Fui contra a medida, mas Iágoda insiste em ser uma precaução necessária, dada a presente situação.

— Que situação? — perguntou Bukhárin.

— Os camaradas que se encontram perto de mim são conhecidos por estar abertamente fazendo eco à crítica de Trótski à coletivização, o que deve ser visto como um ataque à liderança de Stálin.

— Desde quando se tornou um crime criticar uma política ou outra? — Bukhárin, sem-cerimônia, afundou na cadeira estofada sob a lâmpada de leitura arqueada. Uma fotografia do camarada Stálin na mesmíssima cadeira, de livro aberto sobre o colo, cachimbo numa das mãos, fora publicada alguns meses antes numa revista popular semanal. Sei desse detalhe porque uma das minhas concubinas o havia recortado e o prendeu a seu espelho de toucador. — Nos dias que se seguiram à Revolução — dizia Bukhárin — todo mundo era livre para criticar Lênin em particular. O único tabu dizia respeito a levantar o assunto em público, desafiar a infalibilidade coletiva do Partido, uma vez que uma política tivesse sido decidida.

— Não tenho absolutamente nada contra a crítica feita em particular — disse o camarada Stálin —, contanto que seja feita diante de mim e não pelas minhas costas. — Acendeu a extremidade de um Kazbek Papirosi que tinha posto entre os lábios. — Por que a cada vez que o vejo nós discutimos?

— Eu não sabia disso.

O *khoziain* deu de ombros.

— Você certamente não faria uma visita casual para comparar o estilo da chefia de Lênin com o meu. O que o traz à minha ala do Krêmlin nesse dia empapado de chuva, Bukhartchik?

Bukhárin puxou um lenço de seda de um bolso do paletó e enxugou a testa.

— Queria falar-lhe a respeito da prisão do poeta Mandelstam.

— No que se refere a Mandelstam, eu, evidentemente, não tive nada a ver com sua prisão. Iágoda, que assinou o mandado, me informou a respeito depois do fato. Aparentemente ele foi acusado de propaganda antissoviética e atividades contrarrevolucionárias, sob o Artigo 58 do Código Penal.

Bukhárin inclinou-se para a frente na cadeira.

— Mandelstam é um poeta de primeira linha, Koba, um crédito para a cultura soviética, mas de uns tempos para cá ele não esteve completamente... normal.

— Penso eu que ele confessou os delitos de que foi acusado — disse o *khoziain* a seu hóspede não convidado.

— Pasternak entrou em contato comigo sobre Mandelstam. Está extremamente amargurado com isso. Ele e Mandelstam são amigos pessoais.

Soltar o nome de Pasternak na conversa pegou Stálin desprevenido. Ele raspou a parte de trás da cadeira da escrivaninha e, tirando o cigarro da boca, levou-o à altura dos olhos e estudou a fina pluma de fumaça que subia em direção ao teto. Eu estava ciente de que meu chefe tinha certa estima por Pasternak — ela vinha da época do suicídio de sua mulher e das superficiais cartas de condolências que inundaram a imprensa. Por acaso, eu é que havia trazido os jornais na manhã em que foi publicada a notícia sobre a morte de Nadejda (atribuída, se não me falha a memória, à peritonite). Encontrei o *khoziain* num estado de ânimo abominável, com o reumatismo que latejava no braço deformado e se manteve na maior parte da noite. Folheando os jornais, ele leu em voz alta as vulgares cartas de condolências, sua voz repassada de desprezo: *Receba nossa dor pela morte de N. S. Allilúieva... uma vela brilhante tragicamente apagada... uma camarada de quem sentiremos imensa falta.* Esse tipo de coisa. E então ele deu com uma pequena carta assinada por Pasternak, que claramente se recusara a acrescentar seu nome à comunicação banal da União dos Escritores, preferindo publicar uma nota própria. O *khoziain* recortou a carta do jornal e a manteve em seu mata-borrão durante meses. Até onde eu saiba, é capaz de ainda estar lá. Posso confirmar que a carta de Pasternak, que se lia como um telegrama e exalava sinceridade, foi a única expressão de condolências que levou algum conforto ao despedaçado Stálin. Como ele se acostumou a lê-la em voz alta em minha presença ao longo de semanas, eu me lembro bastante bem do que Pasternak disse: *Um dia antes de sua morte ser anunciada, pensei profunda e intensamente em Stálin; como poeta, pela primeira vez. Na manhã seguinte, li a notícia. Fiquei abalado, como se tivesse estado lá, vivendo ao lado dele, e tivesse visto aquilo. Boris Pasternak.*

O *khoziain* recomeçou a fumar, aspirando o cigarro em curtas baforadas nervosas.

— O que Pasternak disse, exatamente? — perguntou a Bukhárin.

— Ele ficou aturdido ao saber da prisão de Mandelstam. Pediu-me para dizer a você que, numa contenda entre um poeta e um chefe político, o poeta, se sair vivo ou se sair morto, sempre vence. A História, na visão de Pasternak, está do lado do poeta.

— Foda-se o residente das nuvens — zombou o *khoziain*, usando o apelido que tinha posto em Pasternak. — Esses rimadores sempre se unem, não importa o erro que tenham cometido. — Ainda assim, eu poderia dizer, por causa de seu tom, que o chefe estava perturbado.

Bukhárin compreendeu que a intervenção de Pasternak impressionara Stálin e pôs a mão na ferida.

— Ele diz que Mandelstam não está com a cabeça no lugar. Anos de humilhação, sem ser publicado, pedindo ou tomando dinheiro emprestado para pagar as contas o empurraram para a loucura. Não se mostra sensato, não se acha responsável pelos seus atos.

O *khoziain* interrompeu Bukhárin.

— Você estaria interessado em ler o poema específico, escrito de próprio punho, que lhe motivou a acusação de propaganda antissoviética?

Bukhárin só pôde concordar com a cabeça. O camarada Stálin puxou um papel dobrado de dentro do bolso da túnica e o empurrou para cima da escrivaninha. Bukhárin estendeu o braço para buscá-lo e, desdobrando o papel, principiou a ler enquanto o *khoziain*, sorrindo com cruel satisfação, emitia frases de cor. *Alpinista do Krêmlin... assassino e massacra os camponeses... dedos gordos como larvas... em chumbo, cai-lhe o verbo... bigode de barata.*

Eu tinha ouvido de Iágoda que Mandelstam fora preso por um poema ultrajante, mas até aquele momento não tinha nenhuma ideia do que ele continha. O conteúdo também deve ter caído sobre Bukhárin como uma granada explosiva. A cor literalmente se lhe escoou das feições, deixando-o tão pálido quanto uma pera descascada. Quando levantou os olhos, parecia em estado de choque.

— Eu não fazia ideia... ninguém me disse... Imaginei que ele estivesse divagando. Eles deram a entender que não era nada mais ultrajante do que o que Mandelstam escrevia habitualmente. — Bukhárin se recompôs. — No entanto, Koba, este poema somente corrobora a posição de Pasternak. Nenhuma pessoa sã podia ter escrito estes versos. São prova de sua loucura.

— Por quê?

— Por quê?

— Sim, por que esses versos são prova de loucura?

Do meu lugar, no fundo da sala, quase pude ver as rodas dentadas girando na cabeça de Bukhárin. Ele compreendeu que não era apenas a vida de Mandelstam que estava em perigo, mas a de Bukhárin.

— Os versos são prova de loucura porque são incorretos, Koba. Ele não apresenta uma argumentação racional de que se possa discordar. Lançou mão da injúria da pior espécie. Isso prova a irracionalidade, e a irracionalidade deve ser vista como um sintoma de loucura.

— Você cometeu um grande equívoco ao interferir neste caso — disse friamente o *khoziain*. — Não vou esquecer isso.

Bukhárin, deve-se reconhecer, tinha colhões.

— Houve momentos em que você me agradeceu por interferir — devolveu Bukhárin. — Ainda tenho o revólver que você me deu com a inscrição *Ao chefe da Revolução Proletária N. Bukhárin, de I. Stálin.*

Meu chefe respondeu irritadamente:

— Se você quer falar a respeito dos seus méritos do passado, ninguém pode tirá-los de você. Mas também Trótski os tinha. Falando cá entre nós, poucos tinham tantos méritos, antes da Revolução, quanto Trótski. — O *khoziain* apontou o indicador para Bukhárin. — Eu terei que negar se você repetir o que eu disse. — Ele acenou com o dorso da mão boa para indicar que a audiência havia acabado. Eu agarrei a maçaneta e abri a porta. Bukhárin se levantou.

— Você não é o revolucionário que conheci quando nos juntamos a Lênin para mudar o mundo, Koba — disse ele. — Você costumava ser grato ao apoio de seus camaradas bolcheviques.

— A gratidão é uma doença de cachorro — atirou de volta Stálin.

Bukhárin olhou Stálin por um instante, como se pretendesse dar a última palavra. Em seguida, balançando a cabeça com desagrado, passou por mim apressadamente.

Quando Bukhárin se foi, o *khoziain* fez um gesto para que a porta fosse fechada.

— Não é todo dia que você vê alguém assinar sua própria sentença de morte — observou. — A respeito de Mandelstam: a merda é que Pasternak provavelmente está certo. A História é uma rameira, e a rameira está do lado dos malditos poetas. — Levantou os olhos. — Procure falar com Iágoda, Vlássik. Diga-lhe para não botar Mandelstam na lista noturna outra vez. Vamos pregar nele um "menos 12": afastá-lo das 12 maiores cidades por alguns anos. Isso lhe dará tempo para superar sua loucura. Quando recobrar o juízo, nós o mataremos por causa de sua sanidade mental.

A essa altura o *khoziain* (eu direi o que aconteceu e deixarei você imaginar o que significa) tirou o cigarro dos lábios e triturou-o no dorso da mão. É algo que o chefe deve ter adquirido durante seus anos na Sibéria. Os verdadeiros criminosos, que cumpriam penas de anos por homicídio, faziam isso para mostrar aos prisioneiros políticos como eram durões. Olhando para a marca queimada, meu chefe balançou a cabeça, como se o gesto lhe trouxesse lembranças. Então ele expressou algo que me confundiu quando o disse e ainda tem menos sentido para mim agora. O que disse foi:

— Ninguém é inocente, Vlássik. Nem Mandelstam, nem Pasternak, nem essa prostituta da Akhmátova, nem Bukhárin, nem mesmo você. Ninguém.

CAPÍTULO TREZE

Boris Pasternak
Quinta-feira, 23 de maio de 1934.

POUCAS COISAS ME DESANIMAVAM mais que um desentendimento com Akhmátova, provavelmente porque ela se mostrava certa mais frequentemente que eu, algo que eu só compreendia depois de ela desligar o telefone. Para contribuir para o meu estado de irritação, eu compartilhava o velho apartamento do meu pai com seis outras famílias cujas crianças produziam uma tal algazarra no corredor comunal que mal se podia entender o que o interlocutor estivesse dizendo. Imagine a cena: eu estava ali, em pé no cubículo do telefone no corredor, descalço após ter corrido do toalete comunal para atender um telefonema, com os suspensórios batendo em minhas canelas, o telefone comprimido contra a orelha, as crianças galopando de um lado para o outro e chutando uma bola feita de velhos trapos amarrados com barbante, e eu gritando no bocal, pedindo a Anna para repetir o que acabara de dizer. Mas evidentemente ela havia acelerado para apresentar outro ponto que pode ter tido ou não qualquer coisa a ver com seu ponto anterior. A prisão de Mandelstam tinha-nos deixados todos aflitos, e Anna estava se censurando, e também a mim, e cada um dos membros da União dos Escritores, por não cumprir nosso dever como poetas, em agudo contraste com Óssip Emílievitch, que apodrecia na prisão por resistir à pressão a que o resto de nós se submeteu. *Defina o que você quer dizer com o dever de um poeta?*, eu berrei. *Dizer a verdade*, berrou ela de volta. *Você não pode falar muita verdade dentro do túmulo*, retaliei, mas Anna provavelmente jamais me ouviu.

Akhmátova estava empenhada em dizer a verdade, evidentemente. O que eu tinha valorizado acima de tudo na Revolução, voltando ao tempo em que eu valorizava a Revolução, era seu aspecto moral: cheguei a alimentar a ideia de que a vida faria uma reviravolta para melhor, de que a arte ficaria livre para cortar fundo, que os artistas poderiam concordar em discordar e ainda reverenciar um ao outro (recordo Maiakóvski, uma vez, lançando um longo braço sobre o meu ombro depois de uma amarga discussão e dizendo: *Nós somos realmente diferentes, Boris: você adora o relâmpago no céu, eu o adoro num ferro de passar*). Atualmente, já não é possível acolher a ilusão de que amanhã será melhor do que hoje nem de que hoje foi um melhoramento em relação a ontem. E essa percepção mudou a minha vida como artista. Pois, desde que me entendo por gente, eu tinha me devotado à poesia, à arte mais próxima de representar a linguagem, codificar a escrita e outros sistemas de comunicação. Agora eu me deixava levar para o lado da opinião de que a vida se tornara complicada demais para a poesia lírica expressar a imensidão da nossa experiência; de que o que atravessáramos era mais bem apreendido pela prosa. Sonhava em escrever um romance que fechasse a minha obra, como a tampa de uma caixa. Sonhava em escrever um romance que subjugasse minha incoerência como poeta e mostrasse como a Revolução Russa tinha varrido tudo o que estava estabelecido, tudo o que estava instalado, tudo o que tinha relação com o lar e com a ordem. Mas estou desviando-me do assunto: Akhmátova fora de si de tanta ansiedade em torno do destino do nosso querido amigo Mandelstam, Pasternak tentando defender-se contra ataques que nunca foram lançados, e ambos oprimidos pela culpa, porque Óssip estava dentro da Lubianka e nós estávamos fora.

Algumas horas se passaram. Descanso esticado no sofá-cama da metade do antigo estúdio de pintura do meu pai que fora separada com tabique e repartida comigo, acendendo o meu quinto cigarro do dia, esperando ainda limitar-me a seis até a meia-noite, quando um dos meus vizinhos me gritou que eu recebera outro telefonema. Presumi que fosse Akhmátova, ligando outra vez para se desculpar por coisas de que nenhum de nós podia se lembrar de ela ter dito. As crianças, graças a Deus, estavam brincando na outra extremidade do corredor quando peguei o telefone.

— Pasternak?

— O próprio.

— É Aleksandr Poskrióbichev. Você está com papel e lápis?

— Um segundo. — Abri a gaveta com força e achei o caderninho de mensagens e um lápis. Por algum motivo, puxei meus suspensórios para cima, fazendo-os estalar sobre meus ombros. — Pronto — disse eu ao telefone.

— Vou dar a você o número de um telefone privativo do Krêmlin. Disque-o dentro de três minutos. — Ele leu o número e me fez repeti-lo para se certificar de que o anotara corretamente. Sem qualquer outra palavra, desligou.

Meu coração disparava. Por que o *chef de cabinet* de Stálin me ligaria? E quem eu encontraria na outra extremidade da linha quando discasse o número do Krêmlin? Puxei o meu relógio de bolso de dentro da calça e o olhei fixamente na outra mão, convencido de que ele adquirira uma velocidade de lesma; de que, em sua velocidade atual, um dia duraria 48 horas, o que deixaria mais difícil uma pessoa se limitar a seis cigarros. Quando achei que se haviam passado três minutos, disquei o número. Estava tão tenso que o errei na primeira vez e tive de ligar de novo. Alguém atendeu imediatamente.

— Reconhece a minha voz, Pasternak?

— Não.

O homem na outra extremidade da linha riu calmamente.

— É Stálin. Quero falar com você a respeito de Mandelstam. Quero que saiba que não autorizei sua prisão.

As crianças estavam novamente chutando bola no lado de cá do corredor e berrando enquanto corriam atrás dela.

— Não posso ouvi-lo muito bem. Há crianças jogando no corredor. Você pode repetir o que disse?

Stálin falou mais alto:

— Eu não autorizei a prisão de Mandelstam. Quando fui informado disso, achei uma vergonha. Estou ligando para fazer com que você saiba que o caso de Mandelstam está sendo revisto no mais alto escalão. Tenho a impressão de que tudo vai ficar certo com ele.

— O fato de você manifestar um interesse pessoal pelo assunto reconfortará muitos artistas e escritores — gritei.

As crianças tinham passado. Ouvi Stálin dizer claramente:

— Mas ele é um gênio, não é?

— Não é esse o problema — disse eu.

— Qual é o problema? — perguntou ele.

Meu cérebro se inundou de possibilidades. Talvez Óssip, afinal, *estivesse* errado, talvez eu estivesse certo. Talvez Stálin estivesse vivendo numa bolha, ignorando o que os tchekistas estavam fazendo no mundo real fora do Krêmlin. Se ao menos alguém pudesse inteirá-lo da fome, das prisões, das execuções, das deportações.

— Ióssif Vissariónovitch, eu decididamente preciso falar com você.

— Você está falando comigo.

— Quero dizer cara a cara. Quero dizer de homem para homem.

Ele hesitou.

— A respeito do quê você quer falar?

Eu disse estupidamente a primeira coisa que me veio à cabeça.

— A respeito da vida, a respeito da morte.

Apertei o receptor contra o meu ouvido, tão fortemente quanto podia, de modo a não deixar escapar sua resposta. Pensei que podia ouvir a respiração de Stálin. E aí a linha ficou muda. Continuei escutando para estar certo de que não havia nenhum engano, o tempo todo me repreendendo por não ter encontrado as palavras certas, por ter deixado fugir a oportunidade de uma vida inteira com a minha falta de jeito. Cortei a conexão com um dedo, depois levantei o fone até o meu ouvido e esperei pelo ruído de discar. Quando o ouvi, disquei o número do Krêmlin novamente. Tocou 16 vezes antes de alguém responder.

— Ióssif Vissariónovitch — gritei. — Peço-lhe que me dê um momento para eu explicar...

— Aqui é Poskrióbichev.

— Pode colocar-me em contato com Stálin, por favor?

— Impossível. Ele já não está em Moscou. Não disque este número novamente. Foi ativado para um só telefonema e não existirá mais depois de eu desligar. Você compreende, Pasternak?

— Compreendo. — E ouvi a linha emudecer outra vez.

CAPÍTULO CATORZE

Fikrit Shotman
Sábado, 25 de maio de 1934.

DESDE A ÉPOCA DE VIENA, onde, como posso ter mencionado, ganhei a medalha de prata do levantamento de peso, fiquei acostumado com as lâmpadas de magnésio espocando na minha cara. Para dizer a verdade, eu não me importo com elas. Mas isso me faz sentir importante. Desse modo, enquanto os meus corréus no julgamento cobriram os olhos com os braços quando entramos no corredor de Outubro, no andar de cima da Casa das Uniões, eu sorri e acenei para deixar todo mundo saber que, embora me confessando culpado, era inocente no sentido de não saber de que era culpado até que Kristóforovitch me instruísse sobre isso. Com suas altas janelas, cortinas douradas e candelabros de cristal, era a sala mais chique em que tinha pisado, mas resolvi não dar com a língua nos dentes sobre o que sentia no fundo. Quando avistei os três juízes envergando suas togas pretas e sentados em tronos de espaldar alto, sobre um tablado, levantei a mão direita e os saudei no estilo dos camponeses do Azerbaijão. A julgar por seu sorriso estranho, eles não se mostraram indiferentes a meus costumes das montanhas. A sala do tribunal estava transbordando de espectadores: havia-os em maior número do que os que apareceram em qualquer dos dias para assistir à apresentação do brutamontes do circo. Tentei contá-los, mas parei quando cheguei a uma centena (havia facilmente o tripo disso), o que é até onde eu conto sem a ajuda de Agripina, que eu estava emocionado em ver sentada na primeira fila, ladeada por homens de ternos pretos. Eu acenei para ela e ela sorriu de volta, com um dos sorrisos forçados que dava quando estava realmente triste. (Tinha a ideia maluca de que sorrir podia tirar a tristeza de seu coração, da maneira como o sumo de uma cebola podia tirar uma verruga da planta do pé de uma pessoa.) Reconheci oito ou dez rostos na sala do tribunal. A mulher que copiara minha confissão estava ali, juntamente com diversas funcionárias com que me encontrei quando elas me levaram à loja de roupas da Lubianka a fim de me fornecer um terno para o julgamento. Kristóforovitch estava ali, sorrindo e encorajando com o balançar da cabeça. Avistei ainda o lutador Islam Issa contra uma parede perto da galeria recuada de janelas coloridas, na parte de trás onde a orquestra costumava tocar para os aristocratas antes de a nossa Revolução despedir os aristocratas. Kristóforovitch me confidenciou que o próprio camarada Stálin, às vezes, assistia aos julgamentos por trás das janelas coloridas. O camarada interrogador sabia disso porque a senhora da limpeza mencionou cinzeiros cheios de seu cigarro favorito, Kazbek Papirosi. Sentados no fim da fileira de Agripina estavam os jornalistas estrangeiros. Você podia dizer que eram estrangeiros pelas lapelas em seus ternos e pelo fato de que se sentavam com as pernas cruzadas, algo que, se praticado por um jornalista soviético na situação oficial de um julgamento, seria visto como desrespeito. O procurador-geral A. Vichínski, que (como qualquer criança de escola sabia) antigamente compartilhou com o camarada Stálin os cestos de alimentos fornecidos pelos pais ricos quando os dois estiveram juntos no cárcere, estava em pé inclinado sobre a barra em semicírculo, no lado oposto do meu, estudando folhas de papel numa pasta de arquivo.

Quanto aos meus companheiros de prisão, nunca fomos realmente apresentados. Fomos reunidos na cela de controle, no subsolo, aproximadamente uma hora antes do julgamento. Só fiquei conhecendo seus nomes quando o procurador-geral Vichínski os chamou para o julgamento.

— Knud Trifimovitch Ignátiev. — O homenzinho à minha direita, que vestia um terno folgado com uma camisa suja abotoada até o pescoço, com um bigode bem aparado exatamente como o do camarada Vichínski, se levantou.

— Sou eu, Excelência — disse ele.

O camarada Vichínski leu as acusações contra o indiciado Ignátiev — subversão, traição, atividades contrarrevolucionárias em violação do Artigo 58 do Código Penal.

— Como o senhor se declara?

— Culpado.

— Por gentileza, diga à corte — disse o camarada Vichínski, examinando o acusado através de seus óculos de aros de chifre, e com a voz exalando desprezo — como um cidadão russo como o senhor termina com um nome como Knud.

— Minha mãe era dinamarquesa e meu pai, russo. Fui batizado Knud em homenagem a meu avô materno.

O camarada Vishinski virou-se para Suas Excelências os juízes.

— Como os senhores podem ver, a conexão do acusado Ignátiev com a Dinamarca é pertinente às acusações contra ele. — Ele se voltou de novo para o acusado, que estava se agarrando à barra para se equilibrar. — Na sua qualidade de bibliotecário-chefe do maior distrito de Moscou, quantas bibliotecas o senhor dirigia?

— Além da grande Biblioteca Lênin e de quatro bibliotecas universitárias, eu era o responsável por 47 bibliotecas de bairro.

— Em seu papel como diretor de todas essas bibliotecas, estou certo ao afirmar que o senhor era responsável pela destruição dos livros que fossem considerados subversivos?

— Está certo, camarada procurador-geral.

— E como o senhor era alertado para o fato de que as autoridades responsáveis consideravam certos livros subversivos e por isso deviam ser destruídos?

— Em intervalos semanais, eu recebia uma lista datilografada do escritório do comissário para assuntos culturais. Em duas ocasiões recebi uma nota do próprio camarada Stálin indagando por que esse ou aquele livro ainda estava disponível para o público em geral.

— Então, o que aconteceu?

— Em companhia de uma assistente, visitei as bibliotecas no pequeno furgão destinado ao meu departamento e recolhi os volumes ofensivos. Dirigi para uma das usinas de manejo dos dejetos nas cercanias de Moscou e supervisionei pessoalmente a destruição dos volumes ofensivos.

— Eles foram queimados nos incineradores, não é verdade?

— É verdade, senhor procurador-geral.

— No dia 12 de março deste ano, o senhor foi preso supervisionando a destruição de volumes na... — o procurador-geral curvou a cabeça para ler a folha da acusação na pasta — na estação de sucata na rodovia Iároslav. Pode contar à corte por quê?

— Incluídos nas caixas de papelão de livros assinalados para a destruição estavam 17 exemplares das obras reunidas de Lênin e 8 exemplares das obras reunidas de Stálin.

O camarada Vichínski voltou-se para a bancada do procurador-geral e levou a caixa para perto do acusado.

— O senhor poderia ter a gentileza de contar à corte, Knud Trifimovitch Ignátiev, como chegou a destruir os textos amplamente admirados do camarada Lênin e do camarada Stálin?

— Sou membro do centro antibolchevique de base trotskista sediado em Paris. Estava cumprindo ordens específicas passadas para mim pelo filho de Trótski, Sedov, durante um encontro em Copenhague, Dinamarca, aonde eu fora, com permissão do Partido, para assistir ao sepultamento do pai da minha mãe, o Knud em homenagem a quem fui batizado.

O camarada Vichínski relanceou de novo a folha da acusação.

— Esse encontro ocorreu a 14 de fevereiro de 1934, às 15h30 da tarde, no hotel Bristol. Está certo?

— Não.

As pessoas na sala do tribunal murmuraram. A boca do camarada se entreabriu. Os três juízes do tablado conferenciaram em voz baixa. O camarada procurador-geral verificou a folha da acusação.

— O senhor reconheceu, sob interrogatório, que se encontrou com o filho de Trótski, Sedov, no hotel Bristol. Está desdizendo sua confissão, acusado Ignátiev?

— Excelências, descrevi meu encontro com Sedov num hotel de Copenhague. Jamais mencionei o Bristol. Isso deve ter sido acrescentado pelo estenógrafo ou pelo interrogador. Não posso ter encontrado Sedov no Bristol, a 14 de fevereiro de 1934, porque o hotel, que conheci bem, foi demolido em 1917.

O camarada Vichínski se voltou para Suas Excelências no tablado.

— É desnecessário dizer que não importa em *qual* hotel o encontro aconteceu. O aspecto importante, que se caracterizou sem qualquer sombra de dúvida, é que o acusado Ignátiev recebeu suas ordens de subversão diretamente do filho de Trótski, Sedov, num hotel de Copenhague. — Ele se voltou de novo para o acusado: — Por que Sedov quis que o senhor destruísse os textos assinados por Lênin e Stálin?

— Fiz essa mesma pergunta a ele — depôs Ignátiev, com uma voz fraca. — Ele disse que livrar as bibliotecas de Lênin e Stálin era a primeira fase da contrarrevolução rigorosamente planejada que seria desencadeada por Trótski. Por uma casualidade, fui detido antes de que o programa de destruição nas bibliotecas pudesse chegar a um pleno funcionamento. Stálin, juntamente com o senhor procurador-geral e outros membros da liderança soviética deveriam ser eliminados, depois do que nós, trotskistas, restabeleceríamos o capitalismo na Rússia.

Houve gritos irados na multidão, de *Vergonha! A morte é boa demais para o traidor!* O tom do camarada Vichínski se suavizou.

— O senhor confirma, acusado Ignátiev, que sua confissão é voluntária, que o senhor não foi coagido de qualquer maneira ou forma pelos interrogadores designados para seu caso?

— Sim, confirmo-o.

— O senhor confirma a exatidão de sua confissão voluntária?

— Com a exceção do hotel Bristol, confirmo-a.

— Mais uma coisa — disse o camarada Vichínski. — Tenha a gentileza de contar para a corte como os membros do centro antibolchevique de base trotskista sediado em Paris deviam se reconhecer um ao outro.

— O símbolo de reconhecimento era a torre Eiffel. Podia ser um adesivo em uma valise ou pasta, um broche da torre Eiffel na botoeira de uma lapela, uma miniatura colocada casualmente em uma mesa ou aparador no escritório ou apartamento de alguém.

O camarada Vishinski regressou à bancada e tirou da pasta outra folha de acusação.

— Galina Iégorova — chamou.

A mulher, que se sentava entre mim e Ignátiev, se levantou lentamente. Imaginei que trajava o vestido que trazia na hora de sua prisão. Digo isso porque, como o terno de Ignátiev, estava muito amarrotado, a bainha da longa saia suja como se estivesse varrendo o chão há semanas. Além disso, o vestido tinha um corpete decotado e não soviético, que era um insulto à modéstia bolchevique. Se Agripina se apresentasse com um traje como este, por mais que a amasse ela sentiria o peso da minha mão.

— A acusada Iégorova, esposa do comandante do Exército Vermelho até recentemente responsável por uma região militar da Ásia Central, é acusada de injúria antissoviética, traição e atividades contrarrevolucionárias em violação do Artigo 58 do Código Penal. Como a senhora se declara?

Quando ouvi o procurador-geral dizer seu nome, ocorreu-me que era essa a senhora de que mais se falava na Lubianka. O mexerico da prisão se referia a uma reclusa que era não apenas uma conhecida atriz de cinema, como também uma amiga pessoal do camarada Stálin. (Eu não poderia deixar de imaginar que, se ele estivesse sentado atrás das janelas coloridas, no fundo da sala do tribunal, observando-a, poderia me reconhecer do tempo em que me apertou a mão no Krêmlin.) Veio-me à cabeça uma coisa que Agripina disse uma vez, quando o diretor do nosso circo foi preso por desviar dinheiro dos ingressos: *Como os poderosos têm caído*. A mesma coisa era claramente verdadeira para a pobre senhora que apoiava o peso sobre a bancada perto de mim, para impedir que caísse de joelhos. Ela parecia estar lá pelos 40 que vão chegando aos 60, se é que me entende. A pele de seu rosto estava branca como a de um palhaço, os olhos estavam apavorados, os seios caíam tão mal dentro do corpete que a gente ficava querendo afastar a cabeça do constrangimento. Ela semicerrava os olhos, como se estivesse tendo dificuldade para concentrá-los no procurador-geral e em Suas Excelências, os juízes. Ouvi-a dizer, numa voz rouca:

— Culpada.

Um dos juízes gritou:

— A senhora terá de falar alto.

— Eu me confesso culpada das acusações feitas contra mim — disse a senhora, com uma voz mais alta.

Novamente o camarada Vichínski saiu de trás da bancada do procurador e se aproximou da acusada:

— Galina Iégorova, a 16 ou mais ou menos nesse dia de março deste ano, numa reunião de coquetel que comemorava a conclusão do seu último filme, ouviu-se a senhora dizer — ele inclinou a cabeça para o papel que tinha nas mãos —: *Com todos esses terroristas soltos em Moscou tentando matar Stálin, é surpreendente que ainda esteja vivo*. Foram estas as suas palavras?

— Elas foram retiradas do contexto.

— Esta é sua última advertência — disse o juiz. — Fale alto ou a prenderemos por desacato a esta corte.

— As palavras foram retiradas de seu contexto, Excelência. Não foi minha intenção lançar dúvida sobre as histórias do *Pravda* referentes a terroristas que se sabia estarem atuando em Moscou, ou sobre os julgamentos de terroristas que reconheceram tentar assassinar integrantes do governo. Eu estava apenas aventando que, com todos esses terroristas agindo na cidade, era *surpreendente*, como se fosse um *milagre*, que, graças à vigilância dos nossos tchekistas, eles não tivessem sido bem-sucedidos em assassinar o nosso querido Ióssif Vissariónovitch.

No tablado, os três juízes juntaram suas cabeças. O juiz chefe apresentou uma ponderação:

— Acusada Iégorova, não pode favorecer o seu caso a senhora referir-se a nosso estimado governante por seu nome e patronímico. Fora de seu círculo íntimo de colegas e amigos, ele é conhecido como camarada Stálin.

Iégorova baixou os olhos.

— Não cometerei o mesmo engano uma segunda vez, Excelência.

O camarada Vichínski disse:

— Se a corte o achar conveniente, oferecerei como prova a confissão assinada do marido de Iégorova, que foi preso sob a acusação de alta traição em janeiro e esteve, desde então, colaborando com o interrogador. — O camarada Vichínski pôs uma pasta sobre a mesa, em frente dos juízes.

— Que entre para os registros — observou o juiz chefe, e começou a folhear a pasta, passando páginas para os outros juízes quando acabava de lhes passar os olhos.

— O comandante Iegorov, do Exército Vermelho, confessou ser um agente do centro antibolchevique de base trotskista sediado em Paris — continuou o camarada Vichínski. — Ele admitiu que organizava uma insurreição contrarrevolucionária na região militar da Ásia Central de que era o comandante. Envolveu também a esposa, a acusada Galina Iégorova, na trama pela subversão da ordem existente e restauração do capitalismo, sob o governo do arquitraidor Leon Trótski. — O camarada procurador-geral, distraidamente, limpou as lentes dos óculos com a ponta da gravata. — Faça a gentileza de contar à corte qual era o seu papel preciso na conspiração contrarrevolucionária.

— Por que o senhor não o depreende da confissão de meu marido? Melhor ainda, por que não coloca o meu marido na tribuna das testemunhas e não o deixa descrever ele próprio o meu papel?

Houve um murmurar do público em resposta à arrogante manifestação da testemunha. O camarada Vichínski franziu a testa.

— O comandante Iegorov ficou tão humilhado quando veio à luz o seu papel na conspiração que tentou matar-se golpeando a cabeça contra a parede de pedra da cela. Atualmente, está sendo tratado de grave concussão, na clínica da Lubianka.

— A confissão do meu marido foi arrancada sob tortura.

Dessa vez houve um grito de escândalo do público.

— Calúnia! — gritou uma mulher.

— Difamação dos nossos tchekistas, que são os guardiões da Revolução — berrou outra mulher.

O juiz chefe bateu fortemente com o martelo na mesa.

— Silêncio — bradou ele. Dirigiu-se à acusada Iégorova. — É sua afirmação que a confissão de seu marido, que temos diante dos nossos olhos, datada, trazendo o carimbo oficial do interrogador, assinada por ele e por duas testemunhas, foi arrancada sob coação?

— Estou absolutamente certa de que o comandante Iegorov é um stalinista leal e jamais se envolveu em quaisquer movimentos contrarrevolucionários — declarou Iégorova.

O camarada Vichínski correu um dedo entre o colarinho engomado e seu pescoço.

— A senhora confessou, sob interrogatório, que serviu de mensageira para o centro antibolchevique de base trotskista sediado em Paris. Admitiu que se pôs em contato com o filho de Trótski, Sedov, num hotel de Berlim, quando você comparecia ao festival de cinema de Berlim, em outubro do ano passado. Deve a corte entender que a senhora está retirando sua confissão?

— Mantenho minha confissão. Encontrei-me com Sedov no hotel de Berlim, cujo nome me foge da cabeça. Ele me deu um maço de cigarros alemães com filtro, cuja marca me foge da cabeça. Vários desses cigarros, pelo que me disseram, continham instruções para atividades de subversão contrarrevolucionária impressas dentro do papel. Agindo sob as instruções de Sedov, cruzei a fronteira de volta à União Soviética, trazendo o maço de cigarros inteiramente à vista, na minha bolsa de couro. Quando deixei a sala do hotel, após meu encontro com Sedov, ele molhou com a língua o reverso de um adesivo da torre Eiffel e colou-o na minha bolsa como um sinal de identificação. Instruiu-me a entregar os cigarros à pessoa do escritório da biblioteca central que tivesse um adesivo semelhante e visível em sua pasta. Essa pessoa, que devia transmitir as instruções de subversão a outros membros do centro antibolchevique de base trotskista sediado em Paris, vinha a ser o acusado Ignátiev. Em nenhum momento entreguei os cigarros e as instruções ao meu marido ou a qualquer de seus oficiais ou amigos na região militar da Ásia Central. Isso eu nego muito energicamente.

O camarada Vichínski jogou a cabeça para trás, impaciente.

— O que você está contando à corte, acusada Iégorova, contradiz a sua confissão assinada. A senhora não nega que essa é a sua assinatura na confissão, a qual já coloquei em evidência diante dessa corte.

— Prometeram-me que a minha vida seria poupada se eu envolvesse o meu marido. Num momento de fraqueza, assinei a confissão que foi posta diante de mim. A verdade é que meu marido é inteiramente inocente. Como só Deus me pode testemunhar, ele não tinha nenhuma consciência das minhas atividades contrarrevolucionárias. Não é suficiente que eu reconheça a minha culpa? Por que o senhor precisa destruir nós dois?

O juiz chefe disse:

— Sua vida depende de a senhora contar a verdade sobre esse assunto do centro antibolchevique de base trotskista sediado em Paris.

As forças da acusada Iégorova se esgotaram diante dos meus olhos e ela caiu de joelhos, o queixo apoiado na barra inferior. O soldado que se postava atrás dela agarrou-a pelas axilas e passou a mantê-la erguida. Nesse ínterim, uma alça do vestido dela escorregou do ombro, expondo-lhe um dos seios para todo mundo ver. Eu a alcancei antes que o soldado atrás de mim pudesse interferir (ele tinha metade do meu tamanho e lhe teria sido difícil impedir-me se eu não estivesse querendo ser impedido) e puxei a alça outra vez para cima do ombro dela.

O camarada Vichínski, um procurador experiente, não se mostrava perturbado pela reviravolta dos acontecimentos.

— Que a corte registre que, diante das confissões assinadas, a sua e a de seu marido, a acusada Iégorova prestou falso testemunho para proteger o marido; mostrou de fato lealdade a seu marido traidor, à frente da lealdade ao Estado soviético e à Revolução. A prova, Excelências, é incontestável. As atividades contrarrevolucionárias do acusado Ignátiev e do acusado comandante do Exército Vermelho Iegorov, que serão submetidas à prova em processo separado, quando ele se restabelecer dos ferimentos autoinfligidos na cabeça, confirmam a conspiração iniciada pelo filho de Trótski, Sedov, e transmitidas à seccional de Moscou do centro antibolchevique de base trotskista sediado em Paris pela acusada Iégorova.

O camarada Vichínski encaminhou-se de volta para a bancada do procurador-geral e abriu uma nova pasta, e vi que a minha vez finalmente havia chegado. Para minha alegria, ele chamou o meu nome.

— Fikrit Trofímovitch Shotman.

Vi Agripina cobrir os olhos com as mãos. Vi os homens ao lado dela segurarem-lhe os punhos e afastar suas mãos do rosto. Dei-lhe um sorriso encorajador.

— Presente — gritei com uma voz forte e firme —, e ansioso por reconhecer a minha culpa, como cheguei a compreendê-la. — E antes que o camarada procurador-geral pudesse abrir a boca para fazer uma pergunta, iniciei minha confissão. Descrevi com detalhes como havia sido recrutado em Viena, Áustria, em 1932, quando estava representando a União Soviética na competição de levantamento de peso do campeonato europeu; como me foi dado um pagamento em dinheiro, em dólares americanos, para financiar minhas atividades de subversão; como me comunicara com meu treinador, um agente secreto americano que se disfarçava de levantador de peso, utilizando um código secreto escondido na dedicatória dentro da capa de uma revista americana de aptidão física; como, empolgado pelo meu ódio à nova ordem, tinha até desfigurado a face de Stálin tatuada no alto do meu braço. Para dramatizar esse aspecto, tirei o paletó do meu terno novo, desabotoei a camisa e desnudei o braço, virando o meu bíceps esquerdo para a multidão, de modo que todos pudessem ver o machucado ao longo da tatuagem desbotada. Na fileira da frente, Agripina virou a cabeça em outra direção e eu pude perceber enormes lágrimas escorrendo nas suas lindas maçãs do rosto, mas eu sabia que estava fazendo a coisa certa. Tive a garantia do camarada interrogador, Kristóforovitch, para isso. O camarada Vichínski tentou interromper logo que fui abotoar a camisa, mas interrompi sua interrupção.

— Há mais — declarei, enfiando-me de novo no meu paletó, e contei sobre os títulos de empréstimo tsarista sem valor que eu mantinha no meu baú para o dia em que a contrarrevolução de Trótski, na qual eu era um soldado de infantaria, derrubasse os bolcheviques do poder e restaurasse o capitalismo na União Soviética, momento em que os meus títulos tsaristas poderiam ser resgatados em seu valor líquido. O camarada procurador-geral levou vantagem sobre mim quando parei para tomar fôlego e me perguntou sobre o significado do adesivo da torre Eiffel na minha mala. — Estou contente que o senhor tenha perguntado. Quase me esqueci da torre Eiffel. Deixe-me dizer, para os não familiarizados com ela, que a torre Eiffel é situada em Paris e que não chega aos pés das torres que vocês podem encontrar em nossa própria União Soviética. É verdade que elas podem não ser tão grandes quanto a de Paris, mas toda mulher sabe que tamanho não é documento. — Algumas das senhoras na sala do tribunal começaram a dar risinhos reprimidos, mas se calaram quando um dos juízes deu com o martelo de madeira na mesa. O juiz me acenou para continuar. — Quando fui recrutado para o centro antibolchevique de base trotskista sediado em Paris, durante o campeonato europeu em Viena, recebi o adesivo da torre Eiffel e me pediram que fosse colado em minha mala como um sinal de identificação, de modo que outros conspiradores pudessem me reconhecer como membro de seu bando.

O juiz chefe passou a elevar a voz em seu trono de espaldar alto sobre o tablado erguido.

— Deixem-me dizer que o acusado Shotman merece ganhar crédito por ter escolhido fazer um claro desabafo de seus crimes. Qualquer pessoa com um pouco de bom senso pode ver que ele não está tentando esconder ou *mitigar* sua culpa, e isso certamente será levado em consideração quando chegar a hora de dar a sentença.

Não compreendi o que o juiz queria dizer com mitigar, mas acenei em agradecimento a ele, do meu lugar, na cabine do acusado.

A juíza que se sentava à direita do juiz chefe levantou um dedo.

— Eu gostaria de perguntar ao acusado Shotman qual era, precisamente, o seu papel no centro antibolchevique.

— Meu papel?

— O que o senhor devia fazer para promover a contrarrevolução? — explicou a juíza.

Olhei bem para Kristóforovitch, em busca de um sinal do que eu podia responder: ele jamais levantara esse assunto comigo quando ensaiei minha confissão, mas não havia nenhuma ajuda a ser recebida dele. Olhei de relance para Agripina, mas ela evitou meus olhos. Voltei-me para a juíza:

— Bem, meu papel era destruir. Fui inscrito como destruidor.

— Destruir o quê? — insistiu a juíza.

Dei de ombros.

— Antes de lesionar o joelho, eu era campeão de levantamento de peso. Antes de eu ser preso, era brutamontes de circo. Olhem para mim, Excelências. Olhem para minhas mãos. Olhem para meus ombros. Posso destruir qualquer coisa que me mostrem ser necessário destruir.

O camarada Vichínski veio em meu socorro.

— Fica claro, pela sua confissão, que o acusado Shotman estava pronto a seguir instruções subversoras que lhe fossem enviadas pelo centro antibolchevique de base trotskista sediado em Paris. Pode ter havido instruções subversoras específicas impressas dentro de um dos cigarros que a acusada Iégorova entregou ao acusado Ignátiev, mas nunca foram levadas adiante graças à oportuna prisão desses dois conspiradores. O componente importante a guardar na memória é que o acusado Shotman era um membro da conspiração, pronto para cumprir as ordens subversoras de Sedov quando estas lhe chegassem.

O juiz chefe me examinou.

— O acusado Shotman deseja acrescentar alguma coisa a seu testemunho?

Foi aí que me surgiram as palavras que Kristóforovitch martelara na minha cabeça.

— Seja qual for minha punição, Excelências, antecipadamente a considero justa. — Olhei atentamente para as janelas pintadas no fundo da sala do tribunal. — Vamos todos para a frente, atrás do camarada Stálin.

Alguns, na sala do tribunal (Kristóforovitch, Islam Issa, a senhora que tomara nota das minhas confissões, algumas das funcionárias), começaram a bater palmas. Outros se juntaram a eles, até a sala inteira se encher de aplausos. Lâmpadas de magnésio espocaram na minha cara. Senti em mim os olhos de Agripina e compreendi que, dessa vez, ela não se envergonhava de seu Fikrit. Voltei-me para o público e, com os nós dos dedos raspando o assoalho da cabine dos prisioneiros, me curvei fazendo uma reverência.

O resto do julgamento se passou numa confusão de discursos dos advogados de defesa (até esse momento eu não sabia que haviam sido designados advogados de defesa), pedindo a pena máxima para os meus dois corréus.

— Esses cães raivosos do capitalismo tentaram destroçar o melhor da nossa terra soviética. Insisto que façamos com eles o que se faz com os cães raivosos, ou seja, matemo-los a tiro. — A advogada designada para me defender se levantou e disse: — Fikrit Shotman demonstrou sincero remorso e cooperou plenamente com as autoridades. Para ele, peço aos juízes imporem uma sentença leniente de quatro anos de trabalho forçado no Extremo Oriente.

Houve gritos da multidão, de "Os cães raivosos devem ser mortos a tiro" e "Leniência para Shotman", enquanto os três juízes deixavam a sala do tribunal para deliberar. Eles se reapresentaram vinte minutos depois. O juiz chefe leu em voz alta os veredictos. Os acusados Ignátiev e Iégorova foram condenados a serem mortos a tiro, sentença a ser cumprida imediatamente. Eu peguei quatro anos. Na sala do tribunal, Agripina desabou nos braços de um dos homens de terno preto. À minha direita, o acusado Ignátiev soprou um beijo para uma senhora idosa de muletas no fundo da sala do tribunal antes de se virar para deixar a cabine. A acusada Iegorova caiu sobre o assoalho, num desmaio profundo. Os dois soldados tiveram dificuldade para levantá-la. Empurrei-os para o lado e levantei-a como se fosse uma boneca de criança, levando-a nos meus braços para a cela de controle no porão e, endireitando-lhe o vestido cuidadosamente, coloquei-a com toda delicadeza sobre um banco. Na última imagem que tive dela, enquanto me dirigia de volta ao meu bloco de celas, os guardas tentavam reanimá-la com sais aromáticos a fim de poderem levá-la para a execução.

CAPÍTULO QUINZE

Nadejda Iákovlevna
Terça-feira, 28 de maio de 1934.

FIZ MUITAS COISAS nos dias que se seguiram à prisão de Mandelstam, que se mostraram valiosas, para mim, como modo de passar uma ou duas horas sem me atormentar a respeito da prisão dele. Um dia, esfreguei as panelas da cozinha e a única grelha do fogareiro a querosene com palha de aço até meus dedos se esfolarem. Em outra etapa, saltitei pela pequena sala de estar esmagando mariposas entre as palmas da mão e registrando a contagem com marcas de giz num pedaço de ardósia. Passei um fim de semana inteiro consertando peças de vestuário com linhas da cor errada. Uma noite, trabalhando à luz de vela, fiz cópias dos poemas que escondêramos em meus sapatos e dei duplicatas ao irmão de Mandelstam, Aleksandr, como medida de segurança. Na noite da prisão de Mandelstam, eles revistaram todos os nossos livros e depois os jogaram de volta nas prateleiras, fora de ordem. Nesse dia, resolvi restituí-los à ordem em que tinham estado, espanando cada volume enquanto saía da prateleira, juntando os do meu marido numa pilha e os meus em outra antes de devolvê-los às prateleiras. É uma lei da natureza que a gente jamais arruma livros sem parar, de quando em quando, para folhear as páginas, querendo saber quem sublinhou certas passagens e por quê, querendo saber quem escrevinhou ilegíveis notas nas margens com setas apontando para outros parágrafos. Reli frases que eu sublinhara numa excelente tradução russa da obra-prima francesa do século XVIII *As ligações perigosas*, de Laclos. Deparei com outro livro que eu pensara já emprestado e perdido, *Thirty-three monstrosities*, de Zinóvieva-Annibal, um romance da virada do século que, pela primeira vez na literatura russa moderna, descrevia abertamente o amor lésbico. Não me lembro de como o livro veio parar em minhas mãos, mas me lembro de quando: eu tinha 16 anos e estava apaixonada por uma garota russa que encontrara em Paris enquanto viajava com meus pais. Ela me passara escondido bilhetes em papel perfumado em que dizia o quanto admirava meus olhos pálidos e minha pele delicada. Curiosamente, não consigo agora lembrar o nome da garota, embora esse namoro de criança fosse tão intenso quanto qualquer outro que experimentara antes de Mandelstam me surripiar aquele primeiro cigarro na Loja de Trastes. Talvez essa garota me tenha dado o *Thirty-three monstrosities*. Por outro lado, bem podia ter sido minha mãe, uma das primeiras mulheres em toda a Rússia a se formar em medicina: tinha uma disposição boêmia e podia perfeitamente ter deixado o livro em minha mesinha de cabeceira para conferir a sua filha de saída para Kiev uma pátina de refinamento.

Eu estava folheando *Thirty-three monstrosities*, me demorando nas páginas cujos cantos haviam sido dobrados uma vez ou outra, tentando (em vão) lê-los com os olhos da sonhadora de 16 anos que um dia fui, quando ouvi passos que batiam em apressada retirada no corredor fora do apartamento. Indo para o saguão, não pude deixar de avistar o papel dobrado que fora enfiado por baixo da porta. Meu coração começou a disparar quando o recolhi. Por uns instantes, fiquei aterrorizada demais com o que podia ser aquilo para desdobrar o papel e descobrir. Pasternak havia telefonado alguns dias antes para dizer que ficara sabendo (recusou-se decididamente a me dizer como) que o próprio Stálin mostrava interesse pessoal pelo caso de Mandelstam. Pasternak interpretava a informação como um desenvolvimento positivo, mas eu via a face escura dessa lua: se Stálin mostrava um interesse pessoal por Mandelstam, que Deus tenha misericórdia de Mandelstam. A curiosidade me venceu e desdobrei o papel, que vinha a ser uma convocação impressa, com o meu nome ali escrito a tinta, para comparecer na porta da rua Furkassóvski da Lubianka, às 2 horas daquela mesma tarde.

A Lubianka! Eu estava sendo presa? Ou isso tinha a ver com o meu marido, e iam eles me entregar uma certidão de óbito e seus objetos de uso pessoal? Recordo que as minhas pernas cederam e caí no assoalho, ajoelhada diante do aquecedor vermelho-escuro como se ele fosse um artefato religioso e eu estivesse rezando em adoração. Santo Deus que estás no céu, se ele ainda tem uma musa e uma ereção, dispõe as coisas de modo que o sol simplesmente deixe de nascer amanhã de manhã. Amém. Depois de algum tempo consegui recobrar suficientemente minha força e meus pensamentos para conseguir chegar até o telefone comunal do corredor e discar o número do *Izvestyia* de Bukhárin. Entrei em contato com sua secretária, Korotkova.

— Oh, querida — disse ela, com um suspiro desanimado —, ele me proibiu decididamente de passar qualquer ligação telefônica sua, madame Mandelstam. Ele não a receberá se vier aqui. Está furioso:

você aparentemente colocou Nikolai Ivánovitch numa posição incômoda com relação a seu amigo do Krêmlin. Receio que eu não possa fazer nada por você.

Dizer que eu estava abalada seria um eufemismo. Uma das vizinhas da Casa Herzen encontrou-me sentada na cadeira quebrada junto ao telefone, olhando fixa e entorpecidamente para a parede.

— Nadejda, você teve más notícias? — perguntou ela.

Eu lhe entreguei a convocação. Ela leu-a e disse:

— Deus a ajude. Eu não tenho como. — E a comprimiu de volta aos meus dedos, como se o papel estivesse contaminado, antes de bater em apressada retirada.

Veio-me à cabeça que eu devia ligar para Akhmátova, minha experiente amiga capaz de saber que, se você entregasse pacotes nas prisões, podia descobrir onde o marido estaria sendo mantido. Quem atendeu foi Lev, filho de Anna Andréievna com o primeiro marido, Gumiliov. Ele me prometeu que faria a mãe me ligar no momento em que voltasse do gastrônomo. Fiquei ali sentada não sei por quanto tempo, até o telefone tocar sob os meus dedos. Arranquei-o do gancho. Graças aos céus era Akhmátova. Rapidamente li para ela a convocação. Como sempre, ela refletiu cuidadosamente antes de dar sua opinião.

— Acho que você pode excluir que eles convocaram você para lhe dizer que ele está morto — disse ela, finalmente. — Ao que eu saiba, você só fica sabendo da morte de um prisioneiro quando um pacote ou uma carta volta com a palavra *falecido(a)* carimbada em cima. Muito casualmente, uma boa alma escreve sobre a causa da morte, embora a morte de um prisioneiro, mesmo os vitimados a bala nos porões da Lubianka, seja quase sempre atribuída a ataque cardíaco. Em raras ocasiões as autoridades remetem uma notícia formal informando a data em que se diz que o prisioneiro morreu.

— Se ele morre, o que fazem com o corpo?

— Ouvi dizer que os prisioneiros que não são cremados são enterrados em uma vala comum no estande de tiro Butovo, fora de Moscou, perto das datchas que eles construíram para os tchekistas. Mas fique tranquila, Nadejda, é extremamente improvável que eles convocassem você para anunciar a morte de Mandelstam. Eu não posso excluir que você seja presa. Julgo que estão prendendo tantas pessoas nesses dias que não têm tchekistas suficientes para levá-las. Os prisioneiros políticos menos importantes são *convocados* para economizar efetivo tchekista para os prisioneiros mais importantes. Por outro lado, pode ser algo inteiramente diferente. Não se pode abandonar totalmente a esperança de que Pasternak ou Bukhárin de algum modo tenham conseguido contato com Stálin e Óssip receba uma sentença de prisão. Uma coisa em que se tem de ficar de olho, se este for o caso, é a anotação *sem o direito de correspondência* após o mandado de prisão. *Sem o direito de correspondência* é o equivalente a uma sentença de morte: significa que estão isolando o prisioneiro da civilização por não esperarem que volte. Há ainda outra possibilidade: a de que Óssip seja mandado para o exílio, a que eles dão o nome famoso de *menos 12*. Nesse caso, eles precisariam que você levasse víveres para a viagem e roupa para o inverno — Anna se corrigiu — ou "os invernos", no plural, pela frente.

— Nunca pensei que eu rezaria a Deus para Mandelstam ser mandado para o exílio — disse eu.

— Seria a resolução menos terrível — aquiesceu ela. — Acrescentarei a minha voz à sua em torno da possibilidade de que haja um Todo-Poderoso e ele esteja ouvindo.

— Eles me permitirão acompanhá-lo para o exílio?

— Se for o exílio, provavelmente. Nesses dias, cada vez mais esposas estão indo para o exílio acompanhando os maridos. Isso libera apartamentos e os livra da nossa chateação. A que horas você tem de comparecer à Lubianka?

— Às 14.

— Minha querida Nadejda, vou acampar junto ao telefone — informou-me Akhmátova. — Se você não ligar por volta das 17, informarei Pasternak e nós dois passaremos a bombardear a União dos Escritores com telegramas exigindo saber o que aconteceu com você.

Foi assim que me encontrei em pé diante de uma porta sem identificação na rua Furkassóvski, procurando uma campainha para tocar ou uma aldrava para bater contra a madeira. Mandelstam certamente se arrebentaria de rir se pudesse ter me visto tentando entender como entrar *na* Lubianka. Por fim acabei batendo na porta com os nós dos meus dedos. Um jovem tchekista com o uniforme azul dos guardas de fronteira a abriu apenas na largura de um punho, de modo que eu somente podia ver um de seus olhos me examinando.

— Bem?

Entreguei a ele a minha convocação através da fresta. Ele fechou a porta na minha cara. Fiquei em pé ali, ponderando se batia de novo ou esperava. Mulheres que passavam pela calçada, cada uma conduzindo uma *avoska* com laranjas, me olharam. Perguntava-me se elas sabiam que esta era uma porta dos fundos da temida prisão Lubianka. Depois de alguns instantes a porta se abriu, dessa vez bastante largamente para eu passar por ela. Ouvi-a sendo fechada com estrondo e trancada com um ferrolho atrás de mim. Fiz de tudo para não desabar de joelhos.

— Siga-me — ordenou o guarda.

— Para onde me está levando? — perguntei, mas ele já se havia apressado e tive de correr para alcançá-lo. Através de outra porta, passamos para um pátio, depois subimos degraus e, através de mais outra porta, para uma elegante passagem de entrada cheia de espelhos colocados nas paredes e um assoalho ladrilhado tão encerado que eu podia ver nele a bainha da saia. Uma larga escada com corrimão de mogno se enroscava a partir da passagem de entrada. O guarda me conduziu, depois da escada, para um largo elevador espelhado. Entregou a minha convocação ao ascensorista, um cavalheiro idoso que usava luvas brancas e uma túnica azul de alamar dourado e botões de metal. Eu entrei e, por força do hábito, me olhei no espelho: minha aparência, por si mesma, era suficiente para afugentar o demônio que, todos nós presumíamos, se escondia nas sombras da Lubianka. Prendi os cabelos dispersos sob a boina que meus pais haviam me dado em Paris quando eu tinha 16 anos. Veio-me à cabeça que teria sido mais prudente usar um ushanka do que uma boina, com a etiqueta francesa costurada por dentro. O elevador subiu. Contei os andares, enquanto passavam. Um. Dois. Deslizamos para uma parada no terceiro piso. O ascensorista esticou o braço para pegar a grade de bronze e, com um esforço, a arrastou para trás, depois puxou e abriu a pesada porta do corredor e a segurou para mim, como se eu fosse uma hóspede no Ritz.

— Sala 23 — disse ele, acenando na direção de uma porta na extremidade do corredor. Saí por esse corredor fortemente iluminado, caminhando numa passadeira gasta, passando por um elevador de carga aberto e de paredes acolchoadas, depois por bonitas portas de madeira com algarismos de metal sobre elas, até chegar a uma que tinha o número 23. E então, como se fizesse uma visita a um editor que desejasse contratar meus serviços como tradutora, estendi a mão e bati.

O que relato agora não tem origem na memória. Provém diretamente dos olhos da mente. Revivo-o como o descrevo ou, mais precisamente, vivo-o como se fosse a primeira vez. Quando, ocasionalmente, recordo esses acontecimentos, eles têm o cheiro da terra numa sepultura que acabou de ser cavada.

Eis o que viu meu coração quando o homem que eu vim a conhecer como o interrogador Kristóforovitch abriu a porta e, com um aceno, me convidou a entrar na sala. Vi Ióssif Stálin me examinando numa imensa fotografia na parede. Vi Kristóforovitch me dando um sorriso largo e vazio, como um *maître d'hôtel*. Vi um homem que *se parecia* (apenas se parecia) com o poeta Mandelstam de pé perto de um banco absurdo cujas pernas da frente eram mais curtas do que as de trás, segurando com as duas mãos a cintura de suas calças amarfanhadas para impedir que caíssem sobre os tornozelos.

Cambaleei pela sala e apertei o seu corpo, que tremia da cabeça aos pés em soluços mudos, entre meus braços trêmulos.

Devo aqui acrescentar que o mau cheiro da urina emanava de sua roupa.

— Como a senhora pode ver, madame Mandelstam, seu marido está vivo e bem — disse o interrogador. Acomodado em sua cadeira atrás de uma grande mesa, ele empurrou para o lado um jantar comido pela metade e fez um sinal para Mandelstam se sentar. Meu marido se aferrou a minha mão, enquanto desabava sobre o banco.

— Eles vão deixar você sair? — perguntou ele, com uma voz que não identifiquei como vinda de qualquer pessoa que eu conhecesse.

— O que você quer dizer com *me deixar sair*?

— Você esqueceu? Visitei você em sua cela, Nadenka. Você e Zinaida. — Acenou para que eu me agachasse junto a ele, de modo que sua boca ficasse perto do meu ouvido. — Quando eles a prenderam, prenderam o epigrama que copiei para ela.

— Meu nome — o *maître d'hôtel* anunciou por detrás da mesa — é Kristóforovitch. Tenho a honra de ser o interrogador do seu marido. Ele está levemente desorientado, como você vê, provavelmente por conta do impacto de ver a senhora. — Ele se voltou para Mandelstam: — Sua esposa, juntamente com a amiga dela, a atriz Zinaida Záitseva-Antónova, jamais foram colocadas em custódia protetora.

— Você está mentindo, evidentemente — disse Mandelstam, numa voz que me soou mais parecida com a que eu lembrava. — Eu vi as duas na prisão.

— Ele está dizendo a verdade, Óssia. Você deve ter sonhado. Estive em nosso apartamento da Casa Herzen nessas duas últimas semanas.

Kristóforovitch limpou a garganta.

— A senhora foi convocada — informou-me — para ouvir a sentença de Mandelstam por haver violado o Artigo 58, que abrange as ofensas de propaganda antissoviética e atividades contrarrevolucionárias. O poema de seu marido é um documento contrarrevolucionário sem precedentes. — O interrogador extraiu uma folha de papel da protuberante pasta sobre a mesa. — O camarada Stálin reviu o caso pessoalmente e instruiu os Órgãos a isolar e preservar o prisioneiro. Ele foi sentenciado a três anos de exílio "menos 12".

— O que significa isso, "menos 12"? — perguntou Mandelstam.

— Significa que não lhe é permitido residir em nenhum dos 12 maiores centros urbanos da União Soviética — disse Kristóforovitch.

O aperto da mão do meu marido na minha se retesou e ele começou a tremer incontrolavelmente.

— Eu não vou ser morto a tiro?

— Você não será morto assim — disse-lhe eu. — Você viverá para escrever dezenas de belos poemas.

— Eu não vou ser morto a tiro? — repetiu ele, como se não tivesse ouvido minha resposta.

— Esteja certo de que você não será submetido à pena máxima — disse Kristóforovitch. E olhou diretamente para mim. — A senhora deseja ir para o exílio com seu marido?

— Não — respondeu Mandelstam por mim.

— Certamente — disse eu, contrariando-o.

— O que vai ser? — perguntou Kristóforovitch.

— Eu com toda certeza acompanharei meu marido no exílio.

— Nesse caso, vou preparar os documentos necessários e levá-los à senhora para que assine. — Ele deu a volta na escrivaninha e ficou diante de Mandelstam. — Considerando a natureza contrarrevolucionária de seu crime, a sentença representa um incrível gesto de clemência da instância mais alta. Dê graças a Deus. — Depois disso, deixou a sala, fechando a porta atrás dele.

— Você negou que foi presa porque ele estava na sala?

— Não. É a verdade. Estive em casa todo esse tempo.

— E Zinaida?

— Depois de ligar durante dias, consegui falar com ela. Estava com a voz tensa. Acho que é porque ela e o marido estão se divorciando. Ela me garantiu que destruíra a cópia do epigrama que você fez para ela.

Ele balançou a cabeça, como se confuso.

— Se estava com a voz tensa, é porque eles apreenderam sua cópia do epigrama e ela ficou com medo de admiti-lo. Kristóforovitch a mostrou para mim. Não há como se enganar: foi a primeira versão, antes de Pasternak conseguir que eu alterasse a segunda estrofe. Reconheci a minha caligrafia.

— Não compreendo.

— Nem eu. Acredite em mim, não estou delirando. Visitei você e Zinaida na prisão, pelo amor de Deus.

— E eu lhe digo que foi sua imaginação. O que mais você imaginou?

Mandelstam murmurou algo em grego: *Ei kai egnokamen kata sarka Christon.* Reconheci a frase imediatamente, já que muitas vezes tentáramos decifrar essas misteriosas palavras de São Paulo em II Coríntios. Diz-se que Paulo nunca havia se encontrado pessoalmente com Cristo, mas afirma: *Conhecemos Cristo segundo a carne.* Não compreendi aonde Mandelstam queria chegar citando Paulo.

— Você está tentando me dizer que viu Cristo em carne e osso na prisão? — perguntei.

Ele sacudiu a cabeça contrariado, depois olhou para a fotografia de Ióssif Stálin na parede, atrás da mesa do interrogador.

— Eu *o* vi.

Ainda não compreendi.

— Stálin veio vê-lo na prisão?

Minha estupidez estava começando a irritar meu marido.

— Não *na* prisão. E ele não veio a *mim*, eu fui a *ele*. Vi-o no Krêmlin, evidentemente. Em carne e osso. Ofereceu-me um cigarro. Conversamos. Contou-me muitas coisas acerca de si mesmo, inclusive — apertou os lábios contra o meu ouvido de novo —, inclusive que ele matou a tiro a mulher depois de uma discussão. Ah, não foi completamente culpa dele, ela mostrou o revólver, empurrou-o na mão dele, desafiou-o a provar que era tão duro quanto Ivan, o Terrível. Desse modo ele botou o cano junto ao coração dela e puxou o gatilho. Todo mundo no Krêmlin está convencido de que ela se suicidou. Só eu sei a verdade.

Não sabia o que responder. Era possível que Stálin houvesse levado meu marido ao Krêmlin e confiasse a ele um segredo? Se confiara nele, se reconhecera ter matado a tiro a mulher, por que agora mandava Mandelstam para o exílio, onde podia repetir a história a qualquer pessoa que o escutasse? Não, não, a única explicação que fazia algum sentido era que Mandelstam, no limiar de um colapso nervoso, tinha imaginado ver-me com Zinaida numa cela da prisão e imaginado a conversa com Stálin.

— Preste muita atenção, meu queridinho — disse-lhe eu, sussurrando em seu ouvido. — Você não deve falar a ninguém sobre ter se encontrado com Stálin no Krêmlin. Não tenho dúvida de que isso aconteceu como você disse, mas se você espalhar a história de como a mulher dele morreu, ele fará você voltar em grilhões para a Lubianka. Você entende o que estou dizendo, Óssia?

Ele massageou a bela testa com os nós dos dedos.

— Sim.

— Tem certeza de que compreende? — repeti.

Ele assentiu com a cabeça, lentamente.

— Ótimo. Jamais mencione aquilo de novo. Nem para você mesmo. Nem para Akhmátova, Pasternak ou seu irmão. Nem para mim.

— Não vou mencioná-lo de novo — disse ele, numa voz fraca.

— Devemos deixar o passado para trás e nos concentrar no futuro.

— No futuro atrás de nós ou à nossa frente?

Por um instante, achei que Mandelstam tinha voltado à razão e estava fazendo uma observação tipicamente mordaz, para não dizer poética. Em seguida caí em mim novamente e vi seus olhos muito arregalados, ansiando pela resposta à pergunta que havia feito.

— O futuro — respondi — está à nossa frente.

Mandelstam aceitou esse esclarecimento com outra lenta aprovação com a cabeça.

O *maître d'hôtel* voltou para a sala, trazendo com ele documentos datilografados em três vias para eu assinar. Rabisquei o meu nome embaixo de cada página, sem me incomodar em lê-la. O que mais eu podia perder que já não me tivesse sido tomado? Usando o lado de sua mesa como um gume reto, Kristóforovitch cortou um pedaço de papel e escreveu nele o nome de uma estação de trem, o número da linha férrea e a hora de partida.

— Mandelstam será enviado para o exílio na cidade de Cherdyn, no norte dos Urais — disse ele. — A senhora tem sete horas para reunir os pertences que possam levar e se encontrar com seu marido no vagão do trem. — Como eu logo me movi em direção à porta (não tinha nenhum tempo a perder, já que devia me preparar para a viagem), Mandelstam se levantou com um salto.

— Uma andorinha — gritou ele, apontando para as cortinas pregueadas que cobriam a janela com a mão que não lhe suspendia as calças.

— O que você vê, Óssia?

— Vejo o futuro se espatifando na encosta de uma montanha.

Voltei-me para o interrogador e comecei a arengar.

— Um poeta foi levado à insanidade — berrei. — Isso é um grande ultraje ao governo que o senhor representa. Um poeta é mandado para o exílio em estado de loucura.

Kristóforovitch permaneceu imperturbado diante da loucura de Mandelstam e da minha invectiva.

— A senhora utilizará com melhor proveito o tempo que lhe resta antes da partida do trem se ficar calma e começar a se preparar para a viagem — disse ele, friamente.

Receio que as imagens, na minha evocação, fiquem nubladas nesse ponto da narrativa. Parece que me recordo de que Mandelstam estava chorando quando me retirei da sala. Não tenho nenhuma lembrança de como voltei para a Casa Herzen, absolutamente nenhuma. Não me lembro se telefonei para Akhmátova, mas devo tê-lo feito, pois numa questão de minutos vários dos poetas mais jovens que viviam nos pequenos quartos do segundo andar apareceram para me ajudar a arrumar as malas. Recordo que me sentia como se estivesse com febre alta. Nessa condição delirante, amontoei a roupa do meu marido (parte dela exalando cheiro de cânfora) na mala que servira de mesa do café, arrumei minhas próprias roupas em uma maleta de papelão, joguei caçarolas, tigelas de porcelana, utensílios de cozinha e artigos de cama e mesa num saco postal de lona e enchi uma pequena caixa de papelão com livros das prateleiras de Mandelstam. Pasternak apareceu com um grosso maço de rublos atados com uma tira de borracha, dizendo que metade era dele, metade de Akhmátova. Parecendo mais pesaroso do que de costume, me beijou na testa foi embora. A mulher de Bulgákov, Elena Sergeyevna, não pôde conter as lágrimas quando bateu na porta. Literalmente esvaziou a bolsa na mesa da cozinha e me obrigou a aceitar seu último rublo. As mulheres de dois editores que não podiam publicar os poemas de Mandelstam também apareceram, uma com dois cachecóis de inverno tricotados, a outra com dinheiro. ("Considere-os um empréstimo", ela insistiu, quando tentei devolver-lhe os rublos.) Dois dos jovens poetas que haviam passado noites em torno da nossa mesa de cozinha ouvindo Mandelstam ler versos do *Pedra*, seu primeiro livro de poesia, fizeram parar um automóvel do governo e ofereceram ao motorista polpuda gratificação para me levar à estação de trem. Eles insistiram em me acompanhar para carregar as malas, o saco postal e a caixa de papelão cheia de livros. Apertando contra o peito uma bolsa esfarrapada mas cheia de dinheiro do que possuíramos durante anos, com os dois jovens poetas se arrastando atrás de mim pela plataforma com nossos patéticos pertences, avistei meu marido numa cabine. Ele se mostrava tão pálido e unidimensional como o reflexo que se vê na vitrine suja de uma loja.

As imagens fugazes da viagem para o exílio em Cherdyn — foram três noites e dois dias para o trem e a embarcação fluvial cobrirem os aproximadamente 1.500 quilômetros — passam pela minha mente como esses filmes em que os quadros saltam nas rodas dentadas do projetor. Akhmátova, citando um poeta inglês cujo nome me foge da cabeça, falou muitas vezes de fragmentos que fazem parte da ruína de uma pessoa; o que estou para relatar são fragmentos *da* minha ruína. Com exceção dos três soldados armados, um dos quais ficava sempre estacionado do lado de fora da porta para afastar outros passageiros, Mandelstam e eu tínhamos a cabine e seus seis leitos para nós. O guarda mais velho, que também se chamava Óssip, era um rapaz do campo, de cara larga e aberta, que trauteava pequenas canções quando não estava sorrindo para mim. Enchia o meu bule de chá de água fervente do samovar do vagão sempre que eu lhe pedia e, desse modo, pude manter meu marido abastecido de chá, embora tivesse esquecido de açúcar na Casa Herzen e ele fizesse uma careta a cada gole. Mandelstam passou horas a fio com a testa pressionada contra a vidraça, embaçando a janela com sua respiração, olhando fixamente para além de sua imagem refletida na taiga e nas aldeias que passavam rapidamente, e ouvindo atento a voz quase humana dos trilhos sob as rodas do trem.

— Você não pode ouvi-lo? — perguntou ele, e decifrou as palavras para mim: *A idade antes da beleza? O talento antes da mediocridade? O intelectual urbano antes do caipira rural?* Em outra ocasião cheguei a acordar ao descobrir que ele estava falando consigo mesmo. Lembro-me de que estava dizendo a mesma coisa seguidamente, algo como: "Querem que eu vá embora de Moscou antes de me matarem a tiro: querem que eu desapareça sem deixar vestígio."

Óssip, o guarda, deve tê-lo ouvido por acaso, pois, ainda rindo, se voltou para mim e disse:

— Diga-lhe para sossegar, madame, nós não matamos pessoas a tiro por fazerem versos, só por espionagem e sabotagem. Não somos como os países burgueses. Lá você poderia ser enforcado por escrever coisas de que eles não gostem.

Os quadros saltam para outras imagens. Durante essa primeira noite, em algum ponto, o trem avançou para um desvio e tivemos de nos transferir para um vagão aberto (os guardas puseram os fuzis à bandoleira de um lado a outro das costas e carregaram os nossos pertences), em uma linha de bitola estreita. Mandelstam e eu nos sentamos nos bancos de madeira um de frente para o outro, os guardas se sentaram pelo corredor e mantiveram os outros passageiros a distância com acenos das mãos. O que essa gente pensou das duas desalentadas pessoas da cidade, com as malas e pertences empilhados sobre o bagageiro suspenso, não posso dizer. Vendo que éramos escoltados por soldados armados, todos evitavam o contato visual; todos, exceto uma pessoa, uma mulher mais velha, esguia, elegantemente vestida, que parecia ter saído das páginas de um romance de Turgueniev. Deus meu, tudo me volta à mente. Não pensei nela durante anos. A senhora embarcou no vagão numa estação distante, trajada como a minha mãe, que Deus a tenha, costumava vestir-se para os casamentos com uma peça de cor creme e gola alta, um pequeno chapéu de palha e luvas de crochê. Trazia uma sombrinha de renda pregueada debaixo de um braço e um cesto de palha tampado em uma das mãos. Olhou para mim, depois para os soldados, depois de novo para mim e, havendo compreendido que éramos prisioneiros sendo escoltados para o exílio, ela me agraciou com o sorriso mais triste que você provavelmente veria em toda a sua vida. Ela passou a percorrer o corredor em nossa direção, alheia aos soldados que a repeliam, alheia a Óssip, o guarda, que se levantou apalpando a coronha de um revólver enorme. Abrindo a tampa do cesto, ela mexeu sob o pano e apresentou dois pepinos. Ofereceu um ao meu marido, o outro a mim. Ele, sacudido de seu torpor por esse audacioso gesto de solidariedade, se levantou e beijou-lhe a mão à maneira francesa, os lábios exangues tocando de leve o dorso da luva dela. E, com uma gentil inclinação da cabeça, esse anjo da guarda dos prisioneiros deportados, essa relíquia de uma Rússia agonizante, deu a volta e se encaminhou para um assento atrás de uma família de camponeses no final do vagão, de onde jamais tirou o olhar de mim.

Devo ter cochilado quando já não podia, fisicamente, manter os olhos abertos. Quando o trem estava saindo de outra estação distante, acordei subitamente e vi que o lugar da mulher no final do vagão estava vazio. Até hoje lamento amargamente não ter sabido seu nome, embora, ao considerar o que fizera por nós, perguntar seria pô-la em perigo. Mandelstam, por sua vez, não parou nunca de olhar fixamente seu reflexo na janela. Estava certo de que seria executado a qualquer momento e não queria ser apanhado desprevenido. A estação das noites brancas havia começado e podiam-se vislumbrar os bosques de bétulas e álamos nos contrafortes. Deixei-me cair no sono de novo, mas acordei antes do alvorecer com a falta de movimento do trem. Entráramos em outro desvio, em um depósito de carga para deixar passar vermelhos vagões de gado que transportavam prisioneiros para campos de trabalho forçado na Sibéria. As mulheres tinham estendido fragmentos das peças íntimas de náilon entre as tábuas do tapume de madeira, de modo que as pessoas que avistassem os vagões compreendessem a natureza de sua carga. Em minha imaginação, vejo esses fragmentos tremulando como flâmulas regimentais na penumbra meio fria entre a noite branca e a primeira luz.

No final do segundo dia, com a cadeia dos Urais levantando-se como uma nódoa no horizonte, o trem se arrastou por um subúrbio de casas de um pavimento pintadas de cores vivas e de ruas estreitas e sujas, para um terminal em ruínas com gigantescas figuras de

Lênin e Stálin coladas em quadros para cartazes e o nome do município, *Solikamsk*, pintado sobre as portas giratórias que levavam à sala de espera da estação. Um comunicado ecoou dos alto-falantes montados nos postes sobre a plataforma: *Os espiões, traidores e vira-casacas foram varridos da face da terra.* Nossos três guardas nos conduziram, assim como a nossos pertences, para um caminhão aberto estacionado perto dos banheiros públicos. Mandelstam e eu fomos mandados para fardos de palha na traseira e, com um arroto de escapamento, o caminhão se voltou para o norte, ao longo da única avenida da cidade. Dentro de minutos, as casas de madeira deram lugar a densas matas, e a luz do dia foi substituída por sombras impenetráveis. Pouco depois entramos numa clareira e o caminhão se encheu de trabalhadores da administração florestal, pegando carona para o rio. Um deles, particularmente, aterrorizou Mandelstam, um grande homem barbudo, de camisa vermelho-escura, carregando um machado de duas lâminas sobre um dos ombros. Temendo pela vida, meu marido começou a tremer.

— Eles vão me decapitar, como no tempo de Pedro — murmurou. Eu o abracei e tentei acalmá-lo, mas ele olhava para o gigante barbudo com pavor. — Espere o pior — disse-me ele. — Faça tudo o que for possível para manter sua dignidade. Quando eles vierem me buscar, decididamente terei de correr para me salvar: é fundamental fugir ou morrer na tentativa.

Lembro-me de dizer:

— Pelo menos, se eles nos matarem, não teremos de nos suicidar.

Isso trouxe à tona uma risada nervosa de Mandelstam.

— Como posso viver com uma suicida profissional como você perto de mim? — perguntou.

O que eu não disse, o que pensei foi: se você decidir morrer, eu não precisarei me matar: minha vida simplesmente estancará.

Lembro-me de que ele respirou fundo várias vezes, o que o acalmou, mas não tirava os olhos do lenhador barbudo e de seu machado de duas lâminas.

O sol havia se posto na hora em que o caminhão chegou ao frágil cais sobre o rio Kolva. Até a noite branca estava perdida no meio das sombras da floresta que desciam quase até à margem das águas. Vozes de mulheres que cantavam na encosta distante ecoavam pelas matas. Os moradores da floresta desapareceram em uma construção semelhante a um barracão, em uma ribanceira por sobre o rio. Os três guardas empilharam nossos pertences sobre o cais e se sentaram com as costas contra as estacadas, fumando cigarros e falando baixo. Eu bati na janela da lojinha perto da barracão e consegui comprar várias latas de sardinhas, juntamente com um pão e, para regalo do meu marido, dois maços de cigarros turcos baratos. Nós nos acomodamos na rampa perto do cais e coberta de grama, escutando os delicados sons que um rio produz na água: o murmúrio da água que redemoinha, o chapinhar do peixe, o coaxo dos sapos. Em outras circunstâncias, teria sido um interlúdio agradável. Mandelstam passou o primeiro cigarro turco sob as narinas, saboreando o odor, depois o apertou entre os lábios e riscou um fósforo. Sua mão estava tremendo demais para levar a chama à ponta do cigarro, de modo que acendi um segundo fósforo, ele pegou meu pulso e levou o cigarro ao fogo. Deu uma baforada e caiu de novo na grama.

— Eu peguei o pulso de Stálin quando ele acendeu meu cigarro — disse ele distraidamente. Só Deus sabe como forcei um sorriso no rosto. E, na escuridão, pude vê-lo olhando-me fixamente, como se eu fosse uma estranha.

Pouco depois da meia-noite, o navio fluvial a vapor, um barco antigo com uma mulher nua como gurupés e uma casa do leme torta que se inclinava para a curva muito acima do convés principal, ancorou ao longo das débeis luzes elétricas da extremidade do cais. Achei o comissário de bordo em seu posto junto ao corredor da meia-nau e, mergulhando na fartura de dinheiro da minha bolsa, comprei passagens que nos davam direito a um camarote só para nós, até com uma toalete com uma pequena tina de metal. Mandelstam não pôde acreditar na nossa boa sorte quando o comissário abriu a porta com uma chave mestra e retrocedeu para nos deixar passar, quase como se fôssemos pessoas em férias num cruzeiro para Cherdyn. Nossos três soldados instalaram nossos pertences sob os dois leitos do camarote e saíram à procura dos cômodos de beliche reservados para os passageiros de terceira classe. O cheiro de repolho cozido emanava da cozinha no fim do corredor (Mandelstam ficou pasmo ante minha familiaridade com a terminologia náutica) e, pelo preço de vários cigarros, podíamos ter nossas refeições levadas ao camarote. Em pouco tempo, o apito do navio encheu a noite. O convés começou a vibrar sob os nossos pés quando o vapor se afastou do cais e começou a subir o rio em direção ao nosso destino.

Posso dizer, sem exagero, que tivemos nossa primeira noite boa de sono dos últimos dias, de tal modo que fiquei um tanto assustada de manhã cedo ao ver Mandelstam ainda deitado em seu beliche. Observei-o atentamente para me certificar de que ele ainda estava respirando antes de me enfiar sob sua manta para acordá-lo com o calor do meu corpo. Ele me agarrou como um homem que se afoga se agarra a um salva-vidas, e achei (não estava certa disso, veja bem, era somente uma impressão) que tinha sentido a umidade de lágrimas em meu pescoço. E então — registro esse pormenor, juntamente com a dor que me causou na época; e apesar da dor que me causa agora —, o ouvi dizer:

— Com sorte, talvez eu ainda tenha uma musa.

Com ou sem sua licença, vou pular para várias horas adiante.

Mandelstam, de banho tomado, barbeado (por mim, enquanto ele se sentava na tina, com os encaroçados joelhos saindo da água; não me senti à vontade deixando-o com uma navalha afiada na mão), vestido em roupas que cheiravam a cânfora e com um dos cachecóis de tricô novos enrolado no pescoço, estava apanhando ar no estreito convés principal, perambulando de onde eu estava sentada numa poltrona reclinável até o castelo de proa e de novo em sentido contrário, com seu exemplar de Púchkin aberto numa das mãos, mas a atenção cravada na linha da costa.

E com boas razões. O crime de Stálin contra a humanidade (obrigando os camponeses que sobrevivessem à fome a que eram induzidos, e aos pelotões de execução, a aceitar as propriedades agrícolas coletivas) havia erradicado grandes massas humanas, disseminando-as pelo que se tornara uma terra devastada. Meu marido e eu tínhamos visto traços dessa calamidade ao voltarmos da Crimeia para Moscou, a viagem que deixou uma indelével marca em Mandelstam e converteu-o, para melhor ou pior, em um contador da verdade. Os amigos que viajavam para o sul ou leste de Moscou relatavam encontros com os sobreviventes, à procura desesperada de uma aldeia para se estabelecer ou de um pedaço de terra para trabalhar, tentando durante todo o tempo escapar dos pelotões de tchekistas que vasculhavam o campo.

Agora, do convés do nosso barco fluvial, podíamos ver os restos da coletivização acampando à margem de ambas as encostas do rio, bandos de almas pendidas amontoadas sob lonas estendidas com galhos secos sobre suas cabeças, caixas de papelão e baús de palha empilhados em torno deles, crianças nuas brincando nas águas rasas enquanto os pais cozinhavam, sobre fogos de carvão vegetal, pedaços de carne de cavalo retalhados de carcaças. E meu perplexo melhor amigo e marido, o cérebro todo tomado pelas alucinações de ter me visitado numa cela da Lubianka, ou de ter se encontrado com Stálin no Krêmlin, voltou-se para mim e, apontando um dedo trêmulo para a margem, gritou:

— Veja, Nadenka, a escassez *está* sendo dividida entre os camponeses!

Para eterna vergonha da Rússia, ele estava certo. O que se pode dizer acerca desse episódio, depois de todos esses anos? Se, como Mandelstam insistia em dizer, Stálin sabia o que os seus tcheksitas faziam, ele certamente estava condenado, para sempre, ao círculo do inferno em que, como Dante relata, os fogos queimam de tal forma que se podia usar vidro derretido para esfriar o corpo das pessoas. Se, como Pasternak supunha, Stálin não sabia daquilo, era culpado por não saber o que devia e iria terminar no mesmo inferno.

No meio da tarde, Cherdyn apareceu em torno de uma curva do rio, esparramando-se por várias colinas, cada uma delas cercada pela floresta, e o conjunto dominado pelo campanário de uma enorme catedral que, por certo, fora transformada em armazém pelos bolcheviques. Mandelstam estava em pé na proa, a palma da mão sobre a parte de trás do mastro nu, observando como o vapor dava a volta na correnteza e era levado para o atracadouro de cimento com grandes pilhas de fardos e caixas que esperavam ser transportados para a civilização. Apanhando as retenidas lançadas pela tripulação, os estivadores arrastavam as pesadas amarras através da água para o alto dos turcos. Quando o navio foi atracado no ancoradouro e a plataforma de desembarque amarrada a meia-nau, os três guardas, carregando nossos pertences, escoltaram-nos para uma carruagem puxada por uma égua esquelética e nos acompanharam adiante, a pé, atrás de nós, enquanto lentamente nos encaminhamos, por um enorme portão, para a fortaleza no centro da cidade. O comandante, um velho cavalariano a julgar pelo aspecto de suas botas de cano longo e bigode exuberante, estava fechando apressadamente os já foscos botões dourados da túnica quando fomos levados a seu gabinete. Ele cofiou as extremidades do bigode com os dedos.

— Vocês devem ser os Mandelstam — disse. — O telegrama de Moscou deixou de mencionar um prenome ou patronímico. Qual de vocês é o prisioneiro?

— Sou eu o prisioneiro. Sou o poeta Mandelstam.

— E eu sou Nadejda Iákovlevna, a mulher do poeta Mandelstam — disse eu, com o orgulho de estar ligada a Mandelstam superando meu ressentimento (que eu tendia a suprimir) de ele ter nos metido nessa situação.

— Muito incomum — observou o comandante, que jamais se deu o trabalho de se apresentar.

— O que é muito incomum? — indaguei.

— A anotação *Isolar e preservar* junto ao nome de Mandelstam no telegrama — respondeu ele. — É a primeira vez que me deparo com essas instruções. — Olhou diretamente para Mandelstam. — Quem você conhece no Krêmlin?

Os lábios de meu marido se moldaram ao que, em uma outra ocasião, podia razoavelmente ser descrito como um sorriso.

— Stálin — retrucou ele.

O comandante trocou rápidos olhares com seu jovem oficial adjunto sentado atrás de uma escrivaninha no outro lado do gabinete.

— Isso não é uma coisa com a qual você deva brincar — advertiu.

— O que faz o senhor achar que estou brincando?

Aparentemente resolvendo que seria mais prudente deixar o assunto de lado, o comandante anunciou que devíamos ser alojados no hospital distrital até decidirem nosso lugar definitivo de exílio. Foi essa a primeira dica que tivemos de que Cherdyn devia ser, para nós, uma estação intermediária. A mesma carruagem nos transportou ao longo de uma estrada sinuosa pavimentada de toras partidas até uma estrutura de tijolos da fábrica de salsichas que, como ficamos sabendo, fora convertida em hospital. Nossos três guardas se despediram de nós no portão. O que se chamava Óssip ficou em posição de sentido e nos fez a continência depois de nos entregar às autoridades do hospital. Uma mulher corpulenta, que vestia um manchado guarda-pó branco, nos levou para uma grande e vazia enfermaria do segundo andar com duas camas de campanha de metal do Exército dispostas em ângulo reto contra uma das paredes. Como ninguém se ofereceu para nos ajudar com a bagagem, tive eu mesma de fazer várias viagens à sala de espera a fim de carregar tudo para cima. Com a partida de nossos três guardas, que Mandelstam achava estarem cumprindo ordens para executá-lo, meu marido se descontraiu um pouco. Reparou em um retrato de Lênin que fora arrancado de uma revista e pregado com percevejos na parte de trás da porta da enfermaria, e isso lhe despertou uma lembrança.

— Quando os Vermelhos tomaram o poder — disse ele —, a mulher de um dos bolcheviques foi aos apartamentos dos escritores pregar retratos de Lênin cortados de revista às paredes. Ela esperava proteger a *intelligentsia*. Como era inocente. — Ele balançou a cabeça: — Como nós todos éramos inocentes.

Quando a noite caiu sobre Cherdyn, Mandelstam começou a ouvir vozes de novo. Vi que se tratava disso por causa da expressão feroz de seus olhos. Convenceu-se de que ouvira Akhmátova recitando versos de um dos poemas dela (*Pegaram minha sombra para interrogá-la*) e concluiu daí que ela fora presa e morta a tiro. Fomos chamados para a ceia na cantina do andar principal, mas Mandelstam se recusou a comer qualquer coisa enquanto não tivesse investigado os barrancos em torno do hospital para ver se encontrava o corpo de Akhmátova. Segui-o pelos caminhos cheios de sujeira que corriam pela mata em torno do hospital até os dois cambalearmos de exaustão. Só aí pude, puxando e arrastando-o, levá-lo de volta à enfermaria do segundo andar e para sua cama de campanha. Quando consegui descer até a cantina, a única comida disponível eram restos, mas, como eles corretamente dizem, a cavalo dado não se olham os dentes, de modo que raspei um pouco de carne gordurosa e batatas frias para um prato limpo e levei-o para o meu marido, que selecionou essas sobras com uma extraordinária falta de entusiasmo.

Cheguei à parte da história que faz meu coração partir-se. É como se... como se reviver esse episódio tenha algo em comum com morrer.

Mandelstam estava sentado em sua cama de campanha completamente vestido, com as costas contra a parede, escutando com os olhos, murmurando a respeito de como os lenhadores iam executá-lo quando a lua estivesse suficientemente alta para eles encontrarem o caminho através da mata. Eu estava determinada a não fechar os olhos enquanto ele não caísse no sono mas, dominada pela fadiga, devo ter sucumbido. Tive sonhos terríveis, com crocodilos arrastando crianças pela água rasa ao longo da encosta do rio enquanto os pais atiçavam as chamas dos fogos de carvão vegetal e faziam grelhas improvisadas com cadáveres humanos sobre eles. O pesadelo me sacudiu e acordou. A cama de campanha junto a mim estava vazia. A porta de vidro que levava a um balcão estreito estava aberta. Avistei o poeta Mandelstam à luz da lua. Estava sentado escarranchadamente na balaustrada, uma das pernas oscilando dois pavimentos acima do chão, criando coragem para se jogar. Da porta de vidro, murmurei seu nome, a fim de não sobressaltá-lo. Ele virou a cabeça e surpreendeu-se comigo, as órbitas dos olhos escuras de terror. Arremeti para ele e o agarrei pela parte de trás do paletó, mas ele se torceu para fora das mangas e desabou na escuridão. Fiquei ali em pé na noite gelada, apertando o paletó nas mãos durante o tempo que a imagem leva, na retina, para alcançar o cérebro. Em seguida, dei um grito tão lancinante que afugentou os pássaros para o céu noturno.

Não me lembro de como desci a escadaria para o térreo, apenas de estar em pé no jardim junto ao muro do hospital enquanto figuras levando lampiões a querosene afluíam da entrada. As pessoas de guarda-pós brancos puxavam Mandelstam, gemendo de dor, da cerca viva na qual havia caído. Elas o colocaram numa padiola e tiveram de me afastar com força de seu corpo para levá-lo de volta ao hospital. Caminhei atrás, abalada. Acabamos no bloco de operações, iluminado a vela, porque o gerador era desligado à noite, por economia de combustível. Uma médica, que trajava um roupão de banho e parecia visivelmente contrariada por ter sido acordada, orientou o pessoal de enfermagem para despir Mandelstam. Com os óculos escorregando sobre o nariz, ela examinou-lhe o ombro direito e o braço, que estavam torcidos, deformados e com equimoses azuis.

— Ele tem sorte — disse a médica, examinando meu marido com a ponta dos dedos. — Deslocou o ombro. — E, com isso, ela tomou o pulso de Mandelstam e deu-lhe um puxão brusco, para colocar o osso de novo no lugar. O agudo grito de dor do meu marido foi logo cortado quando ele desmaiou.

No momento em que voltou à consciência, seu ombro e seu tronco já haviam sido enfaixados e ele fora levado de volta à cama de campanha, o braço numa tipoia, uma manta puxada até o queixo.

— O que aconteceu? — perguntou ele, quando o efeito do sedativo se desfez.

— Você caiu, meu querido Osyia. Por sorte, aterrissou em cercas vivas, que amorteceram sua queda. O terreno lá embaixo foi recentemente revolvido para se fazer um canteiro de flores. Você deslocou o ombro. A médica disse que serão necessárias algumas semanas para você voltar a usar o braço direito como antes.

Depois da tentativa de suicídio de Mandelstam, não tenho nenhuma lembrança do tempo, tão somente da luz: do sol, da noite branca, de velas, do luar e das estrelas. Os dias se misturaram uns com os outros. O pessoal da enfermagem, comovido com nossa situação, foi muito gentil. Trocavam as ataduras do meu marido, lavavam-lhe os braços e pernas com esponja, esvaziavam o urinol e traziam as refeições da cantina, de modo que eu não era forçada a deixá-lo sozinho na enfermaria. Talvez se tenha passado uma semana. Honestamente, não tenho como dizer. O que lembro bem é que, numa manhã ensolarada, dois enfermeiros apareceram na enfermaria trazendo uma cadeira reforçada sobre a qual queriam levar Mandelstam para o andar térreo. Nunca compreendi por quê, mas ele passou a suar frio e começou a balançar a cabeça enfaticamente. Nada que eu lhe dizia podia convencê-lo a se submeter à ajuda deles. Ele acabou por descer a escada apoiando seu peso em mim e estremecendo de dor a cada degrau. Uma vez no andar de baixo, Mandelstam foi suspenso, juntamente com os nossos pertences, para a parte de trás de uma carroça de tração humana que dois robustos rapazes camponeses conseguiram arrastar pela estrada pavimentada de toras partidas até a fortaleza. O comandante, usando dessa vez um macacão, nos recebeu em seu gabinete.

— Acho que você tem mesmo um amigo no Krêmlin — disse ele, sacudindo a cabeça com descrença. — Recebi um telegrama com instruções para que você selecione o seu lugar de exílio. Pode ser em qualquer parte, exceto numa das 12 maiores cidades.

Quem era o nosso amigo no Krêmlin? Pasternak finalmente convencera Bukhárin a intervir? O cabeça da União dos Escritores, Maksim Górki, descobrira rumores de descontentamento dos poetas e os transmitira a Iágoda? O próprio Stálin (certamente o homem por trás da ordem de *isolar e preservar*) decidira que Mandelstam provavelmente não sobreviveria a um inverno imediatamente sob o círculo Ártico?

Oferecida uma escolha, Mandelstam não hesitou.

— Vorónej — anunciou, como se tivesse antecipado a pergunta.

— Por que Vorónej? — perguntou o comandante.

A escolha também me surpreendeu.

— Por que Vorónej, Óssia?

Mandelstam refletiu a esse respeito.

— Conheci um biólogo na universidade de Tashkent que nasceu em Vorónej, cidade de fronteira no tempo de Pedro, o Grande, povoada por presos fugidos. Ele me contou boas coisas sobre ela. Como a cidade está sobre o Don e ao sul de Moscou, o tempo é provavelmente mais brando do que aqui. Lembro-me de o biólogo dizer que seu pai trabalhava lá como médico na prisão. — E então, milagre dos milagres, o velho Mandelstam, esse *homo poeticus* altamente sensível, teimoso e contente com a vida que podia encontrar um grão de humor na situação mais sombria, reencarnou-se no gabinete do comandante na fortaleza de Cherdyn. Ele olhou para mim, com a insinuação de um sorriso em seus olhos, e disse: — Não podemos excluir a possibilidade de precisarmos dos serviços de um médico de prisão, podemos, Nadenka?

— Bem-vindo de volta — disse eu.

CAPÍTULO DEZESSEIS

Fikrit Shotman
Sábado, 23 de junho de 1934.

ADORO TRENS. Sempre adorei, desde que me entendo por gente. Para mim, não há nenhuma música mais agradável que o apito de um trem na noite. Quando eu tinha 16 anos e já grande para minha idade, sonhei em trabalhar como foguista em uma locomotiva a vapor. Admirava os uniformes utilizados pelos agentes ferroviários e condutores de trem: com seus chapéus de pala, eles pareciam generais do glorioso Exército Vermelho. Quando me tornei um levantador de peso profissional e, mais tarde, quando fui o brutamontes de um circo, passava boa parte da minha vida na estrada, mas a viagem que começou no dia 23 de junho de 1934 foi a primeira que realizei com um vagão de gado. Se você está pensando o que acho que está pensando, está inteiramente errado, pois viajar em um vagão de gado foi o mais próximo que estive da primeira classe quando havia uma primeira classe nos dias anteriores à Revolução. Vou explicar Não há como negar que estávamos comprimidos, 93 corpos aquecidos, inclusive sete crianças indo para a Sibéria com os pais e 19 pessoas idosas, uma das quais era paralítica da cintura para baixo e precisava ser carregada para dentro e para fora do vagão de gado quando parávamos no meio do nada para nos lavar nos riachos. Esse tipo de situação era propícia à calamidade, mas tivemos a sorte de ter conosco um prisioneiro que todos chamavam de professor, um cara pequeno, de óculos redondos e grossos como fundo de garrafa e um cavanhaque pontudo que me lembrava a tatuagem de Agripina do traidor Trótski, que ela fazia passar por Engels. Não que isso importasse, mas o professor devia ser israelita, pois tinha o mesmo nome daquele judeu do Politburo, Kaganóvitch, e, pelo que posso supor, o professor e o comissário da locomotiva (cognome de Kaganóvitch quando ele percorria as estradas de ferro) podem ter sido primos próximos ou distantes. O professor nos organizou no que chamou de coletividade do vagão de gado e foi graças a ele que, ao contrário dos outros vagões de gado no mesmo trem, do qual enterraram corpos em covas rasas em cada desvio, fizemos a viagem de 19 dias desde a pouco usada estação em Moscou até o campo de transição em Magadanskaya sem perder uma única vida. Meu tamanho me deu uma autoridade natural, de modo que o professor me encarregou do banheiro comunal, que era um buraco criado nas tábuas de assoalho de um canto do vagão e cercado com xales de mulher fixados para servir de tabique. Usei uma caçamba de madeira cheia de urina e um feixe de palha para limpar o buraco emporcalhado pelos prisioneiros com os escoamentos, o que levou o próprio professor a me cumprimentar na frente de todos os membros da coletividade pelas condições sanitárias do banheiro.

Mais a respeito do professor. Era um velho bolchevique, que havia lutado, como nos dizia orgulhosamente, na batalha pelo Palácio de Inverno, no tempo da Revolução. Como era um marxista intransigente, à noite reunia os prisioneiros do vagão de gado em torno dele e discursava sobre a ditadura do proletariado, o materialismo dielétrico ou a exploração pela classe capitalista. Depois das palestras, o professor reservava um momento para perguntas. Na noite de sua primeira leitura, levantei um dedo e ele acenou em minha direção.

— Por que você está sendo mandado para o exílio? — perguntei.

— Violação do Artigo 58 — respondeu, me olhando direto no olho. — Fui acusado de pertencer a um grupo subversivo trotskista e antissoviético que estava planejando assassinar Stálin e outros membros do Politburo.

Muitos no vagão, eu inclusive, acolheram isso com um burburinho de raiva. Não nos havia ocorrido que esse pequenino homem de cabelo cerrado sobre as orelhas e de calva em forma de coroa pudesse ser um criminoso perigoso.

— Você é culpado? — gritaram do fundo do vagão.

— É claro que é culpado — disse eu. — De outro modo não estaria a caminho da Sibéria.

— Sou culpado — disse o professor —, mas não do que eles me acusaram. Assinei uma petição distribuída por estudantes comunistas da minha universidade apoiando a crítica de Bukhárin à coletivização forçada da agricultura. Como Bukhárin, não éramos contra a coletivização em si: a ideia de os camponeses serem tratados como trabalhadores agrícolas e ganharem salários iguais aos dos trabalhadores das fábricas nos pareceu ser uma extensão lógica da teoria marxista. Mas nós preferíamos uma abordagem mais gradativa. Teríamos *atraído* os camponeses para coletividades de boas moradias, com uma semana de trabalho de 54 horas e um salário garantido mesmo se a colheita fosse pobre. Os outros camponeses, vendo como a vida vinha a ser muito melhor na coletividade, se deixariam levar nessa direção por sua livre vontade, em vez de destruir seu gado e suas safras em protesto.

— Como é que, apesar de ter sido acusado injustamente, você ainda se diz marxista? — disse o velho com paralisia.

— Com orgulho, com esperança no futuro da Rússia e de toda a humanidade, eu me digo marxista e leninista — declarou o professor. — O progresso não é uma linha reta. Tem zigue-zagues, enquanto tenta combater a mentalidade materialista ocidental, indiferente ao sofrimento e procura um caminho russo especial para a modernidade. Cada volta desse zigue-zague resulta em aflição desnecessária e até na morte de verdadeiros seguidores. Deixe-me dizer de outra maneira. Até os bolcheviques entrarem em cena, o homem era o *objeto* da História: era chutado de um lado para o outro como uma bola de futebol por chefes tirânicos de instituições religiosas e impérios capitalistas. Com o advento do comunismo, o homem deixou de acreditar nas instituições religiosas e nos tiranos capitalistas, tornando-se o *sujeito* da História. Neste vagão de gado, neste trem fumegando em direção ao canto mais remoto da Sibéria, me vejo como um soldado na linha de frente da Revolução Proletária no mundo. Qual é a diferença se assento as bases do comunismo na Rússia europeia ou em alguma taiga siberiana? Camaradas, eu darei a resposta à minha própria pergunta. Não há nenhuma diferença.

Várias prisioneiras começaram a aplaudir suavemente. Em seguida os homens se juntaram a elas e o aplauso se tornou mais forte. Também eu passei a bater palmas, dando um ritmo ao aplauso que se emparelhou com o gemido das rodas nos trilhos. E logo todo mundo estava aplaudindo e batendo os pés nas tábuas do assoalho no ritmo que impus, e percebi que relembraria a viagem no vagão de gado como um dos pontos altos da minha vida, exatamente como foi com minha medalha de prata em Viena, Áustria, e meu aperto de mãos com o camarada Stálin.

Enquanto lavava meus pés e meu único par de meias sobressalentes em um arroio gelado na tarde seguinte, ouvi casualmente uma mulher se referir ao que o professor lecionava. Vinha a ser algo chamado linguística. A mulher disse que ele era famoso por caracterizar a diferença entre línguas e dialetos: as línguas eram faladas pelos povos que dispõem de exércitos; os dialetos, pelos povos que não os têm. O professor também não era ruim em geografia, pois no mesmo instante em que nosso trem havia partido ele traçou a giz a rota de Moscou a Madaganskaia na lateral de madeira do vagão de gado, ticando as cidades quando as vislumbrava pelas fendas entre as tábuas: Níjni Nóvgorod, Kazan, Iekaterinburg (onde, já vai tarde, os bolcheviques executaram o último tsar), Omsk, Novosibirsk, Irkútskaia.

Nessa primeira noite fora, ele recolheu todos os alimentos, toda água e recipientes de água e designou um comitê para distribuir rações a cada um segundo sua necessidade, o que quer dizer que as crianças e os velhos conseguiram contar com mais água do que os prisioneiros fisicamente aptos como eu. Designou um outro comitê, composto de camponesas, cuja atividade era procurar castanhas de cedro e raízes comestíveis sempre que o trem se detivesse em um desvio e nos fosse permitido encher os recipientes num riacho ou arroio. De quando em quando, em geral depois de passarmos por uma cidade tarde da noite, os guardas abriam a pesada porta e enfiavam um saco de papel cheio de pães. Nos outros vagões, você podia ouvir os prisioneiros xingando e brigando entre eles próprios quando disputavam o pão. Em nosso vagão, o comitê das rações se encarregava do saco e repartia o pão de maneira que ele durasse mais ou menos até a próxima cidade e o próximo saco.

Alguns prisioneiros escreviam cartas por sua conta, mas para os iletrados havia o comitê de professores para a escrita de cartas, composto de três ex-professores de escola. Para começar, eles percorreram o vagão de gado coletando páginas em branco dos livros que os prisioneiros tinham trazido com eles. Escrevendo nessas páginas no estilo dos campos de prisão, o que quer dizer numa caligrafia miúda que preenchia cada centímetro quadrado do papel, eles copiavam cartas para os prisioneiros que não podiam escrever por sua conta. O nome e o endereço do destinatário da carta era escrito num lado, depois o papel era dobrado e redobrado de modo que apenas o nome e o endereço do destinatário ficava visível, etapa em que era *enviado* pelo correio através do buraco do toalete quando passávamos por uma cidade ou aldeia à noite.

O professor nos disse haver uma tradição que remontava às colônias penais do tzar segundo a qual os camponeses que deparassem com cartas nos trilhos das estradas de ferro copiavam o endereço num envelope e, como os selos eram baratíssimos, botavam-nas no correio. Dessa forma, parentes e amigos em Moscou recebiam notícias dos prisioneiros que eram transportados para a Sibéria. Eu próprio não tirei partido desse sistema de escrever cartas por não querer que as pessoas descobrissem que eu não sabia ler nem escrever.

Havia um outro comitê, que o professor chamava de equipe da propaganda. Não estou certo se compreendi realmente o que lhe competia, mas a descreverei para o caso de o leitor desse relato compreendê-lo melhor do que eu. O comitê, composto inteiramente de mulheres da cidade que eram membros do Partido, pedia a todas as mulheres para contribuir com pedaços de roupa íntima de náilon ou renda. Uma mulher que ainda trazia o vestido de baile que trajava na noite de sua prisão doou uma anágua inteira. E, quando o nosso trem atravessava grandes cidades, ou mesmo cidades de tamanho médio, o que ocorria sempre à noite, os membros da comissão enfiavam os fragmentos pelas articulações do tapume lateral do vagão, de forma que eles ficavam tremulando na corrente de ar causada pelo movimento do trem. E, quando deixávamos para trás a metrópole ou cidade, os pedaços de roupa branca eram retirados e escondidos até chegarmos ao próximo centro populacional.

O comitê de professores para as crianças mantinha os garotos distraídos com jogos de botões e contos de fada. Mas os adultos, apesar do que chamo de condições de primeira classe do nosso vagão de gado, estavam todos deprimidos. Todos, com exceção deste seu servidor, Fikrit Shotman. Posso dizer, com honestidade, que aguardava ansiosamente pagar minha dívida com a sociedade, limpar a minha barra do logro e da traição que o camarada interrogador habilmente havia exposto ao mundo. Na minha cabeça, quanto mais cedo eu chegasse ao campo de transição, mais cedo eu partiria para um gulag (palavra que aprendi com colegas prisioneiros) a fim de expiar meus crimes contra o Estado soviético. Quatro anos não eram para sempre. Eu estava vivo, com boa saúde e fisicamente apto, e poderia voltar para Agripina e para o circo, retomando a minha vida mais experiente dos caminhos do mundo, mas não muito mais velho. Era importante ver a viagem para o leste sob uma luz positiva. Todos os meus heróis, começando com Vladímir Lênin e incluindo o camarada Stálin, tinham passado anos no exílio e regressaram mais fortes, por causa da experiência. Não me interpretem mal. Não estou me comparando a Lênin ou Stálin. Só estou dizendo que, como conduzi-me com dignidade em meu julgamento, estou decidido a conduzir-me com dignidade na situação atual. Em resumo, estou decidido a colocar o passado em seu lugar, ou seja, atrás de mim.

Nossa excitação cresceu quando nos aproximamos de Magadanskaya, no mapa de giz do professor. Os riachos onde nos lavávamos pareciam mais frios, ainda que os amarelos dentes-de-leão estivessem levantando as cabeças e o verão estivesse suficientemente perto para emitir seus aromas. A paisagem se tornou mais áspera; o mato perto da via férrea se estava emaranhado com morangos silvestres; cabritos selvagens, que foram beber num riacho em que nos lavávamos, tinham compridos cascos enrolados que não tinham sido aparados há anos; poucas aldeias eram visíveis do trem e havia mais distância entre elas: você podia viajar a metade de um dia sem ver um campo cultivado ou uma clareira na floresta. O vazio me lembrou o deserto de Kara Kum, perto de Khiva, no Turcomenistão, com a diferença de que aqui não havia areia, apenas *permafrost* e montanhas ainda com neve no cume em junho. Avançando por pátios de manobras de Magadanskaya, mantive os olhos grudados a um dos espaços entre as tábuas. Vi casas de madeira com pequenas hortas. Vi vacas ou bodes amarrados a cercas pintadas de cores vivas. Vi uma cooperativa de madeireiros com um martelo sobre a porta e uma oficina para reparo de tratores com uma foice sobre o alpendre. Vi carros de entrega puxados por bois. Em resumo, vi o que parecia civilização florescendo nessa República Socialista Soviética.

Quando o trem chegou a uma parada num desvio, fomos mantidos à espera nos sufocantes vagões de gado durante horas. Os temperamentos esquentaram. Dois homens quase chegaram aos murros. Felizmente o professor encontrava as palavras que acalmavam os nervos de todo o mundo. Podíamos ouvir os funcionários se ocupando dos prisioneiros nos vagões à nossa frente. Por fim, a porta do nosso vagão foi aberta por guardas armados que usavam túnicas de uniformes cinzentas e cintadas, bem como pontudos quepes do tipo Budióni. Alguns deles estavam com cães raivosos, de coleiras curtas. Dois homens, um deles em uniforme do Exército, o outro em um amarrotado terno civil, estavam sentados a uma mesa na plataforma de madeira em frente da nossa porta. O de traje civil gritou o nome do professor:

— Kaganóvitch, Alter. — O professor nos deu adeus com um elegante aceno da mão. Algumas das mulheres viraram a cabeça para o lado, a fim de esconder as lágrimas. Eu também virei minha cabeça de modo que ninguém visse que eu não estava chorando. (De onde eu vim, que é das montanhas do Azerbaijão, os homens não choram.) O civil na mesa leu em voz suficientemente alta para todos ouvirmos:

— Violação do Artigo 58 do Código Penal; sentenciado a vinte anos, sem direito de correspondência.

Podíamos ver, do vagão de gado, o professor entregar a carteira de identidade ao homem de traje civil, depois pregar o que parecia um número na frente da camisa e se juntar aos outros condenados que já se agachavam na traseira de um caminhão aberto, estacionado junto dali.

Fiquei esperançoso com o fato de que ele estava a caminho de construir o comunismo na Sibéria.

Um por um, os camaradas prisioneiros saltavam para a plataforma quando seus nomes eram chamados e se apresentavam aos homens sentados atrás da mesa. Os dois que quase trocaram murros carregaram o paralítico ao chegar sua vez. O oficial do Exército pareceu confuso ao se descobrir ocupando-se de alguém que tinha apanhado dez anos de prisão por subversão, mas não podia andar. O civil apontou com a cabeça para algo que eu não podia ver. O oficial do Exército concordou e o paralítico foi removido num carrinho de mão naquela direção, para nunca ser visto de novo, pelo menos por mim. E então ouvi o meu nome. *Shotman, Fikrit.*

— Presente e ansioso por cumprir minha sentença — gritei de volta, o que arrancou um riso nervoso dos prisioneiros ainda no meu vagão de gado. Pulei para a terra e me perfilei diante da mesa.

— *Zek* Sh744239, onde estão seus pertences?

— Com exceção de um par de meias sobressalentes, não trouxe nenhum, Excelências.

— Que habilidades você tem?

— Eu conseguia fazer *levantamento terra* de 255 quilos. Mesmo com meu joelho ruim ainda posso, provavelmente, levantar duzentos quilos.

— O que significa isso, levantamento terra?

— Há três modalidades de levantamento de peso, Excelências: há o agachamento, há o supino e há o levantamento terra — expliquei.

O oficial do Exército me interrompeu, com impaciência.

— Esqueça o que perguntei. — Ele disse algo ao civil junto dele que balançou a cabeça com aprovação. — O que você sabe a respeito de ouro, Shotman? — perguntou o oficial do Exército.

— O melhor que pude alcançar foi a *prata*, Excelências.

Os dois homens atrás da mesa trocaram olhares.

— Você minerou prata? — perguntou o civil.

— Eu *ganhei* a prata, Excelências. Em Viena, Áustria. Em 1932. É o que eu tentava dizer aos senhores. Ganhei a prata no levantamento terra, ficando dez quilos atrás do americano Bob Hoffman, que levou o ouro. O próprio Stálin apertou minha mão no Krêmlin quando levei a medalha de prata para Moscou.

— Repito minha pergunta — disse o oficial do Exército. — O que você sabe sobre *mineração* de ouro?

Cocei a cabeça.

— O que sei a respeito da mineração de ouro o senhor poderia acomodar em um dedal de costura — disse eu, achando que ganharia crédito pela honestidade.

O civil rabiscou alguma coisa no alto de uma folha de papel e me entregou um número para prender na frente da camisa.

— Você aprenderá o que precisa saber a respeito da mineração de ouro no assentamento de Kolmá — disse ele. Fazendo-me sinal para eu me juntar aos homens que estavam sentados numa elevação atrás da plataforma, ele chamou o nome seguinte.

— Vocês partirão para o rio Kolmá — disse o soldado que guardava o grupo, quando me sentei no chão com os outros.

— Onde é o rio Kolmá? — perguntei.

— É nove dias ao norte daqui — disse um dos prisioneiros, um homem da cidade, a julgar pelos sapatos de cadarço. Não soou entusiasmado.

— Nove dias de trem? Nove dias de barco? Nove dias de caminhão?

O soldado, que estava mascando uma raiz, deu risada.

— Nove dias a pé — disse ele. — Vocês terão de andar. Se ainda estiverem vivos no fim da caminhada, o que não é nada em que se queira apostar, terão chance de conseguir sair daqui.

Nove dias vinha a ser o tempo que se levaria se o sol estivesse brilhando e a trilha para o norte estivesse completamente seca. O que, digo-o infelizmente, não foi o caso. Mal tínhamos pegado a estrada os céus se abriram e desabou mais chuva do que imaginaríamos que o céu pudesse conter. Os cinco soldados que deveriam guardar nossos 24 mineradores de ouro do Kolmá nos mantiveram chapinhando na lama, com cada passo sugando as solas de nossas botas, como se houvesse um monstro no chão, tentando nos comer vivos. Havia postos militares ao longo do caminho (um condenado que trabalhava em sua segunda sentença de cinco anos me disse que a Sibéria inteira era um gigantesco campo de prisioneiros, mas evidentemente não acreditei nele), onde encontrávamos abrigo da chuva para a noite, se podíamos chamar de abrigo uma capa de canhão esticada sobre estacas de barracão, juntamente com uma espécie de sopa de carne de carneiro de que os soldados, naturalmente, tiravam os nacos de carne e nós nos considerávamos com sorte se conseguíssemos o tutano dos ossos. Mas era mais do que conseguíamos comer em nossa viagem de 19 dias para a Sibéria e, desse modo, parecia um banquete. A chuva amainou no dia em que atingimos o rio Kolmá, a 12 dias de Magadanskaya. Nós chapinhamos nas águas velozes como garotos em um piquenique do Komsomol, depois nos estendíamos nus na encosta do rio para deixar nossas roupas secarem ao sol. No 13º dia, tivemos um golpe de sorte. Uma barcaça a motor de fundo chato passou indo rio acima até o assentamento do Kolmá, a fim de levar mantimentos para os mineradores e carregar de volta ouro, estanho e madeira de construção. Nossos cinco soldados, aborrecidos com a marcha, conseguiram que o capitão nos levasse rio acima sob a condição de tirarmos água do porão, o que fizemos formando uma corrente e passando baldes para cima e para baixo. A barcaça tinha uma cozinheira trabalhando para a tripulação. Sendo ela própria uma ex-prisioneira, surrupiava porções de arroz e legumes para nós depois que os outros comiam. E no 16º dia, com o porão quase seco, nós avistamos o assentamento do Kolmá acima das estacadas sobre a linha da margem.

A chegada da barcaça foi saudada com o gemido de uma sirene de manivela e podíamos ver a distância as pessoas acenando animadas para nós do alto de uma colina. Um minúsculo oficial do Exército, trazendo uma corrente amarrada a um urso-pardo em pé sobre as patas traseiras, desceu da colina andando agachado. Usava calças de treinamento e a túnica de uniforme mais suja que eu já tinha visto, aberta no pescoço e com as divisas prateadas de coronel desbotadas no colarinho. Encaminhando-se para a doca, ele se apoderou da vodca que veio rio acima com os mantimentos, rabiscando suas iniciais em cada caixa enquanto elas eram carregadas em carrinhos de mão de madeira para o transporte até a colina.

O coronel vinha a ser o comandante de Kolmá. Deu ordem aos cinco soldados para pôr em forma os novos prisioneiros e depois, com o urso a reboque, ele passou por nós empertigado e pomposo como um general soviético que passa em revista uma guarda de honra. Foi então que eu avistei mais mulheres do que você conseguiria contar, talvez umas cinquenta, e até mais, se entornando pela colina abaixo em direção a nós, como se a gravidade houvesse deixado escapar sua influência sobre seus tornozelos. Pouco depois você poderia ouvi-las chegando, assim como vê-las chegando, até que o comandante, com a atenção desviada da revista da nova remessa de prisioneiros, gritou:

— *Silêncio, mulheres!* — A tagarelice cessou como se a agulha de um fonógrafo tivesse sido levantada de um disco. As mulheres entraram em uma formação irregular que ficava a uns 20 metros de nós.

O coronel se voltou de novo para os prisioneiros.

— Escutem — gritou ele. — Vou dizer a vocês como as coisas funcionam no assentamento de Kolmá. Aqui não há nenhuma prisão, nenhum quartel, somente cabanas de madeira cortada da taiga pelos primeiros condenados a chegar ao Kolmá, dez anos atrás. As 62 mulheres alinhadas diante de vocês são viúvas, no sentido mais comum no Kolmá, o que significa que o homem com o qual elas partilhavam a cabana e o leito bateu as botas ou cumpriu o período de prisão e regressou à Rússia Europeia. Cada uma das mulheres acharia útil ter um homem que cortasse lenha para o fogo, esfolasse renas ou porcos e conservasse a cama quente, se vocês me entendem. Como há mais mulheres procurando maridos que prisioneiros disponíveis, vocês têm de escolher. Examinem-nas de perto, cada um selecione uma que lhe agrade no grupo e vá morar com ela. Apresentem-se ao trabalho na entrada da mina, no lado da montanha do assentamento do Kolmá, meia hora depois do nascer do sol amanhã. Alguma pergunta?

Um prisioneiro no fim da fileira levantou a mão.

— Podemos trocar, depois de morar com uma dessas mulheres?

O coronel riu.

— Não. Para evitar que as mulheres roubem os homens umas das outras, sua primeira escolha é a única. Você sempre pode mudar, mas nesse caso não terá nenhum lugar para viver e nenhum corpo de mulher disponível para recebê-lo nos dez meses do inverno em que um dia com uma temperatura de menos 30 graus é considerado quente.

Notei Magda no instante em que ela me notou. Era mais alta que todas em torno dela, o que a deixava apenas mais baixa que eu. Nossos olhos se acharam. Pude ver que estava sorrindo para mim. Os prisioneiros estavam começando a perambular pela terra de ninguém entre as mulheres e nós. Um deles vagueou para perto dela, porém ela levantou um braço e o afastou com o dorso do pulso. Eu caminhei em linha reta até ela.

— Magda — disse ela.

— Fikrit.

— Cazaque.

— Azerbaijano.

— Peguei dez anos — disse ela. — Contrarrevolução, agente de algum companheiro de que nunca ouvi falar, chamado Litski ou Trótski, ou coisa parecida. Ainda faltam nove anos para o fim da minha sentença.

— Apanhei quatro anos. Artigo 58. Subversão. Integrante chave do centro antibolchevique de base trotskista sediado em Paris.

— Você é culpado?

— Eles disseram que eu era, então eu devo ser.

— É tão forte quanto parece?

— Mais forte.

— Por que a sua cabeça virou para o lado desse jeito?

— Sou surdo no ouvido esquerdo.

Ela aceitou isso com um aceno da cabeça.

— Ser surdo de um ouvido não afeta o modo como você trepa?

— Não estive com uma mulher desde que fiquei surdo, mas não espero nenhum problema nesse departamento.

Magda riu. Como estava com o meu ouvido bom voltado para ela, pude ouvir que tinha um riso agradável.

— Além da minha altura, o que fez você me escolher? — perguntou ela.

Preciso explicar que Magda tinha uma cabeça enorme, de cabelos descontroladamente emaranhados. Vestia calça de trabalho masculina, presa fortemente à cintura com uma corda como cinto e uma camisa sem manga que lhe expunha os lados dos grandes seios e lhe deixava os braços nus.

— A tatuagem — disse eu. — Eu a vi logo. Gosto de tatuagens em mulheres.

Ela levantou o antebraço, de modo que eu podia dar uma olhada melhor.

— Perdeu muito da cor. É como se parecia o meu marido, antes da prisão.

— O que aconteceu com ele?

Magda deu de ombros.

— Eu o vi de relance no pátio de exercício da prisão de Aiagoz. Estava andando em círculos, com a mão no ombro do prisioneiro da frente. Depois disso, perdi o rastro dele. Poderia estar em outro assentamento sobre o Kolmá, ao que eu saiba. — Ela olhou para mim com a cabeça inclinada, os olhos se apertando. — Você deixou uma mulher na civilização?

Eu disse que sim. Contei que se chamava Agripina e que ela era a mulher tatuada do mesmo circo que eu.

— Isso explica por que você gosta de tatuagens.

— Como você ficou sendo uma viúva do Kolmá? — perguntei.

— O homem com que eu estava dividindo uma cabana ficou louco. Estava no começo de uma sentença de vinte anos, quando apareci aqui, um ano atrás. Há dois ou três meses... em que mês estamos?

— Junho.

— Foi em fevereiro, o que o deixa quatro meses atrás. O tempo aqui anda devagar quando você olha para frente e voa quando você olha para trás. Em fevereiro, como eu disse, ele quebrava gelo no rio com uma picareta, tirou a roupa e se meteu na água. Não durou meio minuto. Quando conseguiram um barco para apanhá-lo e arrastá-lo para fora, ele estava duro como uma tábua e azul como o céu.

— De modo que você me vai levar para o lugar dele?

— É, vou levar você — disse ela. E me pegando pelo braço, começou a me puxar para a colina.

Foi assim que vim a dar início a um novo capítulo da minha vida. Sei que alguns apontarão o dedo para mim por ser infiel a Agripina, mas o velho ditado *O que os olhos não veem o coração não sente* é uma descrição mais verdadeira que qualquer outra do que acontece a uma pessoa na minha situação. Em minha defesa, eu estava no início de uma pena de quatro anos, precisava de um teto sobre a cabeça e do calor de um corpo na cama para sobreviver aos invernos nesse remanso ártico. Não estou tentando sair de uma enrascada quando digo que, do modo como as coisas se apresentaram, acredito que Agripina teria seguido o meu conselho. *No Azerbaijão, quando um homem desaparece por algum motivo, sua mulher espera durante um tempo considerável e depois procura outro para tomar-lhe o lugar.* Agripina era uma boa mulher para mim e se tornaria uma boa mulher para um dos homens itinerantes e solteiros que vivem nos apartamentos comunais. Seria um exemplo de como a natureza segue seu curso se ela pusesse a linha na agulha e apertasse minhas calças, camisas e casacos (esses homens itinerantes são grandes, mas não tão grandes quanto eu) e passasse a roupa para o novo marido, justamente o que Magda fez por mim, só que, em seu caso, ela teve de soltar as cinturas e bainhas das calças acolchoadas, casacos e camisas do marido suicida para servirem em mim. Ela conseguiu até remendar novas biqueiras em suas botas com sola de cortiça, de forma que eu pudesse comprimir meus pés dentro delas.

E assim a vida corre. E quem é Fikrit Shotman para questionar o que está certo e o que está errado?

Sobreviver justifica muito do que pode ser considerado errado.

A cabana de Magda era o oposto de Magda. Tinha esta uma beleza agreste que alguns dos que a conheceram melhor devem ter tomado por feiura. O que significa que apesar de ela própria se mostrar indomada, com um temperamento ardente e o cabelo bagunçado atirando-se em todas as direções, sua cabana, feita de toras cortadas, completada com barro e palha nas junções, era limpa como um copeque novo, e organizada. Toda caneca, prato de lata ou colher de pau tinha o lugar certo, e os céus que ajudassem o marido que não as pusesse de volta ali. Cada quantidade de madeira que eu partia com o machado era cuidadosamente empilhada em um canto perto da chaminé, as peças encaixadas uma na outra como um quebra-cabeça, de modo que a pilha ocupasse menos espaço no cômodo. O anexo da cabana tinha um tamborete de quatro pernas com um furo cortado no meio, um luxo que eu ainda não tinha experimentado desde que fui ao banheiro do Krêmlin na época em que apertei a mão do camarada Stálin. Até o trabalho de mineração do ouro, 14 horas por dia, seis dias por semana, me enchia de satisfação porque, como o professor Kaganóvitch do nosso vagão de gado, eu sabia que estava contribuindo para a construção do comunismo. Matava-me de trabalhar no poço de 1 quilômetro que se enterrava no lado da montanha, picando sempre nos filões da rocha de quartzo branco com uma picareta e extraindo o veio metálico para os estreitos carrinhos de minério que empurrávamos pelos trilhos até a entrada da mina quando ficavam cheios. O ar no poço era poluído, obrigando-nos a usar máscaras da Primeira Guerra Mundial na maior parte do tempo. Mesmo sem as máscaras contra gás, você mal podia conversar com o mineiro mais perto de você por causa do barulho das bombas movimentando a água do poço. Magda estava na equipe da entrada da mina que passava o conteúdo dos carrinhos de minério para granéis, depois trabalhava no que eles chamavam de prensas, pesados trituradores de ferro que subiam e caíam sobre a rocha de quartzo, despedaçando-a em estilhaços, que os prisioneiros mais velhos peneiravam. As pepitas de ouro eram lançadas num banho de ácido, que reduzia o ouro a uma vasa que era fundida em lingotes em forma de tijolo. Quando os duzentos (ou quase isso) prisioneiros que trabalhavam na mina produziam dez ou mais lingotes por dia, conseguíamos receber rações dobradas para a ceia daquela noite, o que era motivo de comemoração, pois as rações únicas deixavam seu estômago roncando de fome. No único dia em que não trabalhávamos na mina, os prisioneiros deveriam se apresentar após a refeição do meio-dia no edifício comum perto do gabinete do comandante para escutar páginas dos livros de Stálin lidas em voz alta pelo flácido oficial encarregado da educação política. O oficial ceceava. Qualquer pessoa que cochilasse se arriscava a ter de limpar a latrina do comandante com uma escova de dentes e depois escovar os dentes com ela.

Se havia um aspecto negativo da vida no assentamento do Kolmá ele estava no passar do tempo. Os prisioneiros de longas sentenças marcavam-no em meses. Os de sentenças curtas contavam as semanas ou dias restantes. Mas quer você contasse em meses, semanas ou dias, as horas se arrastavam. Eis o que eu achava: se possuíssemos um relógio, como um daqueles grandes das estações de trem, o ponteiro dos segundos estaria girando ao redor dos números romanos em câmera lenta. Nenhum de nós tinha um relógio de pulso ou qualquer outro. Magda tinha uma pequenina ampulheta que se esvaziava em três minutos, mas a usávamos apenas para fazer ovos cozidos quando tínhamos ovos, o que era nos feriados nacionais, como o aniversário da Revolução Bolchevique ou o aniversário de Stálin.

Cada dia em Kolmá começava com o desafinado guincho de uma corneta quando o primeiro lampejo do nascer do sol penetrava através dos morros em torno do assentamento. Você podia ouvir os homens tossindo e xingando nas cabanas em torno de nós. Meia hora depois estávamos todos alinhados sobre o baixio em frente à entrada do poço, éramos contados e o dia de trabalho começava. Havia uma interrupção de dez minutos para o almoço, um ensopado frio de carne servido com a concha de uma cuba de madeira para os pratos de lata que levávamos numa bolsa quando entrávamos no poço. Uma vez que nenhum prisioneiro possuía relógios de pulso (os poucos que os tiveram negociaram-nos com os guardas em troca de cigarros, logo depois da chegada), e uma vez que ficávamos uns mil metros dentro da montanha e a única luz provinha das bruxuleantes lâmpadas dos mineiros, você somente podia conjecturar quantas horas restavam no dia de trabalho. E, como o tempo se arrastava, todo mundo, eu inclusive, conjecturava pouco. Mas, com duas semanas da minha vida com Magda, descobri que ela sabia como fazer o tempo voar. Não estou inventando isso. Havia outros prisioneiros no assentamento que se valiam do truque de Magda. Se o comandante sabia a respeito, fazia vista grossa. O segredo era *chá*. Chá de cozinha, comum, com escrita chinesa, na sacola de pano. Eis como funcionava. Todo prisioneiro tinha uma ração de 2 gramas de chá por dia, o que significava que Magda e eu tínhamos 4 gramas por dia, o que somava 20 e poucos gramas por semana, sem contar o que podíamos comprar com os 15 rublos por mês de trocados que cada um de nós obtinha. Magda poupou o nosso chá até contarmos com 100 gramas. Quando o oficial do ceceio se cansava de ler os livros de Stálin, nos encaminhávamos de volta até a cabana de Magda e eu fazia um fogo estralejante que estava (a madeira estava ali ao alcance) sob um grande bule cheio de água de poço, de modo que o espaço logo ficava quente e pegajoso como uma das casas de banho turco de Moscou, e então nós nos despíamos e nos sentávamos no chão com as costas contra a parede, friccionando nossos corpos suados com a palha. Enquanto eu mordiscava uma enguia marinada que eu apanhara com as mãos em uma parte rasa do rio Kolmá, Magda fervia nossa preciosidade de chá em tão pouca água que você não conseguia mais do que duas ou três pequenas xícaras. Os prisioneiros tinham uma palavra para esse chá "condensado", que era acrescido de algo que Magda chamava de tanino. Eles o denominavam *chaifir*. Se você o tomasse devagar, ficava alto; se bebesse duas xícaras, entrava num transe e o tempo passava zumbindo pelo seu ouvido com a velocidade da luz do sol dando punhaladas entre as montanhas de Kolmá de manhã cedo. Alto com o *chaifir*, o segundo ponteiro do relógio na estação ferroviária da minha cabeça giraria tão depressa que me deixaria tonto, e uma sentença de quatro anos parecera, para o tempo que o barato durava, como se estivesse atrás de você quando você voltava para a terra.

Suponho que isso abrange quase tudo. Com exceção da sua última pergunta. Qual era a diferença entre Agripina e Magda? Antes de tudo, é difícil comparar duas mulheres quando elas não estão no mesmo lugar. A presença da que está presente acrescenta peso a suas qualidades. A ausência da que está ausente traz à cabeça seus defeitos. O que posso dizer é que Magda era uma mulher de poucas palavras, mas essas palavras diziam tudo o que precisava ser dito. Era, como os camponeses dizem, a senhora do mundo em que vivia. E o centro de seu mundo era a sua cama. Tinha prazer em dar prazer. Não direi mais porque não quero desconcertá-lo obrigando-o a ouvir coisas que não são da sua conta.

CAPÍTULO DEZESSETE

Anna Andréievna
Terça-feira, 4 de fevereiro de 1936.

A VIAGEM FOI ABOMINÁVEL. Quarenta e nove horas intermináveis, 36 delas em vagões ferroviários abafados, repletos de fumaça de cigarro e de burgueses comunistas (*apparatchiki* indo para Vorónej a fim de fiscalizar armazéns do Estado ou percorrer fazendas do Estado, ou, em um dos casos, para fazer preleção sobre a colossal contribuição de Stálin para o que o Estado chama de marxismo científico), 13 horas matando o tempo em estações decrépitas, à espera de um trem que passasse na direção certa. A pior parte foi a conversa miúda: a exposição por parte de companheiros do vagão de suas amolações de saúde, se estendendo de furúnculos no traseiro a dentes podres e problemas ginecológicos que permanecerão, pelo menos para mim, não identificados. Havia um casal nas últimas fileiras dos bancos de madeira sendo escoltado por três soldados que traziam baionetas nos fuzis antes de os amontoarem sobre o bagageiro suspenso, como se fossem bastões de esqui. O homem, não barbeado mas decentemente trajado com uma gravata e um terno de três peças de confecção estrangeira, lia um livro e tinha a aparência de um intelectual, um professor que, provavelmente, teria sido casualmente ouvido repetindo uma piada antissoviética de um estudante de sua classe designado pela Tcheka para espionar (digo isso porque conheço um caso em que a queda do professor aconteceu exatamente dessa maneira). Passando pelo casal no caminho para o banheiro no fim do corredor, estabeleci contato visual com a mulher, bonita mas preocupada, o cabelo branco fuliginoso, muito embora, obviamente, não tivesse ainda chegado à meia-idade. Meu marido e meu filho tinham sido presos quatro meses antes. Um vislumbre do sofrimento nos olhos da mulher foi suficiente para me fazer pensar que estava vendo meu reflexo em um espelho. Parei para expressar uma palavra de encorajamento, mas os soldados me enxotaram, dizendo que os prisioneiros que eram escoltados para o exílio eram proibidos de conversar com cidadãos livres das Repúblicas Socialistas Soviéticas. A mulher, se recusando a ser intimidada, informou ao soldado que o marido era o prisioneiro condenado; que ela era uma mulher livre, acompanhando-o voluntariamente para o exílio, e podia falar com qualquer pessoa que lhe aprouvesse. O mais velho dos três soldados, com desbotadas divisas de sargento quase caindo da manga da túnica disforme, ergueu as sobrancelhas numa espécie de fastio do mundo e deu-lhe um tapa na boca, com o dorso da mão. Ele tinha um anel num dos dedos e este lanhou a maçã do rosto dela, tirando-lhe um filete de sangue. O marido levantou os olhos do livro e pude ver lágrimas saindo-lhe dos olhos por não ter como defender a mulher.

A jovem de cabelos brancos se esforçou para respirar.

— Você pode relatar isso a alguém? — perguntou, baixinho, olhando atentamente para mim.

— Eu posso — murmurei, e fiz um voto silencioso de que um dia o faria. Fiquei ali em pé olhando ferozmente para o sargento, mas não ousei protestar a fim de que não usasse sua asinina autoridade para me expulsar do trem na próxima estação. O que deixaria Óssip Emílievitch, que me esperava impacientemente na plataforma de Vorónej, com um estímulo mais rigoroso para o suicídio do que teria sido se eu aparecesse. A carta de Nadejda, que me pedia que fosse, fora inequívoca. Apesar de seus esforços hercúleos, meu querido Óssip estava escorregando na insidiosa ladeira para a melancolia e a loucura. Assim, eu engoli o meu orgulho, juntamente com minhas palavras de nojo do regime, e não disse nada. E me odiei um pouco mais do que antes desse incidente.

O trem se arrastou para dentro da estação de Vorónej momentos antes do meio-dia. Puxei minhas duas sacolas (a menor com uma muda de roupas e artigos de toalete, a maior cheia de livros e variados presentes para os Mandelstam) para a plataforma, examinando bem os rostos, procurando por um que parecesse familiar. E então ouvi uma voz atrás de mim gritar: *Anna Andréievna!* Virei e me deparei embasbacada com um completo estranho.

Era, evidentemente, o poeta Mandelstam.

Minha dificuldade de reconhecê-lo o havia claramente assustado.

— Minha querida Anna, mudei tanto assim? — perguntou.

— Óssip?

— Em carne e osso, embora mais osso do que carne.

Eu estava sem fala. Óssip trajava um paletó de couro amarelo que lhe ia até os joelhos e um ushanka de couro com as orelheiras atadas. Tinha a barba por fazer, estava magro como um palito, o ombro direito se curvava para a frente, o braço direito pendia rigidamente do ombro. Seus dentes estavam em condições lamentáveis, os lábios azuis, as bochechas afundadas. De pé ali, respirando em arquejos curtos, parecia uns vinte anos mais velho do que seus 45.

— Não fique sem graça — disse ele. — Não há nenhum espelho onde nós vivemos, mas tenho visto meu reflexo nas vitrines das lojas. As primeiras poucas vezes em que isso aconteceu, vi alguém olhando fixamente para mim que eu também não reconhecia. — Ele enfiou na minha mão um pequeno buquê de miosótis secas. — É impossível encontrar flores frescas em fevereiro. Você terá de contentar-se com essas.

— Meu querido Óssip — gritei, e, abandonando as sacolas na plataforma, atirei-me no seu pescoço. E me lembro dele dizendo (meu Deus do céu, posso realmente ouvir sua voz, quando ressuscito suas palavras):

— Anna, Anna, não estou morto, apenas morrendo.

Sim. *Apenas morrendo*. Estou absolutamente certa de que foi o que ele disse.

Felizmente (digo felizmente porque foi uma luta para Óssip carregar mesmo a mais leve das minhas duas sacolas) dava para ir a pé sem grandes esforços da estação ferroviária até onde os Mandelstam moravam. Iniciamos com passo de lesma. Óssip havia improvisado uma bengala com um pau de cortina com uma maçaneta na extremidade, mas não parecia ter força no braço direito para nela se apoiar. Nadejda havia me escrito sobre sua queda do segundo andar de um hospital e de seu ombro deslocado, mas, como não mencionara o assunto durante mais de um ano, presumi que o ferimento se curara; como estava errada. De quando em quando Óssip parava para tomar ar. De onde nós estávamos, eu podia ver o centro de Vorónej, plano como uma mesa em um café parisiense. A avenida da Revolução corria como uma artéria pela cidade. As ruas secundárias e os becos se desprendiam da avenida e escorriam em declive para um riacho congelado que Óssip identificou como o Voroma. É desnecessário dizer que, fora a avenida da Revolução, nenhuma das ruas era pavimentada, o que era bom no inverno, quando o chão era duro como rocha, mas devia ser um inferno no verão, quando a chuva transformava os caminhos em escorregadias pistas de lama. A moradia dos Mandelstam (se um teto empenado de telhas de madeira precariamente equilibradas sobre quatro paredes decrépitas pode propriamente ser descrito como uma moradia), no número 4 da rua Liniêinaia, ficava no alto de uma estreita viela enviesada repleta de casas de tábua em ruínas que, para meu olho urbano, pareciam como se estivessem submergindo em seus minúsculos jardins. Os sinais da ferrovia ficavam do lado oposto da porta da casa onde eles alugaram um quarto de uma gentil costureira. Como logo descobri, os trens de quando em quando passavam estrugindo pelas janelas. Com surpreendente agilidade, Óssip saltava de sua cadeira e corria para abrir rapidamente a porta e observar o trem, como se cada comboio fosse um acontecimento notável em suas horas de vigília. Mas estou me adiantando.

Nadejda, como você pode imaginar, ficou exultante quando apareci. Bombardeou-me com perguntas, mal deixando espaço entre elas para as respostas. Que novidades eu tinha do meu marido e do meu filho Lev? (Nenhuma; foram convocados pelos tchekistas e não tinham sido ouvidos desde então. Meus telegramas à União dos Escritores e ao Comitê Central haviam ficado sem resposta.) Quanto tempo eu podia permanecer ali? (Uma semana. Ficava temerosa de estar longe do meu telefone comunal por mais tempo.) Como estava Pasternak? (Eu tinha arrancado páginas do *Izvéstia* datadas de janeiro deste ano que continham dois poemas de Pasternak em louvor de Stálin. Vi Nadejda e Óssip trocarem olhares significativos, enquanto passavam os poemas de um para o outro.) Havia qualquer verdade nos rumores de que Zinóviev e Kámenev iam a julgamento no verão? De que maneira eu poderia saber se um boato era verdadeiro? Por outro lado, os artigos de jornal informavam que eles haviam confessado estar conspirando contra Stálin, o que indicaria ser provável que um julgamento público estivesse programado. Era possível que eles tivessem prendido tantas pessoas, com os trens levando prisioneiros para os centros de detenção, sem falar nos próprios centros sobrecarregados, e o terror estivesse decrescendo? Certamente não. Comparado com o ano relativamente vegetariano de 1934, quando as pessoas eram mais ou menos presas por uma razão, atualmente qualquer pessoa podia ser presa e absolutamente sem nenhuma razão. A Tcheka não exigia acusações, provas ou mesmo denúncia. Era quase como se a própria aleatoriedade das prisões fosse a característica que o Estado desejasse para ser bem-sucedido.

E assim, em frases pela metade, silêncios sugestivos e lágrimas sufocadas, atualizávamos uns aos outros quanto às ruínas da nossa vida. Os Mandelstam tinham dividido o espaço que alugavam com um cordão esticado entre as duas paredes e coberto com mantas para criar um tabique capaz de proteger a sua cama estreita. Eles insistiram que eu dormisse na cama. Só Deus sabe onde eles dormiram. Talvez a costureira os deixasse usar o divã que avistei na sala de costura quando conheci. De qualquer modo, as manhãs eram uma sarabanda de pessoas passando no corredor — nós três, a costureira e o filho, até alguns vizinhos que não tinham água corrente — para usar o único banheiro da casa. Logo após a minha chegada eu lhes dei os livros que trouxera (inclusive uma nova tradução italiana das *Vidas paralelas*, de Plutarco) e a roupa (ceroulas e luvas de couro para Óssip, um não disparatado sutiã alemão e espessas meias de lã até as coxas para Nadejda), juntamente com os comprimidos de enxofre para as palpitações do coração de Óssip e os mil rublos (metade de Borisik, metade meus) que eu prendera com alfinete dentro de minha roupa íntima. Pude sentir que Óssip ficou aborrecido por descobrir que não havia nenhum cigarro no que chamou de meia de *Papai Noel*, mas Nadejda me havia escrito advertindo que o médico da clínica insistira em que ele parasse de fumar.

Óssip havia escrito certo número de poemas no que ele chamava de ciclo de Vorónej, alguns dos quais me enviara em cartas, outros que ele tinha prazer de ler em voz alta agora que eu estava em Vorónej. Houve vislumbres do velho Óssip quando ele se empertigou e, apoiando-se nas costas de uma cadeira, com a mão boa batendo no ar, recitou de cor uma seleção.

Oh, se uma vez somente a agitação do ar
e o calor do verão me permitisse ouvir
além do sono e além da morte,
o eixo da Terra, o eixo da Terra

Nadejda aproveitou a primeira ocasião em que ficamos sozinhas para me dizer que Óssip, que frequentemente caía em sombrios estados de desespero, ainda acalentava a ideia de um suicídio comum, mas, quando ele parecia determinado a saltar, ela hesitava e, quando ela se mostrava pronta, ele dizia: "*Ainda não. Vamos esperar e ver.*" Tudo indicava que a ideia de se matarem, individualmente, jamais foi seriamente considerada por nenhum dos dois. Viviam como um casal, Nadejda disse com o que só pode ser descrito como orgulho e, se chegassem a isso, morreriam como casal. Como sinal positivo, Óssip exibia um tímido aceno de que seu instinto de sobrevivência não se esvaíra completamente. Estivera trabalhando durante meses, como Nadejda confidenciou, numa ode apropriada a Stálin que eliminaria os insultos que despejou no *alpinista do Krêmlin* em seu epigrama a Stálin, assim esperava ele, e haveria de protegê-lo da prisão quando sua sentença expirasse. Quando eu o acompanhei à Policlínica nº 1 para ver o laringologista no dia seguinte (os seios da face de Óssip estavam inflamados), levantei o assunto da ode e ele, com relutância, recitou trechos dela. Não posso afirmar que confiei à memória mais que uns poucos fragmentos desse poema eminentemente esquecível:

Quero dizer — não Stálin — quero eu chamá-lo
Djugachvíli...
Artista, louva o guerreiro, ele está sempre contigo...
Ele sorri — ceifeiro sorridente...
Curvando-se do pódio, como sobre uma montanha,
chega a colinas de cabeças...

Um outro verso aterrador me vem à cabeça:

Pois os olhos de Stálin é que partem montanhas —

Meu Deus, a que Óssip tinha sido reduzido! *Pois os olhos de Stálin é que partem montanhas!* Aqui estão mais dois versos, que terminam jogando com o nome de guerra Stálin que, como todo colegial aprende, se origina em *stali* [ou aço, em português]:

Nada é mais verdadeiro que a franqueza do guerreiro:
Pela honra, pelo abraço, pelo valor e seu aço —

Lembro-me de que Óssip estacou de repente depois de ter apresentado a última linha da ode. Perdido em dúvidas interiores, ele olhava fixamente a semidestruída catedral de São Mitrofanius, denominada em homenagem ao santo bispo de Vorónej do século XVII, se erguendo como um palácio de gelo da mesa de café do centro da cidade. As ruas em torno da catedral, repletas de gelo, estavam cheias de camponeses que, fartos de receber os restos depois de os bolcheviques deslocarem a colheita para alimentar os proletários das cidades, tinham abandonado as fazendas coletivas. Podia-se ver agrupamentos deles em pé fora das lojas, batendo os pés no chão para evitar que congelassem, enquanto pediam côdeas de pão. Óssip certamente havia visto tudo isso antes, mas ainda fazia caretas de empatia. Lembro-me de ele dizer que, ao contrário do que o povo afirmava, a miséria *não* gostava de companhia — preferia ficar sozinha. Desconfiei de que falava por experiência própria. E então, em uma das características elipses que deixaram seus primeiros leitores e amigos se batendo para levantar uma ponte na conversa, ele estourou:

— Anna, Anna, quando eu era mais jovem, a poesia chegava com mais facilidade e frequentemente era boa. Agora que estou mais velho, ela chega muito mais lentamente, mas às vezes é melhor. Quando leio em voz alta alguns dos poemas do ciclo de Vorónej, não tenho de fazer pausas para respirar, de modo que meus primeiros leitores saibam onde os versos se partem, ou se curvam, ou voltam atrás. As palavras falam por si mesmas. Já não precisam do poeta. Exceto para essa... essa ode a Stálin. Essas palavras surgiram como a bile. Sinto como se estivesse balbuciando. É o começo da compreensão, para mim, de que estou com dificuldade artística. O que foi que eu fiz?

Disse-lhe que a gente precisava permanecer entre os vivos enquanto pudéssemos. Gosto de pensar que consegui dizer isso com convicção, mesmo não sentindo nenhuma.

— Se eu pudesse salvar meu filho, se pudesse salvar meu marido. — Acrescentei: — Deus meu, o que eu não faria? Eu foderia com Stálin.

— Eu também foderia com Stálin se pudesse — disse ele. E depois ele sorriu de verdade. Sim, sim, Óssip deu um sorriso melancólico. E ele disse: — Evidentemente, estou usando o verbo com um sentido diferente do seu. — E caímos um nos braços do outro, estremecendo num êxtase de risada.

Não consigo me lembrar se foi nesse dia ou no dia seguinte que Óssip, cruzando a linha férrea, parou para ir buscar um pedaço de papel. Passei a brincar com ele:

— Você agora se rebaixou a apanhar papel do chão? — e compreendi que estava dobrado num pequenino maço. Óssip o desdobrou, abriu-o e me mostrou. O papel continha uma pequena carta escrita em caligrafia miúda sobre uma página arrancada de um livro de exercícios, juntamente com um nome e endereço em Petersburgo.

— Os vagões de gado que passam à noite estão repletos de prisioneiros que estão sendo levados para a Ásia Central — disse ele. Ouça isso — e, endireitando os óculos sobre as orelhas, começou a ler:

> Minha querida e muito amada Aksínia,
>
> Beijo-lhe as mãos e beijo-lhe os pés. Meu julgamento terminou antes de eu estar certo de que havia começado. A Corte Especial, de três homens, leu em voz alta as conclusões do meu interrogador. Tentei falar, mas o martelo me obrigou a silenciar. Os três juízes conversaram entre si, depois o do meio anunciou a sentença: vinte anos de trabalhos forçados, sem direito a correspondência. Se esta carta, se Deus quiser, chegar, você ficará sabendo que você e as crianças terão de se arranjar sem mim. Não hesite em vender meus dois violinos, juntamente com os arcos e meu suprimento de resina. O violino italiano,

especialmente, deve render um bom dinheiro. Consulte meu irmão para aconselhar quem deve ter talento para tocá-lo e dinheiro para comprá-lo. Doe as minhas partituras à escola de música. Dê uma palavra sobre o meu destino com os amigos da orquestra. Choro de arrependimento por não ter cometido os crimes de que fui acusado.

Seu marido que ama você e que vai para o túmulo com uma imagem sua sob as pálpebras, Aleksandr.

Óssip dobrou o papel cuidadosamente. Apanhei-o dele e molhei o lado sem escrita com as lágrimas que se me acumularam no canto de um dos olhos. Lembro-me de pensar: talvez eu tivesse notícia do destino de meu marido ou do meu filho quando alguma boa alma deparasse com uma carta caída pelos dormentes da estrada de ferro. Enfiei a página dobrada dentro do punho da minha luva a fim de levá-la comigo para Petersburgo, onde pretendia colocá-la no correio.

— Talvez o músico tenha topado com a fórmula de se dar um fim ao seu alpinista do Krêmlin — disse eu. — Talvez nós devêssemos todos cometer os crimes de que *estamos* sendo acusados.

— Isso seria uma solução tão boa quanto qualquer outra para se matar — disse Óssip.

Recordando minha semana em Vorónej, parece-me significativo como, mesmo na situação de Óssip, banido como foi para uma cidade longe das 12 maiores por escrever um poema sedicioso, as pessoas simulam viver uma vida normal, em uma sociedade civilizada. A hora depois do desjejum era dedicada a reconstituir a obra de Mandelstam. Grande parte dela fora confiscada pelos tchekistas na busca que deram no apartamento, depois da prisão. Com os olhos firmemente fechados e a cabeça curvada para trás, Óssip ajudava a mulher a reconstruir os poemas de memória (de quando em quando eu podia completar um fragmento), enquanto Nadejda os copiava com uma caligrafia miúda em papel de cigarro, um poema para cada papel, antes de ocultá-los com escritores exilados em Vorónej. Quando sua concentração diminuía, Óssip encerrava os trabalhos do dia. Acumulando alegremente páginas de um jornal local entre a camisa e o suéter para isolar o frio cruel, ele insistia em que eu o acompanhasse em suas expedições diárias ao centro de Vorónej. Nadejda usava esse tempo para se encontrar com editores dos jornais locais, que lhe pagavam uma ninharia para aconselhá-los sobre os méritos de obras literárias apresentadas para publicação. Óssip encontrara trabalho escrevendo textos radiofônicos para a estação de Vorónej — lembro-me de um de que ele gostava particularmente, intitulado *Gulliver para crianças*. Também havia obtido 300 rublos de um teatro para escrever as notas de um programa do *Orfeu e Eurídice,* de Gluck. Em nossos passeios à cidade, ele ficava de olho nos cigarros. Ao contrário dos velhos dias em Moscou, quando ele os comprava ou os surripiava em maços, agora considerava um triunfo desentocar um único cigarro, o qual, me fazendo jurar segredo, fumava escondido de Nadejda. Ele parava junto à emissora de rádio e ao teatro na possibilidade remota de que eles tivessem algo mais para ele fazer. Afirmava estar pronto para varrer as ruas, que, em Vorónej, jamais eram varridas por qualquer coisa, salvo os ventos fustigantemente gelados das estepes. Mas o principal pretexto para os passeios era nos dar uma oportunidade para colocarmos o papo em dia. Alheios à temperatura hibernal, falávamos e falávamos até ficarmos com os lábios retesados de frio, e as palavras emergiam com abafados *bês, pês, emes e vês*. Óssip brincou que estava inventando uma língua nova, uma que os prisioneiros falavam sem mexer os lábios, de modo que os leitores de lábios da Tcheka, observando com os seus binóculos, não saberiam o que estavam falando.

Eu não podia evitar de observar, enquanto descíamos e subíamos colinas, que Óssip parecia reconhecer poucas pessoas por quem nós passávamos. Ocasionalmente, um homem trajado com um capote de inverno tirava o chapéu na direção do meu amigo e Óssip, com olhar distante, cumprimentava distraidamente de volta, com a cabeça. Mas, quando lhe perguntava sobre a identidade do transeunte (queria saber se eram prisioneiros políticos ou simplesmente pessoas que viviam em Vorónej por livre e espontânea vontade), ele invariavelmente me dizia que não os conhecia.

— Não tenho familiaridade com as histórias pessoais das pessoas que cumprimento com a cabeça — disse ele.

— Mas você deve ter feito alguns amigos aqui — arrisquei.

— Com exceção de Nadenka, tenho apenas uma amiga. É a prostituta que tem a porta imediatamente próxima à nossa, na rua Liniêinaia — explicou ele. — Quando percebi que ninguém a saudava na rua, pois nenhum dos homens iria querer cumprimentar diretamente uma prostituta com o chapéu, comecei a cumprimentar com o meu regularmente e ela respondia com um sorriso agradecido. E um dia ela nos convidou para chá e doces. Como há dois anos não tínhamos posto os olhos num doce, aceitamos imediatamente.

Devo dizer, de uma vez, que fiquei intrigada com a amizade de Óssip com uma prostituta. Seria porque os bolcheviques se referiam a mim como *a puta*? Ao longo dos anos, eu havia conhecido quase todas as amantes de Óssip, inclusive aquela com quem escapou *depois* de se encontrar com Nadejda naquele cabaré boêmio de Kiev, mas nunca soube, não importa quão lascivo se sentisse, que saísse com uma mulher de má fama, como as chamam os cavalheiros de má fama.

— E ela lhe ofereceu seus serviços? — perguntei com um sorriso afetado.

Óssip, tendo parado para tomar ar, deu um riso reprimido:

— Não, nunca os ofereceu. Se o tivesse feito, eu não podia ter aceitado. Entro na longa fila numa rua lateral não longe da estação ferroviária, onde vendem ereções, mas o estoque sempre acaba na hora em que chego à janela. Não me olhe tão surpresa, minha querida Anna. Eu ainda tenho minha musa.

Óssip ficou relutante em combinar para nos encontrarmos com a prostituta, temendo que esta levasse a mal ele levar uma amiga para ficar encarando-a como se fosse um peixe num aquário. Ele só cedeu quando insisti. Foi assim que terminamos tomando chá, como os ingleses dizem, na sala de estar da prostituta, que se chamava Varvara Samolova. Ela se mostrou uma pessoa de caráter. Varvara havia chegado a Vorónej como mulher casada com um prisioneiro político. Quando ele não conseguiu sobreviver ao primeiro inverno, ela entrou na prostituição a fim de conseguir dinheiro para criar o filho, que estava com 15 ou 16 anos. O passatempo dela era colecionar selos de correio do mundo inteiro que reproduzissem obras de arte — pinturas, estátuas, maravilhas arquitetônicas. Óssip afirmou que alguns dos clientes dela a pagavam em selos em vez de rublos, mas não acreditei nisso. Achei que era fora do comum que ela trabalhasse abertamente como prostituta até que descobri, com Óssip, que vários integrantes do comitê local do Partido, inclusive um que era um tchekista, faziam uso regularmente de seus serviços.

Como era a aparência de Varvara? Imaginei que ela tivesse quase 30 anos, de ossos delicados como um pássaro da neve, com uma pele bonita e longos cabelos avermelhados que lhe pendiam em cachos fofos sobre os seios. Vestia um camisolão que (como foi contado) ela própria criara, costurando juntos dois aventais. A peça era decotada no busto e se usava sobre uma roupa branca de renda que deixava pouco para a imaginação. Assentado em sua cabeça, mesmo dentro de casa, estava um chapéu da moda, do tipo que você podia ver numa revista parisiense. Passou-me pela cabeça que ela pode ter recebido clientes sem a roupa e com o chapéu, mas não achei conveniente perguntar. Ela ficou claramente encantada em descobrir Óssip em sua soleira da porta e na mesma hora foi buscar os doces de seu esconderijo em uma estante. Ela me tomou por outra recém-chegada com a sentença de "menos-12" e, como Óssip deixou de corrigi-la, ela não hesitou em falar livremente na minha presença. Antes de sabermos do que se tratava, mostrou os livros escolares do filho sobre a mesa coberta de vidro para nos exibir as páginas em que um espesso papel fora colado sobre as caras de Trótski, Zinóviev ou Kámenev.

— Mas como eles souberam que tinham de fazer isso?

— As crianças são informadas, na escola, sobre quais chefes caíram em desgraça. O diretor da escola recebe regularmente cartas dos editores da *Grande enciclopédia*, com listas dos artigos ou ilustrações a serem recobertos ou cortados. Tudo isso é bastante fácil quando você, como acontece conosco, vive no campo, pois temos os nossos fogões a lenha. Minha irmã vive em Moscou: ela passa metade das suas horas de vigília cortando artigos e ilustrações em tiras e fazendo-as descer pela descarga do banheiro.

Óssip se perguntou em voz alta se todas as referências a ele tinham sido eliminadas dos livros a respeito de poesia publicados na década de 1920 e início da de 1930.

— Você é famoso? — perguntou a prostituta e, quando ele não respondeu, ela se voltou para mim e repetiu a pergunta. — Você decididamente deve me dizer: ele é famoso?

— Em certos círculos, é famoso; em outros, infame.

Varvara deixou de lado meu comentário com um gesto desdenhoso com a mão.

— Você não me engabela. Está brincando com as palavras, algo que não faço jamais. Aqui você pode perder a cabeça se brincar com as palavras. E, afinal, em que é que ele é famoso?

— Em misturar os erros entre as palavras.

Varvara balançou a cabeça de um lado para outro, espantada.

— Uma pessoa pode perecer por causa dos erros entre as palavras.

Óssip estendeu a mão.

— Deixe-me guiá-la através dos erros — disse ele.

Sorrindo reservadamente, Varvara lhe tomou a mão.

Com a prostituta, vi um lado de Óssip que pensei ter desaparecido juntamente com suas ereções. Ele estava provocador, e até sedutor, com ela. Talvez ensaiar um papel que, segundo ele próprio, não tinha esperança de desempenhar lhe permitisse fantasiar. Com Varvara, ele baixava a guarda, como se costuma dizer, batendo papo sobre coisas mais despreocupadas, como se não tivesse preocupação alguma nesse mundo. Com Nadejda, a história era outra. Na minha presença, eles só falavam de assuntos sérios, e seriamente: os prós e contras do suicídio; se era desperdício usar sua limitada provisão de rublos numa garrafa de vinho georgiano em minha homenagem; se a *murtsovka* de Nadejda era mais saborosa cozida com *kvass* ou ferrugenta água de torneira; se com *kvass*, em que lugar se podia achar um pouco; quem, em Vorónej, podia ser persuadido a oferecer trabalho para um deles.

Era constrangedor, para mim, levantar o delicado assunto de que eles estavam cuidadosamente se esquivando. Lembro-me de fazê-lo sobre as tigelas de semolina, uma ou duas horas antes da minha partida. Pigarreei para lhes chamar a atenção.

— O que vocês vão fazer quando a sua sentença estiver terminada, no próximo ano? — perguntei.

Minha pergunta foi recebida com um silêncio de pedra.

— Se a sala ficasse um pouco mais silenciosa — gracejei — a gente poderia ouvir o eixo da Terra.

Um sorriso tímido apareceu nos lábios de Nadejda quando citei o verso do ciclo de Vorónej, de Óssip: "... *Além do sono e da morte, o eixo da Terra...*"

— Bem? — insisti.

Óssip correu para a porta a fim de observar um trem que passava. Quando se tinha arrastado de volta para a cadeira, olhou fixamente para a janela e disse com firmeza:

— Quando a minha sentença terminar, voltarei para Moscou e retomarei a minha vida.

Nadejda voltou-se para o marido.

— Voltar a ler seus poemas para 11 pessoas que enfrentam o mau tempo para aparecer no escritório da *Gazeta Literária*? Voltar a surripiar cigarros de garotas imbecis que acham que o poeta Mandelstam já morreu? Voltar a fabricar um manuscrito original da edição de 1913 do *Pedra* para vender à Biblioteca do Fundo Literário? Voltar a ter a insônia que provém de escutar baterem na porta tarde da noite?

Óssip controlou seu temperamento.

— Minha nova Ode a Stálin protegerá a nós dois da prisão.

Nadejda recorreu a mim.

— Sonhei que desaparecíamos tão fundo no campo que o Estado esquecia que existimos; que vivíamos numa isolada casa de madeira com venezianas decoradas; que víamos numa colina distante os domos em forma de cebola de uma pequena igreja de aldeia que estava sendo usada para guardar feno; que havia cultivo de batatas, repolhos, pepinos, beterrabas e nabos na pequenina faixa de terra atrás da casa; que criava galinhas e uma vaca, que trocava ovos e leite por pães e latas de ova de peixe.

Lembro-me de Nadejda desviando o olhar, os ombros trêmulos de angústia. Olhei para meu querido amigo Óssip.

— Na noite em que você foi preso, em 1934, lembrei-o das últimas palavras de Púchkin — falei. — Você certamente não as esqueceu. *Tente ser esquecido. Vá viver no interior.*

— Púchkin respirou seu último alento na cidade — observou Óssip, com um tom irascível. — Minha intenção é seguir seu exemplo.

— Só se você fosse louco para voltar a Moscou — disse eu. — Depois de três anos de exílio, não há quase nenhuma possibilidade de você conseguir uma autorização de residência, de modo que teria de viver ilegalmente. As cidades estão fervilhando de pequenos funcionários, escritores e editores que se acham capazes de sobreviver denunciando alguém, qualquer pessoa. Se você estiver lá legal ou ilegalmente, algum ambicioso parasita da Tcheka quererá fazer nome prendendo o poeta Mandelstam uma segunda vez. Se quiser chegar à meia-idade...

Com um sorriso astuto, Óssip disse:

— Você não tem esperança de que eu chegue até a velhice?

— A velhice — lembro-me de responder — está além do reino da possibilidade.

— Acho a mesma coisa — admitiu ele.

Continuei como se nada houvesse sido dito.

— Se você quiser chegar à meia-idade, se quer que Nadejda sobreviva, deve se manter discreto e obter refúgio em algum lugar longe de Moscou, onde ninguém o conheça; deve cultivar o anonimato.

— O anonimato! — explodiu Óssip. — Como pode, justamente você, me dizer isso, Anna Andréievna? O que sugere ao poeta Mandelstam fazer: juntar-se às fileiras dos milhares através dos séculos que publicaram poemas assinados *Anônimo*? — Pude ver que Óssip havia perdido o fio da meada que provocara a conversa, mas isso não lhe interrompia a imprecação. — Sim, sim, você trouxe à tona uma ideia que me agrada. Amanhã, como primeira coisa, iremos ao comitê bolchevique da cidade, Nadenka, lhe apresentando uma petição para mudar formalmente nosso nome de família para *Anônimo*. Óssip Emílievitch e Nadejda Iákovlevna Anônimos. Esse é o bilhete. E vamos nos mudar para uma choupana de eremita nas montanhas, criaremos uma vaca e usaremos sua merda para pavimentar um caminho até a nossa porta quando os bolcheviques vierem proclamar seus parabéns a mim sobre a publicação de minha Ode a Stálin no *Pravda*, sob a identificação *Anônimo*.

— Acalme-se! — disse Nadejda. — Se você está absolutamente disposto a voltar para Moscou, então é o que nós faremos.

Óssip encheu os pulmões de ar. Gradativamente, sua respiração se tornou mais regular. E ele veio com um verso que imediatamente reconheci como de um dos poemas do ciclo de Vorónej que me enviara pelo correio.

— *Talvez este é que seja o início da loucura.*

— Se for o início da loucura — disse eu —, você pode parar de fingir sanidade.

Teria ele identificado a observação acerca de fingir a sanidade como tendo saído de seus lábios durante aquela memorável conversa com Pasternak tempos atrás? Se identificou, isso não se revelava em seus olhos. Olhou para mim de maneira estranha, quase como se pudesse ver através de mim.

— Uma coisa bizarra me aconteceu quando me encaminhei para esperar o seu trem — disse ele. — Parei para descansar na praça Petróvski, perto daquela estátua de Pedro, o Grande, segurando uma âncora. E, por um momento aterrorizante, esqueci quem eu era e o que estava fazendo ali, sentado na orla de uma fonte não cheia de água, mas de lixo, olhando para a estátua que eu chamo de Pedro da

Âncora. O que me salvou foi um verso de um de meus poemas de Vorónej, que estalou em minha cabeça. *Que nome é o desta rua? É a rua Mandelstam...* E meu nome me retornou, e com ele a memória de que estava indo encontrar-me com a minha melhor amiga do mundo depois de Nadejda.

Repeti o verso:

— *Que nome é o desta rua? É a rua Mandelstam...*

Foi Nadejda quem me acompanhou à estação naquela tarde. As palpitações do coração de Óssip tinham voltado; ele tomara vários comprimidos de enxofre, mas estes deixaram de lhe dar alívio e ele estava se sentindo fraco demais para ir fazer mais do que me levar à porta. Abraçamo-nos, nenhum dos dois convencido de que nos encontraríamos de novo. Mal principiei a descer, ouvi Óssip me fazendo recomendações numa voz abafada pela ansiedade. Pediu-me que fosse direto para o Comitê Central quando o meu trem chegasse a Moscou e lhes dissesse que ele estava se acabando em Vorónej de fome e depressão, que tinha uma carta da Policlínica nº 1 dizendo que sofria de cardiopatia, arteriosclerose e psicopatia esquizoide.

— De que maneira você espera que eu entre no Comitê Central? — gritei. — Não tenho nenhuma autorização. Eles não me deixarão passar da porta.

Óssip se recusou a aceitar um não como resposta.

— Diga que esteve com o poeta Mandelstam e as portas se abrirão — respondeu ele, com as pálpebras se contraindo. — Eles farão o máximo possível para escutar você.

Na estação, Nadejda e eu observamos o comprido trem coberto de poeira se aproximar da plataforma. As crianças pulavam para dentro a fim de guardar lugares para os viajantes mais velhos atrapalhados com a bagagem. Nadejda empurrou para minhas mãos beterrabas em conserva embrulhadas em jornal e depois agitou os ombros num acesso de desespero.

— Eu passei a rezar — informou-me ela. — Rezo a Deus, toda noite, quando subo para a estreita cama de lona ao lado do meu marido. — Devo ter perguntado pelo que ela rezava, porque me disse: — *Santo Deus, que, julgando a partir do que vejo em torno de mim, certamente não existe: enquanto meu amado Óssia ainda tem uma musa, por favor, disponha as coisas de modo que o sol deixe de se levantar amanhã de manhã. Amém.*

— Amém — disse eu.

Não, não me lembro muito da viagem de volta a Petersburgo. Ela teve um começo e um fim, mas nenhum meio. Em um estado de transe, troquei de trens, disputei lugares e caí no sono prendendo minha sacola no peito de tal modo que nada me fosse furtado. Em algum lugar pelo caminho, rabisquei quatro versos atrás de um envelope, que tenho até hoje. Não preciso achar o envelope para lhe dizer os versos. Estão guardados na memória, cravados em minha mente.

Mas no quarto do poeta em desgraça
a musa e o medo prestam vigilância.
A noite avança
e a aurora já não passa.

CAPÍTULO DEZOITO

Nadejda Iákovlevna
Segunda-feira, 2 de maio de 1938.

PELO QUE DIZIA RESPEITO AO ESTADO, nosso banimento "menos 12" em Vorónej chegou ao fim quase um ano atrás (às 15h15 do dia 16 de maio de 1937, para ser precisa), quando um tchekista de cara irritada e com um bigode engraxado (cliente, como se revelou, da fascinante prostituta que era nossa vizinha de porta) assinou e selou um documento oficial declarando que Mandelstam tinha cumprido sua sentença e estava livre para viver em qualquer lugar da Rússia soviética que nossos corações desejassem. Havia uma armadilha velada: precisávamos ter uma autorização de residência, e a única cidade da Rússia soviética para a qual tínhamos uma autorização de residência era Vorónej.

O que significava para o poeta Mandelstam, e para a mulher com quem se casara, que a previsão era de o exílio durar a vida toda.

Apesar disso, estávamos determinados a ir embora. Para onde como, só Deus sabia. A primeira providência era nos livrar do excesso de bagagem que havíamos acumulado desde a nossa chegada a Vorónej: baldes, um penico, uma frigideira, um ferro de passar, um pequeno fogareiro a querosene de um só queimador, um lampião a querosene, um colchão encaroçado e um sortimento de mantas e colchas muito remendadas, uma caixa de papelão cheia de pratos lascados e caçarolas. Uma parte desse butim legamos à nossa senhoria costureira, outra demos a um casal de desterrados recém-saídos de um trem e que Mandelstam encontrou vagando na rua Liniêinaia, procurando desesperadamente um quarto para alugar. Nossa senhoria resolvera que nós seríamos seus últimos inquilinos, já que desejava desembaraçar o espaço para o filho. Acondicionamos nossa roupa em uma valise, duas sacolas e um saco de papel com alça de corda e, pagando o filho da costureira para nos ajudar, nos encaminhamos para a estação de trem. Com ou sem autorizações de residência, nós nos dirigíamos para Moscou como a proverbial mariposa para o fogo. Mandelstam, que dormia intermitentemente e estava desalentado na maior parte das horas de vigília, se empertigou no momento em que o trem, rumando para noroeste, se afastou de Vorónej. Quanto mais perto chegávamos de Moscou, mais animado ele ficava. Não estava escrevendo versos nesses dias, mas era quase como se sua musa estivesse fungando-lhe o cangote.

Posso dizer-lhe que Moscou, que alcançamos depois de uma extenuante jornada de dois dias e meio, tinha mudado desde que vivêramos lá, três anos antes. O longo trem se arrastou através de subúrbios que não existiam, de largas e empoeiradas avenidas que se alinhavam com casas de apartamentos de alvenaria em diversos estágios de construção. A própria cidade parecia ter sofrido uma cirurgia plástica. Edifícios da era tsarista tinham sido varridos da cidade e era possível vislumbrar os reflexos das estruturas colossais que se levantavam dentro dos andaimes, com imponentes fachadas de pedra, de aço e vidro que, para meu olho de leiga, pareciam inspiradas pelo que os nossos jornais chamavam de estilo ornamental e decadente americano. O clima social também havia mudado, embora eu dificilmente pudesse dizer que fora para melhor. Durante meses, recém-chegados a Vorónej estiveram comentando a existência em Moscou de uma classe de cidadãos que eles descreviam como *nouveau riche* (a que Mandelstam, em um de seus esporádicos repentes de espírito, respondia: *antes novo do que nunca*). Os jovens agiam como se tivessem dinheiro para queimar. Funcionários qualificados eram promovidos rapidamente (até porque aqueles com posições mais elevadas na hieraquia social foram presos). A coisa mais chique, ultimamente, era abrir uma conta bancária. (Quando eu tinha dinheiro, como Akhmátova, eu o guardava alfinetado em minha roupa de baixo.) Apartamentos, datchas, móveis usados, gramofones ou discos de segunda mão, e até artigos de luxo como geladeiras elétricas estavam mais fáceis de se obter, sem dúvida porque muitas pessoas estavam desaparecendo nas prisões ou no exílio, deixando os bens para trás.

No momento em que Mandelstam meteu os pés de novo em Moscou, pude ver que, apesar do perigo de não ter uma autorização de residência, tínhamos feito a coisa certa, ao retornar. Isso pode soar invenção minha, mas eu podia ter jurado que a cor de sua pele mudou do betume, bem, para a cor de pele. Um brilho inconfundível se materializou em seus olhos, quase como se vistas e ruídos da metrópole tivessem lhe refrescado a memória e fizessem-no lembrar-se da vida *antes* da morte. Ele até caminhava em um passo que teria deixado uma lesma para trás. Ver um sorriso nos lábios do meu marido, pela primeira vez em vários meses, me fez ter um sorriso nos lábios, também, pela primeira vez em vários meses.

Sentindo-nos como os judeus que tinham alcançado a Terra Prometida depois de vagar durante anos pelo deserto, resolvemos nesse mesmo instante que decididamente tínhamos de achar um meio de permanecer em Moscou. O primeiro imperativo era arranjar um lugar para dormir. E, desse modo, fazendo sinal a um dos automóveis da concentração dos ministérios, cujos motoristas faziam biscate em serviço de táxi, seguimos para a Casa Herzen, na esperança de achar alguém disposto a nos acomodar por uma noite ou duas.

Em conclusão, tivemos de nos contentar com almofadas de sofá no assoalho de linóleo do apartamento mínimo que pertencia a um dos jovens poetas para quem Mandelstam costumava ler sua poesia. A mulher do poeta, uma gorda e desbotada editora de uma revista literária mensal, deixou claro, enquanto colocava as almofadas sobre folhas de jornal, que nós éramos bem-vindos a permanecer por dois ou três dias, pelo que queria dizer que não seríamos bem-vindos por mais tempo. Não deixo de lhe dar razão. Eles estavam se arriscando em ter pessoas sem autorização de residência sob seu teto. Mandelstam, dominado pela fadiga da viagem, para não falar na melancolia de estar novamente em Moscou, se esticou sobre as almofadas e, abaixando as orelheiras do ushanka para obstruir o barulho do tráfego na rua Nachokin, caiu num sono profundo. Cobri-o com seu casaco de couro amarelo e me deitei, totalmente vestida, ao lado dele.

Lembro-me de acordar ao nascer do sol, nessa primeira manhã em Moscou, com uma violenta dor de cabeça. Meu marido dormia tão profundamente que não tive coragem de despertá-lo. Dirigindo-me à toalete, lavei o rosto e a nuca com a água fria e ferrugenta da torneira. Isso fez com que eu me sentisse novamente humana. Resolvi ir ao andar de baixo e bater à porta do nosso velho apartamento; quando fiz os pacotes, com uma pressa louca, a fim de acompanhar

Mandelstam para o exílio, deixei livros para trás e agora achava que podia recuperá-los. Foi assim que dei com a nota afixada à porta do nosso apartamento: "Se alguém perguntar por Zakonski, estou na datcha até o fim do mês." Havia também um número de telefone. Não reconheci o nome Zakonski mas, se tinha uma datcha e um telefone, significa que era publicado, o que era, em si mesmo, um mau sinal naqueles dias; os únicos escritores publicados eram os que seguiam a linha do Partido. Passei a me afastar quando me lembrei da chave do trinco que eu escondera atrás da moldura perto do telefone comunal, para o caso de Mandelstam esquecer a dele. Para meu espanto, ela ainda estava ali, depois de todos aqueles anos. Não havia ninguém fazendo barulho naquele piso enquanto entrei em nosso apartamento. A visão das paredes familiares, o som de nosso velho relógio suíço batendo na cozinha me trouxeram lágrimas aos olhos. Os livros que eu tinha deixado para trás enchiam a prateleira do alto da nossa velha estante: primeiras edições de Derjávin, Iazikov, Jukóvski, Baratinski, Fet, Polanski, juntamente com os queridos italianos de Mandelstam, Vasari, Boccaccio, Vico. Juntei-os todos, afundando no sujo sofá onde Zinaida e eu nos havíamos sentado ouvindo Mandelstam ler seu epigrama do alpinista do Krêmlin e comecei a folhear as páginas de rosto. E, por mais ingênuo que possa parecer, de repente percebi: *a melhor maneira de obter uma autorização de residência é possuir uma residência.* A explicação que surgiu em minha cabeça parecia simples demais até para um *apparatchik* compreender: o poeta Mandelstam e eu tínhamos recebido a concessão desse apartamento na Casa Herzen, ele fora mandado para o exílio "menos 12", eu o acompanhara; agora, passado o exílio, tínhamos voltado para Moscou e queríamos nossa residência de volta. Você não acreditará nisso, eu mal acredito enquanto relato o episódio, mas meu raciocínio parecia de tanto bom senso à minha cabeça desorientada que eu realmente cogitei procurar o gabinete da milícia do distrito. Imagine o medo que eu tive de conter apenas para passar pela porta da frente! Para minha surpresa, o funcionário que estava de serviço, um velho que, pela aparência, estava esperando desesperadamente se aposentar antes de que o enrolassem para prendê-lo, ouviu-me e, em seguida, deu de ombros. Você deve compreender que um dar de ombros na Rússia soviética não significava *não*. Significava *talvez*; significava *não ter autoridade suficiente para assumir a responsabilidade de dar uma resposta definitiva*. O funcionário sugeriu que eu tentasse a agência central da milícia, em Petróvka. Caminhei até lá, esperando que o exercício me acalmasse os nervos e fizesse minha voz passar por cansada em vez de tensa. Uma longa fila havia se formado e tive de ficar nela durante horas para chegar ao funcionário mais graduado da milícia na sala principal da agência de Petróvka. Era um rapaz com cara de bebê (jovem demais para o posto que ocupava, o que me levava a achar que ele pegara o lugar de um funcionário preso), que usava óculos com aros de aço perfeitamente redondos. Ele levantou os olhos, mas não a cabeça, para me examinar por cima dos aros. Passei a explicar nossa situação, mas ele me interrompeu.

— Impossível ceder uma residência sem uma autorização de residência. A autorização de residência é negada porque a Senhora é uma pessoa condenada. Próximo.

— Não tenho nenhuma condenação.

A mulher atrás de mim disse em meu ouvido:

— Seja o que for que você procura, minha querida, você terá uma oportunidade melhor de consegui-lo se ficar calma.

Puxei o documento oficial da minha bolsa e o alisei sobre a escrivaninha de modo que o funcionário pudesse lê-lo. Novamente ele não moveu a cabeça, apenas os olhos.

— Diz aqui que a senhora é uma pessoa condenada — disse ele.

— Não tenho nenhuma condenação. Acompanhei voluntariamente meu marido no exílio.

Eu devia estar falando com um autômato.

— Declara-se aqui — disse ele, com impaciência — *Óssip Mandelstam, pessoa condenada.*

— Óssip Mandelstam é um homem. Eu sou uma mulher.

Consegui apoderar-me de novo do meu precioso documento um momento antes de ele bater com o punho sobre a escrivaninha.

— Óssip Mandelstam é seu marido, não é? De acordo com a lei soviética, as pessoas presas e suas famílias são destituídas do direito de residência em Moscou. A senhora leu o Artigo 58? Aquilo de que seu marido é culpado, a senhora é culpada. Posso acusá-la de atividades antissoviéticas.

Peço desculpas por registrar que fugi da agência de Petróvka aterrorizada.

Após o fracasso de minha patética tentativa de voltar para nosso velho apartamento, vivemos como pássaros sob um galho. Finalmente nos instalamos num cômodo de um apartamento comunal em Kalínin, perto o bastante de Moscou para irmos até a cidade de trem, várias vezes por mês. Espalhou-se a notícia de que Mandelstam havia voltado vivo do exílio e os amigos correram para vê-lo assim que souberam, pelo boca a boca. Esperando salvar-nos de uma segunda prisão, meu marido fez apaixonadas leituras de sua mais recente *Ode a Stálin* a qualquer pessoa que escutasse. Não tivemos nenhuma escassez de escritores e poetas que nos oferecessem empréstimos para a "superação" ("superação de *quê*?", Mandelstam perguntaria, agitado, quando ficávamos a sós); entre eles estava o autoproclamado *mestre do gênero do silêncio*, Isaac Babel, que, durante uma de nossas diversas visitas aos cômodos que ele alugava no segundo andar de uma vila particular, sombriamente nos disse:

— O silêncio não me salvará. Escrevam o que estou dizendo: eles logo virão à minha procura.

Poucos amigos íntimos estavam dispostos a nos dar abrigo em Moscou, embora, pela segurança deles, não passássemos mais do que poucos dias em qualquer apartamento, temendo que nossos anfitriões fossem denunciados à polícia. Akhmátova largou o que estava fazendo e veio a Moscou no momento em que descobriu que estávamos de volta. Mandelstam e ela se jogaram um nos braços do outro. Se me senti "deslocada" entre eles? Não, não estou ofendida pela pergunta. Eles nunca foram amantes, embora de certa maneira tenham sido mais íntimos que amantes, porque eram íntimos em aspectos cuja superfície a relação amorosa mal arranha. Houve ocasiões, não poderei negá-lo, em que essa intimidade me dera um caroço na garganta, que eu identificava como ciúme. Eles despertavam um no outro a juventude perdida. Utilizando uma linguagem particular que, por sua verdadeira natureza, excluía os outros da conversa, podiam fazer rir um ao outro até um deles ter uma hemorragia nasal. Com as mãos atrás da cabeça, os dedos enlaçados por trás do pescoço, Mandelstam dava largos passos pela sala declamando poemas do ciclo de Vorónej. Anna Andréievna, em seguida, recitou o poema que escrevera depois da visita a Vorónej no ano anterior, algo a respeito do medo e de uma musa que se revezavam cuidando de um poeta desgraçado (até onde sei, esse poema nunca foi publicado). Fomos a Petersburgo uma vez, o que se mostrou, do meu ponto de vista, ser um equívoco: percorrer ruas que lhe eram familiares nos tempos de estudante deixou meu marido emocionado. Passamos a noite no apartamento de Akhmátova, bebendo à saúde dos poetas e de poemas específicos até tarde da noite.

A certa altura, pudemos ouvir o telefone tocar no corredor. Um vizinho meteu a cabeça na porta.

— É para você, Anna Andréievna.

Ela foi atender o telefonema e voltou um momento mais tarde parecendo um pouco pálida.

— Quem era? — perguntei.

— Não havia ninguém no outro lado da linha.

Os três trocamos olhares. Mandelstam e eu partimos de manhã cedo. Anna Andréievna nos acompanhou até a estação. Nunca me esquecerei das últimas palavras do meu marido para ela:

— Estou pronto para a morte.

Em outra ocasião, passamos uma tarde com Pasternak em sua datcha em Perediélkino, a meia hora de Moscou. Originalmente propriedade de Kolitchov, a aldeia tornara-se um refúgio para escritores da moda no final da década de 1920 (jamais imaginamos como, no verão de 1936, Boris, que vivia de favor ao longo dos anos, conseguiu ter aquela oportunidade). Não passou despercebido para nenhum de nós que sua nova (pelo menos para nós) mulher permanecesse na cozinha durante a nossa visita para evitar meu marido. Boris Leonídovitch e Mandelstam puxaram tamboretes para perto da pomposa estufa de ladrilhos em busca do calor e eu permaneci em um sofá com uma colcha sobre os pés. Pasternak, que disse estar planejando escrever um romance "a respeito de nós todos", mostrou livros que estava lendo sobre a Revolução Francesa. Lembro-me de que a discussão ficou animada e fiz um gesto para Boris Leonídovitch com o fim de acalmar as coisas, com medo de que o pulso de Mandelstam acelerasse.

Pasternak adotou a opinião de que era possível sobreviver a um reinado do terror, mas meu marido apenas balançou a cabeça em obstinado desacordo.

— Se você respira o ar do terror — disse ele —, acaba infectado. Todos se tornam vítimas: aqueles cujas cabeças são cortadas, os executores que cortam a cabeça, as massas nas ruas que acompanham, mesmo aqueles que têm a decência de desviar os olhos.

Mais tarde, na estação de trem, Pasternak, com a destreza de um punguista, pôs dinheiro no bolso de Mandelstam quando se abraçaram. Descobrimo-lo quando fui pendurar o casaco de couro amarelo do meu marido de volta a Kalínin.

E assim as semanas, os meses se escoaram, com Mandelstam olhando fixamente das janelas manchadas pela chuva em Kalini, em Moscou ou Petersburgo, repetindo os nomes das pessoas que haviam desaparecido num gulag. Se fecho os olhos, posso reproduzir sua voz em meu ouvido:

— O enigmático Kardjiev com a sua cabeça desproporcional, Hippolite com seu bravo esquema de seduzir o anjo da morte, Zhenya com suas unhas roídas até a carne viva, Vadik com seus poemas tão retorcidos que nem ele podia compreendê-los, Pasha com sua teoria maluca a respeito de como a Rússia seria salva quando o ópio se tornasse a religião do povo.

Eu declararia aqui que o desaparecimento que nos trouxe a maior dor, para não dizer a maior angústia, foi o do nosso amigo e protetor Nikolai Bukhárin. Seguíramos, nem é preciso dizer, seu destino atentamente. Seu nome, como editor-chefe, fora excluído do expediente do *Izvestyia* no inverno de 1937 e soubemos de sua prisão pouco depois pelos alto-falantes das ruas principais de Vorónej. (Mandelstam ficou particularmente enfurecido por ouvir pessoas aplaudindo.) Durante meses a fio não houve nenhuma notícia de Bukhárin. Depois veio seu julgamento público por alta traição e conspiração para assassinar Stálin. (Ironicamente, Guenrikh Iágoda, o antigo chefe da Tcheka que assinara pessoalmente as acusações contra Mandelstam quando ele foi preso em 1934, foi um corréu: "Não desperdiçaremos lágrimas com este" foi tudo o que meu marido disse, quando ouviu sobre isso.) O julgamento começou no início de março deste ano, na Sala de Outubro da Casa dos Sindicatos, onde, como soubemos por acaso, Nikolai Ivánovitch tinha proposto casamento à jovem que mais tarde se tornaria sua terceira mulher. Sua confissão, publicada no *Pravda*, foi o principal assunto de conversa nos círculos intelectuais (sendo o *Anchsluss* da Áustria por Hitler o segundo), em que Bukhárin, apesar de suas credenciais bolcheviques, era considerado um homem culto e um humanista. Houve quem repetisse o velho ditado *Onde há fumaça há fogo*, que era uma outra maneira de dizer que, dadas as circunstâncias, o imundo Bukhárin (como era descrito nos artigos dos jornais) teria sido estúpido em não ter conspirado contra Stálin; e houve outros, como nós, que presumiram ter ele confessado para salvar a mulher e o filho jovem.

O respeitado Nikolai Ivánovitch foi levado para o porão abobadado da Lubianka e morto com um tiro atrás da cabeça, se acreditarmos na notícia da execução que apareceu no jornal na manhã de 15 de março. O que, curiosamente, foi uns poucos dias depois de toparmos com V. Stávski, o secretário-geral da União dos Escritores Soviéticos. Deixe-me explicar. Havíamos quase abandonado a esperança de conseguirmos permissão para viver em Moscou e abandonado a esperança de poder sobreviver à nova onda de terror que se espalhava pela Rússia. A última palha a que nos agarramos foi a possibilidade de que, na ausência de Bukhárin, Stávski discutiria o caso de Mandelstam com Stálin: daria a ele o texto, que sabíamos estar circulando, da Ode a Stálin (*"Pois os olhos de Stálin é que partem montanhas..."*). Mas nossas desesperadas e repetidas tentativas de ter uma entrevista com Stávski fracassaram miseravelmente. Acampamos durante horas nos duros bancos de sua sala de espera. As secretárias corriam de um lado para o outro. Finalmente, alguém teria pena de nós. O secretário-geral estava fora da cidade, uma mulher nos informaria. Ele estava participando de uma conferência de escritores na Crimeia. Visitava fazendas coletivas em várias Repúblicas Socialistas Soviéticas. E assim por diante. E então um dia, por incrível que possa parecer, nos encontramos casualmente com Stávski emergindo do edifício de escritórios a que estávamos indo. Ou, para ser mais precisa, ele nos encontrou casualmente. Há anos não o tínhamos visto e duvido que qualquer de nós o reconhecesse se ele não tivesse gritado:

— Olá, Mandelstam, procurei você em toda parte.

Stávski, parecendo muito bronzeado, trajando um terno de três peças cor de café e de óculos escuros, se apressou para junto de nós e apertou cordialmente a mão do meu marido:

— Tentei entrar em contato com você — exclamou ele —, mas ninguém parece saber onde você pendura o chapéu nesses dias.

Tudo o que Mandelstam, que Deus o abençoe, pôde pensar em dizer foi:

— Penduro meu chapéu no lugar habitual, que é sobre a minha cabeça.

Stávski soltou a mão do meu marido.

— Está tudo bem com você?

— Não.

— Ah! Bem, tenho boas notícias para você, Mandelstam. Sua sorte está prestes a mudar para melhor. Para começar, resolvemos dar a você e a sua mulher vales para uma cura de dois meses em um dos sanatórios de escritores fora de Moscou. A temporada trará a vocês uma porção de coisas boas: alimentação saudável, ar do campo, sono à vontade, longos passeios nos bosques. Você será um novo homem. Depois examinaremos sua reabilitação. O problema de uma autorização para viver em Moscou e de encontrar trabalho apropriado para você serão reapreciados com muito zelo.

Stávski nos instruiu a nos apresentar no escritório do Fundo Literário para receber passagens de trem para Charusti, na linha de Muron, e os vales para a casa de repouso em Samatika, a 25 quilômetros de Charusti. Quando chegássemos a Charusti, encontraríamos um trenó puxado a cavalo nos esperando para nos levar no resto do percurso.

O entusiasmo subiu em Mandelstam como a seiva de uma árvore.

— Belisque-me — disse ele, quando Stávski nos saudou do banco de trás da sua limusine ao afastar-se do meio-fio. — Devo estar sonhando que isso está acontecendo.

— O problema — lembro-me de ter dito — é entender *o que* está acontecendo.

— Mas qualquer idiota pode ver o que está acontecendo! Minha ode chegou aos ouvidos de Stálin. A informação que se filtrou reconsidera que se deve cuidar do poeta Mandelstam. — Ele se virou para mim, irritado. — Por que você não é capaz de lidar com as boas notícias?

— Estou preocupada.

— Com o quê?

— Com o fato de não haver essa coisa de boas notícias, apenas más notícias disfarçadas de boas. O que me deixa doente de preocupação é que eles querem afastar você de seus amigos. O que me deixa doente de preocupação é você ser preso de novo.

— Quais são as nossas alternativas?

— Podemos achar uma casa isolada com venezianas decoradas, podemos cultivar batatas, repolhos, pepinos, beterrabas e nabos no jardim, podemos criar galinhas e uma vaca, podemos trocar ovos e leite por pães e latas de ova de peixe.

O rosto de Mandelstam se afogueou de perturbação.

— Você não me engana. Quer que eu publique poesia com o nome *Anônimo*. Nadenka, você não está vendo: eles vão me *reabilitar*. Minha musa e talvez até minha ereção terão uma casa de novo. Os poemas começarão a bater como um punho na janela. Farei amor, escreverei poesia e publicarei sob o nome de Óssip Mandelstam. Os editores virão bater na minha porta a fim de receber os direitos para as minhas obras reunidas.

Olhei dentro de seus olhos. Ele queria desesperadamente acreditar que tínhamos vencido um ponto crítico. Devo ter sorrido, porque ele disse:

— Eu sabia que você mudaria de opinião.

Acho que eu disse:

— O que se perde ao tentar? — Acho que pensei: "Apenas o que restou de nossas vidas."

Por que você me pressiona por detalhes? Há somente um detalhe que é importante para mim agora: a partir do momento em que nos encontramos com Stávski, tive a sensação de desfalecimento de quem estivesse em um despenhadeiro íngreme e escorregadio. Sim, as passagens de trem e os vales estavam esperando por nós no escritório do Fundo Literário. Sim, sim, havia um trenó puxado a cavalo parado fora da estação em Charusti, que Mandelstam tomou como mais uma indicação de que sua sorte tinha mudado para melhor. Luxo dos luxos, uma enorme manta de couro de carneiro estava dobrada no assento. Nós a desenrolamos e a puxamos com força para nossas axilas, e o condutor, um velho mujique com botas de couro de cadarço até os joelhos, uma *chapka* de pele de lobo sobre a cabeça pontuda, levantou um chicote para o cavalo e nós partimos num trote para cobrir os 25 quilômetros até a casa de repouso de Samatika.

O inverno persistira até abril. O campo estava acolchoado de neve recente e ofuscantemente branca. Os abetos se curvavam ao peso do gelo nos seus ramos. O céu estava de um azul pérola, com seus feixes de nuvens se movimentando em elevadas altitudes. Redemoinhos de sopro congelado se espirravam das infladas narinas do cavalo. Mandelstam improvisou um par de sombrinhas de aldeão com os dedos enluvados e assistia a tudo, suspirando de quando em quando com o esplendor do cenário. Após cerca de duas horas, o mujique entrou no pátio de uma fazenda coletiva e fomos levados para uma sala onde vinho quente e biscoitos estavam à espera numa mesa, como se nós fôssemos aguardados. Mandelstam se manteve olhando-me de relance, com uma expressão de triunfo no rosto. Chegamos ao sanatório dos escritores ao anoitecer. O médico residente, um velho bolchevique (como mais tarde nos contou) que aceitara o emprego na casa de repouso na esperança de reduzir sua exposição pública, veio ao nosso encontro na porta. Confidenciou que recebera um telegrama de Moscou pedindo que tratasse os Mandelstam como hóspedes importantes. O médico parecia perfeitamente honesto; se estávamos sendo preparados para a prisão, ganhei coragem com a sensação de que ele não sabia de nada a respeito. Mandelstam mencionou que ansiava tanto por tranquilidade quanto por paz. O médico disse que havia uma cabana na orla da floresta que servia como sala de leitura para os residentes. Num abrir e fechar de olhos, eles tinham montado duas camas de lona na sala de leitura e nos deram a chave. Espalhamos nossa roupa e os livros num dos surrados sofás e nos deitamos nas camas, completamente vestidos, os dedos cruzados sob as cabeças.

Só Deus sabe por quê, mas só então é que Mandelstam foi subitamente dominado pelas dúvidas.

— Você poderia estar certa — disse ele de repente. — Podemos ter caído em uma armadilha. Se formos presos aqui, Pasternak e Akhmátova levariam meses para saber.

Quando a disposição do meu marido esmoreceu, devo ter sentido uma compulsão para ser positiva. De que outro modo se pode explicar o que eu disse?

— Não, não, o Fundo Literário não pagou pelo transporte e pelos dois meses de estada aqui? Eles não teriam feito isso se nós ainda estivéssemos sob suspeita.

— Acha realmente isso?

— Acho.

Mandelstam se encorajou.

— Você deve estar certa — disse ele.

Abril passou. A esperança deitou raízes no solo de Samatika, que degelava. Saíamos para longos passeios ao longo das trilhas na floresta, dormíamos até tarde nas manhãs e cochilávamos novamente nas tardes, com os livros da sala de leitura abertos sobre nossos colos. Eu chegava a acordar para dar com Mandelstam ouvindo música com fones de ouvido ligados a um rádio de ondas curtas posto em nosso quarto. Fazíamos as refeições na sala de jantar comunal, não longe do edifício principal. Casualmente, os escritores ou poetas que conhecíamos, ou de que ouvíramos falar, se aproximavam da mesa para conversar com Mandelstam. A mulher de um contista, ela própria tradutora, lhe perguntou em que ele estava trabalhando.

— Em continuar vivo — atirou ele de volta.

— Todo mundo trabalha em continuar vivo — observou seu marido com um riso seco. — Ela quer dizer artisticamente. Está escrevendo?

Por algum motivo, os dois despertaram o modo mais irritadiço de meu marido.

— Eu nunca *escrevo* — disse Mandelstam com um ar inocente. — Componho poesia na cabeça e a dito para Nadenka. Ela é a única que *escreve*.

A mulher do escritor era obstinada.

— E você, está compondo na sua cabeça aqui?

Um daqueles sorrisos espectralmente tortos passou depressa pelos lábios do meu marido.

— Aqui eu me concentro em limpar as teias de aranha da minha cabeça. Quando voltarmos para Moscou, quando nos derem de volta nosso apartamento na Casa Herzen, começarei a compor poesia novamente.

E então... então, uma noite...

Obrigada, sim, iniciarei outra vez.

E então, uma noite, depois do jantar, olhando da janela da sala de leitura na orla da floresta, observamos quando dois automóveis pretos e idênticos, com pneus de banda branca, estacionaram na casa principal. As figuras do automóvel da frente permaneceram dentro dele. Dois homens musculosos emergiram do segundo veículo, um em traje civil, o outro com algum tipo de uniforme que eu não podia identificar.

— Você viu isso? — perguntou Mandelstam, assustado.

Consegui ver seus olhos na luz mortiça. Estavam arregalados de pavor.

— Eles provavelmente vieram inspecionar a casa de repouso. — disse eu.

Era o Primeiro de Maio, 19 anos depois do dia em que nossos caminhos se cruzaram naquele surrado cabaré boêmio de Kiev. Digo isso com certeza porque tenho uma lembrança dos hóspedes em pé, em torno de um aparelho de rádio de ondas curtas, no final da tarde, escutando Stálin apresentar um desconexo discurso.

Quando uma enorme torta de pão de gengibre com 21 velas em cima foi trazida para a cabeceira da mesa, as pessoas aplaudiram e bateram com os pés no chão; Mandelstam se inclinou para perto de mim e disse que eles estavam aclamando o cozinheiro-chefe que assara aquilo, não os 21 anos dos dias do maio bolchevique. Depois da refeição, os hóspedes se reuniram em torno de um piano para tomar conhaque e cantar canções folclóricas russas. Quatro horas depois nos recolhemos ao nosso quarto; podíamos ouvi-los cantando canções patrióticas com todo vigor. Quando consegui adormecer, sonhei com ícones, o que é universalmente tomado como um mau agouro. A morte se esconde por trás dos ícones. Lembro-me de me sentar repentinamente, me esforçando para respirar. Meu marido tentou me acalmar.

— Não temos razão para ter medo de nada agora — disse ele. — O pior ficou para trás.

Ao amanhecer, fui acordada pelos pássaros que gorjeavam nas árvores ao redor da sala de leitura. Verifiquei, como sempre fiz ao despertar, se Mandelstam respirava. Ouvi alguém bater. Vestindo um penhoar, atravessei a sala descalça e abri a porta, ocorrendo-me a censura que faria ao hóspede capaz de vir tomar emprestado um livro da sala de leitura àquela hora profana. Vi-me olhando fixamente para o médico, que se mostrava muito ofegante, como se tivesse corrido a extensão de um campo de futebol. Os dois homens musculosos estavam atrás dele. O de traje civil passou o médico, afastando-o com o ombro:

— Estamos procurando Óssip Mandelstam.

Mandelstam se materializou diante dele:

— Sou o poeta Mandelstam.

Os dois homens passaram por mim, avançando para a sala de leitura.

— Óssip Emílievitch Mandelstam — anunciou o civil —, o senhor está preso por violação do Artigo 58 do Código Penal. — Parece que me lembro de ele ter mostrado a Mandelstam o mandado de prisão, embora não esteja absolutamente certa disso.

Meu marido, que estava de ceroulas, assentiu com a cabeça. Arrumou suas ideias, depois foi ao sofá, vestiu a calça cinzenta e uma camisa branca sem colarinho, prendendo-a sob a cintura da calça e fechando o último botão contra o pescoço. Enquanto os dois homens observavam em silêncio, Mandelstam colocou os suspensórios, o paletó do terno, as meias e os sapatos. Olhou em torno para ver o que havia esquecido, depois se enfiou no casaco de couro amarelo, apesar do relativo calor da estação. Foi buscar o saco de papel com a alça de corda sob a cama de lona e começou a botar coisas dentro dele: seu Púchkin de um volume editado por Tomachévski, algumas camisas que eu tinha passado no dia anterior, várias mudas de roupa de baixo e meias, o cachecol tricotado de inverno que a mulher de um editor lhe tinha dado depois da primeira prisão, uma barra de sabão, um pente, uma lata de pó dentifrício, uma escova de dentes. Apertei o penhoar fortemente contra o meu corpo anestesiado e me sentei na cama, como que paralisada. Meu marido veio para o meu lado.

— Acompanhe-me até Charusti.

O homem que trajava uniforme e que não pude identificar disse:

— Isso não é permitido.

Mandelstam se inclinou e me beijou nos lábios.

— Adeus, então.

— Adeus — disse eu.

Fiquei olhando para os dardos de luz do sol que feriam as vidraças da janela. Quando me virei para trás, meu marido tinha ido embora. Ouvi os motores dos carros arrancando para a vida. A porta da sala de leitura continuava escancarada. O médico estava em pé na soleira, com a mão no peito.

— Não tenho o que dizer — declarou, oprimido pelo que tinha visto.

E também ele desapareceu, deixando a porta aberta. Não pude identificar os músculos do meu corpo que me teriam permitido atravessar a sala e fechá-la. Não posso lembrar-me de quanto tempo fiquei sentada na cama. Podiam ter sido horas. Lembro-me bem de falar comigo mesma. Lembro-me de tentar chegar a um acordo com minha nova identidade, repetindo-a diversas vezes.

— Sou a viúva do poeta Mandelstam. Sou a viúva do poeta Mandelstam. Sou a viúva do poeta Mandelstam. Sou a viúva do poeta Mandelstam. Sou a viúva do poeta Mandelstam.

CAPÍTULO DEZENOVE

Provavelmente Óssip Emílievitch
Meados ou final de setembro de 1938.

[Uma cópia da carta reimpressa abaixo foi generosamente oferecida ao autor (em janeiro de 1965, no 25° aniversário da morte de Isaac Babel, torturado para confessar espionagem e morto a tiro) por Iekatierina J., uma mulher que vivia em Moscou e que igualmente suportara três anos em um gulag, preferindo permanecer não identificada. Ela e seu falecido marido, um crítico que escreveu sua *magnum opus* (inédita, e depois confiscada) sobre a poesia russa antes da Revolução Bolchevique, foram amigos íntimos dos Mandelstam e, com algum risco pessoal, em várias ocasiões os acomodaram durante a noite, quando Óssip e Nadejda viviam como ciganos em Moscou após sua volta de Vorónej. A carta chegou em um envelope fabricado com papel de embrulho marrom, grosseiro, e carimbada de Ulaan Baatar, com o nome e endereço de Iekatierina J. escritos a tinta em grandes letras maiúsculas. Não havia nenhum endereço de remetente. Sem data e sem assinatura, exceto o intrigantemente ambíguo *Ainda dançando* (quase codificado) no final, a própria carta era laboriosamente escrita a lápis numa caligrafia aracnoide, enchendo completamente os dois lados da folha de rosto e os dois lados de uma página branca rasgada de um exemplar do Púchkin de Tomachévski. Começa com o nome Iekatierina J. e seu endereço em Moscou escritos num retângulo traçado à mão. A isso se segue a palavra *Esperança*, que, no feminino singular, Надежда em cirílico, é o nome da mulher de Mandelstam, Nadejda. Este, juntamente com várias menções a *Nadenka*, sustenta a suposição de que a carta partiu de Óssip Mandelstam. Se, como parece, o documento de fato pode ser atribuído a Mandelstam, foi provavelmente escrito em meados ou no final de setembro de 1938, enquanto ele estava a caminho de um campo de transição na Sibéria, depois de sua segunda prisão. É razoável presumir que ele a *postou* da maneira tradicional como os prisioneiros postavam cartas, enfiando-a através das pranchas do assoalho de um vagão de gado quando o trem que os levava para o leste passava correndo, à noite, por uma aldeia ou cidade.]

Esperança: Minha segunda prisão, acompanho o curso delas nos dedos da mão esquerda, ainda tenho três prisões a suportar antes de passar para a minha destra, foi extraordinária, por ser ordinária. Podia perceber a conduta dos tchekistas mediante os movimentos que eles haviam repetido, como trabalhadores numa linha de montagem, centenas, talvez milhares, de vezes. Eles pareciam morrer de tédio enquanto principiavam a voltar para Moscou, três deles no automóvel comigo, um deles correndo à frente, no segundo veículo, para limpar a estrada com sua sirene quando ela se via obstruída por caminhões ou vacas. O tchekista encarregado, o que me mostrou o mandado de prisão, até me ofereceu uma xícara de lata com chá de uma garrafa térmica. Fiquei com medo de aceitar, temendo que o chá estivesse envenenado, momento em que ele deu de ombros e o tomou ele próprio. Não me ofereceu uma segunda xícara. Em Charusti, paramos em uma cantina militar para um almoço de alguma coisa e pão preto. Sentei-me entre os dois soldados, quase como se fosse um convidado e, como me servi da tigela comum, pude comer. Nenhum dos soldados das outras mesas prestou a menor atenção em mim. Quando partimos novamente, cochilei a maior parte do tempo no banco dianteiro do carro, a cabeça sobre a sacola, que estava calçada entre as costas do banco e a janela. Ao nos aproximarmos de Moscou, fui acordado pelo rádio. Uma voz anunciava uma mudança de planos. Os tchekistas receberam ordem para levar seu prisioneiro para a agência de uma milícia nos arredores da cidade. Quando ouvi isso, passei a tremer incontrolavelmente: achava que iam me arrastar para o porão, o que me aconteceu uma vez antes, e matar-me a tiro. Paramos em frente da agência. Tremendo de tal maneira que mal podia andar, fui levado para dentro, onde um oficial claramente superior aos outros (como você, Nadenka, nunca fui muito hábil para identificar a patente a partir dos ornatos de ouro ou prata sobre as ombreiras ou colarinhos) me conduziu através do corredor principal e por uma porta para um pátio. Mandou-me para o banco traseiro de um lustroso Packard americano estacionado perto dos degraus, o motor já funcionando, um soldado uzbeque ao volante. O oficial tomou o lugar ao lado do motorista e o Packard partiu, imprimindo alta velocidade sobre as pedras redondas do calçamento de uma avenida coberta por edifícios de apartamento de alvenaria, tão novos que ainda não tinham vidros nas janelas. (Elas podem ser assim chamadas se não refletem luz?) Senti como se fosse sufocar e comecei a virar para a janela do carro, momento em que descobri que o vidro era tão grosso quanto meu polegar, o que significa ser da variedade à prova de bala acerca da qual se lê nos jornais. A partir daí, imaginei que o veículo pertencia a alguém importante. No que me pareceram minutos, embora meu senso de passagem do tempo me tivesse abandonado juntamente com o meu senso de cor e minha musa, o Packard correu pela Rodovia do Governo. Passamos por um quadro de cartazes que representava um tchekista com luvas de ferro estrangulando uma serpente com as cabeças de Trótski e Bukhárin. Não poderia dizer se era anúncio de um filme de cinema ou era propaganda. O Packard saiu da Rodovia do Governo para a cancela de uma passagem de trem que bloqueava uma estrada pavimentada de pista única, que se adentrava por um bosque. O oficial no banco da frente exibiu um pequeno emblema pelo para-brisa. Os guardas o saudaram e levantaram a cancela. Prosseguimos por alguns minutos, depois viramos à esquerda para uma estrada ainda mais estreita. Ao redor de uma curva, passamos acenando por um posto de controle guarnecido por soldados armados de submetralhadoras. Alguns dos soldados seguravam cães de guarda em coleiras curtas. Uma cerca alta e feita de duas correntes avançava de cada lado do posto de controle até onde eu podia enxergar, o que não era longe, pois estávamos no meio de um espesso bosque de pinheiros negros e bétulas brancas. Agora vem a parte curiosa, Nadenka. Em torno de outra curva, bloqueando a estrada completamente, estava um enorme cartaz de Stálin de corpo inteiro. Era do tamanho de um daqueles cartazes dos filmes de cinema, mas posto de pé, e mostrava Stálin, com os pés levemente separados e o queixo elevado, olhando firmemente por sobre os topos das árvores. Estava trajando uma túnica militar abotoada no pescoço e macias calças de flanela presas em botas de cano curto. E, para meu extremo atordoamento, o Packard não desacelerou, mas se dirigiu diretamente através do gigantesco cartaz que estava suspenso de um lado a outro da estrada. Querida Nadenka, eu posso quase reconhecer sua voz no meu ouvido, dizendo: *Acalme-se, meu querido — você está imaginando coisas de novo.* Para dizer a verdade, não estou certo se isso realmente estava acontecendo ou eu estava fantasiando, até que olhei para trás através da estreita frincha de uma janela traseira e vi as bordas rasgadas do cartaz adejando nas correntes de ar criadas pela nossa passagem. (Você ainda está aí, Nadenka? Não posso ouvir você prestando atenção.) Palavras familiares ressoaram na minha cabeça — *rasgando o espaço da lona de aniagem* —, quando subimos por uma entrada para carro de forma oval e coberta de cascalho, depois as cercas de um canil, em seguida um barracão de um andar apenas com uzbeques em uniformes de campanha sentados do lado de fora e limpando as armas em mesas de piquenique. O Packard parou no pátio de uma vila que era grande demais para ser uma datcha e pequena demais para ser um sanatório, cercada por alpendres de vidro fechados por dentro. Uzbeques com submetralhadoras engatilhadas rodearam o carro. Um deles puxou e abriu a porta de trás. Quando tentei pegar minha sacola, o oficial sentado na frente sacudiu um dedo. *Você reaverá isso depois*, disse ele. *Depois do quê?*, perguntei. *Depois.* Apertando o casaco de couro amarelo em torno de mim, saltei do Packard. Um homem grande que me pareceu familiar avançou e me revistou meticulosamente. Tirou meu casaco amarelo e o atirou em cima da porta traseira aberta. *Se o senhor está procurando uma arma, não tenho nenhuma,* eu disse. *Se tivesse uma, não saberia como usá-la.* Ao que ele replicou: *Cale a boca.* Quando acabou de apalpar minhas calças e tornozelos, ficou ereto. *Você me reconhece?*, perguntou. Quando não respondi, ele disse: *Vlássik. Sou o chefe dos guarda-costas do Krêmlin. Nossos caminhos se cruzaram quando você foi levado para ver o chefe, vários anos atrás.* Eu perguntei:

Quem é o cabeça da casa aqui? Ele pareceu surpreso com a pergunta. *Ora, o* khoziain, *para usar a expressão georgiana, é o cabeça da casa, embora a casa em questão se estenda do Báltico ao mar Negro, da calota glacial do Ártico ao oceano Pacífico.* Fazendo-me sinal para segui-lo, essa figura, Vlássik, girou nos calcanhares e entrou no edifício. Olhando para trás a fim de ver se eu ainda o seguia, ele caminhou suficientemente devagar para eu acompanhá-lo. Atravessamos salas repletas de mobiliário pesado. Numa delas, um rádio estava tocando música clássica e uma mulher estava passando um varredor de tapete. Ah, minha querida Nadezka, aqui está um detalhe que fará você sorrir: não havia nenhuma obra de arte nas paredes, nem quadros de generais como eu vi no Krêmlin, apenas páginas arrancadas de revistas ilustradas: cenas pastoris de inverno, o Krêmlin visto de vários ângulos, a horrenda torre de Kiev, uma vista aérea em página inteira de uma publicação parisiense com aquela maravilhosa torre Eiffel. Havia também umas poucas fotografias de atrizes do cinema e do teatro. (Uma delas se parecia surpreendentemente com a nossa amiga Zinaida Záitseva-Antónova. Tenho-me perguntado, às vezes, o que foi feito da querida garota. Não interprete mal, Nadenka, não sinto falta do sexo, sinto falta da intimidade de fazer amor com ela enquanto você assistia a isso. Para mim, a intimidade era sempre o último orgasmo.) Dobrando para um longo corredor, chegamos a uma porta de madeira com o que os franceses chamam *vasistas** sobre ela. Eu podia ouvir vozes abafadas por trás dela. Sorrindo ligeiramente, Vlássik abriu a porta e se pôs de lado. Vi-me à entrada de uma sala de jantar com oito ou dez homens ali dentro, alguns de ternos europeus escuros, dois fardados com filas de medalhas no peito e ouro nas ombreiras. Imediatamente reconheci vários dos presentes por causa

---

* Trata-se de uma espécie de claraboia. (*N. do T.*)

de fotos que tinha visto nos jornais. Kaganóvitch estava em pé junto ao aparador, cobrindo de caviar e de creme um *blini** em seu prato. Molotov, com o bigode característico, a pele amarelada e olhos vigilantes, olhou para mim, depois por algum motivo sacudiu a cabeça como se para enxotar uma mosca da ponta do nariz e voltou a comer. Nikita Kruschov, chupando ruidosamente uma coxa de galinha, enxugou o queixo na manga da camisa. Sentado num lugar fora da cabeceira da mesa estava o *khoziain*, Ióssif Stálin. Ele acrescentou um dedo de vodca ao vinho que já tinha na taça e provou-o. Um dos homens que eu não reconheci, um sujeito pequeno com a pele pálida e esverdeada de um alcoólatra, de pincenê que reluzia quando captava a luz do candelabro suspenso, me descobriu e disse algo em georgiano. Stálin ergueu os olhos. *Aqui nós só falamos russo, Lavrenti Pávlovitch*, disse ele, com uma carranca. Com o braço bom, fez-me sinal para me aproximar. *Chegue aqui, não hesite*, gritou. *Beria não vai mordê-lo*. Apontou para um lugar vago do outro lado da mesa em frente a ele. *Sirva-se de comida, depois nós conversamos.* Fui até o aparador e pus um pouco de arenque e cebolas em conserva num prato, enchi um copo com água mineral e me encaminhei para o lugar que me fora indicado.

O próprio Stálin tinha mudado muito desde que eu o vira no Krêmlin. Tinha ganhado quilos pelo menos — uma pança se avultava sob a túnica. Estava mais velho e o aparentava, o cabelo mais esparso, no rosto as cicatrizes de varíola mais vermelhas. A mão do braço estropiado ficou enfiada no bolso da túnica. Ele se balançou na cadeira para trás, de modo que seu peso ficava sobre as pernas traseiras dela, e me examinou. Notou a rigidez do meu ombro e do braço, me perguntando o que acontecera. Expliquei-lhe a respeito de ter

---

* Prato da culinária russa semelhante à panqueca. (*N. do T.*)

caído do segundo andar de um hospital e quebrado meu ombro. *Acidentes acontecem,* ele observou, puxando o seu próprio ombro ruim.

Stálin sacudiu a cadeira para as quatro pernas e, se levantando, caminhou para o lado de um enorme mapa-múndi que tomava uma parede inteira da sala de jantar. *Por que as cidades à volta de Leningrado ainda trazem seus nomes originais e alemães do tempo de Catarina?,* ele perguntou. Ele se voltou para um dos oficiais-generais. *Essa é uma situação intolerável. Mudem-nos para bons nomes russos.* O oficial tirou uma pequena caderneta do bolso e rabiscou alguma coisa nela. Stálin atravessou a sala até ficar parado atrás de mim. Estava eu imaginando que podia sentir sua respiração atrás do meu pescoço? Ouvi-o dizer: *Você me decepciona, Mandelstam. Li a sua chamada ode. É muito pior do que aquela primeira peça de merda que você escreveu sobre mim. O que você pensa que eu sou, um camponês iletrado? Você ainda despreza Stálin: não consegue celebrá-lo. Você o arrasta pela lama uma segunda vez.* Ele circulou em torno da cabeceira da mesa e afundou, enfastiado, em sua cadeira. *Você não come?,* perguntou. *Perdi o apetite,* respondi. Ele riu espremido pelo nariz. *E você bem podia.* Ele se voltou para os outros e gritou: *E ele bem podia!* Vários daqueles em torno da mesa inclinaram a cabeça em vigorosa concordância. *Há uma lição aqui em alguma parte,* Stálin divagou. *Eu queria um poema dele quando ele não o escreveria. Agora ele o escreveu, mas não é de utilidade para mim, porque ele já não é o poeta que era quando se recusou a escrever um poema para mim.* Ele continuou a falar para os outros, mas seus zangados olhos amarelos estavam fixos em mim. *Na superfície, essa nova ode pretende venerar Stálin, mas, de uma forma sutil, é exatamente o oposto.* Acho que resmunguei *Não compreendo,* porque ele ficou mais exasperado. *É claro que você compreende. Você é o autor desse pedaço de lixo. Como você podia não compreender?* Ele se voltou para os hóspedes. *Fora, fora, todo mundo para fora. O que tenho a dizer é apenas para os ouvidos do poeta.* Os "gatinhos", como se soube que Stálin se referia a seus colegas no Krêmlin, se dirigiram para a porta, Kruschov saiu levando o prato com ele. Stálin apanhou um pedaço de papel do bolso interno da túnica e, com a voz ressumando sarcasmo, começou a recitar versos da minha ode. *O que isso significa: Os olhos de Stálin estão partindo montanhas? Isso só pode ser compreendido como um eco daquela traiçoeira referência, no seu primeiro poema, ao alpinista do Krêmlin. O que isso significa: Quero dizer — não Stálin, quero eu chamá-lo Djugachvíli. Por que você é incapaz de deixar o nome Stálin passar pelos seus lábios, Mandelstam? Por que Djugachvíli, salvo a fim de atrair a atenção para as origens não russas de Stálin? Quem não caga para o fato de eu ter raízes georgianas? Napoleão era corso, não francês, Hitler é austríaco, não alemão. Até esse sacana do Winston Churchill, que pode lhe surripiar um copeque do seu bolso se você não ficar de olho nele, é meio americano.* Acredite em mim, Nadenka, quando digo que tentei me defender. *Você está interpretando mal o que escrevi,* comecei, mas ele se apressou antes que eu pudesse encaixar uma palavra. *O que isso significa: Artista, louva o guerreiro, ele está sempre contigo? Você está insinuando que vivemos num Estado policial, com Stálin ou seus tchekistas olhando sobre seu ombro 24 horas por dia?* Ele batia no papel com as costas da mão. *E isso, pelo amor de Deus. Justifique isso, se puder: Ele sorri — ceifeiro sorridente Você imagina, por uma fração de segundo, que alguém que ouça isso não compreenderia a referência a ceifeiro severo? Há! E aqui! Eu ainda não notara isso na primeira vez que li seu pedaço de merda: Curvando-se do pódio, como sobre uma montanha (lá vem você de novo com essa sua porra de montanha) chega a colinas de cabeças... O que isso significa, Mandelstam, essa imagem que você projeta de Stálin chegando a colinas de cabeças? Ela volta de novo na última estrofe: No espaço em que as colinas de cabeças humanas diminui. Vejo agora que devia ter mandado matar em você a tiro na primeira vez em que produziu algo como isso. Por uma gentileza da minha sensibilidade, eu lhe dei três anos (a anotação junto do seu nome, na minha própria letra, diz: isolar e preservar), e como você me paga? Com escória! Com traição! Com referência a colinas de cabeças humanas na distância! Você podia igualmente ter levantado um letreiro que apontasse para o leste, dizendo: "Eis o caminho para o gulag de Stálin!" Meu Deus, que insolência!* Seu rosto relaxou, seus lábios mal se moviam quando disse: *Você brincou com fogo, Mandelstam. Você deve ser queimado.* Metendo a mão no grande bolso da túnica, ele mostrou uma bala usada de arma de fogo e um pedaço de papel dobrado. Ele jogou a bala para mim, sobre a mesa. A bala estava comprimida, como se tivesse sido disparada em alguma coisa. Em minúsculas letras a tinta, ela trazia um nome: Bukhárin. *Sim, sim, posso ver que é revelador para você,* Stálin arengou. *Esta é a bala usada para executar o traidor Nikolai Bukhárin. Fiz um cirurgião desencavá-la de seu crânio e limpar a massa cinzenta. O seu mentor, Bukhárin, me escreveu implorando que lhe desse morfina de modo que ele pudesse matar-se antes de morrer com uma bala na cabeça, mas não conferi a sua carta a dignidade de uma resposta. Também este bilhete vai lhe interessar. Foi escrito por Bukhárin momentos antes de a sentença da corte ser cumprida.* Ajustando os óculos, Stálin desdobrou o papel e leu-o: "*Koba, por que você precisava me matar?*" Eu murmurei: *Por que você o matou?* Stálin misturou novamente a vodca com vinho e tomou meia taça. *Você se esquece de onde está, Mandelstam. Não matei Bukhárin. A Tcheka descobriu que ele era culpado de traição. Os juízes ouviram as provas e o sentenciaram à pena máxima de punição, O executor matou-o. Stálin não teve nada a ver com tudo isso.* O *khoziain* arrotou em sua manga. *Bucharchik era um corcunda intelectual.* Acho que quase me levantei do meu assento. *Mas ele era inocente,* exclamei. Stálin zombou: *Inocente! Ninguém é inocente. Deixe-me contar-lhe uma história. Eu mal passava dos 11 anos no dia em que dois bandidos foram enforcados numa encosta do rio em Gori. Eram bonitos jovens de calças largas e bigodes hirsutos. Arrastando os grilhões de suas pernas na imundície, eles foram para o patíbulo caçoando dos guardas que os escoltavam. Um dos homens condenados piscou para mim enquanto eles lhe apertavam o laço em torno do pescoço. Quando os corpos caíram através dos alçapões e dançaram na extremidade das cordas, dois gordos agentes se dependuraram de seus pés para apressar o estrangulamento. Num estado de exaltação, corri todo o caminho de volta à choupana de palha e barro que calafetava as paredes para contar à minha santa mãe que eu tinha descoberto como enganar a morte: você piscava para ela, você caçoava dela, você não fazia crer que era menos do que merda assustada em deixar a única vida que havia, que, ao contrário do que os padres ortodoxos pregavam, era a única antes da morte. Por sorte, meu pai, Vissarion, que era empregado numa fábrica de sapatos em Tiflis, aparecera essa manhã para a visita mensal, o hálito cheirando a álcool barato, um pote de cerâmica agarrado ao peito. O louco Beso, como seus camaradas de bebida o chamavam, era um homem atarracado, de barba desgrenhada. Estava vindo de uma bebedeira da noite toda, que era o que habitualmente fazia quando tinha dinheiro no bolso.* (Você ainda está aí, Nadenka? Preste atenção a cada palavra que estou prestes a lhe dizer, não as repita para ninguém, deixe-as ir para o túmulo com você.) *Vissarion,* Stálin arengou, botando ainda mais vodca no vinho e bebendo até as pálpebras dos olhos ficarem rubras, *pôs o pote sobre uma prateleira e puxou o largo cinto de couro das alças de sua calça de lona. Eu sabia o que vinha e me agachei num canto. O que fez Soso agora?, minha mãe implorou. Ela agarrou o marido bêbado pelo braço. Grunhindo, ele rodopiou e esmurrou-a no rosto. Eu podia ver o sangue jorrando-lhe do nariz. Meu pai se avultou para o meu lado. Confesse, ele falou. Confessar o quê?, gritei eu. Não sou culpado de mau procedimento. Vissarion me xingou, e a Deus Pai e a Jesus, o Filho.*

Onde está escrito que você tem de ser apanhado no ato para confessar o mau procedimento?, ele me disse. Minha mãe lhe implorou. Por que você bate nele, se é inocente? E o sacana do meu pai disse: Bato nele para instruí-lo de que não há essa coisa de inocência, ele sabe do que é culpado, mesmo se eu não sei. E começou a me açoitar sobre o braço que eu erguia para proteger a cabeça. Este braço! Stálin levantou seu atrofiado braço esquerdo. *Quanto mais eu protestava minha inocência, mais intensamente ele me fustigava. Bateu em mim até a minha camisa ficar em farrapos e o braço coberto de vergões, de pele lacerada e sangue pegajoso.* Respirando com dificuldade, Stálin silenciou. Perguntei-lhe se o pai ainda estava vivo. *Está ardendo no inferno,* ele disse. *As minhas biografias afirmam que teve uma morte de herói. Minha santa mãe uma vez me disse que ele foi parar, bêbado, numa vala comum. Ela não apresentou detalhes. Nunca perguntei. Foda-se ele.* Depois de algum tempo, enchi-me de coragem para perguntar a Stálin por que me falou a respeito do pai. Você não vai gostar da resposta, Nadenka. Ele disse: *Conto-lhe isso porque estou falando com um homem morto. Bukhárin não está por aí para salvá-lo uma segunda vez. Escute, está para haver uma guerra contra Hitler. Se eu jogar minhas cartas corretamente, posso conseguir adiá-la até 1942 ou 1943. Extraí as conclusões apropriadas da Guerra Civil Espanhola, especificamente da Batalha de Madri, quando a infame quinta-coluna dos simpatizantes de Franco se levantou dentro da cidade para apoiar as quatro colunas das tropas nacionalistas que atacavam de fora. Antes de estourar a guerra com a Alemanha, tenho de purificar o Partido, tenho de eliminar os fracos e descrentes. O expurgo de 1 milhão de membros das fileiras do Partido Bolchevique, os diversos julgamentos públicos e os milhares de tribunais menos públicos, as punições que cabem a crimes que, na menor oportunidade, os subversores cometeriam devem ser encarados como um golpe preventivo na quinta-coluna. Tenho de eliminar os colaboradores antes de poderem se levantar para apoiar Hitler. Minha campanha contra inimigos potenciais deve-se orientar pelo princípio de que não há essa coisa de inocência. Ela não existe no mundo. Cada uma das 150 milhões de pessoas da Rússia, com exceção da minha santa mãe, é culpada de alguma coisa. Lênin encabeça a lista. Minha própria Nadejda está no alto dela. Todos os velhos bolcheviques (Kámenev, Zinóviev, Trótski e os outros) estão nela. Assim como o queridinho do Partido, Bukhárin. Assim, também, como o queridinho da poesia, Mandelstam.*

Oh, Nadenka, minha compartilhadora de problemas, eu lhe conto o que escutei de Stálin como quem escuta um louco. Depois eu me lembrei do conto de Tolstoi sobre um homem que, visto de certa distância, parecia estar empenhado em alguma coisa capaz de indicar que estava louco. Chegando mais perto, ele compreendeu que o homem estava amolando uma faca. O *khoziain*, pode-se dizer, parecia louco, mas estava amolando uma faca. Afastei a minha cadeira da mesa e [ilegível]. Stálin estava falando consigo mesmo quando fui saindo em direção à porta. Seus lábios se moviam como os de um velho que ruminasse. Ouvi-o dizer: *Quanto mais perto você chega do sucesso, mais ativo se torna o seu inimigo. Quando ele está mais ativo e destrutivo, deve-se tomar como um sinal de que estamos à beira da vitória.*

O que ocorreu depois disso, Nadenka, foi anticlímax. Fui levado para a Lubianka e registrado ali, mas nunca seriamente interrogado. Foi como se a minha culpa já estivesse estabelecida. Era um inimigo do povo, um subversor, um agente do desacreditado e executado Bukhárin. A única coisa que restava era determinar a punição apropriada para os meus crimes imaginários. Para falar em coincidência, durante algum tempo partilhei a cela com Kristóforovitch, o tchekista que me interrogou depois da minha primeira prisão. Você certamente se lembra dele, Nadenka, embora não o tivesse reconhecido se passasse por ele na rua. Tinha-se tornado cadavérico, seu antes bonito uniforme caía-lhe do corpo, ele perdera a maior parte do cabelo e toda a sua arrogância. Não se justificou: disse apenas que sua queda fora inevitável, no sentido de que os tchekistas subiram a escada desmascarando o superior imediato deles como um agente do exterior, de modo que era apenas uma questão de tempo para aqueles que estavam abaixo de Kristóforovitch o denunciarem. Perguntei-lhe se tinha confessado crimes. Disse que as confissões tinham sido úteis em 1934, uma vez que as acusações contra um inimigo do povo haviam requerido certa plausibilidade. Atualmente, assim ele afirmou, eles inventam acusações do meio da fumaça — não vacilam em acusar judeus de espionar para Hitler — e as confissões são consideradas supérfluas, uma vez que não se exige dos Órgãos demonstrar a culpa de um suspeito: em vez disso, este deve apresentar prova de sua inocência. Kristóforovitch foi condenado a vinte anos de trabalhos forçados sem direito a correspondência (ele, mais do que ninguém, sabia como decodificar isso) e retirado num meio de transporte antes de mim. Descobri que tinha ido quando, voltando um dia do banheiro, encontrei a cela vazia e um bilhete dele dizendo: *Você foi meu interrogatório supremo. Não compreendi por que não o matamos a tiro em 1934.* Fui finalmente levado diante de um tribunal e dentro de minutos sentenciado a cinco anos de trabalho forçado, por atividades contrarrevolucionárias. Dadas as minhas condições físicas, compreendi que o veredicto equivalia a uma sentença de morte. Fui transferido para a prisão de Butirka, onde condenados eram reunidos a fim de serem transportados para a Sibéria. Em 9 de setembro, eu e vários outros fomos levados em caminhões fechados para um desvio de carga fora de Moscou e arrebanhados em vagões de gado. Um guarda benévolo me disse que estávamos sendo mandados para o Campo de Trânsito do Segundo Rio, perto de Vladivostok, no extremo leste soviético, para aguardar transporte para um dos gulags da península Kamchatka. Eu lhe imploro, Nadenka, para enviar um pacote para o Campo de Trânsito do Segundo Rio com suéteres, luvas e sabão. Beijo os seus olhos, beijo lágrimas que caem deles, caso esta carta, por algum milagre, chegue a você. Ainda dançando.

CAPÍTULO VINTE

Fikrit Shotman
Domingo, 8 de janeiro de 1939.

O TELEGRAMA QUE AUTORIZA SEU SERVIDOR, *Zek* Sh744239, a voltar para Moscou do Campo de Trânsito do Segundo Rio, para onde fui depois de concluída minha sentença, especificou o primeiro transporte disponível, que por casualidade era um daqueles antigos vagões de primeira classe de antes da Revolução. Foi assim que viajei para o oeste em um carro de passageiros da Transiberiana cheio de oficiais do Exército Vermelho indo para casa, de licença. Os bancos eram providos de almofadas, algo que teria encantado a minha mulher no campo, Magda, se estivesse comigo, o que, lamento dizer, não se deu. Ela ainda tinha cinco anos a cumprir quando acenou adeus para mim enquanto minha barcaça a motor se afastava do cais do Kolmá. (Não levei a mal o fato de ela ter ido avaliar o novo lote de prisioneiros na encosta da colina: em seu lugar, eu faria o mesmo.) O trem de volta levou três horas menos do que três dias para chegar a Moscou, o que foi uma grande melhoria em relação aos meus 19 dias da ida num vagão de gado. Como meus companheiros de viagem eram oficiais, uma cozinha de campanha fora instalada em outro vagão e sargentos distribuíam comida quente, em pratos de louça, nada menos, duas vezes por dia. Sendo eu o único civil no vagão, os oficiais me tomaram por um importante tchekista e me trataram com alta consideração. Deixei-os pensar que eu era tão importante quanto supunham.

Dois tchekistas de uniforme, um deles um coronel, estavam esperando por mim na plataforma quando meu trem parou em Moscou.

— Shotman, Fikrit? — perguntou o coronel, me olhando para o alto porque eu me elevava bem acima dele.

— Eu mesmo — disse eu.

E eis o que aconteceu em seguida. O coronel levantou uma pata para a pala de seu quepe e bateu uma continência tão desenvolta quanto você está para ver na Rússia soviética. Na verdade, passou pelo meu obtuso crânio que ele estava saudando alguém atrás de mim, mas não havia ninguém atrás de mim suficientemente perto para receber continência. Não desejando parecer mal-educado, respondi à saudação.

— Temos um carro à espera — anunciou o coronel, tratando-me como os oficiais do vagão ferroviário de primeira classe, com alta consideração.

Para que ele não pensasse que eu estava desconcertado por toda essa atenção, dei de ombros indiferentemente e segui atrás dele através da torrente de passageiros do enorme salão de entrada da estação. Efetivamente, um cabo uzbeque estava em pé em posição de sentido perto da porta aberta de um lustroso Packard americano azul.

Apertei-me no banco traseiro, os joelhos comprimindo meu queixo. Quando girei a maçaneta da janela para tomar ar (os invernos de Moscou são verões comparados aos invernos siberianos), vi que o vidro era tão grosso quanto o meu dedo mínimo. Presumi que isso se devia ao modo como os americanos fazem os carros, embora não pudesse pensar que vantagem teria o vidro grosso sobre o fino. Para minha surpresa, quatro milicianos de motocicleta abriam caminho na frente do Packard, obstruindo o tráfego transversal em interseções, de modo que pudéssemos avançar os sinais vermelhos. Dei uma risada observando as pessoas que olhavam para dentro do carro para avistar o importante *apparatchik* que podia fazer o tráfego parar para ele. Depois de alguns minutos reconheci o muro ao Krêmlin junto à rua batizada em homenagem ao falecido Maksim Górki, algo na minha cabeça diz que ele tinha alguma coisa a ver com livros, me lembrei de Magda lendo em voz alta a notícia de sua morte no boletim mensal de Kolmá uns dois anos atrás, que foi como vim a saber que faleceu. Quando chegamos ao muro, com a gloriosa praça Vermelha logo à esquerda, o Packard foi para a direita, depois dobrou à esquerda através de uma pequena ponte e seguiu por um portão do Krêmlin que, segundo soube casualmente, não era aberto ao público.

Durante todo o tempo fiquei me perguntando aonde estava sendo levado e por quê.

Dentro do complexo do Krêmlin, o carro parou em frente a um edifício baixo, de alvenaria. O uzbeque saltou de seu banco para abrir a porta de trás do automóvel. A luz do sol estava fazendo brilhar o domo em forma de cebola de uma igreja e tive de proteger os olhos com a mão para enxergar. O coronel deve ter pensado que eu lhe estava fazendo continência, porque me fez outra. Correndo na minha frente, o uzbeque abriu a porta da frente do edifício. O chefe dos guarda-costas do camarada Stálin, que me revistou na época em que apertei a mão de Stálin em 1932 (lembrei-me dele porque era quase tão grande quanto eu; seu nome me foge da cabeça mas se eu tiver sorte me voltará antes de eu terminar de gravar minhas respostas a suas perguntas), estava esperando no vestíbulo. Só que dessa vez ele não me revistou. Acenou com a cabeça para mim a fim de que eu o seguisse para descer um lance de escada. Chegamos a uma porta de vidro com uma inscrição e ele acenou de novo com a cabeça para eu entrar. Nem em mil anos você adivinharia onde eu estava. Estava numa alfaiataria, sim, uma genuína alfaiataria com quatro homens curvados sobre máquinas de costura Singer (conheço a marca porque tínhamos dela no circo para reparar os trajes) e seus pés trabalhavam ferozmente nos pedais. Pendendo em cabides ao longo de uma parede estavam mais ternos do que eu poderia contar; pilhas de camisas dobradas e sapatos enchiam cubículos ao longo de outra parede. Um alfaiate israelita, um homem encurvado e de cabelos encaracolados, começou a me medir com a fita métrica de pano que pendia de seu pescoço. Murmurando consigo mesmo, o israelita puxou um terno azul-escuro de um cabide.

— Teremos de alargar as mangas e as calças — disse ele ao guarda-costas.

— Quanto tempo levará?

— Vinte minutos.

— Faça-o em dez.

O alfaiate deu as calças a um de seus costureiros e o paletó a outro, e eles largaram o que estavam fazendo, passando a trabalhar. Enquanto estavam encompridando as mangas e as calças, mandaram-me ficar com a roupa de baixo. Deram-me uma camisa branca de colarinho fixo, sapatos de couro legítimo de cadarço e bico fino que me apertou os dedos dos pés. Quando os costureiros acabaram seu trabalho, passaram as novas bainhas e mangas com um ferro que parecia ligado por um fio a uma saída de eletricidade. O que eles inventarão em seguida? Experimentei o terno, abotoei o paletó com duas fileiras de botões e dei uma olhada em mim mesmo no espelho do meu tamanho. Se Magda pudesse me ver, teria pensado que estava alta por causa do *chaifir*. O israelita me ofereceu uma porção de gravatas à escolha mas, como não sei dar o nó, fiz-lhe sinal de que não precisava e abotoei a camisa no alto do pescoço, no estilo azerbaijano. Minha roupa velha (a calça de lona e a camisa de flanela que pertenceram ao marido suicida de Magda no campo, as botas de feltro com solas de cortiça gastas) foi jogada dentro de uma caixa de papelão no assoalho. Quando perguntei se podia ficar com ela, o guarda-costas riu. Os israelitas nas máquinas de costura também começaram a rir. Não querendo ficar fora da brincadeira, ri juntamente com eles.

Com os meus novos sapatos rangendo sob o meu peso e o colarinho da camisa engomada me arranhando o pescoço, segui o guarda-costas por uma longa passagem subterrânea iluminada de poucos em poucos metros por lâmpadas suspensas. (Eu sabia que a eletricidade não nascia das árvores. Perguntava-me se eles apagavam as lâmpadas à noite para economizar dinheiro.) No fim do corredor galgamos uma escada em espiral até uma porta trancada três lances acima. O guarda-costas (ah, seu nome agora mesmo me veio à cabeça; é Vlássik; Agripina costumava dizer que o cérebro não era o meu forte, mas não me estou saindo tão mal, não é?), este Vlássik, pegou um molho de chaves, introduziu uma delas na fechadura e a porta, que vinha a ser feita de ferro, abriu-se com um estalido. Segui-o por outro lance de escada acima e um corredor até uma sala de bancos envernizados ao longo das paredes. Atrás de uma escrivaninha com três telefones sentava-se um homem careca e com espinhas. Na parede, atrás dele, estava uma pintura do camarada Lênin, com a mão direita batendo no ar, falando a uma multidão de trabalhadores em palanque de madeira.

— Ele está aqui — disse o guarda-costas do camarada Stálin.

— Ele está aqui. Faça-o entrar imediatamente — respondeu o homem careca na escrivaninha que atendia o telefone.

Segurei a respiração quando passei pela porta. Era exatamente a mesma sala em que o camarada Stálin me apertou a mão quando ganhei a prata em Viena, Áustria. Um homem pequeno, que trajava uma túnica militar, estava em pé a uma das janelas, olhando para a igreja do Krêmlin com o sol fazendo brilhar o domo. Vlássik tossiu no punho. A pessoa à janela se virou lentamente para mim. Era o camarada Stálin em carne e osso, menor, mais velho e mais cansado do que me lembrava de quando o encontrei seis anos antes. Ele puxou a calça e, andando ao redor da escrivaninha, estendeu uma mão mole.

— Stálin — disse ele.

Apertei-lhe a mão, com cuidado para não comprimi-la.

— Shotman, Fikrit — consegui dizer, embora estivesse com falta de ar por estar respirando o mesmo ar da pessoa que eu mais admirava no mundo.

O camarada Stálin pegou um cigarro com uma longa piteira de cartolina de um estojo de prata e me ofereceu.

— Eu costumava fumar o *makhorka* enrolado com a mão — disse eu —, mas parei, Excelência.

— Quem me dera não fumar — disse ele, usando a chama de um pequeno isqueiro na extremidade do cigarro. Exalou uma baforada. — Pretendo parar com os cigarros no dia em que a América se tornar comunista.

Ele rodeou a escrivaninha e se sentou numa cadeira comum, apontando outra no meu lado da escrivaninha. Devo tê-la olhado com hesitação, pois Vlássik resmungou para mim:

— Sente-se, pelo amor de Deus.

E me sentei.

O camarada Stálin disse:

— Lembro-me muito bem de você, Shotman. As pessoas de seu tamanho não são facilmente esquecidas. Você é o campeão de levantamento de peso com joelho ruim. Quando os médicos do Krêmlin estragaram a operação, Kruschov teve a brilhante ideia de convertê-lo num brutamontes de circo. Como foi a vida para você desde então?

Eu estava emocionado pelo fato de o camarada Stálin, com o peso do Estado soviético sobre os ombros, sem falar no movimento comunista mundial, se lembrar de alguém tão pouco importante quanto Fikrit Shotman. Evidentemente, eu lhe contei a verdade.

— Fui acusado de ser subversor por ter um adesivo da torre Eiffel em minha mala-armário, e por ter títulos de empréstimo do Estado tzarista dentro dela. Servi quatro anos procurando ouro no rio Kolmá.

— Fiquei sabendo a respeito da Sibéria — disse o camarada Stálin. — Falando francamente, é por isso que você está aqui. — Ele apanhou uma pilha do que pareciam telegramas. — O comandante no Segundo Rio relata que você encontrou o poeta Mandelstam enquanto você esperava transporte para o oeste, após terminar a sua sentença.

— Estou encrencado por causa de Mandelstam? — deixei escapar.

— Apenas responda honestamente as perguntas do camarada Stálin e tudo acabará bem para você — disse Vladik, da parede.

— Você não está encrencado — assegurou-me o camarada Stálin. — Leve o tempo que quiser. Conte-me o que sabe deste Mandelstam.

— Quando cheguei ao Segundo Rio, em meados de outubro, estava fervendo de prisioneiros. Não havia nenhuma tarimba que restasse desocupada nos barracões, de modo que acampei sob uma lona de tenda armada entre dois barracões. Não estou me queixando, somente lhe dando a informação, Excelência. Na manhã seguinte, reparei que homens despidos se sentavam no chão em frente das latrinas procurando piolhos nas roupas e nos couros cabeludos uns dos outros e esmagando-os entre os dedos quando os encontravam. Reconheci um dos prisioneiros. Era Mandelstam.

— Como você podia reconhecê-lo? Você o encontrara antes?

— Compartilhei a cela com ele em 1934, quando eu estava sendo interrogado na Lubianka.

— Ah! Então é essa a ligação. — O camarada Stálin puxou a fumaça do cigarro, afastando-a com a palma da mão, de forma que pudesse manter os olhos em mim. — Como era Mandelstam quando você o conheceu na Lubianka?

— Para dizer a verdade, Excelência, ele era um pouco louco. Achava que podia atravessar as paredes. Gabou-se de ter se encontrado com o senhor no Krêmlin, descreveu a passagem por um corredor cheio de quadros de generais russos. Ele era muito misterioso, disse que seria perigoso para mim saber a respeito do que os senhores conversaram. No fim ele teria cortado o pulso com um pedaço de xícara de porcelana quebrada se não o interrompesse.

Pude perceber que o camarada Stálin franziu a testa. Então ele disse algo que eu nunca compreendi.

— Jamais me encontrei com Mandelstam no Krêmlin. Aliás, também não me encontrei com ele fora do Krêmlin.

— Nunca acreditei nessa história sobre o encontro com o senhor — disse eu rapidamente. O que não era bem verdade. Óssip Emílievitch descreveu o encontro com o camarada Stálin com tantos detalhes que nunca entraria em minha cabeça que estivesse inventando.

— Fale-me sobre Mandelstam no Segundo Rio.

A verdade é que, se eu fechasse os olhos, podia ver o poeta, que era como todo o mundo no campo o chamava, tão claramente quanto se estivesse de pé na minha frente. Podia quase alcançá-lo e tocá-lo.

— Ele estava magro como um espantalho, Excelência. Magro e frágil como as lâminas de gelo que deslizavam do teto do barracão quando o sol saía. Ele se recusava a recolher as tigelas de *kasha* com gordura derramada sobre a sêmola de trigo-sarraceno, distribuída duas vezes por dia. Tinha medo de que os guardas fossem envenená-lo. Eu catava restos de pão, cascas de batata e tutano de ossos das lixeiras atrás do barracão-refeitório e ele comia aquilo, embora não tivesse muitos dentes na boca e precisasse mastigar com as gengivas. Quando um comboio de prisioneiros partiu para os gulags de Kamchatka, encontrei uma tarimba de superior vazia na Cabana Número 11, o barracão de Mandelstam, tornando-me mais ou menos seu protetor, carregando-o nas costas e nos ombros para a latrina e de volta, carregando-o para a enfermaria quando se queixava de cólicas no estômago e dores no peito ou visão dupla. Em novembro, o inverno siberiano chega pelas estepes. Quando a gente ia tomar banho de chuveiro, o que se dava uma vez a cada 15 dias, a roupa se congelava no ar úmido do banheiro (a calça se apoiava contra a parede, como se alguém estivesse dentro dela). Mandelstam então batia as mãos e dançava uma giga para repelir o entorpecimento dos pés. Seu casaco de couro amarelo estava em frangalhos e ele tremia o tempo todo. Enrolei uma de suas camisas sobressalentes em torno do pescoço como um cachecol, mas não adiantava. Um dia um prisioneiro chamado Arkhánguelskaia (um criminoso verdadeiro, não um do Artigo 58 como nós) pediu a Mandelstam que lesse para os criminosos que viviam no mezanino sob o teto do barracão. O convite levantou o ânimo de Mandelstam. Ele penteou os cabelos com os dedos e endireitou com a mão os andrajos sobre seu corpo.

Ajudei-o a subir para o sótão, que era aquecido por um fogão a lenha e iluminado por um lampião de querosene. A luz amarela deixou-lhe a pele amarela ainda mais amarela. Eu levantei Mandelstam, que a cada dia ficava mais magro e mais fraco, para cima de um banco alto e ele começou a ler o pequeno livro que carregava no bolso aonde quer que fosse, para que lhe não fosse furtado. De quando em quando, ele olhava fixamente para os criminosos e terminava o poema sem se dar o trabalho de olhar para a página. Recitava outros poemas escritos por alguém com o nome, acredito, de Vorónej. Os criminosos escutavam com grande atenção. Às vezes Arkhánguelskaia ou algum outro lhe pedia que recitasse o mesmo poema de novo ou perguntava o que certo verso ou certa palavra significava. Ouvindo-o juntamente com os criminosos, não posso dizer que compreendia tudo isso que ele lia, embora eu pudesse ver como Óssip Emílievitch devia ter sido quando era jovem, forte e não morria de medo. Entre um poema e outro Arkhánguelskaia ou um dos outros lhe dava nacos de pão ou cogumelos em conserva de uma lata, e até mesmo torrões de açúcar de um pote cheio deles. Mandelstam não tinha medo dos criminosos, não achava que eles quisessem envenená-lo, de modo que aceitava. Ele firmou a leitura para os criminosos duas ou três vezes por semana, até que...

O camarada Stálin se inclinou para a frente, na cadeira.

— Até que?...

— Até que o tifo atacou o Segundo Rio. Os primeiros casos foram identificados no meio de dezembro. Espalhou-se depressa. Qualquer pessoa com febre era trancada no barracão de quarentena. Ninguém entrava ou saía. Toda manhã os prisioneiros contaminados esvaziavam baldes sujos pela janela. Logo se espalhou a notícia de que todo mundo no barracão tinha morrido. Óssip Emílievitch me implorou que não deixasse levarem-no para o barracão de quarentena. Ele estava tremendo tanto que eu o carreguei para a minha tarimba superior, pois ela estava mais quente, e o cobri com a sua manta e a minha. Quando os enfermeiros, com máscaras na boca, vieram de manhã para levar os prisioneiros com febre, consegui esconder Óssip Emílievitch deles, deitando-me junto a ele na tarimba. E depois, na manhã em que era minha vez de ir buscar a ração de *kasha*, os outros prisioneiros o encontraram tremendo e suando sob suas mantas. Quando voltei, eles me disseram que ele tinha febre e ameaçaram denunciar-nos se eu não o levasse imediatamente para o barracão de quarentena. Enrolei-o nas mantas e carreguei-o, em vez disso, para a enfermaria do campo. O médico da enfermaria, um do Artigo 58 como nós, despiu Óssip Emílievitch e lhe lavou o corpo, que era então pele e ossos, com esponja e água quente. O médico retirou-lhe com pente os piolhos do cabelo, da barba e dos pelos pubianos, colocando-o para dormir em uma cama de campanha do Exército, com um colchão de palha verdadeiro. Nos dias seguintes, passei tanto tempo quanto pude com ele. Sua mente delirava muito. Uma vez ele me fez prometer que enviaria um telegrama à União dos Escritores, informando-os de que estava doente e não podia ler no auditório deles naquela noite. Outra vez ele falou sobre lhe terem injetado a raiva. Num final de tarde no fim de dezembro, devo ter cochilado perto de sua cama. Quando acordei, vi-o olhando fixamente para mim com os olhos escancarados de uma criança e pensei comigo mesmo que ele se encaminhara de volta à segurança da infância antes de morrer. “Você consegue me ouvir, Óssip Emílievitch?”, murmurei. Sua resposta foi tão baixa que tive de inclinar o meu ouvido bom sobre sua boca para ouvi-la. Ele disse algo sobre como a pontada da última estrela estava desaparecendo sem dor. Repeti suas palavras para mim mesmo até memorizá-las, embora seu significado fosse um mistério para mim.

(Com ou sem dor, não vejo como uma distante estrela pode dar-lhe uma pontada.) Depois ele estendeu a mão sob a manta e começou a brincar com o sexo, aí eu pensei comigo mesmo que ele se encaminhava para além da infância, para a segurança dos tempos de bebê, antes de morrer. Não tenho vergonha de dizer que virei a minha cabeça para que ele não visse as lágrimas nos meus olhos. Após alguns momentos eu me controlei e voltei a cabeça. Mandelstam ainda estava olhando fixamente para mim com seus olhos inocentes de criança, com a diferença de que estavam abertos congelados e ele já não respirava. Entrei no corredor e gesticulei para o médico lá no outro extremo, ele compreendeu e veio correndo, se muniu de um espelho de bolso, segurou-o na boca de Mandelstam e, como não houve nenhum sinal de vida, ele levantou os olhos para mim e sacudiu a cabeça. Ele disse: "*A morte não é triste quando o que se tinha antes não era vida.*" E escreveu em letra de fôrma o nome de Óssip Emílievitch e a data (27 de dezembro de 1938) em um adesivo de valise e a amarrou com arame ao dedão do pé do poeta. Enrolei seu corpo em um pedaço de lona e carreguei-o para o fosso atrás do último barracão, já cheio de cadáveres do surto de tifo. Uma escavadeira estava estacionada nas proximidades, esperando para cobrir o fosso com terra quando já não houvesse espaço nele. Pulei dentro do fosso e coloquei Óssip Emílievitch sobre a terra gelada, abrindo as dobras da lona, depositei duas pequenas pedras chatas sobre seus olhos, que é o que a gente faz quando enterra uma pessoa ilustre no Azerbaijão. E pensei, Jesus, que alguém devia dizer uma oração ou coisa parecida, por ele estar morto, então eu disse: "*Deus dos judeus, não atribuas tanto peso às acusações contra o poeta Mandelstam, não é por culpa sua que ele não era socialmente útil.*" Quando Arkhánguelskaia me viu naquela noite, quis saber se o poeta estava suficientemente bem para subir e ler para os criminosos. Eu disse que não, que ele não estava suficientemente bem para ler, na verdade não leria nunca mais: estava morto.

Quando acabei de descrever a morte de Mandelstam, pude ouvir a respiração do camarada Stálin através das suas narinas. Ainda segurava o cigarro, mas não o fumava. Puxou outro telegrama da pilha sobre a escrivaninha e disse:

— O comandante do campo se referiu à causa da morte como tifo.

Devo ter dado de ombros, pois o camarada Stálin atalhou:

— Foi tifo, não foi?

— Não sou uma autoridade médica, Excelência. Quem pode dizer por que uma pessoa morre? No caso de Óssip Emílievitch, ele podia ter morrido de fome, uma vez que tinha medo de comer a ração. Pode ter morrido por não dormir, pois passava as noites se debatendo e tremendo na tarimba. No Segundo Rio, os prisioneiros às vezes se levantavam e morriam quando perdiam a esperança; o próprio Mandelstam disse isso uns poucos dias antes de morrer.

— De modo que Mandelstam está realmente morto — disse o camarada Stálin. — Você tem certeza de que era ele o que você enterrou?

Balancei a cabeça afirmativamente.

O camarada Stálin triturou o cigarro num cinzeiro, muito embora não o tivesse fumado até o fim. (Em Kolmá, no Segundo Rio, os prisioneiros matavam por um cigarro meio fumado.) Levantando-se, ele voltou a olhar fixamente a janela. Eu podia avistar as luzes se acendendo nas galerias das seções da Loja de Departamentos do Estado, do outro lado da praça Vermelha. Quando o camarada Stálin falou de novo, pude ver que estava furioso.

— Se o estúpido tivesse me dado o poema quando eu o quis, nada disso teria acontecido. Bem, foda-se ele. Ele se matou com sua ferrenha caturrice. Não tenho nada a ver com isso.

E em seguida o tsar da Rússia soviética fez algo que quase me matou de pavor: começou a bater com o punho contra a vidraça da janela, a princípio brandamente, depois mais forte e mais forte e fiquei certo de que o vidro se quebraria, até eu imaginar que devia ser tão grosso quanto o vidro do Packard. E ele gritou com uma voz que eu não podia reconhecer:

— Aquele idiota! O que vou fazer agora?

Vlássik começou a cruzar a sala, mas o camarada Stálin, com a testa contra a vidraça da janela, fez-lhe sinal para ir embora. Senti o aperto da mão do guarda-costas no meu braço, aquele com o rosto quase apagado de Stálin tatuado nele. Segui Vlássik pela sala de espera e pelo corredor. Voltando-se para mim, advertiu:

— Não conte a nenhuma pessoa o que você viu ali.

— O camarada Stálin é um grande herói para mim — disse eu. — Não vi nada fora do comum.

Vlássik abriu com um chute a porta de um banheiro. Havia uma caixa de papelão no chão com a calça de lona e a camisa de flanela que pertenceram ao marido de Magda que se suicidou, e minhas botas de feltro com as solas de cortina gastas.

— O terno, a camisa e os sapatos que o alfaiate lhe deu eram emprestados — disse ele.

Não fiquei contrariado por receber as minhas roupas de volta. Alguma coisa me dizia que Agripina, que eu planejava ir ver, não acharia que o terno feito pelo alfaiate, com o paletó com duas fileiras de botões, combinava comigo.

CAPÍTULO VINTE E UM

Anna Andréievna
Sexta-feira, 4 de junho de 1965.

NÃO, NÃO ACHO que possa fazer isso de novo, nem mesmo como um favor para Nadejda. Nem agora, nem nunca. Hoje, quando evoco lembranças de Óssip Mandelstam, certa parcela de pura dor surge com elas e, honestamente, eu já tive dor o bastante para durar a vida inteira: a execução do meu primeiro marido, a prisão do terceiro e sua morte no gulag, o apodrecimento do meu filho na prisão durante anos como um refém do meu "bom" comportamento. Quando o poeta americano Frost, velho, de cara vermelha e cabelos grisalhos, me visitou em 1962 (as autoridades insistiram que nos encontrássemos em uma das datchas mais luxuosas de Komarovo, em vez de em minha modesta casa de campo; não queriam, presumo eu, que ele descobrisse a imundície em que eles me confinavam), contei-lhe que estava cansada de tudo: pobreza, filas para entrar na prisão, medo, poemas gravados só de cabeça, poemas queimados. E a humilhação, o sofrimento; a interminável humilhação, o interminável sofrimento. Frost era um cavalheiro de bom coração, tinha boas intenções, mas, quando compreendi que ele esperava que eu falasse a respeito de Óssip, as palavras se entornavam pelos meus lábios antes que a parte do meu cérebro que lida com a linguagem pudesse formular uma frase. O que me ouvi dizer foi:

— Você não sabe nada a respeito disso. Não poderia compreender se eu lhe contasse.

A Rússia, com os distúrbios que conhecemos e detestamos, amamos e tememos, é reservada aos russos. Na verdade, não é muito complicado: meu corpo está aqui na Inglaterra para aceitar esse doutorado honorário de Oxford, mas minha cabeça, meu coração, minha alma, minhas veias estão lá na Rússia. Mesmo se por algum milagre levamos os nossos corpos embora, nós, russos, não conseguimos deixar a Rússia. E as pessoas de bom coração como Frost não podem penetrar nisso tão somente porque seu passaporte traz um carimbo de visto soviético. Você precisa ter resistido à década de 1930 para compreender, e ainda assim você não compreende.

Se você pensar sobre isso, verá que lhe contei tudo o que sei sobre o querido, muito querido Óssip, que foi certamente um dos mais pavorosos capítulos da história milenar da Rússia.

EPÍLOGO

Robert Littell
Domingo, 23 de dezembro de 1979.

TELEFONEI PARA MADAME MANDELSTAM logo que cheguei a Moscou. Alguns anos antes, tendo levado durante décadas uma existência nômade, foi-lhe enfim concedida uma autorização de residência, e ela se instalou na capital. Convidou minha companheira e a mim para o chá. Levando debaixo do braço a maior caixa de bombons que pude achar na loja do hotel que aceitava moeda estrangeira, fiz parar um táxi. Levou-nos para um desolado edifício de apartamentos em um subúrbio distante e repleto de prédios de alvenaria e seis andares que pareciam ter passado a existir já desconjuntados e ter-se tornado decadentes desde aí então. Quando a porta do apartamento no andar térreo se abriu, nos encontramos parados diante de uma mulher pequena, acabada, macilenta e anciã, quando devia ser meramente idosa. Jovens poetas se revezavam cuidando da viúva do poeta Mandelstam. Um deles estava preparando chá e biscoitos na pequenina cozinha quando chegamos. Madame Mandelstam estava deitada em um sofá na maior parte do tempo em que estivemos ali, de quando em quando selecionando, depois de alguma ponderação, um bombom da caixa aberta no colo.

— Nunca fui hábil em prever o gosto que alguma coisa teria em função de sua forma — disse, distraída.

O estreito apartamento estava terrivelmente superaquecido. Ela vestia uma blusa branca e sem mangas. Tinha os cotovelos ressecados e salientes, a pele dos braços pendendo dos ossos em pregas moles. A conversa foi em inglês, que ela falava fluentemente. Costumava equilibrar o orçamento com trabalhos de tradução, nos anos em que o poeta Mandelstam não estava sendo publicado e nem obtendo nenhuma renda. Quando comecei a gravar a conversa, ela disse:

— Já se passou uma eternidade desde que você veio me visitar com seu infernal gravador, que enchia uma pequena valise. Na época em que você entrevistou Mandelstam, acho que me lembro de você ter de trocar carretéis a cada meia hora; depois de vocês saírem, ele se queixou de que observar as bobinas girarem o deixava tonto. Agora você volta com um aparelho não muito maior do que um maço de cigarros.

— No futuro eles ficarão ainda menores — disse eu.

Sorrindo timidamente, madame Mandelstam olhou para longe.

— Quando me permitiram vê-lo na Lubianka, Mandelstam me perguntou se o futuro estava atrás de nós ou à nossa frente.

— Qual foi a sua resposta?

— Ora, dane-se ela, Robert, não se pode esperar que me lembre de algo que eu disse em 1934. É por isso que você grava essas conversas. Você me conta o que eu disse.

— Muita água passou por baixo da ponte desde então — observei. — Tenho de consultar minhas notas.

Ela riu, baixinho.

— Minha grande amiga Akhmátova brincava que o que passa debaixo da ponte é leite derramado. Ela estava certa. Quando morreu, não muito depois de voltar de Oxford, pensei ser inteiramente possível que ela se tivesse afogado em leite derramado. — Respondendo a uma pergunta, madame Mandelstam começou a falar a respeito do marido: — Ele era um jovem bobo, muito alegre mesmo quando as coisas passaram a se mostrar difíceis para ele, como poeta, na década de 1920. Era permanentemente *zhizneradostny*, que se pode traduzir por *prazenteiro* ou, melhor ainda, *contente com a vida.* Na década de 1930, quando ficamos extraordinariamente miseráveis, enfrentando fome, falta de um lugar para morar, medo, sujeira, pobreza abjeta, Mandelstam me perguntava: "*Onde é que está escrito que você devia ser feliz?*" Olhando fixamente para o espaço, madame Mandelstam parecia recolher o fio de uma conversa com seu marido que fora interrompida havia quarenta anos. "Nunca fiquei desiludido, meu querido, porque nunca tive o luxo das ilusões."

Bebericamos o nosso chá. Meu gravador captou minutos de silêncio. Depois de algum tempo, perguntei a madame Mandelstam se ela achava que o marido tinha efetivamente ficado frente a frente com Stálin.

— Mandelstam não era o único intelectual russo de seu tempo a ficar fascinado por Stálin. Ele se perguntava que enigmas jaziam escondidos atrás daqueles olhos, ficava curioso a respeito do que havia transformado o camponês caucasiano Djugachvíli no Stálin assassino de camponeses do Krêmlin, ou seja, num paranoico praticante.

— Mas você não respondeu à minha pergunta. — Ela pensou a respeito disso por um momento antes de dar uma resposta que a satisfizesse. — Mandelstam certamente se encontrou com Stálin — disse ela cautelosamente. — Você deve decidir por você mesmo se os encontros tiveram lugar no Krêmlin, em uma datcha ou na cabeça do poeta.

Respondendo a outra pergunta, ela disse que não tinha nenhuma ideia da razão por que não fora presa juntamente com o marido. Nas duas prisões eles poderiam tê-la levado tão facilmente quanto o levaram.

— Depois da segunda prisão, segui o conselho de Púchkin: *Tente ser esquecido.* Trabalhei em tantas atividades e em tantos lugares que não deixava rastros. Fui professora, tradutora, uma vez fiz limpeza em edifícios do governo. Não vivia nunca numa cidade por muito tempo. Ouvia dizer que havia mandados de prisão expedidos contra mim, mas continuava me mudando e conseguia ficar um passo à frente dos tchekistas. Precisava fazê-lo se quisesse que a obra de Mandelstam sobrevivesse.

Uma parte dela só existia e ainda existe apenas na minha cabeça.

— No final das contas, obrigá-la a memorizar seus poemas acabou salvando sua vida.

— Você está enganado se acha que ele me *obrigava*, Robert. Eu confiava seus poemas à memória porque eu os queria na ponta da língua. Só mais tarde nos ocorreu que memorizar a obra dele me daria um incentivo para sobreviver, caso alguma coisa lhe acontecesse. — Madame Mandelstam fechou os olhos por um momento. — Bem, contra todas as probabilidades, eu sobrevivi. E aqui estou de volta a Moscou, se é que se pode chamar isso de Moscou. — Ela acenou com cansaço para a janela, olhando para outro prédio de apartamentos em seu distante subúrbio. — Agora sou uma velha. Eles perderam o interesse por mim.

Pedi-lhe para descrever os últimos meses antes da segunda prisão de Mandelstam.

— Você deve compreender que ele nunca foi o mesmo depois da primeira prisão. Uma vez me contou como, logo em seu primeiro interrogatório, Kristóforovitch prometeu que ele experimentaria o medo em toda a extensão, e ele o experimentou. Alguma coisa aconteceu a Mandelstam na Lubianka que aleijou sua alegria de viver. Em diversas ocasiões ele deixou escapar referências a sua execução, mas nunca apresentou pormenores e eu não perguntava nada com medo de abrir a ferida. No exílio, e mesmo depois do exílio, havia meses a fio em que Mandelstam parecia temer a própria sombra. Tinha medo de ser deixado sozinho. Tinha medo de comer, a não ser que fosse eu quem lhe preparasse a comida ou que pudesse juntar-se a outros que se servissem de uma tigela comum. Passava noites acordado em Vorónej, mais tarde em Kalinin, se esforçando por captar o som dos automóveis freando, passos que se deslocavam mais perto na rua ou portas que se abriam em nosso prédio. Como incontáveis milhões de russos, ele finalmente adormecia ao amanhecer. Rememorando, posso ver que houve longos períodos em que Mandelstam encontrou na loucura refúgio contra o terror. Não era aquilo que considero loucura criativa, que é a que o levou a compor aquele primeiro epigrama de Stálin, não, não, era a genuína loucura, cheia de alucinações auditivas e demônios capazes de empurrar alguém a saltar para a escuridão do segundo andar de um hospital. Havia também intervalos em que ele fincava seu caminho de volta a algo parecido com a sanidade. Foi durante esses momentos mais sãos que ele compôs os poemas maravilhosamente melancólicos do ciclo de Vorónej. *Em esplêndida pobreza, luxuosa mendicância, vivo só, todo pacífico e resignado.* — Madame Mandelstam balançou a cabeça, como se para desanuviá-la. — Foi durante um momento mais são que ele enviou uma última carta, escrita em páginas arrancadas do seu exemplar de Púchkin, me pedindo que lhe enviasse roupas quentes e sabão para Vtoraya Rechka, que vocês chamam de Segundo Rio. Soubemos da morte de Mandelstam por seu irmão Aleksandr: ele recebeu uma carta oficial do governo, informando-o de que Mandelstam morrera de insuficiência cardíaca no dia 27 de dezembro de 1938. Naqueles dias, todos os que morriam, quer nos porões da Lubianka, quer nos vagões de gado seguindo para o leste ou nos campos de gulag, as autoridades diziam ter morrido de insuficiência cardíaca, de modo que, evidentemente, consideramos a versão oficial imprestável, a não ser, talvez, quanto à data. Akhmátova chegou de Leningrado logo depois. Eu não sabia como dar a notícia a ela sem desabar antes de poder concluir a frase, de maneira que eu disse: *Sou a viúva do poeta Mandelstam.* E caímos uma nos braços da outra, soluçando até consumirmos a provisão de lágrimas de uma vida inteira.

Mencionei que estava familiarizado com a última carta do poeta e lhe perguntei como interpretava a assinatura.

— Você não é o primeiro a ficar intrigado com o *Ainda dançando* de Mandelstam, Robert. Podiam-se esmiuçar diversos significados do *Ainda* antes de *dançando.* De um ponto de vista ele estava certamente indicando, com a típica bravura de Mandelstam, que apesar de tudo ele *continuava* a dançar, uma menção aos "loucos anos vinte", quando ele costumava colocar vigias na porta, de sorte que não fôssemos denunciados por dançar o charleston. Mas a minha suposição é de que Mandelstam, como era habitual, estava sendo mais preciso. Com o vagão de gado se aproximando da Sibéria, ele estava, como as estrelas no assombroso poema de Philip Sidney, dançando sem sair do lugar para impedir que os pés se congelassem, em contraste com o dia em que ele pudesse encaminhar-se de volta para sua melhor amiga, camarada de armas e legalmente legítima mulher.

— Então *ainda dançando* sugere *esperança*?

— Sugere mais até *esperança contra esperança*, ou o sentimento em si próprio, tanto faz. Perfeitamente.

Disse a madame Mandelstam quanto eu admirava os dois livros que ela escrevera, que haviam saído clandestinamente da Rússia e foram publicados no Ocidente sob os títulos *Hope against hope* e *Hope abandoned*; e como, ao lado de muitas pessoas importantes, eu achava que eram os mais bem escritos vindos da Rússia, não obstante Solzhenitsyn, acerca do bárbaro período stalinista que ceifou as vidas de milhões, entre os quais a do poeta Mandelstam. Perguntei-lhe se ela achava que as coisas tinham mudado para melhor. Ela disse que esperava contra a esperança que fosse esse o caso, mas que nunca se podia estar certo disso; que, como o judeu que se sentava no último banco da sinagoga durante a fase dos *pogroms*, você, enquanto rezasse, tinha de ficar de olho por sobre os ombros se quisesse sobreviver.

Quando achei que havíamos esgotado nossa boa acolhida, agradeci a madame Mandelstam por nos receber. Ela se levantou com esforço e nos acompanhou até a porta. Antes de abri-la para o corredor escuro, disse algo que me assombra desde então:

— *Não falem inglês no corredor.*

CRÉDITOS

O poema de Pasternak na p. 6, "Hamlet", foi traduzido para o inglês por Lydia Pasternak Slater. A tradução do russo para o português é de Marco Lucchesi.

A tradução inglesa do epigrama "O alpinista do Krêmlin", de Mandelstam, foi publicada em *Hope Against Hope* (Londres: Collins & Harvill Press, 1971). A tradução do inglês para o português, na p. 105, é de Mauro Gama, e foi revisada por Marco Lucchesi.

O poema de Mandelstam "Estudei a ciência dos adeuses", na p. 137, se baseou em "Tristia" 104, dos *Selected Poems of Óssip Mandelstam*, traduzido para o inglês por Clarence Brown e W.S. Merwin (Nova York: New York Review Books, 2004). A tradução do russo para o português é de Marco Lucchesi.

O poema de Tsvetáieva, na p. 142, "Onde é que estão os cisnes?", tem origem na versão "Where are the swans?" de Marina Tsvetáieva, em *The Demesne of the Swans*, edição bilíngue, com introdução, notas, comentários e tradução de Robin Kemball (Ann Arbor: Ardis, 1980). A tradução do inglês para o português é de Mauro Gama e foi revisada por Marco Lucchesi.

Os fragmentos dos poemas de Mandelstam que têm início na p. 157 — *No veludo negro... Quem matarás desta vez?... século dos grandes cães de caça... dizer o que penso... camponeses esfaimados* — se baseiam todos em *Óssip Mandelstam: 50 Poems*, traduzido por Bernard Meares (Nova York: Persea Books, 1977). Foram traduzidos do inglês para o português por Mauro Gama e revisados por Marco Lucchesi.

No quarto do poeta em desgraça, de Akhmátova, na p. 315, é do poema intitulado "Vorónej" e dedicado "A O.M." em *Poems of Akhmátova*, selecionados, traduzidos e apresentados por Stanley Kunitz com Max Hayward (Boston: Atlantic-Little Brown, 1973). A tradução para o português é de Marco Lucchesi.

Em esplêndida pobreza, de Mandelstam, na p. 373, é do poema datado de janeiro de 1937 "Vorónej", em *Óssip Mandelstam, Selected Poems*, traduzido por David McDuff (Cambridge, Eng.: Rivers Press Ltd., 1973). A tradução do inglês para o português é de Mauro Gama, revisada por Marco Lucchesi.

Este livro foi composto na tipologia Adobe Garamond (T1),
em corpo 12,5/18, e impresso em papel off-white 80g/m²
no Sistema Cameron da Divisão Gráfica
da Distribuidora Record.